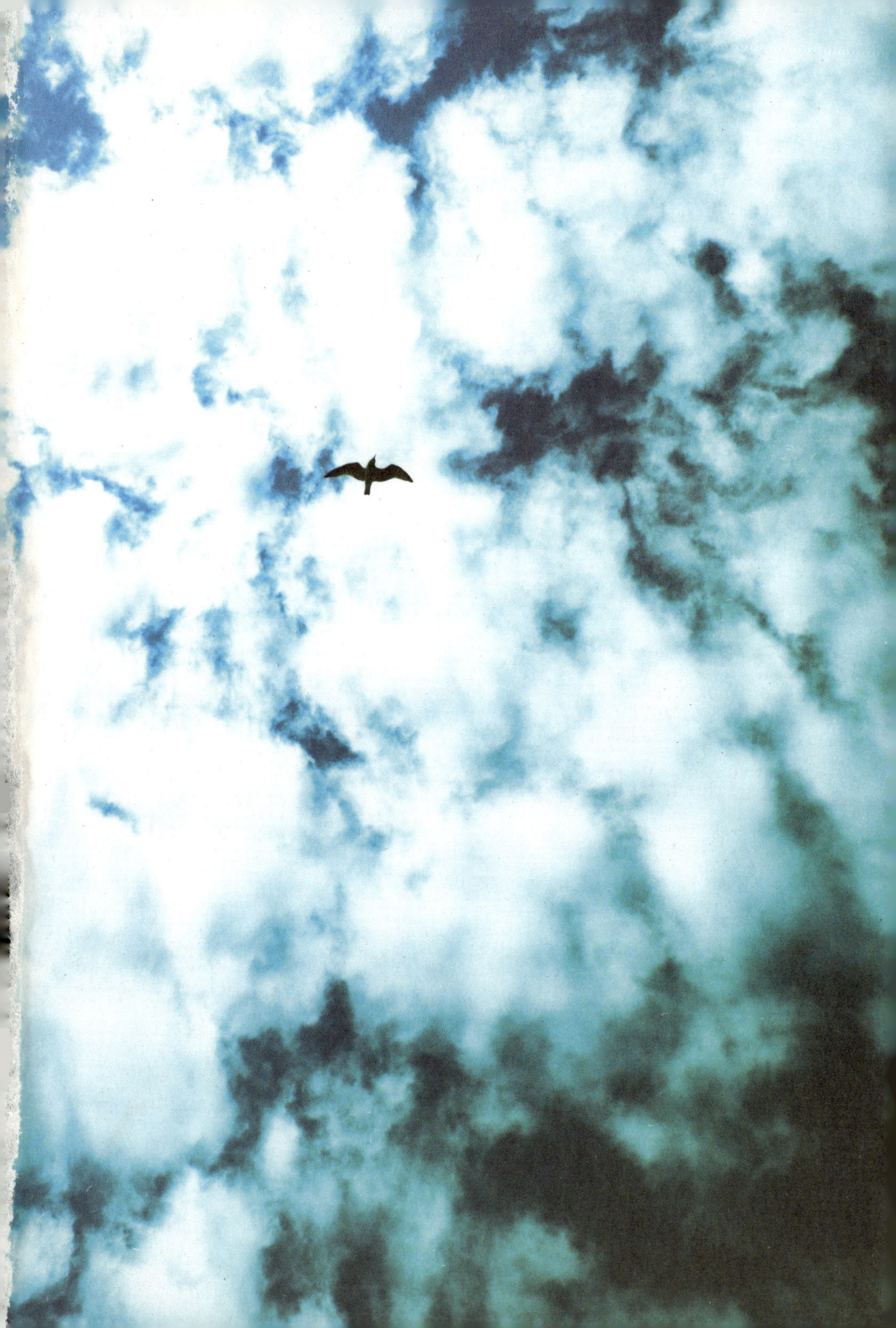

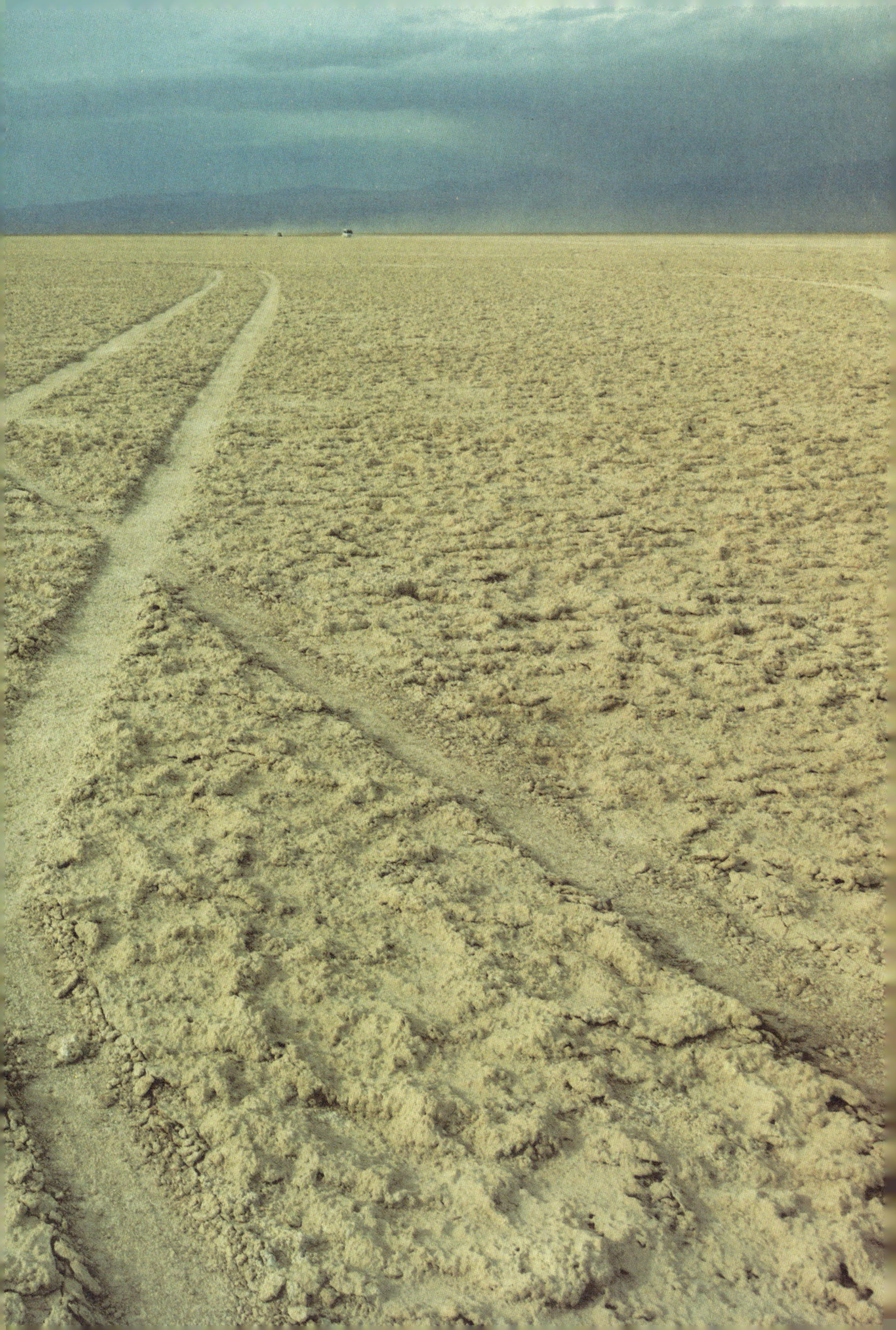

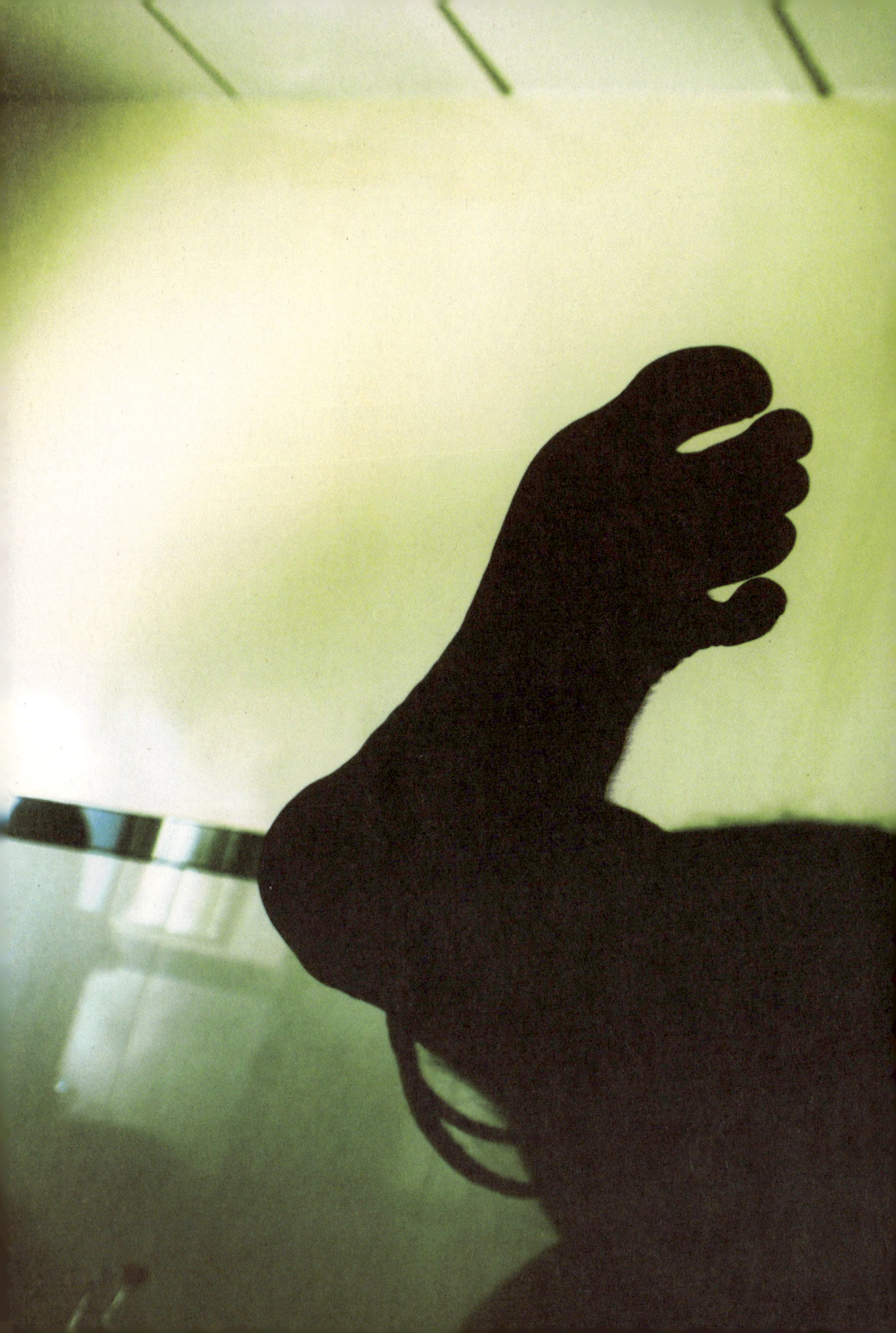

旅情热带夜

1021日を巡る旅の記憶

1021天穿越世界之旅

[日] 竹泽宇流麻 著
童桢清 译

RYOJO NETTAIYA

新星出版社 NEW STAR PRESS

曾经有谁说，旅行即人生
有谁用脚步丈量世界，发现梦的模样
有谁在追寻遥远东方绝美的眺望
又有谁抵达了传闻中远在西边的桃源之乡

在地平线的那端，似乎存在着什么
在水平线的那头，隐隐若现着什么

风掠过葱郁的森林，对你诉说着什么
浪花飘散在灰色的大海，向你传递着什么

在苦闷沙漠的尽头，是否涌出过欢愉之泉
在茫茫人海的彼端，是否生活过极乐之徒

谁能断言，
路边的石头里没有寄宿着人的灵魂
谁又能知道，
敲打着窗户的雨滴没有自己的语言

旅行能给你自由吗
还是，自由让你踏上旅程

那是谁的话语
那是谁的心灵

风的轻语你听见了吗
大地的震颤让你害怕了吗
心灵的渴望让你喘息了吗
你期盼过吗
你活过吗
还是已经死去

在辗转难眠的热带夜[1]
你脑中浮现了什么
你在希冀着什么
这一场旅途
你看见了什么

---

[1] 日本气象术语，指夜间（傍晚至次晨）最低气温超过 25 摄氏度的夜晚。（译注，下同）

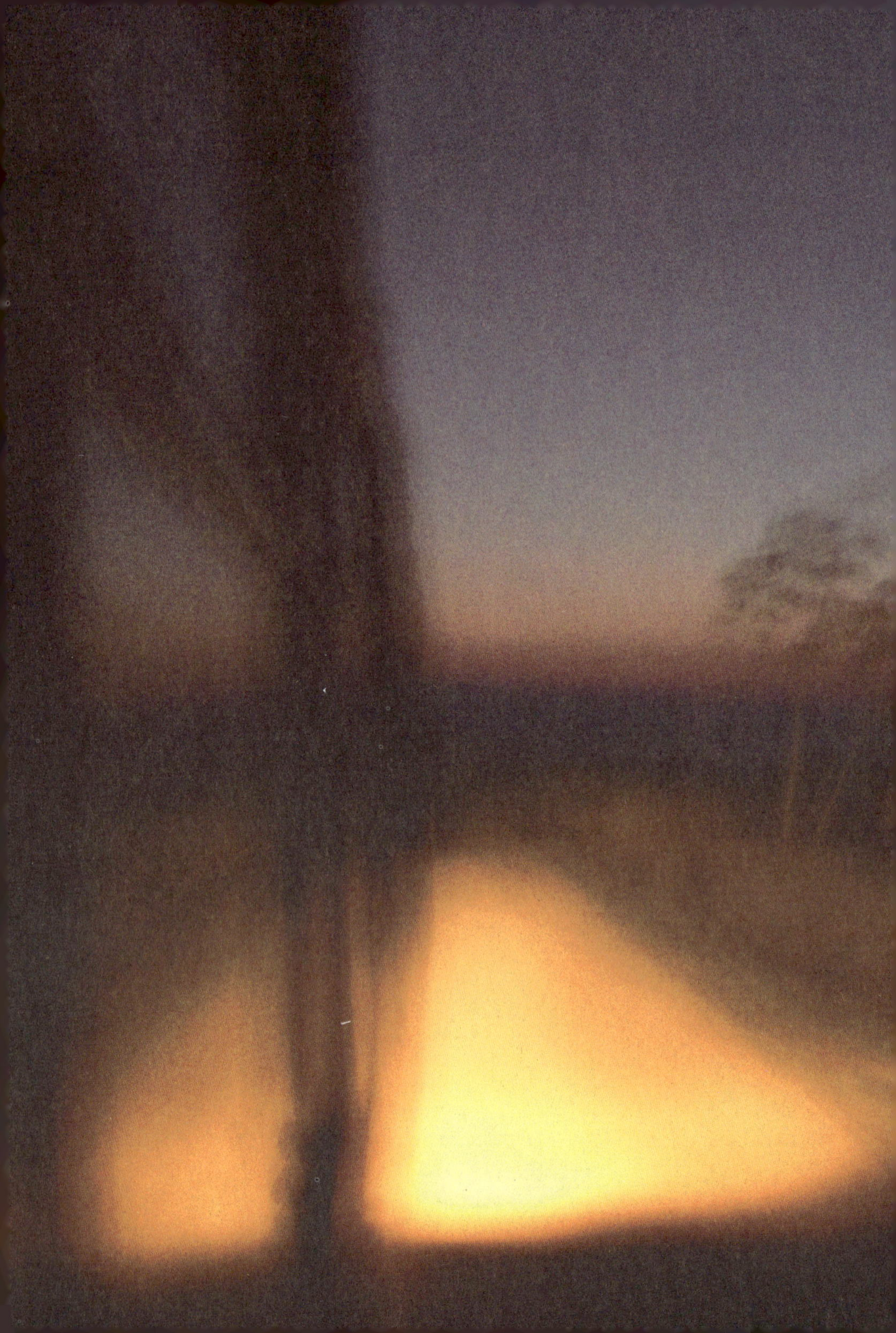

目录

美洲大陆

006–013 北美地区
美国／墨西哥

014–025 加勒比地区
古巴

026–039 中美地区
危地马拉／萨尔瓦多／伯利兹／尼加拉瓜／哥斯达黎加／巴拿马

040–121 南美地区
秘鲁／玻利维亚／巴西／苏里南／法属圭亚那地区／圭亚那／委内瑞拉／厄瓜多尔／哥伦比亚／乌拉圭／巴拉圭／智利／阿根廷／马尔维纳斯群岛（福克兰群岛）／南极地区

中东地区 & 非洲大陆

124–161 中东地区
叙利亚／黎巴嫩／约旦／以色列／巴勒斯坦／埃及

162–289 非洲
苏丹／埃塞俄比亚／肯尼亚／南苏丹／乌干达／卢旺达／布隆迪／坦桑尼亚／赞比亚／博茨瓦纳／津巴布韦／马拉维／莫桑比克／莱索托／斯威士兰／马达加斯加／南非／纳米比亚／塞内加尔／尼日尔／布基纳法索／马里／毛里塔尼亚／西撒哈拉地区／摩洛哥

欧亚大陆

292–337 欧洲
英国／葡萄牙／法国／西班牙／意大利／摩纳哥／冰岛／德国／波兰／芬兰／俄罗斯／匈牙利／捷克／斯洛伐克／斯洛文尼亚／奥地利／保加利亚／罗马尼亚／克罗地亚／波斯尼亚和黑塞哥维那／黑山／阿尔巴尼亚／塞尔维亚／北马其顿／希腊

338–340 高加索地区
格鲁吉亚／亚美尼亚

341–441 亚洲
土耳其／印度／尼泊尔／伊朗／土库曼斯坦／乌兹别克斯坦／塔吉克斯坦／吉尔吉斯斯坦／中国／不丹／老挝／泰国／印度尼西亚／越南／韩国／日本

美洲大陆

- 023　雨、热情和飞溅的水花
- 036　尼加拉瓜的青年
- 046　原住民的专属座位
- 056　流血的女摔跤手
- 064　深夜抓鳄鱼记
- 070　玻利维亚烫头记
- 082　大河中的一滴水珠
- 094　搭乘历劫大巴前往女巫村
- 103　牧羊家族
- 108　荒野上的吟游诗人
- 114　巴塔哥尼亚高原的风
- 118　鲸鱼的旅程

中东地区 & 非洲大陆

- 129　沉默修道院里的祷告
- 136　叙利亚国境之墙
- 150　汗·哈利里的少年
- 163　欢迎来到非洲
- 169　被便衣警察逮捕
- 175　日本女背包客的幻影
- 181　世界的中心与秘境之人
- 195　杉本先生和美女姐妹
- 200　国家诞生的瞬间
- 205　孤儿院日记
- 214　大屠杀的记忆
- 233　旅人之死
- 250　非洲不愧是非洲
- 259　漫长又心惊胆战的一天
- 268　"I am professional."
- 280　黑夜中的矿运火车
- 286　非洲最后的夜晚

欧亚大陆

- 296　雨中的伦敦
- 300　陆地的尽头
- 308　小小的幸福
- 316　浪击而不沉
- 330　Don't Forget '93
- 351　红衣旅人
- 358　阿兰波的仙人
- 375　葡萄的回忆
- 382　潜入帕米尔高原
- 388　蒙古包的一夜
- 401　80小时火车之旅
- 410　不丹腹地纪行

日本 ▶ 美国　001

002

日本 ▶ 美国　003

Japan → USA → mexico → Cuba

2

美洲大陆

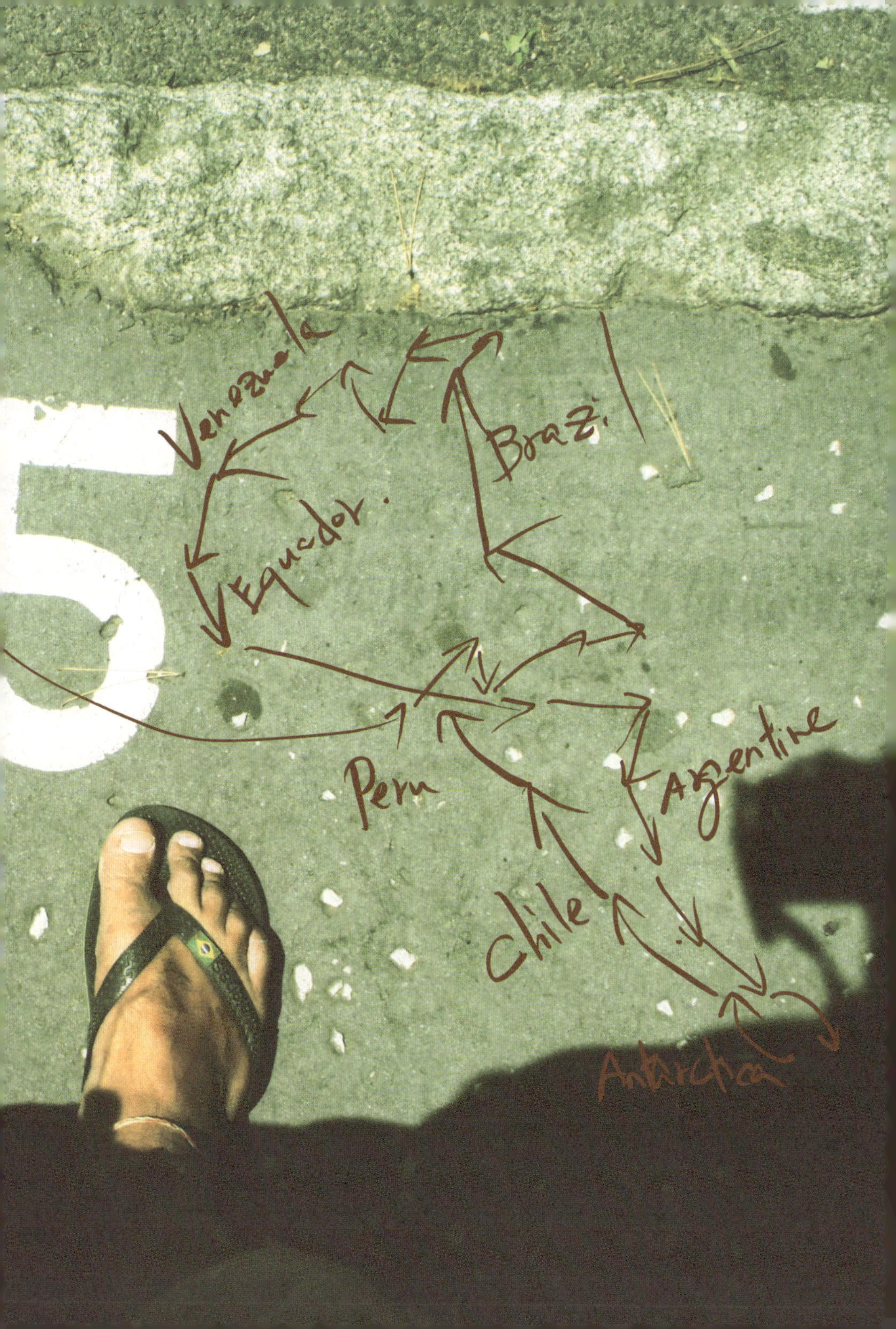
Venezuela
Brazi
Equador.
Peru
Argentine
Chile
Antarctica

北美地区

日本 ▶ 美国 ▶ 墨西哥　　007

008　北美地区

Los Angeles を経由して、Las Vegas に到着。暗闇の中に人工の光が煌々と輝いていた。これから長い旅が始まる実感はほとんどない。深夜まで開いているベトナム料理屋で春巻を食べたら、少しは旅っぽくなった。明日は UTAH 州を目指す。

途经洛杉矶，我到了拉斯维加斯。黑暗中，城市放射出的灯光灿烂无比。我依旧还没有漫长旅途即将开始的实感。在营业到凌晨的越南餐馆吃了春卷，稍微有了点羁旅之意。明天前往犹他州。

日本 ▶ 美国 ▶ 墨西哥　　009

@Guanajuato
Lunch 街中のRestaurantへ〜
Pollo Asado のハーフ、50 Pesos.
うまい!!
宿 Hostal Alonso
Alonso Numero 29, Guanajuato
一泊 120ペソ、ドミ、wifiあり)
Bus Mexico City 北バスターミナル
Primera Plus 社 所要5時間
536ペソ

Skelton の お土産を買う。
45 pesos.

@瓜纳华托
午饭：在街边的餐馆，半份柠香烤鸡，
50墨西哥比索，好吃！
住宿：Hostal Alonso
Alonso Numero 24, Guanajuato
一晚120比索，床位，有无线网络
大巴：墨西哥城汽车北站
Primera Plus 公司，车程5小时，
536比索。

1 柠香烤鸡（Pollo Asado）是一种墨西哥烤鸡。鸡肉用辣椒、孜然、黑胡椒等香料和柠檬汁腌制后，再用炭火烤制而成。

买了骷髅头的纪念品，45比索。

010　北美地区

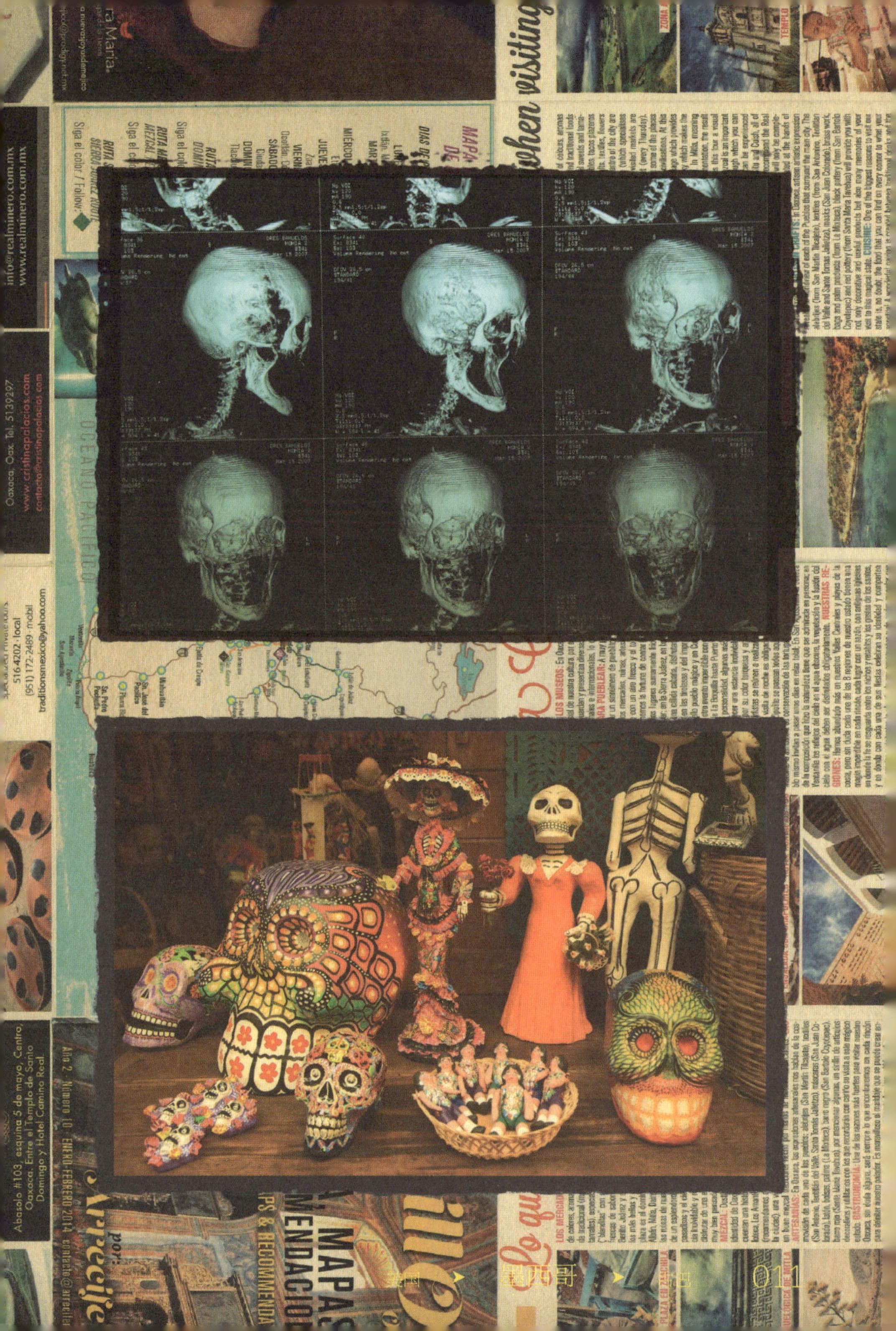
when visiting
MAPAS
RECOMMENDA
Arrecife

012 北美地区

Tuspa
TRANSPORTES URBANOS Y SUB-URBANOS DE PAPANTLA, S.A. DE C.V.
SERVICIO DE SEGUNDA CLASE
CARRO 230
FOLIO 0002537
Este boleto es personal y le da Derecho al Seguro de Viajero EXIJALO
VUELTA VUELTA VUELTA VUELTA VUELTA
$ 5.00
PARQUE ESTATAL
MÉXICO
HIERVE El Agua
Cooperación $ 15.00
INCLUYE SERVICIO DE SANITARIO
San Isidro Roaguia
Nº 9371
HIERVE EL AGUA
PARQUE ESTATAL
Nº 016151
SERIE Z
$ 6.00
Exija su Boleto
MUESTRESE AL INSPECTOR
AUTOTRANSPORTES GALGO
876 B
RUTA 48
AGUA SANTA II COL. EJIDAL
Nº 07779
Autotransportes David Sierra Rivera S.C.
MUESTRE AL INSPECTOR
CARRO 186
502

014　加勒比地区

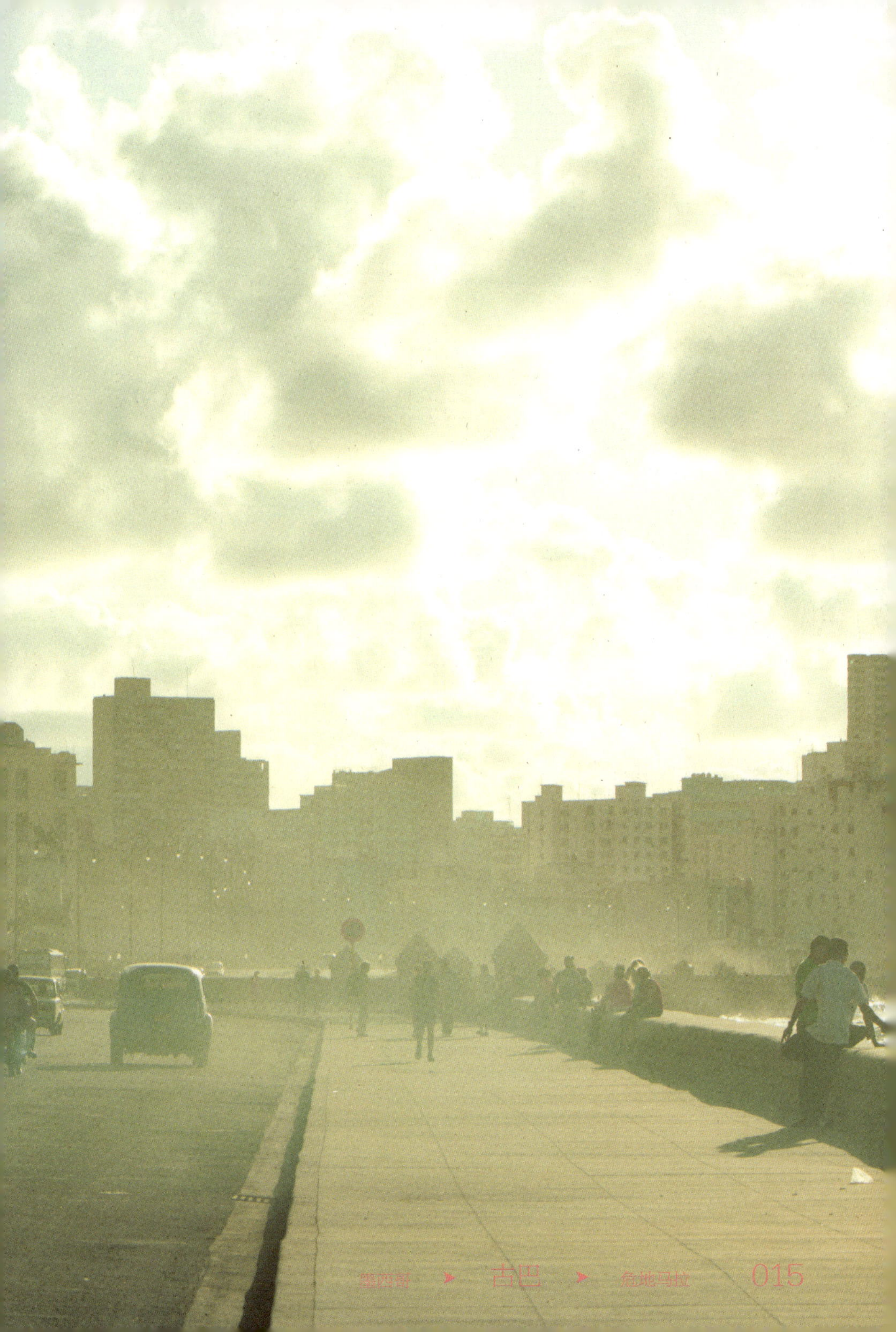

016　加勒比地区

毎日、ハバナの旧市街を歩いて過ごす。
今日の朝、一軒の家から生バンドが奏でるSalsaが
聞こえてきて、中を覗いた。10人くらいの人々が
バンドの練習をしていた。中に入って様子を見させ
てもらう。

練習といっても、真剣ではなく陽気に並びな
がら。とにかく楽しそうで好き。ラムを飲み、葉巻
をくゆらす。踊り、歌う。楽しくないと彼らにとっ
ては音楽ではないのかもしれない…。

音に導かれて次から次へと沢山の人がその家の中
に入ってくる。踊り、歌い、笑い、また踊る。
なんだろうか、この国は。楽し過ぎる。

情報 毎週日曜日13時〜
Cayjhor de Hamel の路上にて
無料 Rumba Live があります。

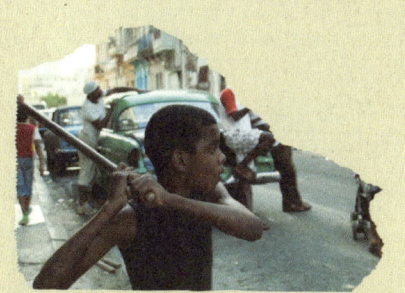

每天，我都在哈瓦那旧市区里闲逛。
今天早上，从某户人家传出乐队演奏萨
尔萨[1]曲子的声音。我朝里望去，里面有
十来人在进行排练。我问他们能否进去
听他们演奏。

虽说是排练，但没有那么严肃，倒
是多了几分玩耍的轻松自在，气氛好不
欢乐。大家喝着朗姆酒，抽着烟卷，跳舞，
唱歌。也许在这里的人看来，无法令人
感到快乐的话，那就不是音乐。

循着音乐的指引，房间里的人越来
越多。舞蹈，歌声，欢笑，又一轮起舞。
这个国度，太快活。

补充：每周日下午1点起，在哈默尔小
　　　巷附近，有免费的伦巴音乐现场。

1　萨尔萨（Salsa）是一种起源于古巴的民间舞蹈（音
　　乐）。萨尔萨舞受拉丁舞和爵士舞影响，注重调动腿
　　部和臀部运动。形式自由，节奏活泼，比起舞步规则，
　　更强调舞蹈和音乐的融合。

墨西哥　▶　古巴　▶　危地马拉　　017

018　加勒比地区

墨西哥 ▶ 古巴 ▶ 危地马拉　　019

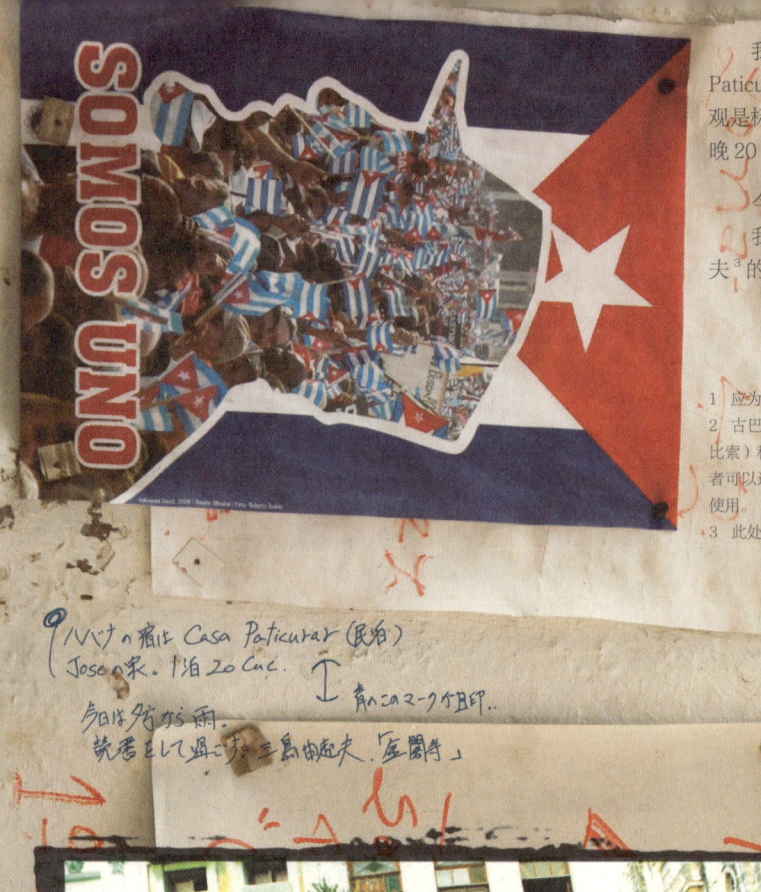

我在哈瓦那住的 Casa Paticurar[1]（民宿，绿色的外观是标志），是何塞的家。一晚 20 红比索（CUC）[2]。

今天日落时分下起了雨。

我在房间里读三岛由起夫[3]的《金阁寺》。

1 应为 Casa Paticular。
2 古巴流通的货币分为 CUC（俗称红比索）和 CUP（俗称土比索）两种。前者可以进行外币兑换，后者仅限本国内使用。
3 此处为作者笔误，应为三岛由纪夫。

ハバナの宿は Casa Paticurar（民泊）
Jose の家。1泊 20 CUC. 角にこのマークが目印。

今日は夕方から雨。
読書をして過ごす。三島由起夫「金閣寺」

墨西哥 ▶ 古巴 ▶ 危地马拉　　021

022　加勒比地区

雨、热情和飞溅的水花

突然之间，下起了雨。

到古巴之后，天气一直很好。可是最近几天，天空开始变得阴沉。一开始，老天爷只是客气地洒了一点雨滴，到后来，仿佛在云里再也憋不住似的，雨势越来越猛。

眼见雨变小了，我瞄准时机出了门。平时熙熙攘攘的哈瓦那旧市区此时安静了下来，路边玩棒球的少年、叫卖蔬菜的商贩都不见了踪影。灰色的苍穹下，建筑物外墙斑驳破败，窗户上遍布裂纹；头顶上的电线杂乱无章地纠缠在一起，街道中垃圾散落在各处。吸饱了加勒比海的水汽后，从天而降的雨打湿了一切。

我有一次坐了20多个小时的火车到东南边的圣地亚哥，但没过多久又回到了哈瓦那。原因很简单，哈瓦那太迷人了。就算到了其他地方，很快我就会想念哈瓦那。

活着的城市。这是我对哈瓦那的印象。海风吹拂着阳台上晾晒的衣物，街巷里回荡着孩子的欢闹声，空气里弥漫着烟草的香味。无处不在的生活气息刺激着我的感官。美国的经济制裁使得这里物资缺乏，也阻断了人员流动。走在哈瓦那的大街上，映入眼帘的建筑、车辆，几乎都是五十年前的东西。可是那上面刻印着人们长年累月留下的生活痕迹，它们造就了哈瓦那独特的气质，刺激着踏上这片土地的每一位旅人。

我走在路上，听见某处传来音乐。乐声从小小的窗户溢出来，回荡在街上。透过窗户往里看，屋里的人弹着琴跳着舞。他们看到我，连忙招呼我加入。在哈瓦那，音乐就像雨过天晴后地面升起的水汽，笼罩着整个城市。萨尔萨、伦巴、爵士。音乐一响，人们便簇拥过来，狂欢拉开序幕。音乐的能量召唤出舞蹈。伴随着强烈的节拍，舞者跃动的身体散发出炙热的力量。我看着他们跳舞，似乎能透过舞动的身体看到每个人的内心。两人成歌，三人起舞，这便是古巴的日常。

黄昏时分，我出发前往海岸大道。加勒比海波涛汹涌，大浪一阵又一阵地拍打在海岸上，飞溅的水花飒爽地散落在空中。

不知什么时候，雨停了。夕阳刺穿厚重的云层，从缝隙中投下金色的光线。在落日耀眼的光芒中，翻滚的海面阴影愈深，显得愈加汹涌。眺望了一会儿眼前的景色，我转身向包裹在余晖下的市区走去。

024 加勒比地区

古巴

国境から
Collectivoで Tekun Mannまで 30分、15ケツァル。
ケツァルテナンゴ行きの Chicken Busを見つけ乗り込む。
3時間ほどで San Marcosに到着し、またBusを
乗り換え 1時間。バスを降りる場所がわからず
にいたら、他の乗客が親切に教えてくれた。
みな優しい。

在边境坐上公共汽车，大约半个小时后抵达危地马拉小镇德空乌曼。车费15格查尔。接着坐上开往克萨尔特南戈方向的野鸡大巴[1]，3小时后达到圣马科斯城，再次换乘，又是1小时。
看我不知所措的样子，巴士上的当地人好心告诉了我该从哪里下车。大家都很热情。

[1] 原文为"chicken bus"，特指危地马拉、萨尔瓦多等拉丁美洲各国之间运送货物和人力的大巴，通常为美国中学校车车型，是拉丁美洲常见的交通工具。一说因为这种大巴常被用于运送鸡等动物，且往往塞满了乘客，所以被戏称为"野鸡大巴"。

16時頃、ケツァルテナンゴ到着。
今日の宿探し。3軒目でいい宿を見つけた。
1泊 Breakfast付、35ケツァル。

下午4点多，我终于到了克萨尔特南戈。开始寻找落脚处，询问的第三家看起来不错，就这里了。一晚含早餐35格查尔。

026　中美地区

Talismanで Mexico — Guatemalaの
国境を越えた。
Guatemala入国後、ケツタルに両替。
レートが悪いから少しだけに控えておくか、
相場を知らずに安いと思ってはい US$100
を替えた。あとで知ったけど、かなり ボラレていた。

从墨西哥的塔利斯曼出发，跨越国境进入
危地马拉。入境之后，换了当地货币格查尔。
我原本想，如果汇率不划算，就只换一点点。
但因为不知晓行情，觉得便宜就一下换了 100
美元。后来才知道亏了，无奈。

古巴 ▶ 危地马拉 ▶ 萨尔瓦多　　027

市场情报

Chicastenango 每周四
Sonil 每周三
MomosKhango 每周日
San Fanasco El Alto 每周五

市集消息：
奇奇卡斯特南戈 每周周四
苏尼尔 每周周三
莫莫斯特南戈 每周周日
圣弗朗西斯科埃尔阿尔托 每周周五

危地马拉
Guatemala
Quetaltenango 克萨尔特南戈
Panajachel 帕纳哈切尔
Chichicastenango 奇奇卡斯特南戈
Antigua 安提瓜古城
Guatemala Cy 危地马拉城

028 中美地区

Chicken Bus に乗ってウトウトしていて
Sunilに到着。中央はウイピルを着た
おばちゃんばかり。ここは一体どこだ?!
そしていつの時代だ?!

野鸡大巴摇摇晃晃，不知不觉就到了苏尼尔的市场。
放眼望去，市集上都是身着鲜艳韦皮尔衫[1]的当地妇女。
我究竟在哪里？这是什么年代？

1　韦皮尔衫（huipil）是中美洲一种绣有图腾图案、颜色鲜艳的套头罩衫，
为当地女性常穿的一种民族服饰。

ピーマン・トマト・ジャガイモ・人参・黒豆・
ニンニク・トウモロコシ 数種・コリアンダー
バナナ・マンゴー・オレンジ・スイカ・リンゴ etc...
グァテマラの大地の味に溢れてる。
Mango 1kg = 8ケツァル で購入。

青椒、西红柿、土豆、胡萝卜、黑豆、大蒜、
不同品种的玉米、芫荽、香蕉、杧果、橙子、
西瓜、苹果等。尽是危地马拉的自然之味。
买了一千克杧果，8格查尔。

古巴　▶　危地马拉　▶　萨尔瓦多　　029

RVICIO
TRES
EMPOS.

古巴 ▶ 危地马拉 ▶ 萨尔瓦多

中美地区

古巴 ▶ 危地马拉 ▶ 萨尔瓦多　033

Guatemala City → San Salvador
Tica Bus 4〜5hs.

Hotel
 Hotel San Carlos 1泊 US$12
 Tica Bus Terminal 内にあり。
Suchitoto Colonial の街。雰囲気〆good??
 San Salvador からLocal Bus で 45分

034　中美地区

危地马拉城 ▶ 圣萨尔瓦多
提卡巴士 4 ~ 5 小时

酒店：Hotel San Carlos
一晚 12 美元，在提卡巴士站内。
苏奇托托：殖民时期风格的街道，氛围似乎不错？
从圣萨尔瓦多搭当地巴士大约 45 分钟车程。

尼加拉瓜的青年

我在萨尔瓦多的首都圣萨尔瓦多坐上开往尼加拉瓜的巴士，在比预定时间晚了半个小时后，车终于启程了。车内乘客稀稀拉拉，大家都面带少许倦怠眺望着窗外。远处连绵的山丘不断向后退去，道路两旁的植物喝饱了昨日的雨水，绿得透亮。几小时后，大巴载着我们到了洪都拉斯境内。很快又越过它的边境，抵达尼加拉瓜。中美地区的国家面积都不大，彼此紧挨着。现在，我离开日本已经两个月了。这是此行的第九个国家。尼加拉瓜的首都马那瓜以糟糕的治安闻名，我只在那里停留了一晚，第二天便去了格拉纳达。

格拉纳达市区以大教堂为中心往东西南北四个方向延伸。石铺的道路横平竖直，犹如棋盘的纹理。红色屋顶的房子颇具殖民时期风情，整齐地排列在道路两旁。我慢悠悠地走在街上，想找一家便宜的旅馆。忽然天开始下雨。刚开始还是小雨，没过一会儿雨滴开始猛烈地拍打路面的石板。无奈之下我只好躲进街边的咖啡厅，等着雨停。

大约在两周前，我发现这里降雨逐渐多了起来。应该是进入雨季了吧。雨季初期，每天的清晨和日落时分都会下起骤雨。尤其是在黄昏的时候，常常还会响起震耳的雷鸣。我只有待在房间里等雨变小后才能外出。

眺望着窗外的雨，尘封的记忆之匣突然开启。我想起了21岁在美国的那一年，遇到的来自尼加拉瓜的室友。当时我和巴西人、韩国人（这位室友和我是同年同月同日生），还有这位尼加拉瓜的青年住在一起。在精力充沛的拉丁血脉面前，亚洲血脉甘拜下风。我们家几乎每天都有派对。

我的尼加拉瓜室友（我已经忘记他的名字，但是仍然记得他的长相）到美国的第一天，想要打电话给他的家人，告诉他们自己抵达的消息，可是电话无论如何都打不通。奋战了一小时之余，青年的思乡之情郁结心底，突然哭了起来。

独自一人来到陌生的国度，和素昧平生的巴西人、韩国人和日本人挤在同一屋檐下，哪怕能听到家人说说话也好，可是电话无论怎样都无法拨通。对于他，手中的话筒可能是连接自己和故乡唯一的方式吧。可是在听到电话那头"您所拨打的号码无法接通"语音的瞬间（虽然这只是由于他在拨号前没有加上自己国家的区码），他和故乡的纽带完全断裂了。在陌生的国度被陌生民族的人包围，我的新室友陷入了完全的孤独。也许这样的心境，使他不禁流下了眼泪。

此刻在咖啡厅躲雨的我所眺望着的，难道不是那时候他思念的电话那头的景色吗？热带雨季的潮湿空气、发亮的黑色石板、悠闲的时光。面露忧愁的人儿。夜晚躁动的空气。

雨接连下了好几天。每当我抬起头看着窗外湿漉漉的景色，眼前便不由浮现出那位青年流泪的面庞。仿佛他含着泪水的双眼正望着此时的景，此处的人。

就这样，过去的思绪和眼前的风景交织在一起，我继续着每日的旅途。

Fortuna $\xrightarrow{\text{Bus}/\text{taxi}}$ Sielpe $\xrightarrow{\text{Boat}}$ Drabe Bay　　拉佛尔图纳 $\xrightarrow{\text{巴士}/\text{出租}}$ 斯尔佩 $\xrightarrow{\text{船}}$ 德雷克海湾

Corcobado 国立公園に到着。
毎日、雨、雨、雨。
宿からの眺めが良い。1泊US$8。
明日はPanama Cityに移動予定。

抵达科尔科瓦杜国家公园。
每天都是，雨，雨，雨。
住的地方，从窗户看出去特别美。一晚8美元。
明天计划到巴拿马城。

038　　尼加拉瓜　▶　哥斯达黎加　▶　巴拿马

哥斯达黎加 ▸ 巴拿马 ▸ 秘鲁

040　南美地区

巴拿马 ▶ 秘鲁 ▶ 玻利维亚

アルパカの表情を見ていると、
すべてを悟っている
のではないかと思うときがある。
もしかして仙人なのかも。
でも昨日、食べてしまった。
大丈夫かな。

看着羊驼的脸，我有时候会觉得这种动物一定是看透一切的仙人。糟糕，昨天还吃了它的肉！没问题吧？

042　南美地区

Ausangate の山へ。
Cuzco からバスで4時間。
そこから歩いてさらに4時間。
Pablo の家に泊めてもらう。
家族 5人。アルパカ 150頭。
犬 2匹。食用ネズミ 10匹。

前往奥桑加特山。
从库斯科坐车大约4小时，
下车后再徒步4小时。
住在当地人巴勃罗的家里。
家庭成员5人。羊驼150只。
狗2条。食用老鼠10只。

巴拿马 ▶ 秘鲁 ▶ 玻利维亚　043

离开日本已经100天了。时间过得太快。我感觉什么都还没有做，什么都没看到。倒是感冒了三次。照这个节奏下去，这次旅行可能要花上五年。必须加快脚步了。

@库斯科，太阳祭[1]
祭祀本身特别没意思。
但是当地的气氛特别好！
下周还有保卡坦博的圣卡门节。

1 每年冬至日（印加历）在库斯科城的太阳神殿举行的祭奠太阳神的祭祀活动。太阳祭是古印加帝国传统中极为重要的一场典礼。

044　　南美地区

巴拿马 ▶ 秘鲁 ▶ 玻利维亚   045

原住民的专属座位

离开库斯科的第四天,我来到了依沃乔特小镇,它坐落在由安第斯山脉发源、汇入亚马孙河的乌鲁班巴河上游。依沃乔特人口仅有一百余人。

我来这里,是因为在库斯科的时候,一位背包客告诉了我一条有趣的路线:沿着从马丘比丘流向亚马孙的河一直走下去,在前方有一个叫圣弗朗西斯科的村落,村里住着萨满巫师,在那里还可以接受萨满的仪式。

我原本的计划是从库斯科一路南下,进入玻利维亚。听他这么一说,总觉得非亲自去走一走不可。通常去圣弗朗西斯科村的路线是坐大巴经过秘鲁首都利马,两天后即可抵达。可我不想走这条捷径,而对在库斯科听到的沿河而上的路线跃跃欲试。就这样,我从库斯科出发,朝着萨满村走了四天。

第一天,我住在库斯科附近的村子皮萨克,走访了村落周围印加帝国的遗迹。翌日,从皮萨克到乌鲁班巴,去看了山坡上壮观的马拉斯盐田。

第三天,搭巴士从乌鲁班巴到基亚班巴。次日早上5点又坐上车,朝着依沃乔特前行。到依沃乔特要走7个小时的土路,大巴行驶得飞快,一路上尘土狂舞,关着窗户也无法避免飞扬的尘土扫荡全身。

我坐在车厢最后面的一排。不知道为什么,上车的当地人总是会挑我旁边的座位坐下。最后一排有四个座位,我坐在右边最里面的位置。人们总是留着其他空位不坐,偏偏挨着我坐下。

随着大巴行进,我邻座的人换了一波又一波。现在坐我旁边的是一位原住民大叔,他手里提着装鱼的袋子,鱼肉渗出的油脂飘散出令人不适的异味。不知什么时候,这位大叔把袋子放在了地板上,鱼油顺势从袋子中溢了出来。等回过神来,我才发现自己放在地上的背包遭了殃,被鱼袋中流出的液体浸湿了。此时,这位大叔就仿佛是任务完成了一般,立马提着鱼下车了。很快又有当地人上了车。果然,又坐在我的身旁。前面明明有空位,为什么一定要坐在我旁边?百思不得其解。难道这个座位是原住民专属座位?

这次的乘客是一位带着孩子的妇女。大巴依旧向前飞驰,加上道路蜿蜒曲折,路面高低不平,车里晃得厉害。转眼间,旁边的孩子难受得开始呻吟、呕吐。这位妇女没过多久也被孩子传染,两人在我旁边就像唱和般,一前一后对着塑料袋吐得昏天黑地。也不知道他们上车前究竟吃了什么,带着黏性、质感奇妙的食物残渣从他们的喉咙深处顺着口腔掉入塑料袋中。这势头持续了好一阵子，看来他们上车前吃了顿大餐。

　　我推开窗户，强忍等待着两人平息。在几个回合之后，他们身体里的翻江倒海终于化为风平浪静。妇女接过孩子手里装着呕吐物的袋子，开始打瞌睡。吐了这么多，也应该累了。也好，睡着了就不会晕车了。但是，能不能把手里的袋子系好了再睡？就这么敞着口提在手上，难道是为了下一波的到来做准备？这位母亲手上挂着没有系口的呕吐袋，在座位上打起了盹。而旁边的我，神经紧绷，注视着袋子的动静。毕竟我的背包才在上一位乘客那里接受了洗礼。

　　我忍不住去想：万一袋子不经意从熟睡的妇女手里滑落，掉到地板上，里面的液体受到地面冲击洒满整个车厢，会是怎样一番景象。为什么不趁早把它扔到窗户外面。我仔细观察了一下，她只是用大拇指和食指拎住袋子的提手而已，随时都有可能滑落。

　　司机似乎对汽车后座反复上演的惊悚剧情毫不关心，照旧在崎岖的路上开得飞快。不论前方是坑坑洼洼的路面，还是视线受阻的弯道，都阻挡不住他飞驰的心。究竟为什么这么着急？每当汽车猛烈摇晃的时候，我都胆战心惊地注视着旁边妇女手中的袋子。有好几次我都觉得"不行了，要掉了！"，在确认袋子依然坚毅地扣住她的指尖后，才如释重负。但是下一秒，我又立即警觉起来，还有下一次的颠簸潜伏在前方。我甚至觉得，司机是故意要让袋子从妇女手中掉下来，才开得如此粗暴的。"完蛋了！""要掉了！"整个旅途，我都在心里咆哮。

　　7小时后，终于到了小镇依沃乔特。在南美，20小时、30小时的车程是再平常不过的，7小时其实算是短途。可是这一次，前所未有的疲惫感席卷了我的全身。

　　坐我旁边的母子终于醒了过来。妇女把塑料袋系好，好像什么都没发生的样子，带着巨量的呕吐物消失在了森林之中。

　　依沃乔特在我们来路的尽头，道路从此消失，前方只有河流。明天起，我需要坐船沿河而行，不知道什么时候才能抵达目的地。能否抵达也说不准，没有地图我也不知道自己究竟是朝着哪个方向前进。

　　萨满之村，路途茫茫。

Machupichu → Pucarpa.
马丘比丘　　　普卡尔帕
　　　　　　　　　ここから貨物船あり
　　　　　　Atalaya　以这里开始有货船通航
　　　　　　阿塔拉亚

Pogo Maiki　波尔圣返基
360°地のエンプ　360 度源布汉城
　　　　　　　　　Río Urubamba
　　　　　　　　　马鲁班巴河

Pucarpa　　　　　　　　　Kiogueti 基里格蒂　　　　　Ivochote 依沃乔特
普卡尔帕　　　　　　　　　　　　　eousea 欧塞亚　　　　车は22まで　车只能开到这里，
　　　Miaria　Nueva Vida　Khokoria　　　　　あとはカヌー　之后须坐3天木筏
　　　米亚利亚　诺瓦维达　科科里亚　　　　　で3日

Ivochote → Atalaya　2〜3日. カヌー　燃料. テント. 水

Atalaya → Pucarpa　3〜4日 貨物船あり) 週2回??

　途中, 休憩やマチゲン族の村々が点在。
　シャーマンもいる. 儀式も受けられる子 (要交渉)

Pucarpa → San Francisco 村
　　　　カヌーで1日.

　シャーマン = ロベル. (ドンマテオの弟子)
　宿 Suipino. 一泊. 20 Soles.

　黒魔術やるので気をつけるように.

048　　　南美地区

依沃乔特 ▶ 阿塔拉亚
2～3天。木筏。需准备帐篷、食物、水。
阿塔拉亚 ▶ 普卡尔帕
3～4天。货运船。一周两班?
沿途经过玛奇根加族等原住民的部落。有萨满。
可以接受仪式（需要协商）。

普卡尔帕 ▶ 圣弗朗西斯科村
乘坐木筏需要一天。
萨满巫师：洛黑鲁（唐·马蒂奥的弟子）。
住宿：Suipino，一晚20索尔。
此地有黑魔法，务必注意。

夜。シャーマンのロベルが迎えに来た。
一緒に歩いてジャングルへすぐに入って行く。
月明かりが少しはある程度で、まっ暗である。

森の中の小屋に入る。ろうそくの火をlit）
すでに数人のシャーマンがいた。

床に寝ころび、Ayahuasca 儀式が始まる
のを待つ。ロベルが小さなカップに入った赤茶色
のドロドロ液体を持ってきた。それを一口で
飲む。死ぬほどマズイ。体がこの液体を拒
絶して、肩がかたくれんしょくする。

晚上，萨满巫师洛黑鲁来接我了。我跟随
着他进入密林深处，周围一片漆黑，只有头顶
上月亮散发出微弱的光亮。

走进林中小屋，室内蜡烛火光闪烁，已经
有几位巫师等待着我们的到来。

我平躺在地板上，等待着 Ayahuasca 仪式
的开始。洛黑鲁走到我的身旁，手里端着一个
小杯子，杯中盛着黏稠的赤褐色液体，他示意
我把它一口喝掉。难喝至极。我感到自己的身
体在拒绝液体的侵入，肩开始痉挛。

15分、20分、暗闇の中で待つ。終了
やがて、ロベルの歌声が聞こえてきた。
はじめは プスープスー という呼吸音。
それやがて音階を得る。旋律にそっていく。
その声に呼応して、闇が波打ちはじめる。
意識がゆらぎ、ずれはじめた。
暗闇がゆらめき、肉体がゆらめき、精神がゆらむ。

15分钟，20分钟过去了，我在黑暗中，等待。
一会儿，洛黑鲁的歌声传入耳中。刚开始听起来
像扑哧扑哧的呼吸声，随即声音有了高低起伏，
带着旋律回荡在我的周围，眼前的黑暗随着歌声
出现起伏涌动。我的意识逐渐恍惚。黑暗，身体，
精神纷纷开始坠落。

050　　南美地区

やがて視界をいこなり)厚き霧がつくした。
同時に気温がぐっと下がてと降りて行く。
シャーマンの歌声が激しくなって行く。
やがて、目の前に桂秘色一のコンドルが現れた。
僕らは、コンドルに導かれて精神の洋みに沈んで行く
その鳥はシャーマンの歌だった 歌を目で見ている。
この夜、VISIONの渦老人世界を漂浪った。

广袤的星经铺满了我的视野，我只坠入
黑洞，巫师的吟唱愈加激烈，我看到五彩的
神鹰飞过，我的意识随着飞进入了不可知
的深渊。神鹰是巫师的歌鸣，我看见的，是
他们的歌声。那一晚，视觉的旋涡吞噬了我。

朝方、小屋で目が覚めた。
朝日の光を見て、
現実の世界に帰って来たことを知った

早上，我在小屋中醒来，
清晨的阳光瞬间让我意识到，自己又回
到了现实世界

巴拿马 ▶ 秘鲁 ▶ 玻利维亚   051

@Mamacha Carmen, Paucartambo
人は踊り、祈り、食べ、笑う。
強烈な祭りだった。
今日はまだ初日。あと3日、耐えられるだろうか...

@保卡坦博的圣卡门节
跳舞、祈祷、食物、酒、欢笑。
生命的祭典。
今天才是第一天,还有三天。我能坚持下去吗?

踊り子たちは飛び散る火を背に踊り狂っていたけど、そのうち、火のそばにあったやぐらが倒れて、大混乱！！しかも更に踊りは続き、打ちまく激しくなっていた。翌朝、昨晩着ていた服を見たら、火花を浴びて、無数の穴が空いていた。

舞者们身体剧烈地摇摆，毫不介意背后张狂四溅的火花。突然，燃烧着的木架轰然坠地，现场一片狼藉。在场的人丝毫没有退却，很快就又跳起了舞来，并且越跳越激昂。第二天早上，我发现昨晚穿的衣服被飞溅的火花烧成了马蜂窝。

巴拿马 ▶ 秘鲁 ▶ 玻利维亚　　053

054　南美地区

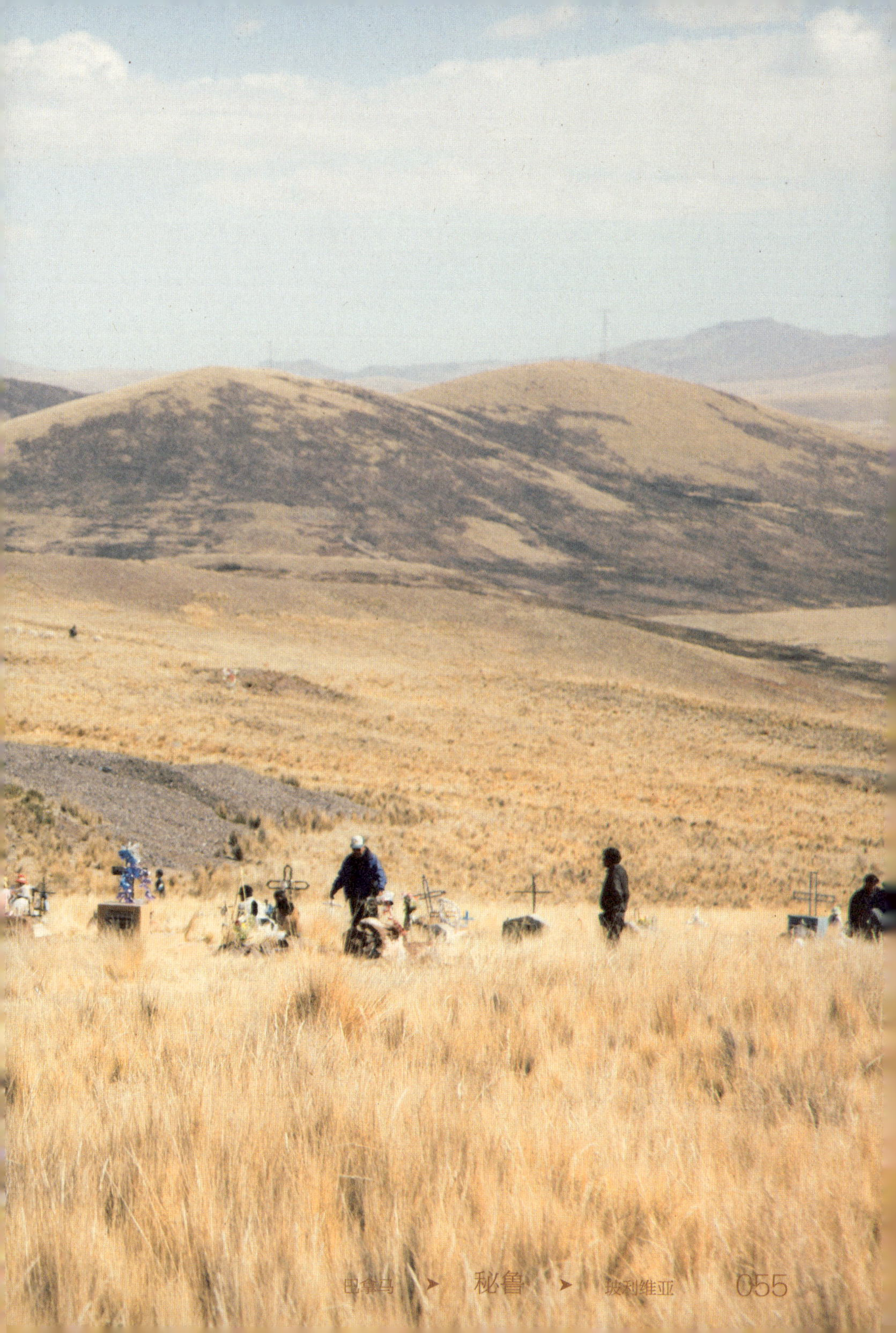

流血的女摔跤手

在拉巴斯的时候，我去观看了当地独特的女子摔跤比赛"Cholita wrestling"。Cholita一词指的是身着玻利维亚传统长裙的妇女。她们有着丰满的身材，穿着裙摆层层叠叠的长裙，头上轻戴着一顶高帽。正是这样的中年妇女们，在赛场上掀起一场又一场的腥风血雨。

每周的周日，在拉巴斯郊外的埃尔阿尔托，女子摔跤比赛都会在一间有点破旧的小体育馆里举行。拉巴斯海拔3700米，是玻利维亚的行政首都（法定首都是苏克雷）。拉巴斯城四周环绕着平均海拔5000米的大山，盆地上则密布着数不清的建筑。

虽然世界各地普遍是富人居于高处，贫民聚于低地，但在拉巴斯却恰恰相反。有钱人把家建在低洼地带，越往上走，居住的人越贫穷。因此，眺望风景的最佳地点是贫民区。

埃尔阿尔托直译过来的意思是"高处"，换言之就是穷人生活的地方。女子摔跤就是这一带居民日常的娱乐活动。傍晚，我在此远眺被夕阳染红的拉巴斯城。由于担心会被抢劫，我并没有久留，很快便穿过露天市集，来到了当天的摔跤会场。不愧是当地人热爱的娱乐活动，门口已经排起了长队。我买票（外国人需要付当地人三倍的门票费）后进入会场。昏暗的场内人声嘈杂，无数双眼睛闪烁着期待与兴奋。

斜阳透过天花板挣扎着进入场内昏暗的空间，暗淡无光的氛围让人感觉比赛还未开始就已经临近尾声。场内大音量放着和周遭毫不相称的当地通俗音乐，摔跤选手们在喧闹的伴奏中登场。第一场是蒙面选手的比赛。刚开始台下观众还全神贯注地看，等到忍者装扮的选手和将军气质的选手开始摔跤后，观众立即毫无兴趣似的转移了视线。两小时过去了，现在台上是一位面露凶相的选手和一位神情寂寞、无精打采的超级英雄在对决。此时场下已经按捺不住，不停有人大喊：快让女摔跤手上场！但依旧久久不见其身影。

终于，经历了短暂的休息后，主场的女摔跤手上场了。场内顿时爆发出雷鸣般的掌声和欢呼声。翘首期盼后终于如愿以偿。女摔跤手沐浴在观众的喝彩声中，绕着摔跤台和大家握手，向台下抛飞吻，心情好极了。就在这时，扮演反派的女摔跤手上场了。她缓缓地举起场外的塑料椅子，猛地朝我们主角的脑袋砸去。其实到这里的剧情，都是事前设计好的。和其他职业摔跤比赛一样，拉巴斯的女子摔跤比赛大致的走向也都是事前安排好的。摔跤手只是照着剧本演戏。但是今天的剧本，实在是鲜血淋漓。

出人意料的是，反派选手举起的椅子在砸向主场摔跤手的瞬间碎得稀烂。主场女摔跤手的头部开始大量出血。反派选手的脸上也写满了惊讶，呆望着手上鲜血淋漓的椅子。刚刚还满脸荣光地向台下抛飞吻的主场选手，下一秒便被岩浆般喷涌的鲜血染红全脸。她的脸因为痛苦而扭曲，身体无法动弹，随即两眼翻白，向后倒去。看到这，场内爆发出哄堂大笑，大家以为这都是事前商量好的。不一会儿，看着工作人员慌乱的举止，我和其他人逐渐意识到事情似乎没有那么简单。场内喧闹了起来。

工作人员拼命地想要扶主场选手站立起来，可她刚要站起来马上又倒了下去。用手拍打她的脸颊也毫无反应。真的还能继续比赛吗？大家都以为今天的比赛看样子是要取消了。可主办方坚持按原计划进行比赛，工作人员仍旧努力将意识模糊的主场选手推上台。身材壮硕的她体重惊人，好几个人一起用尽全力也难以将她送到台上。

与此同时，同样是扮演反派的裁判和反派选手两人为了争取时间，在台上打打闹闹（我猜想原本的剧情应该是这两个坏蛋故意刁难主场选手，最后被击败）。我隐隐感觉出他们心里对比赛突然中止的焦虑。想来也在情理之中，毕竟今天场内有很多像我这样花当地人三倍的价格来看比赛的外国观众。开场那么拖拉，又看不到想看的女摔跤手比赛，大家会要求退款吧。

终于，工作人员把稍微恢复意识的主场摔跤手推入了场内，但她只能无力地靠在护栏边上，一动不动。场下的工作人员催促着反派选手出击，她踟蹰着按照计划向主场女摔跤手发起进攻。太残酷了。反派选手猛地冲过来，毫无还手之力的主场选手身体被撞飞，重重地摔在台上。伤口裂开的头被对方拽着甩来甩去。我光是看着都觉得痛死了。观众席上惊呼声也此起彼伏，实在是惨不忍睹。对手就这么拽着她的头，将她的身体朝着摔跤场的一角用力抛去。接着反派选手在另一端发出一声大喊，朝着角落里的女摔跤手猛冲过去。呀！——场内响起了观众提心吊胆的呼喊。不知是不是听到了观众的呼喊，就在这一瞬间，女摔跤手腾地站了起来，朝着冲向自己的对手迎发，顺势将对方甩了出去。难以想象她这样敦实丰满的体形，做出的动作却是如此流畅优雅。正在大家目瞪口呆的时候，女摔跤手如疾风一般在台上展现了自己华丽的必杀技。这一次，换对方躺倒在地上。女摔跤手举起紧紧握拳的双手，发出一声雄浑的呐喊。那粗犷的声音标志着她的复活。欢呼声和掌声瞬时席卷了愁云惨雾笼罩的场内。但是失血过多的身体，疼痛依然没有消退。用尽最后的力气后，大脑供血不足导致我们的主角再次晕倒在了台上。

　　这之后的进展大概是按照原计划：由于主角的受伤和晕倒加剧了观众对反派选手的愤怒，大家开始把手中的东西朝反派摔跤手砸去。垃圾、橘子、爆米花……人们随手抓起身边任何可以丢的东西，一股脑儿地朝她扔去。

　　扮演反派的选手被观众的举止激怒，拿起某位观众扔过来的塑料瓶反扔回去。于是观众和选手展开了一场投掷大战。在这期间，主场摔跤手一直背靠围栏，蹲坐在角落里。

　　一阵混乱之后，回过神来台上已不见我们的主角。还没搞明白她去了哪里，只见她拿着那把砸过自己的塑料椅子，将其高高举起，猛地砸在了反派选手的头上。随即场外开始了乱斗。这可能也是计划好的？是与否我已经分不清。大家一边慷慨声援着主场选手，一边继续举起手边的东西朝反派选手扔去。最后，主场摔跤手使出了高空必杀，将对手按倒在地。裁判开始倒数：3，2，1。主场选手获胜，她流着血发出胜利的呐喊。场内响起震耳欲聋的欢呼声。

　　在意识模糊的状态下毅然收获胜利的女摔跤手，从使命感中解放出来的瞬间，又四脚朝天地晕倒在台上。工作人员迅速将她沉重的身体抬起，搬运到了后台。

　　之后的对决是小丑和面具摔跤手，莫名其妙的组合，而观众依旧在回味上一场对决的精彩，谁也无心顾及眼下的比赛。

秘鲁 ▶ 玻利维亚 ▶ 巴西　　059

南美地区

秘鲁 ▶ 玻利维亚 ▶ 巴西

南美地区

秘鲁 ▶ 玻利维亚 ▶ 巴西　063

深夜抓鳄鱼记

从苏克雷到圣克鲁斯,然后拼车又是一小时路程,我到了一个叫蒙特罗的地方。圣克鲁斯的地理位置在安第斯山脉之外,属于亚马孙河流域。周围郁郁葱葱,空气湿度大。和在高原不同,在这里呼吸比较顺畅。玻利维亚分为山丘地带和森林地带,两种地理环境之间差异大得好比两个国家。

在蒙特罗下了出租车后,我听到有人在喊:Okinawa[1]! Okinawa! 原来是开往冲绳城的司机在招揽乘客。我坐上了其中的一辆车,朝着Okinawa前进。车驶过草原,不久后大片的甘蔗林映入眼帘。大约四十分钟后,车穿过用日文平假名写着"欢迎来到Okinawa"的拱门,抵达今天的目的地冲绳城。

Okinawa(冲绳城),全名应该写作"Colonia Okinawa"。这里是从冲绳来到玻利维亚的移民们亲手建立起来的街区。第二次世界大战后,数百户居民从那霸的港口地区漂洋过海,来到此地进行开拓。

冲绳城分为Okinawa-1、Okinawa-2、Okinawa-3三个区。Okinawa-2区和Okinawa-3区大多生活着冲绳离岛的移民。其实现在有着百分之百冲绳血统的人已经很少见了,Okinawa-1区大多数是从那霸以及冲绳本岛过来的移民。我决定在这里下车。

我迫不及待要看看冲绳城的样子,走在这里恍然间真的以为自己在冲绳的农村。街边的商店卖着冲绳豆花、炸蛋球等冲绳食物。店里的婆婆是冲绳人,看我买了好几个炸蛋球,高兴得不得了。一边走一边吃着刚买的炸蛋球,甜甜的面团在嘴里化开,勾起了我过去在冲绳的回忆。学生时代,我每到冲绳,必会在街边小商店买手工炸蛋球吃。现在我嘴里的炸蛋球,和当初在冲绳吃到的味道一模一样,这让我切身体会到了这片土地和冲绳之间的联系。

Okinawa-1区有市民公馆,旁边是移民纪念馆。馆内修建有刻着移民开拓牺牲者名字的慰灵塔。看着慰灵塔上的名字,忽然"宇流麻村"这几

---

[1] 原指日本冲绳岛。此处司机口中的Okinawa是第二次世界大战后冲绳移民在当地建立的城区,为了避免混淆,将其译为"冲绳城"。日本冲绳岛则直译为"冲绳"。

个字进入我的视线。

宇流麻村是从日本来到这里的移民们最开始修建的城区。"二战"后,从冲绳来到南美的第一批移民聚集在一起,着手建设宇流麻村。可是在这期间传染病暴发,先后夺走了十一个人的生命。他们只能放弃建设中的家园,寻找新的候选地,也就是现在冲绳城的Okinawa-1区。到现在人们依旧没能查明在宇流麻村暴发的传染病究竟是什么,于是将其命名为"宇流麻病"。我这个"竹泽宇流麻"的名字,在这里似乎不太吉利啊。

移居到冲绳城的人们都是"二战"之后才过来的,前后只有五六十年的时间。在这之前,从冲绳、九州移居到南美的人很多。一百年以前,在玻利维亚就已经有移民存在。他们跨越太平洋后最先到达秘鲁,在环境差异巨大的高原山地过着艰苦的生活。之后为了寻求富饶的大地不停向东迁徙,沿着安第斯山脉来到广袤的森林地带,在这里扎根。他们所经历的困难、所付出的努力难以言表,宇流麻村便是其中一例。

傍晚时分,我听说附近有提供定食的餐馆,便决定前往。这家的定食特别有家常菜的感觉,两块分量超足的炸猪排配上冬瓜味噌汤,一大碗白米饭,一份炖肉。不知道多久没吃米饭的我,看到白米饭立马狼吞虎咽起来。有土地和风的味道。令我想起了在冲绳民宿里吃的晚饭。真的好怀念那段时光。

还在读书的时候,我每年夏天都会去冲绳潜海。在冲绳本岛西北部的伊江岛,我第一次体会到了大海的壮阔,之后我又去了岛上好几次。每次在伊江岛,我都住在港口附近一家叫"nagisa"[1]的民宿。有着冲绳人特有的深邃五官的渔夫大叔会带我去捕蝾螺,回到民宿后阿姨已经做好饭等着我们。在冲绳夏天强烈的阳光下,我环游着一座又一座岛屿,结识了一位又一位朋友,收获了无数的回忆,当时的经历成了我后来处事和做人的原点。记忆中,在冲绳的每一天都伴随着海浪声。在圣克鲁斯的冲绳城吃着定食的我,突然很想念nagisa。不知道它是不是还在那里。

那天晚上,我回想着第一次到伊江岛时的点点滴滴,正在脑内漫步冲

---

[1] 日文写作"渚"(なぎさ),特指海滨上被海浪拍打到的部分。

秘鲁 ▶ **玻利维亚** ▶ 巴西

绳的时候，突然，本川朝我走了过来。

本川是在冲绳城出生长大的青年，25岁，在这里的农药试验场工作。今天下午我去了工会的办公室想要参观小麦收割，在那里第一次见到本川，他带我去了麦田。

看到他过来，我问道："什么事？"

"走，去抓鳄鱼！"他提议，旁边站着他的朋友玉城。我回到房间，草草地准备了一下就和大家会合出发。高中生小安也加入了我们一行人。

我们四人上了车，车开出市区后来到麦田，在田间低洼处形成的沼泽中搜寻着鳄鱼。鳄鱼就栖息在沼泽里，所以很快能发现目标，但最重要的是要会选好吃的鳄鱼。本川告诉我，年幼的鳄鱼肉质柔软，全身都很好吃，如果是皮硬的老鳄鱼，抓到后光是处理就非常费劲，一般只能吃尾巴的部位。

据说抓鳄鱼相当于这边中学生的夜生活。抽烟，喝酒，抓鳄鱼。眨眼之间，就成了大人。

我们的车停在一个大沼泽旁，拿好枪下车，一行人走在麦丛之中。四周一片漆黑，只能看清电筒照着的地方。天空不时电闪雷鸣，视野被闪电点亮的一瞬间，眼前的草丛和沼泽都泛着怪异的紫色。

把电筒对准沼泽，就能看到鳄鱼的眼睛反射着电筒的亮光在黑暗中忽闪忽闪。通过它们两眼间的距离，就能判断一条鳄鱼的大小。如果太大的话我们也搬不回去。本川举着枪，嘴里模仿着鳄鱼的叫声吸引猎物，扣下扳机，给出迅速又安静的一击。一发命中。鳄鱼当场毙命。我不禁感叹，在这么漆黑的环境下竟然能一发命中，实在是令人佩服。小安面露得意地说："这个人是专业的。"本川不好意思地笑了起来。据说诀窍是瞄准鳄鱼发光的两眼之间。

但是如何把鳄鱼从沼泽中拖出来呢？听到我的疑问后，本川说："我忘了带拖鳄鱼的工具了。"看来他还是不够专业啊。

于是之后就是我们队伍中最年轻的小安的主场了。听到："小安，你来吧！"的指示，他脱掉外裤，一只手拿着棍子，穿着裤衩就冲进了黑夜里的沼泽。水过腰间，小安伸手将死掉的鳄鱼朝自己站的方向推，但是推了几次也没成功。

雷鸣越来越响，天开始下雨。小安在一番努力后终于抓住鳄鱼的身子，将它拖了出来。我们冒着瓢泼大雨，在泥泞中脚打着滑前行，好不容易把鳄鱼搬到了车上。

四个人浑身湿透地坐在车里。我问小安，沼泽的水冷吗？"碰到小弟弟的时候是感觉有点冷。"哈哈，不愧是高中生。

我们带着鳄鱼回到了冲绳城的青年会馆。这里是年轻人聚集的地方，然而我们到的时候快0点了，会馆已经关门。我问其他人该怎么办。"没事。"话音刚落，本川就捡起一块石头把门上的锁给砸开了。我们四人偷偷溜了进去。

一进门，马上就动手剖鳄鱼。我这一路上见过了剖羊驼、剖水豚，剖鳄鱼还是头一次见。本川用娴熟的手法把刀插进鳄鱼尾巴根部的褶皱处，把尾巴切了下来，然后把皮刮得干干净净。随即现出的粉嫩肉身，带着光泽，质感有点像石斑鱼。将鳄鱼肉用盐和黑胡椒简单调味后，抹上面粉扔进油锅里炸。之后就是等待。

很快，金黄酥脆的炸鳄鱼肉就完成了。大家已经等不及要大饱口福一番。好吃！太好吃了！刚抓的鳄鱼竟然这么好吃。如果不是下雨，还能再抓个两三只，真是遗憾。还想再吃点。真的很好吃。

冲绳城的三位青年一边说着好吃，一边喝着玻利维亚本地的pacena啤酒。如果这是在冲绳的话情景会是这样的吧：大家一起出海抓鱼，回来做生鱼片，喝着orion啤酒。

这样吃着，想着，冲绳城的夜，更深了。

ラパスに到着。標高4000m。
お金持ちは低いところに住み、貧乏人は高いところに。
貧民街、エルアルトの夜景は最高。
でも治安が悪いので最上級の注意が必要！

抵达拉巴斯。海拔约 4000 米。
有钱人住在低谷，穷人住在高地
站在贫民区埃尔阿尔托，眺望到的景色
是最棒的。但是这里治安极差，需要一级戒备。

068　南美地区

Lapaz 宿
El Solario. 一泊ドミ 20ボリ
泥棒宿として有名。
泊まってみたけど 問題なし。快適。

拉巴斯住宿：
El Solario. 床位一晚 20 玻利维亚诺
以小偷多闻名，住的时候没有遇到任何问题，
很舒服。

秘鲁 ▶ **玻利维亚** ▶ 巴西

玻利维亚烫头记

"不在玻利维亚烫个头发吗？"

在南美旅行的时候，我总会被顶着圆乎乎的爆炸头的旅行者这样问。其实就算他们嘴上不说，看见那个发型我都会觉得像在被质问。

玻利维亚烫发，其实就是爆炸头。这个发型在来南美的游客间很流行，原因很简单：便宜省事。在日本烫一次头发平均价格为一万日元[1]，但在玻利维亚拉巴斯的洗剪吹一条街（我取的名字），不管是多长的头发都只要大概三百日元。对没钱的背包客来说再合适不过了。

长期出门在外的话，剪头发是个难题。背包客中有从事各行各业的人，常常也会有理发师。想剪头发的时候，就请理发师背包客吃顿饭，作为理发的谢礼。但不是每次都恰巧有这样的机会。当然，还有去当地理发店这个选项。好处是一百日元就能解决，但也有很高的风险。大胆的人走进当地理发店，然后顶着大胆的发型出来。我已经见过好几次"惨剧"的发生。那些人回到青旅的当天晚上，为了避免看到镜中的自己，专门睡到房间最角落的床位。

由于这些原因，长长了也不需要怎么打理的玻利维亚爆炸头对广大背包客来说是很理想的。最重要的是省钱。如果在日本的亲戚朋友知道我在海拔4000米的拉巴斯烫了个头，一定会带着寂寞的神情远远地望着我吧。也许他们会感到无可奈何，原本很熟悉的人在旅途的历练中蜕变成了触不可及的陌生人。

到南美以来，我其实一次都没有理过发。头发肆意生长，垂到肩膀，我就扎起来盘在头顶。我这个人对流行的事物抱着相当的警觉心。如果去追赶潮流的话，就会变得和其他人一样，我不喜欢那样。所以就算那些顶着爆炸头的人一遍又一遍地告诉我这个发型的好处，我也无动于衷。他们就像发廊请的托儿，用花言巧语诱惑别人烫头：在玻利维亚烫发之后就会油然而生成就感、归属感，以及低廉的开销带来的满足感。然而现实是，大部分人是不适合那个发型的，我已见过太多的"惨剧"。他们的花言巧语对我没有一点

---

1 大约是人民币六百元。

说服力。

然而那天，不知道我怎么想的，在回旅馆的路上不知不觉走到了洗剪吹一条街。一家店门前站着的女性招呼我：“帅哥，烫个头？”她语气温和，手里拿着的模特照片又很帅，于是我决定进店看看。可能是我太久没有和人说话了，抑或是因为"阿建食堂"（九州移民在这里经营的定食饭店，在背包客之间口碑甚高）那天关门，吃不到心仪的炸物定食让我闷闷不乐，才鬼使神差地走进了那家理发店。

总之，等我回过神来，自己已经坐在了一家只容得下三位客人的破旧发廊的椅子上，翻看着留着蓬松大波浪发型的美国演员们的照片。我选中其中的一张，思索着照片上那种自然的卷发应该失败的风险比较小。我指着照片，示意刚才那位招呼我的理发师要这样的效果。从站在门口到进店，不到三分钟，我居然就烫上了内心一直拒绝的玻利维亚烫发。

理发师很有底气地说"包在我身上！"，随即开始给我头发上卷筒。我一看，卷筒太小了。卷筒越小，最后头发卷得就越明显。我要的是自然波浪。重申了我的要求后，理发师说："没关系，男性的发质比女性的要硬，这个卷度刚刚好。"我从小到大没有烫过头发，听她说的好像有点道理，就继续任由她处置。上完卷筒后，开始往头发上滴软化液。理发师动作粗鲁，导致液体四处飞溅。虽然我很担心这么随意真的没问题吗，但没有任何经验的我只能任其"宰割"。结束后她又拿过来一个形状像过去战争时期人们头上戴的避难头巾一样的装置，罩在我的头上。头罩上接着电源线，但是长度太短，没法够到插孔。无奈之下，我只能上半身往下躺，既要让脑袋靠近插孔，又不能让头罩掉下来，所以脑袋必须立起来。我竭力保持着尴尬的姿势，感觉到头罩开始发热。理发师告诉我说要这样保持三十分钟。虽然我觉得很奇怪，但又手足无措。唯一能做的，就是尽量让头罩发出的热均匀传到头发各个部分。本来保持这样的姿势就很难受了，更不要说在镜子里看到自己难堪的样子有多么痛苦。二十分钟过去后，我实在承受不住身体和心灵的双重考验了。正冷静地想着"够了，本来我就没打算烫发的"时，理发师毫不犹豫地拔了插头，取下头罩和卷筒，最后就差把头发洗干净了。

可是这家店既没有水管，也没有盥洗台。理发师提了桶水来，叫我自己拿着洗漱盆盛水浇到头上洗。当天的温度只有十摄氏度，又是冷水，那样洗头的话可能衣服还会被淋湿。一气之下，我不洗了，决定回青旅的浴室再冲个淋浴。

072　　南美地区

回到青旅刚要洗澡，热水又没了。在便宜的旅馆，没热水是家常便饭。我心想，等一下应该就有了，就简单擦了擦头发，躺在床上睡着了。过了几小时，醒来之后总觉得脑袋哪里不对劲，于是我起身去照镜子。镜子里出现了一个头发爆炸的陌生人，我想要的自然波浪毫无踪影。我想用手梳梳头发，可打结太多根本梳不顺。完蛋了。离开日本快半年了，一路上我被抢劫过，在腹泻和高烧的折磨下昏睡过一周，也遭遇过小偷。但是说实话，那些都没有在镜子里看到形同陌生人的自己这一瞬间来得绝望。那一天我窝在房间里，拼命拉扯着自己的头发（痛死我了），想尽办法把它梳到脑后，终于稍微摆脱了爆炸头的形象。

出了房间，和刚来的背包客碰个正着，打完招呼后对方看着我的头，拘谨地问道："你是跳舞的吗？""不是，但也差不多吧。"我无心继续聊天，只想快点走掉。

在玻利维亚烫完头半年之后，我到了埃塞俄比亚。在那里的时候，偶然照了照镜子，怎料镜子里的我竟留着自然飘逸的卷发，正是当时在拉巴斯理发店里我向店员要求的那种。可能玻利维亚烫发的优点是要等到半年之后才显现的吧。

@拉巴斯（玻利维亚）
有生以来第一次烫发。
虽然不太懂，可能就是这个样子？
El Sorario[1]所在的大街上众多理发店里的一家。
大约一小时。30玻利维亚诺。

1 疑为 El Solario 笔误。

走出房间后，有其他客人在 Living（青旅的公共区域）。对方看向我，但明显不是看我这个人，而是看我的头发。
真的是有挑战的发型。
光是洗头就让人耗尽了心力。

秘鲁 ▶ **玻利维亚** ▶ 巴西　　073

南美地区

秘鲁 ▶ 玻利维亚 ▶ 巴西

076　南美地区

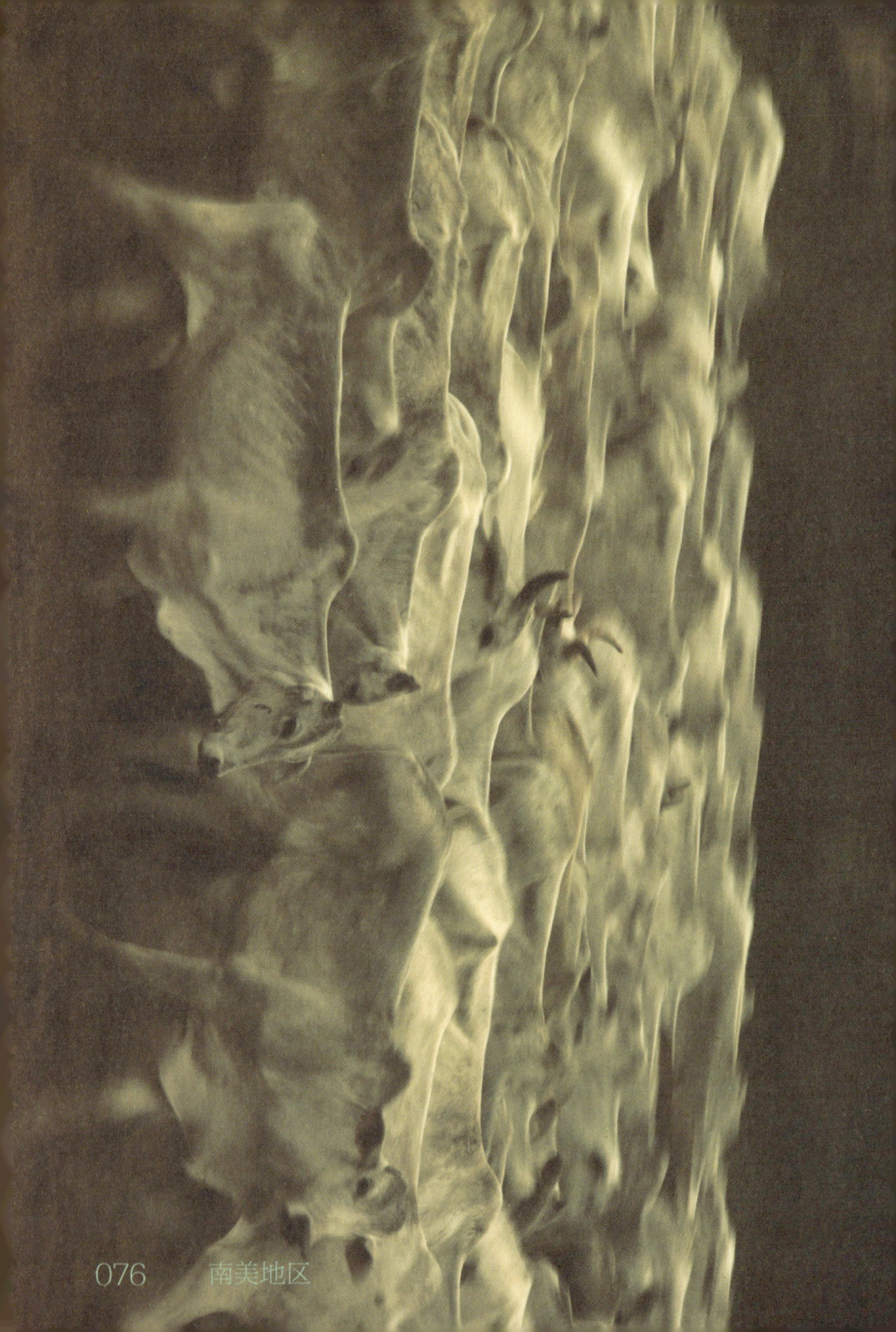

Cowboyと一週間旅した。
彼らの朝は早い。まだ日が昇る前から
動き始め、馬の世話。一日の準備を
する。東の空が明るくなりはじめる頃、熱い
コーヒーを飲んで準備完了。
Cowboyたちの一日が始まる。
　　　　※１チーム７人。
　　　Bossは67才のBernaldo.
　　Cowboy歴50年のベテラン.

和牛仔们旅行了一周。
他们起得特别早。太阳还未升起，他们
已经开始工作。照顾马匹，为当天的出行做
准备。东边的天空开始亮起来的时候，他们
已经完成准备工作，啜饮热咖啡。
牛仔们的一天开始了。
＊一队有七人，领队是67岁的贝纳尔多。
当了五十年牛仔的老前辈。

玻利维亚 ▶ 巴西 ▶ 苏里南　077

078　南美地区

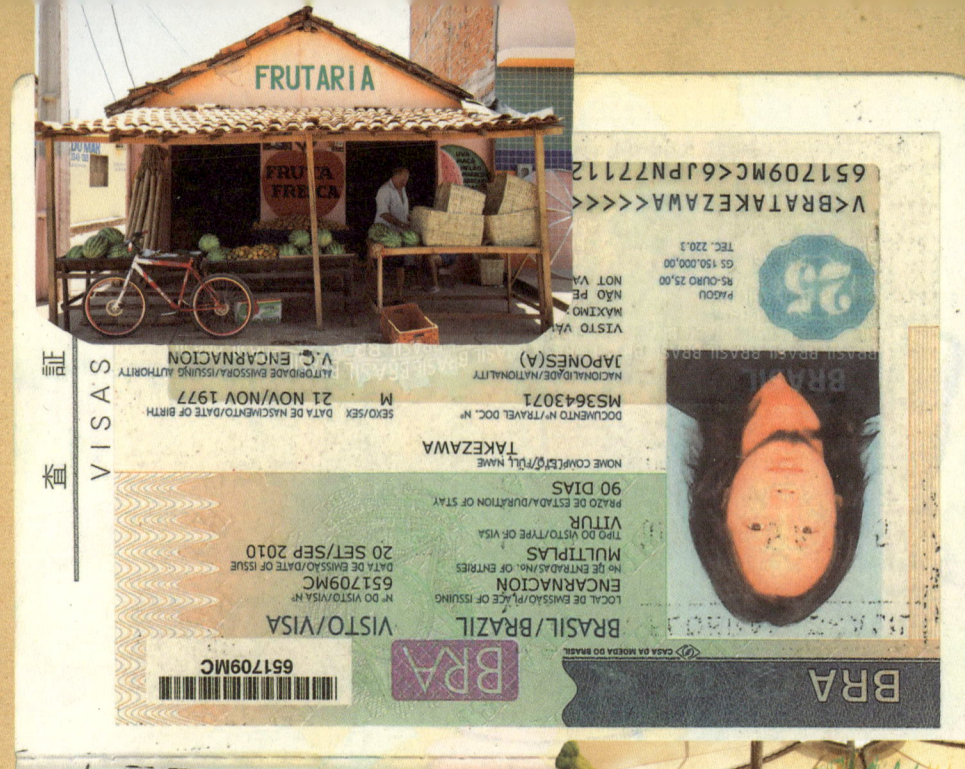

POLÍCIA FEDERAL - BRASIL

Brazil Visa 取得＠Quito, Ecuador.
所要1週間のところ、頼みこんで3日で。
オフィスは新市街のビルの七階。

13 JUL. 2010

Nº 013-2003-IM
AUTORIZADA LA SALIDA
POR EXCESO DE PERMANENCIA
18 AGO 2010

在厄瓜多尔首都基多拿到巴西签证。
通常签证下来需要等一周时间，我再三
恳求工作人员，三天就拿到了。
办公室在新市区的大楼七楼。

BRA — BRASIL/BRAZIL — VISTO/VISA

LOCAL DE EMISSÃO/PLACE OF ISSUING	Nº DO VISTO/VISA Nº
SÃO JOSÉ	734126MC
Nº DE ENTRADAS/No. OF ENTRIES	DATA DE EMISSÃO/DATE OF ISSUE
MULTIPLAS	07 JUN/JUN 2010
TIPO DO VISTO/TYPE OF VISA	
VITUR	
PRAZO DE ESTADA/DURATION OF STAY	
90 DIAS	
NOME COMPLETO/FULL NAME	
TAKEZAWA	
DOCUMENTO Nº/TRAVEL DOC. Nº	
MS3643071	
NACIONALIDADE/NATIONALITY	
JAPONÊS(A)	

VISTO VÁLIDO POR 90 DIAS
MÁXIMO: 180 DIAS POR AN
NÃO PERMITE TRABALHO OU
NOT VALID FOR WORK OR S

PAGOU
RS-OURO 50,00
USD 50,00
TEC. 221

V<BRATAKEZAWA<<<<<<<<<<<<<
734126MC<1JPN7711215M99123

査証 VISAS

玻利维亚 ▶ 巴西 ▶ 苏里南

Copa Cabana のビーチにいたダフ屋に
Carnival のチケットを買う。Sector 9 の席で
230 レアル。午後 4 時過ぎ、サンバ IDE に向かい、場所取りの
同に着いているのに大雨。観客、
ストリートビート。
ワクワク、テンション上昇。

在科帕卡瓦纳海滩从黄牛手里买了狂欢
节的票。9 区的票，一张价格为 230 雷亚尔。
下午 4 点多，我出发朝场地森巴馆[1]的
方向走去，提前去占位置。虽然下着雨，外
面依然很热。
晚上 9 点以后，狂欢节游行开始。

[1] 森巴馆（Sambódromo），是里约热内卢传统的狂欢
节举办地。2016 年里约奥运会期间这里是马拉松比赛的
起点和终点，也是奥运会和残奥会期间的射箭赛场。

情熱、活気、熱量、感情。
その全てが踊りに昇化され
空間がカオス状態になっていく。
夜をとおして続き、朝方ようやく終る。

激情、活力、热量、情感，
一切都交融成舞蹈，
场内越发混乱。
狂欢持续到深夜，直至凌晨才
渐渐平息。

080　南美地区

玻利维亚 ▶ 巴西 ▶ 苏里南

大河中的一滴水珠

早上搭乘的船在晚点3小时后，终于驶出了贝伦[1]港，朝着亚马孙河行进。在驶过某条支流后，船进入了亚马孙河的干流。到达对岸城市马卡帕需要航行30个小时。

船承载的人数明显超过了定员。舱内天花板下架起来几根横杆，乘客就把吊床挂在上面作为自己的位置。

浑浊的褐色河水，零星散布的小岛，河道逼仄时触手可及的热带雨林，擦身而过的船只，从吊床森林传来的阵阵交谈。看着外面的景色，我突然意识到，自己其实对这里一无所知。

一提起亚马孙河的名字，没有人会说不知道。亚马孙河、撒哈拉沙漠、喜马拉雅山脉，这些都是在学校地理课上最先记住的名字。刚上小学没多久，我就感觉自己已经把亚马孙河装进了脑子里。无比宽广的一条河。热带雨林覆盖的一条河。世界第一河。由于经常在电视和书中接触到这条河的种种，便以为自己已经熟悉它的一切。

但是，第一次坐上船行驶在河上的那天，我才感觉到：我真的来到了亚马孙河。挂在天花板上的五彩斑斓的吊床，生活在河岛上的人们的面容，好似要漫溢出来的植物的生命力，忽而露出水面的江豚的换气声，转瞬而逝的暴风雨，乘客的温暖，行走在陌生土地时的孤独，它们都只是大河中的一滴水珠，浮游在河面。这所有的一切，都是我不曾知晓的。那黏稠浓重的褐色河水，我未曾目睹。可我却自以为知道了它的一切。我什么都不懂。

坐船的前一天嗓子开始疼，感冒让我觉得全身乏力。吃了药后变得容易犯困，喝了船上的水后我又拉肚子，整个人又累又困。可窗外的景色太美，让我舍不得闭上眼睛。

我以前一直觉得，坐船的体验很棒。现在稍微更正一下，准确地说是在亚马孙河坐船很棒。

30个小时过后，船在繁忙的马卡帕港靠岸了。从这里换乘开往市区的巴士，我朝着法属圭亚那地区前进。

眺望着车窗外的景色，我回味着在船上度过的时光。

---

[1] 贝伦位于巴西东北部帕拉河畔，是帕拉州的首府，人口约143万人（2016年），被视为赤道最大城市。

Belem → Macapa
所用時間 28時間.
(18:00発) 週3便 (水・金・土)
船内に食堂あり
一食 5ヘアイス.

Atlantic 在此今有). 18:00出発
ハンモック 100ヘアイス
キャビン 300ヘアイス
ビ

贝伦 ▶ 马卡帕
航行时间28小时,一周三班次(周三、周五、周六)。
Altantic 公司,也有其他公司。
吊床100雷亚尔,船舱300雷亚尔。
船内有食堂,一顿饭5雷亚尔。

Macapa で下船後. Bus で Oiapoke へ. 12時間.
早朝. 6時に到着
Immigration Office が開くのを待つ. ブラジル出国.
Boat で川を渡り (3Real). フランス領ギアナ入国.
Cayonne まで Share Taxi で 35ユーロ.
高すぎる!!!

在马卡帕下船后,坐巴士到奥亚波基
12小时。早上6点抵达。
等待移民局开门。离开巴西。
坐船过河(3雷亚尔),进入法属圭亚那。
拼车到卡宴,35欧元。太贵了!!!

玻利维亚 ▶ 巴西 ▶ 苏里南   083

084　　巴西　▶　苏里南　▶　法属圭亚那地区　▶　圭亚那

苏里南 ▶ 法属圭亚那地区 ▶ 圭亚那 ▶ 委内瑞拉

Rokaima テーブルマウンテントレッキング
1日目 Santa Elena → Palai Tepui. そこからCamp Siteまで4時間。
2日目 ロライマベースキャンプまで6時間。高低差800m。
3日目 ロライマ登頂。高低差1000m。大雨が降る。
4日目 ロライマ山頂を歩く。希少種の宝庫。雨。
5日目 初日のCamp Siteまで。20km。8時間。

"桌子山"罗赖马山徒步。

　　第一天　圣埃伦娜德瓦伊伦▶帕莱提普。4小时后到露营地。

　　第二天　到罗赖马山山脚的露营地，高差约800米。

　　第三天　爬上罗赖马山顶，高差1000米。大雨。

　　第四天　罗赖马山顶散步，稀有物种的宝库。下雨。

　　第五天　回到第一天的露营地，20千米。8小时。

南美地区

彩雲・光環・日暈・幻日・太陽柱.
いろいろInternetで調べて見たけど、この日
見たこの虹の名前はわからなかった。
UFOみたいなので、UFO Rainbowで良いか手.

彩云，光环，日晕，幻日，太阳光柱。
尽管事前在网上做了功课，我依旧
叫不出那天看到的彩虹的名字。
看起来很像UFO，就叫它UFO彩
虹好了。

圭亚那 ▶ 委内瑞拉 ▶ 厄瓜多尔　　087

南美地区

圭亚那 ▶ 委内瑞拉 ▶ 厄瓜多尔 089

Guest House Sucre 一泊 US$3.5.
旧市街. Plaza de San francisco 近く.
情報 ノート有).

Saquisili Market
每週木・金・土・日

Quenka Market   Ratagunga Market
每週木・金・土・日   每週火・土・日

基多：
Guest House Sucre 一晚 3.5 美元。
位于老城区圣弗朗西斯科广场附近。
有观光导览册。

萨基西利集市：每周周四。
昆卡集市：每周周四、周五。
拉塔昆加集市：每周周二、周六。

BIENVEN

委内瑞拉 ▶ 厄瓜多尔 ▶ 哥伦比亚 091

Saquilisi の朝市キ.
羊、リャマ、馬、豚、やぎ など……
子羊は US $60。豚は や や 高め。
ホントは この 市場 も 行こうかと 思った
けど、気が 今ちぐれだ。朴 に 戻る。
　　　　　　今日も スクレ泊。

　　萨基西利的牲畜市场。
　　绵羊、羊驼、马、猪、山羊等。
仔羊价格为 60 美元。猪稍
微贵一点。
　　本来还打算去奥塔瓦洛[1]的
市集，但最后还是回了基多。
　　今天也住在 Sucre。

[1] 奥塔瓦洛是位于厄瓜多尔北部的小镇，位于首都基多以北 110 千米处。当地居民多是南美印第安人，他们以纺织技术出色闻名。奥塔瓦洛的市集被认为是南美最大的市集。

092　　委内瑞拉　▶　厄瓜多尔　▶　哥伦比亚

深夜3時すぎ、ポパヤン到着。
精根尽き果て、バスターミナル内のベンチで
眠る。早朝、寒さで目が覚め、食堂の
片隅でモツのスープを食べる。5500ペソ。
その後、Local Busでシルビアへ。

　　凌晨3点，到达波帕扬。
　我已经筋疲力尽，躺在汽车站内
的椅子上倒头睡去。清晨被冷醒，从
椅子上起来后走到食堂一角喝了一碗
牛杂汤。5500 比索。之后，坐上大
巴到希尔维亚村。

厄瓜多尔　▶　哥伦比亚　▶　乌拉圭　　　093

搭乘历劫大巴前往女巫村

在厄瓜多尔的首都基多拿到签证后,当天上午我就坐上了开往哥伦比亚边境的大巴。等到离开厄瓜多尔,办好哥伦比亚入境手续的时候,天边已经暗了下来。

从哥伦比亚边境的伊皮亚莱斯镇到当天的目的地波帕扬的路途,不得不经过游击队和山贼时常出没的地段。有经验的旅行者都知道,途经那个地段的话必须避开周末,也不能搭夜间大巴。据说2003年之后,哥伦比亚政府开始大力整治当地治安,现在游击队势力逐渐衰颓,抢劫大巴的现象也不像以往发生的那么频繁。但出于安全考虑,我在坐车前仍特意咨询了几个当地人,他们都告诉我不用担心。从这里开车到波帕扬要6个小时,抵达时已是深夜,到了之后怎么找落脚处还是个问题。但如果今天不出发,就赶不上波帕扬附近希尔维亚村每周二举办的女巫市集。再加上这个边境小镇实在没有什么可以看的,于是我拖着疲惫的身体上了车。

我坐车的时候,一定会选靠窗的位置。理由很简单:为了看风景。不论是漆黑的晚上,还是烈日当空的正午,我都会坐在窗边的位置。在南美旅行的时候,坐大巴的次数多到数不清,但每一次我都会选靠窗的位置。看着窗外的景色,脑中的思绪会逐渐转向自我内部,此时,车窗就恍如自己心灵的窗户。

这次去波帕扬也是,上车前我特意买了靠窗座位,并且在售票窗口向工作人员反复确认,我的座位是否靠窗。但是上车后一看,我的位置是靠过道的。碰巧这辆车又满员。问了好几个坐在窗边的乘客,没有人愿意交换座位。下车的念头在头脑中一闪而过,但是转而一想,如果下车的话就没法赶上第二天的女巫市集。没办法,只能忍一忍坐在过道旁边。车内光线昏暗,几乎看不清窗外的风景,这已经让我有点坐立不安了,谁料到我座位的靠背还是坏的:在汽车加速时会不受控制地往后倒,在刹车时又猛地向前倾。本来远距离的旅途就让我的身体吃不消,这一路更是不得安宁,根本睡不好。身体的疲惫和精神的折磨搞得我非常烦躁,可是在到达波帕扬之前只能拼命忍耐。

夜里,我突然感觉很冷。一看才发现,汽车最前方的挡风玻璃坏了,上面裂纹四布。之前还担心大巴会不会遭遇山贼，看来这辆车已经遇到过了。这里的山贼会把石头砸向行驶中的汽车，目的是砸碎车玻璃，迫使司机停车。司机一停车，他们就立马冲进车内，持枪抢劫。不过，今天的司机看来已经身经百战，石头飞过来他也不管不顾，开着车一路向前。山间的冷风透过玻璃的裂缝无情地吹进来，真的冻死我了。

凌晨3点半，终于抵达波帕扬的汽车站。下车的时候我已经精疲力竭，动弹不得。背上的行李感觉重了三倍，找住处的力气也没有了。并且凌晨3点这个不前不后的时间，很难说它究竟算是晚上还是早晨。如果到达时间稍微早一点，或者再晚一点，没准我还会去找一找住的地方。可当我看到手表的时针已过3点，顿时丧失了最后的力气。我混在那些睡在车站凳子上，不知是乘客还是流浪汉的人之间，闷头钻进了睡袋。

那个时候，我觉得什么都无所谓了。无法思考，无法行动。就算山贼或者游击队来了，我也不管。我要睡觉。太累了。我抓着相机包，蜷进睡袋里，下一秒就失去了意识。

早上大约6点的时候，我听着来往站内的巴士和乘客的嘈杂声醒来。睁开眼后，我把手伸出睡袋一摸，相机包还在原来的位置，行李也都还在。天蒙蒙亮，呼吸泛着白气。冷。我闻到食物的香气，目光搜寻着它的源头：附近的车站食堂正煮着肉汤，热气腾腾。饥饿迫使我不情愿地离开温暖的睡袋，走去食堂寻找食物。

身材丰满的阿姨从热滚滚的锅中舀起汤盛到碗中，眼看这光景我都要流口水了。大块的牛肉和土豆浮现在金灿灿的汤里。喝一口，那鲜美的温暖润泽着我的口腔、喉咙，流入胃里，浸透全身。食物的温暖由血液输送至身体各个角落，我感觉自己充满了能量。这个时候，早晨暖烘烘的阳光照射进来，周围的世界瞬时闪着耀眼的光芒。

吃完饭后，昨天感觉无比沉重的背包一下子轻了很多。在朝阳的祝福下，我坐进开往希尔维亚村的拼车大巴，朝着女巫聚集的市集出发。

到村子里的时候，周二市集已经就位，女巫们早就出门了。其实，她们并不是会魔法的女巫。只是因为这里的印第安女性的民族服饰和女巫的打扮很像，人们就习惯称她们为"女巫"。实际一见，她们的打扮真的很有"女巫范儿"：蓝色的斗篷、黑色的高帽，头上梳着长长的三股辫，还有长靴。我一路上见到了各种独具特色的民族服饰，在秘鲁、玻利维亚、厄瓜多尔以及安第斯山中的村落等，但这里的服饰的确非常特别。我在市集上转着，从当地人口中打听到，他们平时是住在希尔维亚村周围的山上，每周只有周二会下山来。我顺便打听到一些村落的名字，坐上出租吉普车朝他们生活的山间前进。

车开在没有铺砌的山路上。乘客都是当地印第安人，他们穿着独特的民族服饰，手里大包小包地装着在市集上买的东西。

坐在我前面的女孩子不停地跟我搭话。她可能是"女巫"的女儿吧。不过她讨喜的性格和可怕的女巫形象一点也不搭，一会儿拿起我的手端详着我的手表，一会儿好奇地盯着我看，一会儿又对我笑靥如花。

车窗外的景色美极了。不知为何，哥伦比亚的自然使我感到平静。层层叠叠的绿色、连绵的山丘、相互映衬的森林与河流，各个部分都非常自然地融合在一起。现在正值雨季，树木更是葱郁得快要滴出水来，河水冲刷着土壤，潺潺流淌在山谷之间。望着风景发呆，顷刻之间便抵达一个小村庄。

七八十间简易的房屋散落在山间。我走在这个村庄中，身边的人都是一身女巫的打扮，男男女女的腰间都裹着裙子。每一个人和我擦身而过时都会微笑示意。孩子们有的坐在家门前缝衣服，有的在田里挖土豆，他们跑着，笑着，嬉闹着。

当地居民邀请我到家里喝咖啡。我走进他们的家里，有的人正在炉子前做饭，有的在织布机上织着布。不管是哪户人家，都非常热情地对我敞开怀抱。

该怎么去描述这里的人们呢？看上去他们都怀着感恩之心，对当下的生活感到满足。群山环绕之间，男女老少穿着自己民族的衣裳，脸上绽放出温柔的笑容。他们收入微薄，每天在田地里劳作，每周有一天下山去卖菜，购买生活必需品。不需要电力，也不需要汽油，这就够了。

他们的脸庞让我想起一路在南美遇到的人：驰骋在广袤的潘塔纳尔湿地的牛仔，生活在雨林深处的印第安人，亚马孙河的渔夫。他们生息在自然之中，浸身于本民族的文化，有着坚定而明确的身份认同，充满生命力，亲切热情，面带灿烂的笑容。

这个村庄也是如此。村庄的房屋建筑，当地居民的日常生活，他们的生息繁衍都是大自然有机体的一部分。我从他们的脸上能看出对自然的敬畏。

我的足迹就快要遍布南美各个国家了。进入哥伦比亚意味着这段漫长的旅途已经进入尾声。我在南美地区只剩下最后几周时间。

不过最后的最后，我好像慢慢懂得了一些弥足珍贵的道理。

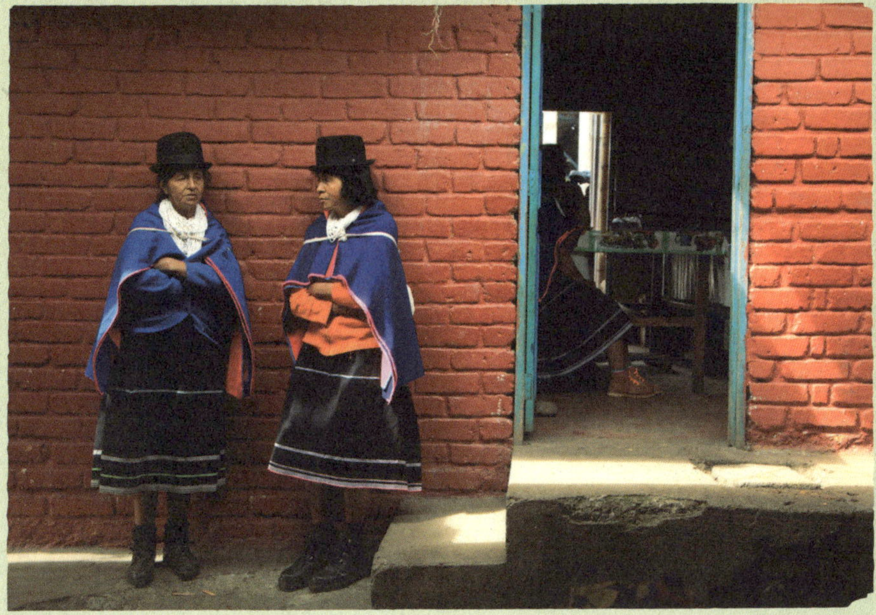

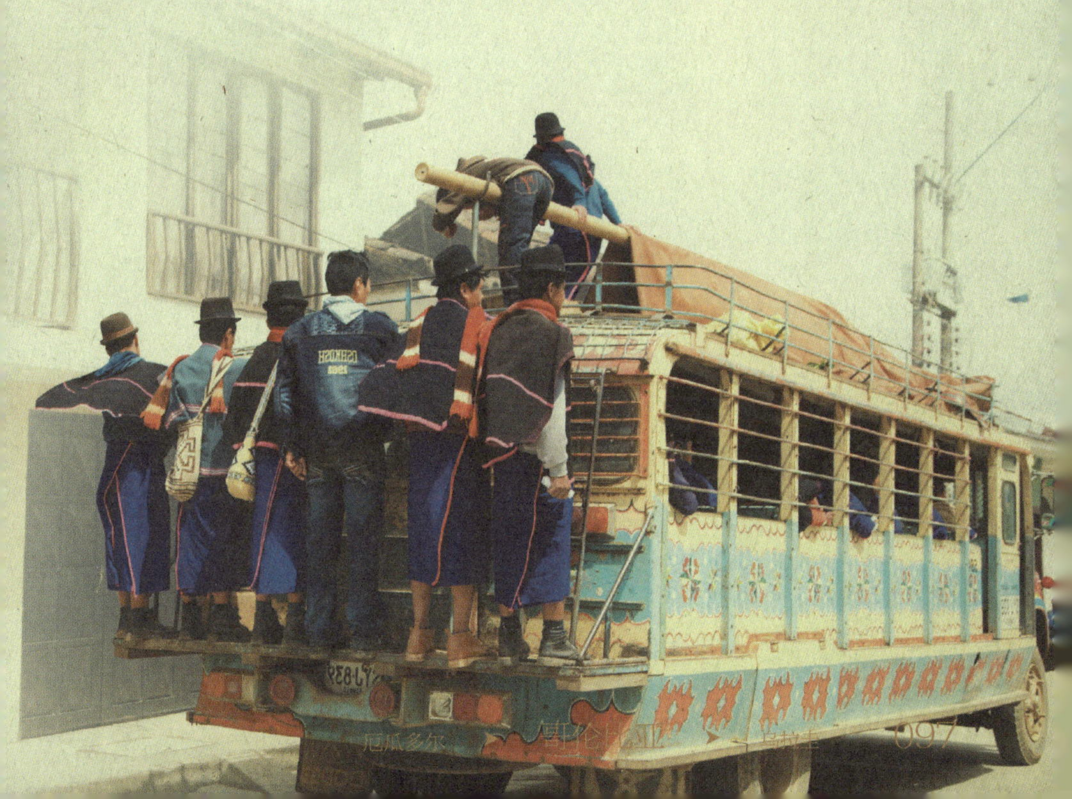

098　南美地区

厄瓜多尔 ▶ 哥伦比亚 ▶ 乌拉圭

Buenos Aires に飽きたので気分転換に Uruguay に。
Buquebus 社の Ferry で 45分。Colonia del Sacramento 着。
(180 ㌽)

在布宜诺斯艾利斯待腻了，我到乌拉圭去换换心情。
乘坐 Buquebus 公司的渡轮，大约 45 分钟后，到达科洛尼亚·德尔·萨克拉门托。
180 阿根廷比索。

哥伦比亚 ▶ 乌拉圭 ▶ 巴拉圭

Una pequeña prudencia es un gran ahorro.

小さな心かけは大きな貯金に

Apoyan: BUNGE S.A / ADM Paraguay
Alumnos de Escuela Japonesa Kazuka y Ricardo

Iguazú 稍作也到着.
日系移民の街.
久しぶりの日本食!! ラーメン・おにぎり・ギョーザ
夜は生姜焼き定食. 20000グラニー
先定しぼうかむ. Lunchに付
(園) Pension 園田

到达伊瓜苏移民区日本移民街。
晚吃了久违的日本料理！我的午饭：
拉面、饭团、煎饺。晚饭是生姜烧肉套餐。
20000瓜拉尼。
不想走了。
住宿：园田 Pension。

巴拉圭　智利　101

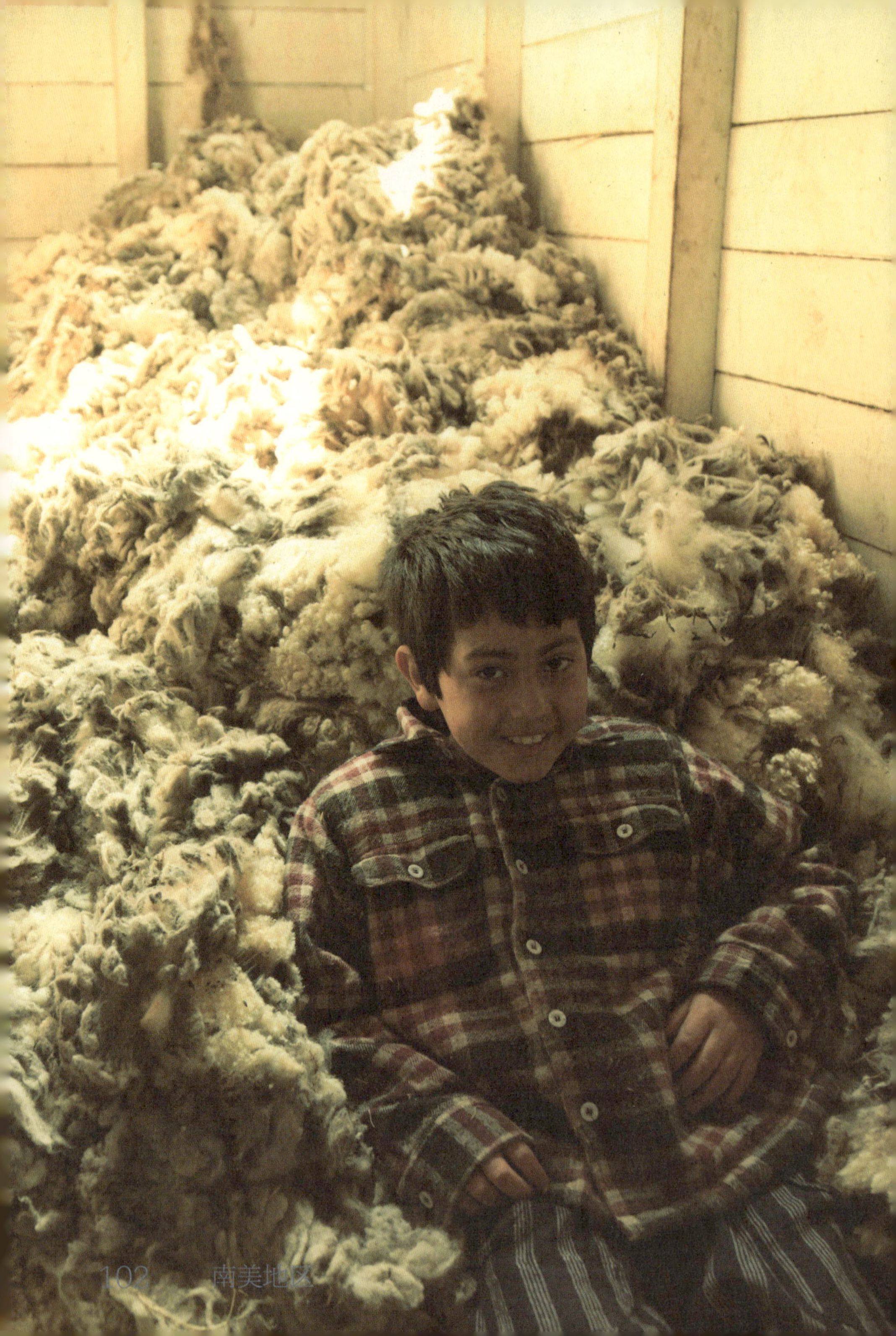

牧羊家族

　　大巴行驶在百内国家公园，四周险峻的岩山兀立在广袤的大地之上。车窗外，白色的羊群散落在山脚的绿荫地。有的周身裹着柔软蓬松的毛，就像圆滚滚的毛球，有的剃毛后暴露出山羊一般纤瘦的身体。我望着山麓的羊群想，现在应该是剪羊毛的季节了。

　　意识到这点之后，我迅速采取行动，到纳塔雷斯港找到当地人询问。果然，剪羊毛就是在快要入夏的这个时段，我打听到当地进行剪羊毛的场所是一个叫城堡村的地方，坐车要花一个小时。

　　城堡村是一个居住着一百多人，街上只有几十间房屋的小村落。在村子的郊外有一栋大型的木造建筑，我站在建筑外面朝里望去，屋子里牧民们正忙着剪羊毛。

　　他们都是高乔人。"高乔"指的是生活在巴塔哥尼亚高原的牧民。他们骑着马，头戴贝雷帽，脚蹬长靴，在草原上过着追逐羊群的放牧生活。他们一年的大部分时间都生活在开阔的草原，只有这个季节回到室内剪羊毛。

　　栅栏里挤着一千多头需要剪毛的羊。牧民们牵一头出来，手法娴熟地把毛剪完后，又牵下一头。厚厚的羊毛眨眼之间被剃得精光，这场景简直像是在剥香蕉皮。这栋房子是专门用来剪羊毛的，我去的时候有三十来人在里面忙碌不停。老旧的建筑看起来应该七八十年前就开始投入使用了。看着牧民们忙着剪羊毛的样子，我仿佛感到时间在这个空间内停止了流动。

　　我在里面拍了几小时照片后，觉得差不多该回去了。就在这时，在这里干活的一个男孩朝我走来，问我要不要一起吃饭。正好我也饿了，就心存感激地接受了他的邀请。我和他的家人一同走到距离剪羊毛的地方步行约五分钟路程的房子，眼下在此地从事剪羊毛的牧民们都集中住在这里。

　　男孩的家人从冒着热气的大锅中盛了一碗牛肉蔬菜汤给我。结实大块的牛肉，一口咬下去嘴里顿时溢满肉汁特有的甘甜，再来一口鲜美柔软的炖菜，好吃到无法形容。今天的巴塔哥尼亚高原很冷，喝着手里的这碗热汤，我仿佛看到了烹饪它的人温暖的脸庞，胃和心都舒适了起来，暖意贯穿全身。

　　叫我来吃饭的少年叫凯文，今年8岁。他4岁的妹妹叫达娜。吃饭的时候他俩坐我旁边，一直好奇地问我各种问题。

　　"你从哪里来？"

巴拉圭　▶　智利　▶　阿根廷　　103

"日本在哪里？坐车要多久？"

"再喝一点汤？"

"还有桃子果汁哦，要喝吗？"

和他们一家人一起喝着美味的肉汤，身体和心灵都包裹在温暖之中。

凯文问我他的名字用日语怎么念，我说就是凯文。看到他脸上掠过失望的神情，我就想把他的名字翻译成日文汉字写给他看。怎料到，我脑中只能想到一些乱七八糟的汉字组合："毛便""怪瓶""轻便"。怎么也想不出合适的汉字搭配。

妹妹达娜在旁边看着，央求我把她的名字也翻译成汉字。可是我左思右想，还是想不出什么好搭配，只能拼出"驮名""驮奈"。总之，da的汉字我就只能想到"驮"。后来他们又请我用汉字写兄妹二人的阿姨克劳迪娅的名字。冥思苦想后我只能写成"苦乐卯手亚"。

离开日本近十个月的时间里，一路上几乎没有说日语或者写日语的机会，特别是汉字，怎么也想不起能够对应三人名字发音的汉字，能想到的就是"毛""驮""苦"这种平庸的字眼，放在名字里显得特别土。然而就算这样，他们看到异国的文字依然兴奋极了，拿着写着名字的纸向在场的其他人炫耀。如果有别的日本人看到，我真的会羞愧到巴不得钻进地缝里。不过这么偏僻的地方，应该没有什么日本人会来吧。

我原本想跟着这家人去他们的牧场，和他们共同生活一段时间。遗憾的是他们还要在这里停留好几天，给所有的羊剪完毛才会回去。于是，我在那里待到傍晚，之后便起身返回市区。

在回城的大巴上，窗外的景色和来的时候一样，山脚下依旧散落着数不尽的羊群。可是这一次，不知为何，眼前的景象荡漾着无尽的温柔。

1　日文汉字，音 da。

智利 ▶ 阿根廷

南美地区

巴拉圭 ▶ 智利 ▶ 阿根廷

荒野上的吟游诗人

晚上在帐篷里休息的时候，和我一起露营的阿根廷人吉尔莫走过来叫我去吃饭。今晚我俩都住在一位叫劳尔的当地人的院子里。

前一天我和吉尔莫坐同一辆大巴，从艾尔查尔腾镇到了这里。抵达时已经凌晨2点，我俩下车后束手无策地站在街上。这时一个略显老态，自称"永葆激情的劳尔"的男人忽然过来同我们搭话。尽管那天晚上我们两人拖着疲倦的身体走在大街上，饥寒交迫又无家可归，可是依然无法轻易相信这个看起来有些异样，还主动对我们敞开家门的陌生人。我和吉尔莫相互使了个眼色，不谋而合地想到：一个人的话确实很危险，但两个人一起的话，出了意外彼此也能有个照应。于是我俩决定接受这位陌生人伸出的援手，跟着他走过深夜寂静无人的大街，在他家院子的一角扎起帐篷过夜。

劳尔67岁，话特别多。只会说一点点西班牙语的我完全听不懂他在说什么。虽然身为阿根廷人的吉尔莫一边听着他说一边点头，但更多时候是劳尔在自说自话。我问吉尔莫，劳尔究竟在说些什么，结果他告诉我他也只能听懂只言片语。劳尔单方面不停地对我们讲着什么，根本算不上是对话。可他似乎完全不在意，对着一头雾水的我也能随随便便说上个半小时到一小时。

那日白天，我和吉尔莫一起去了近郊的山谷，探访古代人留下无数手掌印的洞穴"洛斯马诺斯"，傍晚时分才回到扎营处。晚饭时间到了，可在这个偏僻之地根本没有什么餐馆。饥饿迫使我们抱着听劳尔长篇大论的心理准备，回到他家寻找粮食。

恰好劳尔正准备吃饭，他分给我们自家烤的面包。我们三人喝着葡萄酒，嚼着橄榄，吃着面包。劳尔在吃饭时并不怎么讲话，可是饭饱片刻后立马打开了话匣子。一开始，我和吉尔莫专心地听着，以回馈他提供我们住宿和食物的恩情。没多久，劳尔在酒精的作用下，开始谈起不同于往常的话题。

"我会吟诗，歌也唱得不错。"

"真的吗？你好厉害！"我们带着礼貌的微笑，接过他的话头，面露惊讶地听着。突然，他嘴里低声说起一些意义不明的话语，我猜大概是在念诗吧。他用力地眨着眼睛，凝视着空气中不远不近的某处，仿佛那里是写着诗文的黑板。诗句纷至沓来，速度越来越快。那并不是照搬书本式的枯燥无味的朗诵，而是抑扬顿挫的、像是唱歌一般的吟唱。句子连珠炮似的从他口中喷射出来，那气势有时候让我觉得他是不是快要喘不过气了。但我和吉尔莫完全听不懂他在表达什么，只是偶尔听到"Japonés（西班牙语，日本人）"这个词。也许是在即兴作诗说我的事吧，我猜他在用诗表达当下的所见所想。

我和吉尔莫不知道该怎么应对这位不可思议的老人，只有老老实实地听着他吟诗。大约10分钟过去了，劳尔的吟诗似乎告一段落，可紧接着又是下一段。如此反反复复地持续着。我和吉尔莫相顾无言，各自心里明白眼下处境的尴尬。

一首诗结束，我和吉尔莫瞄准时机拍手，交口称赞，暗示劳尔今天的聚会到此结束。怎料这反而让他以为我们是迫不及待要听下一首，于是立马又进入了新一轮的创作。

现在回想起来，当时的情景真的令我很感慨。没有一定的才华，是没法那样信手拈来般作诗吟唱的。但问题是，诗太长了。劳尔的诗作长得望不到终点。

无奈之下，我们两人只能放弃中途离开的念头，心灰意懒地陪这位老人尽兴。他这样到底能坚持多久？我们完全没有任何把握。经过很长一段时间后，劳尔终于安静了。可能他终于满足了吧，或者他只是累了想要中场休息一下。

看着他这样我俩松了一口气。可万万没想到，接着他又从书架上抽出一本破旧不堪的厚笔记本，放到我们面前给我们看。本子上的字密密麻麻，看样子是他写的诗。这一次他又读起了本子上的诗。和刚才激昂有韵律的吟诵比起来，这一次的朗读又平淡又无聊，并且中途没有任何间歇。桌上的面包早就吃完了，酒也见底了，我和吉尔莫只能沮丧地望着窗外。虽然比起在帐篷里吹冷风，待在温暖的室内更舒服，但是连续听一个多小时枯燥乏味的诗歌朗读真的让人精神崩溃。

最后我借口上厕所，抽身离开了这个永无止境的修罗场。很快吉尔莫也拿着手机从屋子里走了出来，肯定是假装在接电话，否则难以脱身。我们沉默着钻进了帐篷。乡村的夜晚一点儿声响也没有，安静极了。以至于劳尔念诗的音韵依然萦绕在我的耳畔，迟迟没有消散。

劳尔从年轻的时候就开始写诗了。我不禁想：他的诗，有一天会被更多的人读到吗？白天在洞穴里见到的手印，正如同古代人的自我主张，是他们自发的艺术，也是他们活着的证明。劳尔的诗不也是如此吗？它们是他的人生，是他活着的痕迹。我的照片也是如此。

几千年后，不知道这其中究竟哪个还会留存下来。是古代人按下的手印，劳尔写的诗，抑或是我拍下的照片。

我想着这些，逐渐进入了梦乡。

南美地区

智利 ▶ 阿根廷 ▶ 马尔维纳斯群岛（福克兰群岛） 111

南美地区

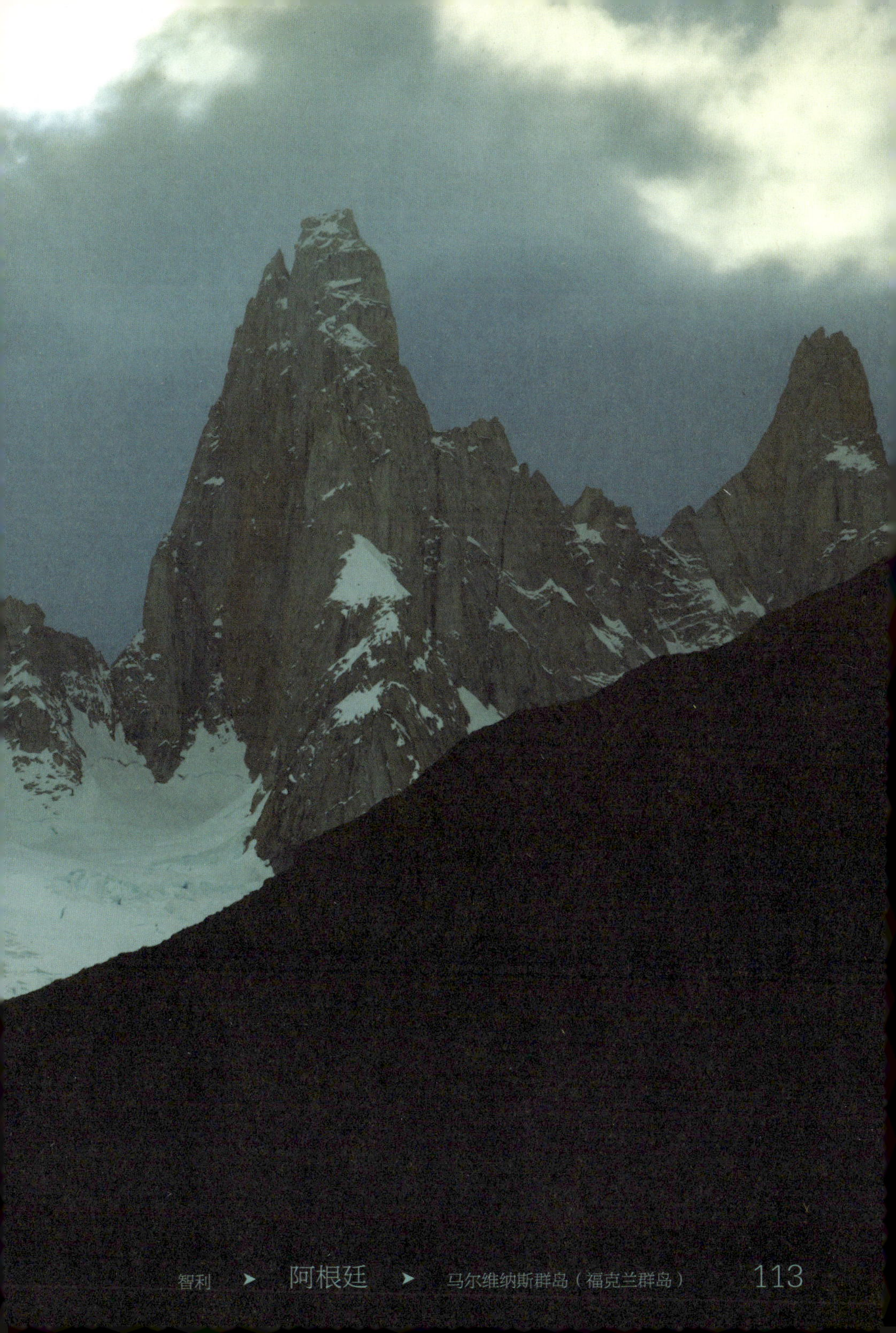

巴塔哥尼亚高原的风

大巴一路南下到了阿根廷南部的巴塔哥尼亚高原。

广袤无边的深棕色大地一直延伸到天的尽头。窗外，不时可以看到小型动物奔跑在高原上。和无垠的大地比起来，它们的存在是那么渺小，近乎尘埃。白色的云朵快速掠过蔚蓝色的天幕。风无拘无束地呼啸在天与地之间。

只要到过巴塔哥尼亚的人，都难以忘记它的风。冰冷，强劲，呼云唤雨，携着彩虹而来，留下蓝天归去。在巴塔哥尼亚荒凉的大地上，只有它带着生命的律动纵情驰骋。行走在巴塔哥尼亚的另一个意义即观风起舞，感受它激昂的生命力。

我继续向南行进，越过麦哲伦海峡。潮水散发着凛冽的气息，船在海上剧烈地摇晃。置身这样苍凉的环境之中，内心的负面情绪不知不觉间被拉扯放大。一路颠簸后体力和精力的衰退也加剧了心境的低沉。现在的我，已经很难感觉到旅行刚开始时源源不断的好奇心和兴奋之情了。

在旅行的途中，总会遇见各式各样的人。在南美时，沿途邂逅的旅行者们年龄大多在25岁到30岁。他们满怀着对旅途的期待，心情雀跃不已。我真的好羡慕他们，羡慕他们能够敏锐地捕捉到旅行中的刺激和感动。而这些经历和情感其后会成为他们的养分，促使他们不断成长蜕变。曾经的我也是那样。可是，随着时间的流逝，旅行时间越来越长，曾在内心出现的闪光不知何时逐渐暗淡了下去。

没过多久，我抵达了南美最南端的小镇乌斯怀亚。这次南美的行程终于告一段落。尽管现在是夏天，乌斯怀亚的天空却飘着雪。沉重的天空尽情撒着雪花，淹没行人的视野。

下车后，我感觉自己的身体好像要被从海那头的南极大陆吹来的冷风切成碎片。可是在那深入骨髓的寒冷之中，却隐藏着一丝的温暖。这温暖是从哪里来的呢？如果我踏上南极大陆，能不能找到答案？此时，内心的期盼之灯，好像再次燃起了火光。

那就再次上路吧。

114　南美地区

智利 ▶ **阿根廷** ▶ 马尔维纳斯群岛（福克兰群岛）

Falklandは物価が高い。
お金が少ないので、物置小屋を借りて泊まる。
ブリキの屋根が風にきしみ、すき間風が冷たい。
今日は大晦日。独り寂しく過ごす1日。
ペンギンはたくさんいるけど、話す人がいない。

马尔维纳斯群岛（福克兰群岛）物价非常高。
我的钱快要用完了，只好借宿在当地人的库房。
风吹着铁皮屋顶嘎嘎地响，透过缝隙吹进来
的风好冷。
今天是新年前夜。独自一人迎接新年，孤独。
这里有很多企鹅，却没有可以说话的人。

116　　阿根廷　▶　马尔维纳斯群岛（福克兰群岛）　▶　南极地区

马尔维纳斯群岛（福克兰群岛） ▶ 南极地区 ▶ 叙利亚

鲸鱼的旅程

从乌斯怀亚起航的探险者号邮轮出了比格尔海峡后，越过德雷克海峡，两天后抵达南设得兰群岛。这里被比作南极的玄关，从这里再向前跨一步，就能登上南极半岛。

我穿上防寒服，从邮轮换乘橡皮艇，登陆艾秋群岛[1]。当天天气很舒服，风平浪静，气温比预想中的要暖和，穿着防寒服走一段时间后还会出汗。登陆后，首先进入了巴布亚企鹅的领地，一瞬间我便被几百只企鹅包围了。现在正值企鹅产卵孵化的时期，它们将蛋产在用石头做成的巢里，然后把它放在自己的体下孵化。这个岛很小，不到一小时就能绕着岛走一圈。站在高处的话可以望到大海。冰冷的海水涌动着，深沉的颜色意味着其中蕴含丰富的养分。时而有虎鲸冒出海面，又快速消失在视野。信天翁张开翅膀滑翔在澄澈的空中。在岛的另一端，遍地躺着海象。

夹杂着冰块的海浪伴着清脆的声响拍打在岸上，冲刷着海滩上鲸鱼的尸骨。岛上有很多鲸鱼的骨头。大部分都是肋骨或者脊骨。不知为何，始终没有见到头颅部分，也许是被海浪冲走了吧。

鲸鱼的骨头很像木头。不管是从远处望，还是在近处看，它都和木头没什么差别。骨头上遍布的裂纹就像木头的年轮，被海风吹打的浅棕色骨头就像大风中表皮裂开的树干。正是这个残骸曾经支撑起强悍且巨大的肉体。跃动的心脏、奔涌的血液、抵御南极海洋彻骨寒冷的皮下脂肪、能够游遍全球的强韧肌肉、产生强大动力的尾鳍、最大限度消除水流阻力的黑亮皮肤，还有那温柔的双眸都曾依附在其之上。

十多年前，我在塔希提岛拍到过一对鲸鱼母子。当时，一头幼年座头鲸好奇地在我周围游来游去。我刚一拿起相机将镜头对准它，瞬时就感觉到有什么在看着我。我把视线转向海面下，看见身形庞大的鲸鱼母亲正用它小小的眼睛直勾勾地望着我这个方向。

它的目光中有警觉，还有对孩子的爱意，双瞳中流露出的丰沛情感透过海水传达给了我。

在这个星球上，最原始的生命在大海中诞生，经过漫长的演变过程后踏上陆地。鲸鱼这种生物也曾经踏上过陆地，不过它们却选择了离开那里，再次回到海洋。

---

[1] 南极洲的群岛，属于南设得兰群岛的一部分。

有时候我会想，或许鲸鱼早已知晓了这个星球的一切，才会选择回归海中安静地生活，这个星球的美丽与丑恶，它的诞生和演变；生命内心的悸动，喜悦和悲伤；活着的体验，世间的真理，祈祷的意义……知晓了这一切后，为了安静度日，鲸鱼们返回了大海。

　　在塔希提的海中出现在我身边的小鲸鱼，现在会在哪里呢？它们应该在温暖的波利尼西亚海域躲避严冬，在南极度过夏日。它们会碰巧在我附近的海域吗？化为尸骨的这头鲸鱼，也许我曾经在某片海洋里遇见过它。

　　看着鲸鱼枯朽的骨头，我的思绪如海面上起伏的波涛，没有尽头。

12.14 ~ 12.22 南极巡航
M/S 探险者号。last minute 票只要半价，2400 美元。

行驶过比格尔海峡，两天后即可抵达南设得兰群岛。
成功登陆南极半岛。这下我真的称霸六大陆地了。

马尔维纳斯群岛（福克兰群岛）　▶　**南极地区**　▶　叙利亚　　119

南美地区

马尔维纳斯群岛（福克兰群岛） ▶ 南极地区 ▶ 叙利亚

中东地区 &
非洲大陆

Syria
Egypt
Sudan
Ethiopia
Kenya
Malawi
Namibia
Madagascar
South Africa

中东地区

朝、目が覚めたら快晴だった。
すぐにダマスカスに行くことを決め、乗り合いタクシーに乗り込む。
Jordanから国境を越え、シリア入国。
5時間。5ディナール。

早晨一睁开眼，外面是大晴天。
　　当下立刻决定前往大马士革，坐上拼车的出租。从约旦出境，进入叙利亚。
　　5小时。5第纳尔。

Damascus → Never.
　　　Share Taxi 100km弱, 2hr
途中 やたらとチャイ休憩ばかりで
なかなか辿りつけない、歩いて修道院へ、30分

大马士革 ▶ 奈卜克
拼出租车约100千米，2小时。
一路上不断地停下来进行"茶歇"。过了很久才
抵达目的地。步行前往修道院。30分钟。

中东地区

南极地区 ▶ 叙利亚 ▶ 黎巴嫩　127

マルムーザ修道院に到着。
一ヶ月以上滞在しているデンマーク人のアンドレアス
に説明をしてもらい、部屋を用意してもらう。
ついでに沈黙の修道院の行き方と、
鍵の隠し場所も教えてもらう。

沈黙の修道院。
鍵は入り口のとびら隣の石の下に。

到达圣摩西修道院[1]。

　　在这里住了一个多月的丹麦人安德烈斯帮我向修道院订了住宿。

　　顺便向他请教怎么去"沉默修道院"以及修道院藏钥匙的地方。

沉默修道院。
钥匙在入口大门旁边的石头下。

1　此处拼写有误，应为 Mar Musa（圣摩西修道院）。

128　　中东地区

沉默修道院里的祷告

太阳躲到山崖的背后，四周渐渐泛起了暗淡的暮霭。苍穹中回荡着修道院的钟声，人们陆续聚集在用岩石堆砌而成的洞穴内的礼拜堂。礼拜堂的入口很矮，必须要弯腰才能进入。我穿过入口处狭窄的通道，抬起头看见石墙上古老的绘画在烛光下影影绰绰。壁画在岁月的冲刷之下褪去了曾经的鲜艳，随着墙壁上泥土的剥落，有的地方细节已经残缺不全。壁画上的人物在摇曳闪烁的烛光中有了生动的表情，画中的耶稣和他的信徒们仿佛活了过来。他们神情忧郁，好像在担心大马士革当下的混乱状况。没过多久，牧师用低沉的嗓音念起了祷告文，开始了今天的弥撒。

我听说有座正教的修道院建在叙利亚中部沙漠地带的断崖之上，当天中午立即启程，前往距离大马士革北部100千米左右的小镇奈卜克。到那里之后再找拼车，在荒凉的沙漠一路向西前行，最终抵达圣摩西修道院所在的山崖下。下车后，我和同车的西班牙人以及叙利亚人一道，攀登着山崖上又窄又长的台阶。山坡非常陡，负重前行的话很难加快步伐。头上烈日当空，干燥的空气让人口渴难耐。同行的叙利亚人不时回过头来伸手拉我一把。我喘着粗气艰难地爬着，半个小时后终于抵达位于山崖高处的修道院。

我事先向在这里住了一个多月的丹麦人安德烈斯打听过修道院的情况，并请他帮我预订了住宿。大马士革市区里情况越来越糟糕，现在已经不能带着相机安心地走在街上了。我打算暂时住在修道院里，静观时局的走向。修道院建在陡峭的山崖边，下方的沙漠一直往东延伸，望不到尽头，干枯的景象让人很难感觉到生命的气息。从沙漠吹过来的风很舒服。放眼望去的景色乍一看很单调，但不知为何，怎么也看不够。

每日清晨和傍晚各有一次弥撒。每天的祈祷伴随着独具特色的赞美歌开始。身着白袍的僧人唱着祷文，双膝跪地，磕头，起身，又再次下跪，一次又一次地重复着同样的过程。弥撒的时候，昏黄的烛光照耀着他们的身子，把影子长长地投在壁画上，和画中的信徒们重叠在一起。我全神贯注地望着他们，不由得感觉自己正在见证一个伟大的时刻。祈祷之后是冥想的时间。每个人带着各自的思绪，进入冥想状态。我盯着黑暗中的某处，跟着沉入了思绪的海洋。

人为何祷告？向谁祷告？又在祈祷着什么？在祈祷的前方，有什么等待着我们？祈祷究竟意味着什么？我想起了今天早上在大马士革的倭马亚清真寺遇见的老人，她在祷告时泪流满面。她在向谁祈祷，又为什么在祈祷？祈祷中会有什么降临，祈祷之人又可以得到什么？寒冷的夜晚，悠长的冥想时间，我脑中浮现着有关祈祷的种种思绪，但都没有答案。

　　冥想时间过去后，牧师带领我们为遭受地震和海啸灾难的日本祈福[1]。不久，弥撒结束了。

　　在这之后是晚餐时间。面包配上橄榄、番茄加奶酪，都是修道院自制的食物。吃起来新鲜可口，虽然朴素，但一点也没有感到不足。吃完饭后，我没有立即回房间，而是在礼拜堂里发呆，想找谁说说话。碰巧同样来自日本的女孩智子也住在修道院里，不知不觉间我们俩就聊了起来。

　　那天下午我们一起去拜访了附近一处被称为"沉默修道院"的地方。那里是为想要进一步追求内心宁静的人而建的冥想场所。里面的人不能说话，只能沉默着不断进行祈祷和冥想。修道院一般是锁着不允许进入的。不过我打听到了放钥匙的地方，开了门和智子悄悄潜入内部。修道院里，人们神情安详地在寂静中进行着冥想。我俩走在这超然的空间里，尽量保持安静，参观着一间间屋子。

　　可能因为下午过分的沉默吧，那天晚上我俩都比以往更想要说话：到此地之前的旅途，这之后的打算……忽然，智子说有些事想要告诉我。她说自己现在十分苦恼。在跳动的烛光下，她认真筛选着词语，向我吐露内心的困惑。

　　智子告诉我，在来叙利亚之前，她曾去过两次格陵兰岛。第一次去的时候，她对在沙发客网站上结识的房东一见钟情。可那时候她已经订好了回程的机票，只好遗憾地离开。之后她游历了欧洲各国，可始终无法忘记那个男孩。于是她决定再次到格陵兰岛去见他。这一次，她买的是单程票。智子向男孩坦白了心意之后，那天两人共度了一夜。可是，无论两人如何尝试，都不能成功进入床第之欢。问题并不是出在智子身上，而是那个男孩。他无法勃起，不管怎样都不行。男孩不是没有那个想法，无奈下半身并不听从大脑的使唤。就在智子快要放弃的时候，男孩突然告诉她自己一直被性功能障碍困扰着。

　　从男孩坦白后的第二个晚上开始，两人一起进行了各种尝试，试图跨越横亘在他们之间的障碍。某天晚上，终于成功了。智子和男孩都松了一口气。她对男

---

1 指2011年3月11日的"东日本大地震"及其引发的海啸，作者旅行至叙利亚的时间即2011年3月。

孩说，这下我们可以毫无顾忌地交往了。可对方却告诉她，自己无心谈恋爱。智子只能带着破碎的心离开格陵兰岛，前往中东。她泪流满面地诉说着自身的经历，嘴角时而又泛起无奈的笑。壁画上的圣人在摇曳的光芒中静静注视着她。

不知道为什么，我总是成为别人倾诉烦恼的对象。不管困扰他们的是生死还是疾病、工作抑或是恋爱。每个人都不时会为大大小小的事烦恼不已，却又不能轻易向旁人诉说。很多人在和我聊起自身经历的时候，总会在开头加上"这是我从未跟别人提起过的事情"之类的话。今晚也是这样。这种时候，我都会安静地听着。其实大多数情况下，他们的苦恼并不能找到解决之道，更多是通过倾诉这个行为，也说给他们自己听。比起一一做出回应，作为交换，我通常会告诉对方一件自己人生中重要的经历。

这时我告诉智子的，是我在南美洲萨满村的经历。当时我为了抵达他们的村庄坐了十天的船，顺流而下。我告诉她在萨满村每天接受仪式时体会到的痛苦：精神和肉体的分裂，意识迷失在超然世界。我眼前出现五彩的神鹰，跟随着它看到了自己的过去和心之所在。在那个世界里见到在交通事故中去世的好友，为当年的自己未能理解死亡而感到痛苦难堪。自己和神灵融为一体的感觉。在仪式中我达到高潮，接受了精神的洗礼的过程。深不见底的热带丛林，在其中生活的人们强韧的生命力；带着安详的神情消失在朝雾弥漫的森林之中的萨满巫师们，以及照射在他们身上的柔和晨光之美。

这些事到现在为止我没有向任何人讲过。那天晚上我脑海中浮现出在南美经历的种种，想尽可能让智子感受到它们的奇妙。讲着讲着，修道院的夜晚渐渐深了。

那天深夜我突然醒了过来，追寻着照进屋内的青白色的月光，起身走到了外面。月光在岩石粗糙的表面上留下淡淡的阴影，将眼前的世界也镀上一层青白。山脚的沙漠里，牧民们取暖的火堆星星点点地闪烁着。看着这番景色，我感到自己的内心好像被洗净了一般，心中的阴霾似乎也随风而逝。

世界笼罩在寂静之中。只有风奔跑在沙漠之上，努力冲破这沉默的世界。

122　　中东地区

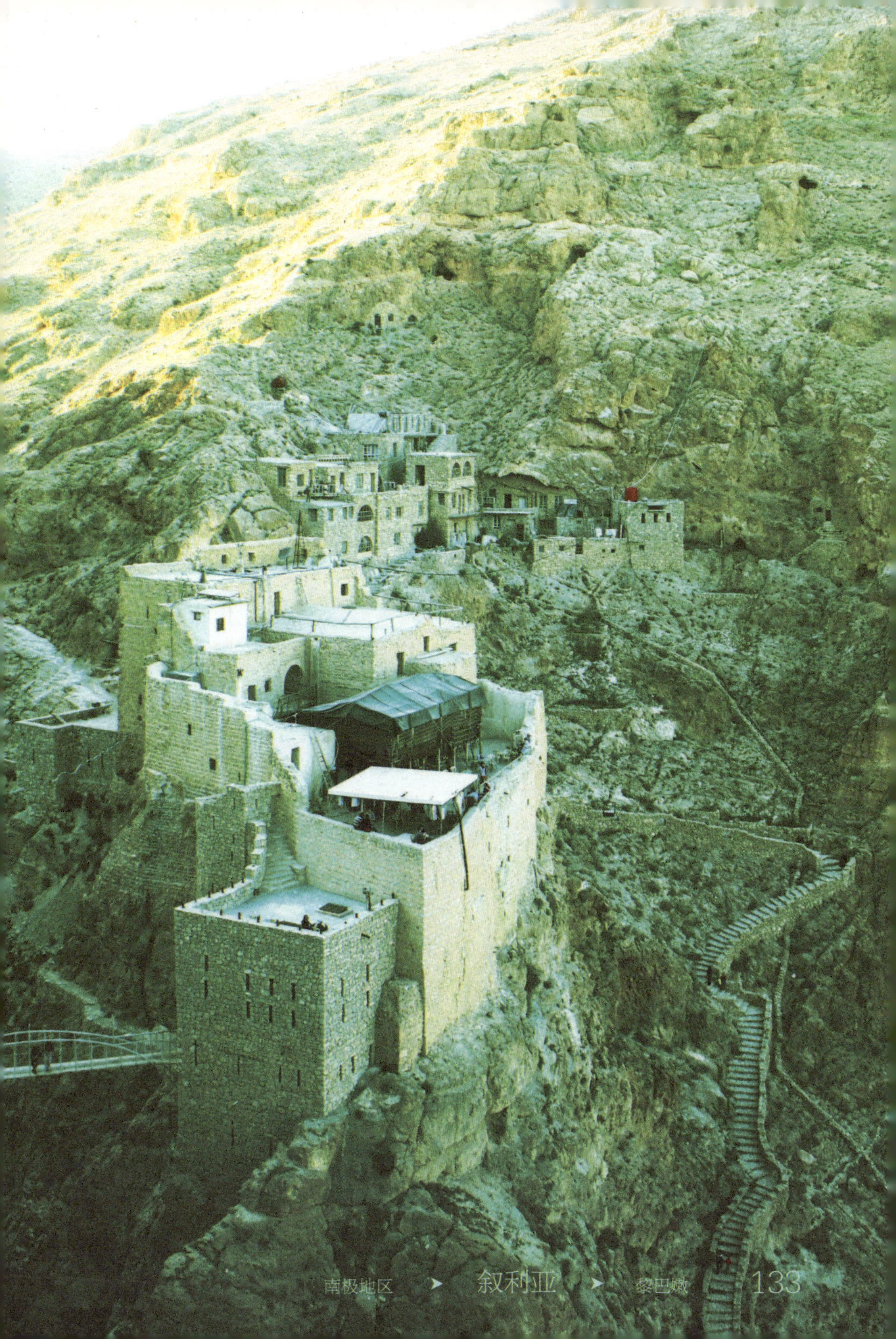

南极地区 ▶ 叙利亚 ▶ 黎巴嫩

叙利亚国境之墙

早上6点半我离开旅馆，半小时后坐进开往大马士革的面包车。那时的我怎么也不会料到，接下来的一天有多么惊心动魄。

大约一个半小时后，车开到了约旦和叙利亚的边境。前一天我在黎巴嫩和叙利亚边境的时候，边检的工作人员发现我手里拿着相机，拒绝让我入境。这一次我把大型相机留在了安曼[1]的住处，只藏了一个小型的在身上。我依旧很紧张，不过这次很幸运，在边境接受安检时相机没有被发现，顺利进入了叙利亚境内。

在前几周，入境叙利亚还不是一件难事，然而随着其国内主张民主化的示威日渐激进，局势越发混乱。[2]前一段时间，我把大部分的行李都留在大马士革，只带了少量随身物品环游周边国家。可是当我打算从黎巴嫩返回叙利亚时，听说叙利亚临时开始限制外国人入境，我遭到了拒绝。目前局势不断恶化，可我必须返回大马士革拿行李。无奈之下，我只有尝试着从其他国家入境。

这一次我没有被拦下，暗暗松了一口气，想着总算可以回大马士革拿东西了。怎料一出边检大门，主干道上的情景就让我目瞪口呆。道路上四处滚落着毁坏的物件，熊熊燃烧的火焰释放着浓烟。周围聚集着大量的人，从远处都能感觉到空气里弥漫着不安的气息。车慢慢开近，透过窗户我看到了街上的示威队伍。他们用铁柱、石块和燃烧着的轮胎封锁了道路，人们手里拿着棍棒和刀，大声叫嚷着。我在车里观望着远处的骚动。忽然，示威队里有人骑着摩托车过来，十分激动地对我们高声呵斥："快回去！"街上还有人浑身是血，手里拿着铁棍气势汹汹地朝我们这边冲过来。所有人都感到再这样下去后果不堪设想，停在路障前的车纷纷开回了边检附近。

---

1 约旦首都和政治、经济、文化中心，面积约1700平方千米，人口约400万，是一座历史悠久的山城。
2 2011年初起，受阿拉伯各国要求政府改革的运动影响，叙利亚频频爆发反政府示威游行，要求总统进行民主化改革，至3、4月示威活动演变为反对派与政府军的武装冲突，并进一步引发叙利亚内战。

叙利亚的动乱才刚刚开始。迄今为止虽然时不时有示威，但是大环境总体是安全的。可上周周五，在示威过程中，示威队伍和警察发生了大规模冲突，示威人员伤亡惨重。受到这件事的影响，叙利亚的局势越发混乱。周六，人们为在前一天的示威中被警察打死的牺牲者举行葬礼，警察却朝行进的葬礼队伍开枪，造成新的死伤。一周之内，在国境附近的德拉近郊不断重复这样的突发事件。当时我就是在那片区域陷入了进退维谷的境地。

当车里的人在商量是返回安曼，还是暂且在原地等待局势好转的时候，我们突然看到远处的德拉街区开始冒黑烟，从市区方向传来了枪声。在封锁道路的路障附近等了一个多小时后，司机们和示威队的人决定进行谈判。虽然我听不懂他们在说什么，但看样子是在讨论能否临时让车辆通过。不一会儿，示威队的人撤走了路障，有人骑着摩托车在前面领路。车辆跟着他穿过其他路障，沿着主干道旁的辅路行驶。

穿过所有的路障后，前方更加混乱。沿街的建筑被点燃，燃烧着的车辆歪倒在路上。作为路标的巨大铁塔横躺在地上，切断了前方的道路。示威队的人目光凶狠地在附近巡查。我坐在车内看着外面，车载着我们驶过被示威队占领的德拉市区。

汽车出了市区后朝着大马士革开去。可是谁能想到之后的路更加艰辛。这一次不是示威队，而是叙利亚政府的军队包围着德拉市。到处可见全副武装的士兵和装甲坦克。在此之前，镇压示威队伍的通常是警察，但这一次军队出动了。可想而知当下态势有多么严重。

军队把德拉市包围得严严实实，中途我们被查了好几次护照。道路两旁停着坦克，军人从装满武器的麻袋里拿出枪，举在胸前站在马路边上。我们的车在穿过军队的层层包围后，终于抵达了大马士革。

虽然大马士革城里，依旧留有浓厚的生活气息，但是看不见任何游客的身影，街上行人的神情里也多了一丝严峻。

我回旅馆拿回自己寄存的行李后，立即动身前往汽车站，坐上了开往安曼的（拼）出租车。碰巧司机是刚才载我到大马士革的人。这一次又得像刚才一样突破军队和示威队的重重包围后才能出境。我思考着，如果戒严状态一直持续下去的话，坐飞机回安曼是最保险的。不过还是先试试陆路，实在不行明天再去坐飞机。

车朝着边界一路南下。和来的时候一样，需要先接受护照检查，之后再进入示威队的占领区。此时已是下午4点，当天德拉的动荡局面已经稍微有了稳定下来的迹象，但是路障并没有被撤去。司机又一次和示威队进行交涉，对方同意让我们走辅路出去。从这里到边境只剩下几千米，其间我们经过了数不清的路障，每到一处都必须接受示威队的盘查。比起军队的检查，被情绪激动、目光灼热的示威队审问更让人感到害怕。终于我到了边境处，从叙利亚入境约旦，之后顺利地抵达安曼。

回到安曼的当天，看到网上有关叙利亚的新闻时，我惊呆了。我在德拉郊外看到的黑烟，听到的枪声，原来是军队把坦克开进了德拉市区，将枪口对准了居民。在那之后，长期的混乱局面席卷了叙利亚。

有时候，我会回想起过去平静的大马士革，淳朴善良的当地人。每当我在迷宫一般的市集里找不到方向时，一定会有当地人主动为我指路。在大马士革的时候，我每天都会买一份开心果冰激凌。香料商店的老板，每次见到我都会叫我一起喝奶茶。在当地的乐器店，老板拿出收录有叙利亚传统音乐的CD，对我说如果喜欢就送给我。我怀念刚出炉的面包和鹰嘴豆泥散发出的诱人香味。这些片段沉淀在记忆的深处。当我在旅途中，望到窗外天空中白色的云朵，或是在市集上闻到空气中香料的气味时，平静的内心总会不经意地泛起涟漪，沉淀的记忆忽而涌现至眼前。在那短暂的一瞬，我踏上记忆的旅程，回到在叙利亚度过的祥和时光之中。

南极地区 ▶ 叙利亚 黎巴嫩

140　中东地区

南极地区 ▶ 叙利亚 ▶ 黎巴嫩　141

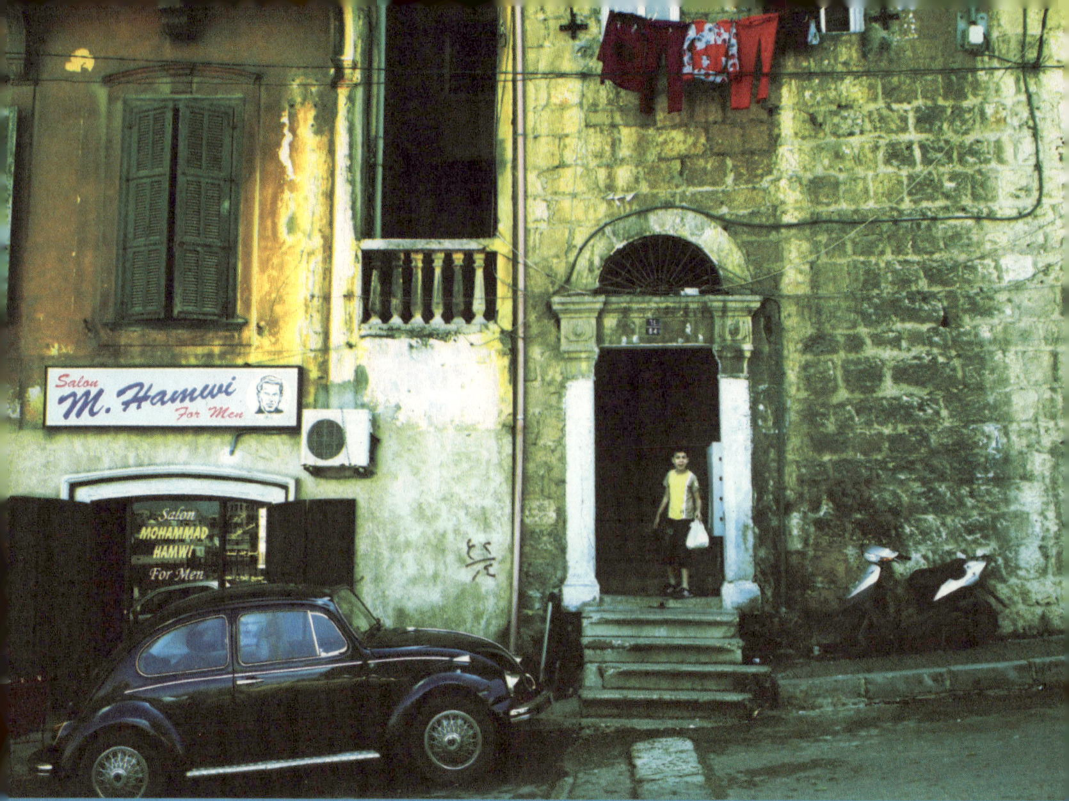
Salon
M. Hamwi
For Men
Salon
MOHAMMAD
HAMWI
For Men

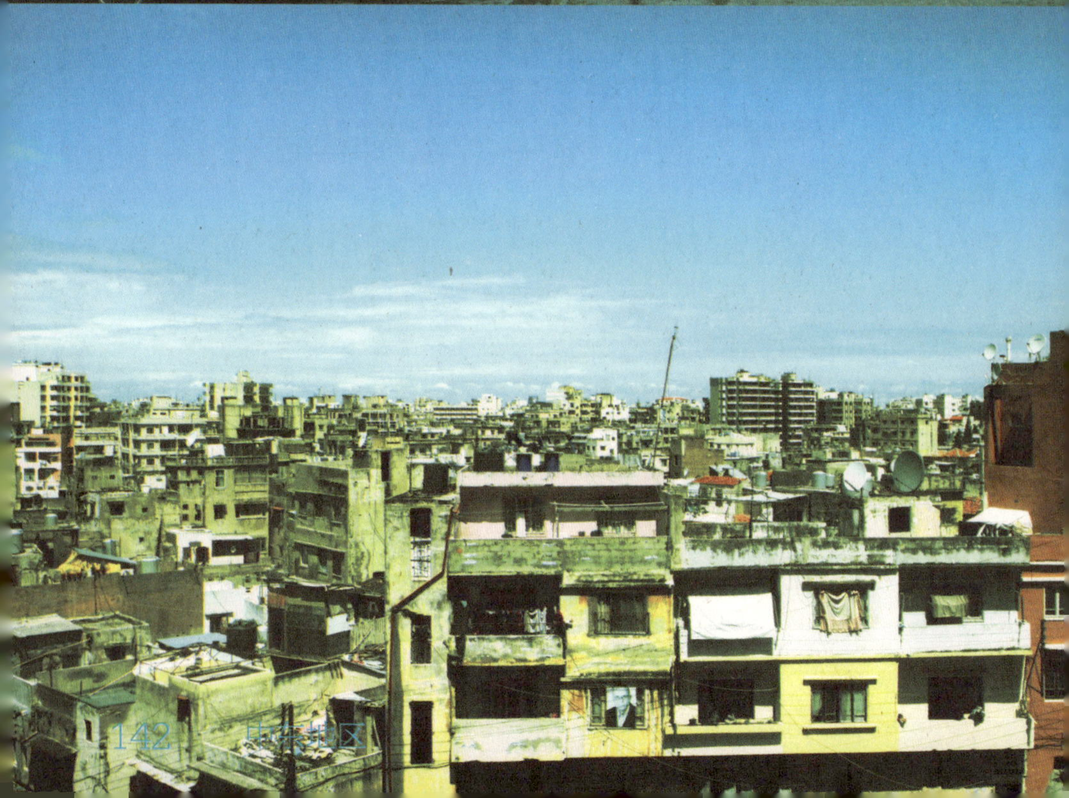

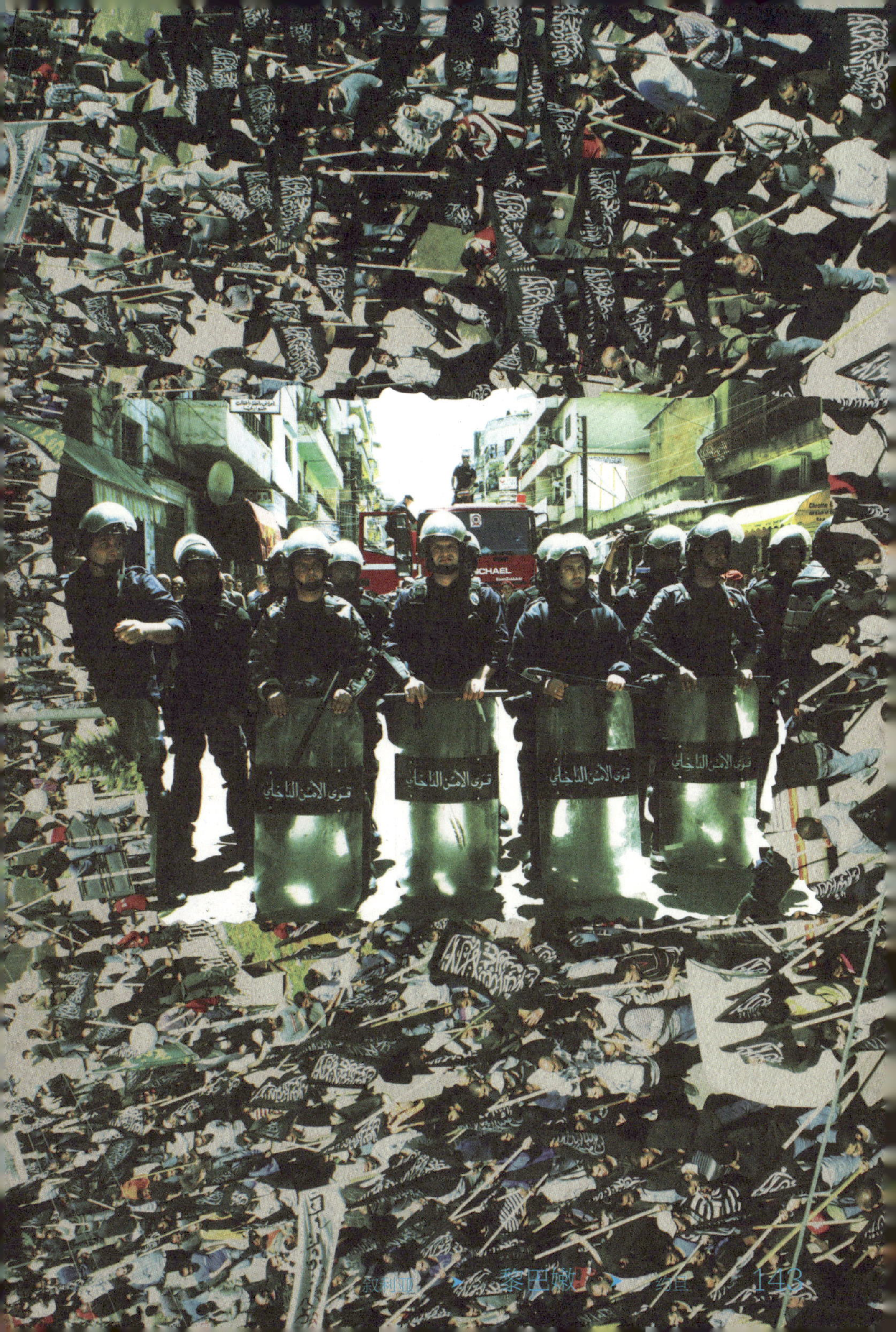
قوى الأمن الداخلي

砂漠で一晩過ごした。
強烈な朝日で目が覚めた。
温かいヤギの乳を飲むと、体中に
血液が巡った。良い朝だ。

在沙漠里睡了一晚。早上被
强烈的阳光刺醒。喝下一杯热腾
腾的羊奶。顿时感到全身血脉畅
通。一个神清气爽的早晨。

中东地区

夜の砂漠は静かだった。そして寒い。
星空の写真を撮りにテントの外に出たら、
岩におもいっきりスネをぶつけ、しばらくうずくまる。
超激痛。でも星は完璧に美しい。

沙漠的夜晚安静极了。也冷极了。我出
了帐篷，想用相机拍下星空。黑暗中小腿猛
地一下撞到石头，疼得我连忙蹲下。但星空
实在是太美了。

黎巴嫩 ▶ 约旦 ▶ 以色列

146　中东地区

约旦 ▶ 以色列 ▶ 巴勒斯坦 147

イスラエルとパレスチナを隔てる壁を通り抜け
ヘブロンに行く。
check pointでイスラエル兵に銃口を向けられ、
パスポートcheckと質問責め。
「イスラエルが好きニか？」と尋ねられた。
この状況で嫌いと言える旅行者はいないだろう。

穿过分隔以色列和巴勒斯坦的墙壁，前往哈利勒。
在检查站被以色列军人拿枪指着，接受护照检查和盘问。
军人问我："你喜欢以色列吗？"这种状况下能回答"不"吗？

148　　中东地区

この日のLunchは シャワルマ、17シェケル也。高い。
支払いの時、20シェケルを請求され、ケンカになる。
おかしいと言ったら 逆ギレしだしたので、
更に逆ギレしして 押し切る。

今天的午饭是沙威玛[1], 17 新谢克尔。好贵。
结账的时候对方要 20 新谢克尔，我和他争执起
来。对方听到我说"不可能这么贵"，发起火来。没
办法，我只有以怒攻怒，看谁气得过谁。

1 阿拉伯地区常见的一种肉食。将调味后的鸡肉、火鸡肉、羊肉串在
旋转烤架上进行长时间烘烤后，削下来配调料食用，或搭配蔬菜、烤
饼等食用。

以色列 ▶ 巴勒斯坦 ▶ 埃及

汗·哈利里的少年

太阳快落山的时候,我去了开罗老城区里的汗·哈利里市集。市集区的道路狭窄,错综复杂,到处挤满了来买东西的人。古老的市井街区有着热闹的生活气息,挑动着我的内心。这里有着我不曾在南美洲感受到的嘈杂,我每天都忘我地走在这眼花缭乱的世界,直到双腿发麻。

上一次来汗·哈利里已经是十年之前的事了。我隐约记得那个时候也是每天在外面走走看看。当时我第一次来阿拉伯地区的市集,迷宫般蜿蜒曲折的小路,空气中弥漫着的中东香料独特的香味,市集上鼎沸的人声,夕阳时分从清真寺传来的祷告钟声,从未见过的各式花纹图案……一切都让我迷恋。十年之后再次来到这里,当时的那种兴奋又一次涌上心头。

市集主街上的摊位大多是面向观光客的,逛着没什么意思。我转身拐进主街背后当地人常去的小径。在香料区,店里的人正捣着香菜籽、孜然籽等香料;在五金店铺集中的区域,工匠们在打磨黄铜;小贩们牵着驴子,沿路叫卖着西瓜;大叔们坐在狭窄的巷子里,喝着奶茶下着棋;昏暗的地窖里,面包师们在高温石窑前忙着烤面包;还有铁匠,天真的孩子,几条流浪狗和很多流浪猫。只要稍微偏离主街,当地人鲜活的生活情景就一览无余。所有人都很善良。生活在这里的人很温和,视线交错时会回以微笑,热情地用英文对我说"Welcome to Egypt(欢迎来埃及)",或是爽快地邀请我进屋喝奶茶。

我探索着一条条小巷,走累了停下来休息的时候,看到广场上一群卖东西的小孩子在玩耍打闹,其中一个小男孩被其他人围着欺负。

也许其他孩子并没有恶意,他们用身体不停撞向这位身形瘦高、外表羸弱的少年。少年刚开始有些怯懦地和其他人打闹着,后来他生气了,每次被撞的时候都试图加以反击。可是,他越这样做,越是激发了其他孩子的兴致,更加挑衅地撞过来。反反复复之下,少年贩卖的商品被弄坏了。他身上挂了很多装着商品的袋子,沿街上叫卖,其中的一个袋子在刚才的打闹中破掉了。

看到自己的袋子破了,少年再也无法保持镇静,张开嘴哇哇大哭起来。也许他想到回家会被家长呵斥,因为无法卖东西赚钱感到害怕,又或许是再无法承受被同伴欺负的耻辱。

其他孩子和他一样都是卖东西的小贩,他们身上也挂着很多袋子。可能因为损坏了少年的东西，他们心里滋生出罪恶感，每个人脸上都带着尴尬的表情，可没有一个人主动道歉。

少年一只手提着破掉的袋子，旁若无人地放声痛哭。围着他的其他孩子开始陆陆续续离开，一个、两个、三个，最后只留下他一个人孤零零地在广场上流着眼泪。他仿佛被突然袭来的悲伤捆住了手脚，杵在原地一动不动。

他的样子不禁让我想到小时候的自己。好像我曾经也像他这样痛哭流涕过。难过、悲伤、无可奈何，想寻求帮助可没有一个人对自己伸出援手。为什么全世界有那么多人，可难过的时候只有自己。这么想着，无可逃避的孤独顿时袭遍全身。

我站起身来朝少年走去，问"这个袋子多少钱"。少年抽泣着用英语回答，10埃镑。我从包里拿出10埃镑递给他，然后从他手里拿走了那个破到不能用的袋子。

过了一会儿，少年止住哭泣，转身朝家的方向走去。忽然，他又返回来跑向我，用湿润红肿的双眼看着我，留下一句"谢谢你，叔叔"，随后消失在熙熙攘攘的人海之中。

寺庙的钟声回荡在夕阳的余晖里，喧闹的汗·哈利里逐渐没入黑暗。

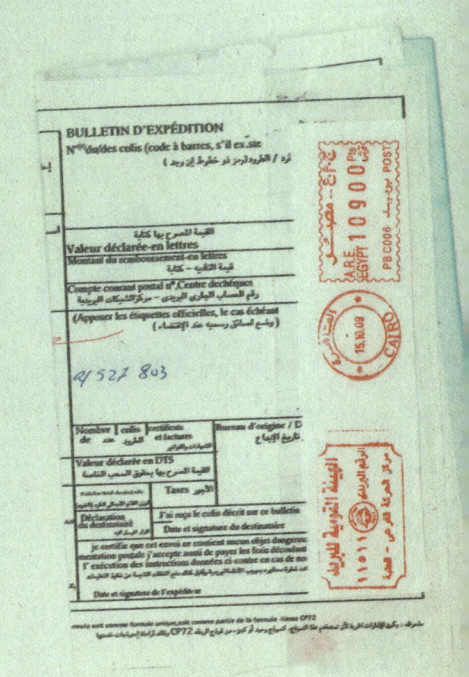

巴勒斯坦 ▶ **埃及** ▶ 苏丹　　151

今日もハーンハリーリのスークへ。
昨日は西側の地区を歩いたので、今日は東側へ。
汚いけど、生活感に溢れ、意外に落ち着く。

今天的目的地依然是汗·哈利里市集。
昨天走的是市集西侧，今天去东边。
虽然又脏又乱，但却充满生活气息，莫名地令人安心。

五金街、皮制品街、香料
小路、蔬菜街，还有毛毯街，
等等，应有尽有。
我最喜欢晚上的灯饰街。

金物屋街、革製品街、スパイス通り、
八百屋街にじゅうたん屋通り、などなど、
なんでも揃う。
お気に入りは夜のランプ屋街。

152 中东地区

巴勒斯坦 ▸ 埃及 ▸ 苏丹

ダハブからカイロにバス移動。
朝9時発、17時間で到着！
カイロの宿はウワサに名高いSafari.
ドミトリー1泊 20ポンド。安い。
レtし南京虫に要注意。
Address: 4, Souk El Tawfik, Cairo.

搭乘巴士从达哈卜到开罗。
早上 9 点出发，17 点左右到达。
在开罗住在久闻大名的青旅 Safary。床位一晚 20 埃镑，便宜。可是要当心臭虫。
地址：4, Souk Al-Tawfik, Cairo

1　图中地名为作者听写，店名英文拼写应为 Safary。

154　　中东地区

路上でバックギャモンで遊ぶおじさんたちに
チャイをごちそうになる。しばらくそこに座っていると
スイカをくれ、パンをくれ、またチャイをおごってくれた。
カイロはお金が無くても暮らせちゃう。何日でも
滞在してしまう。今日で3泊目だ。

  走在开罗的街上，遇见正在下棋的大叔们。他们见到
我连忙招呼我一起喝奶茶，没过一会儿又拿来西瓜和面包
给我吃，接着又喝起了茶。
  在开罗这座城市，就算身无分文也能活下去。不知不
觉已经在这里停留了三天。

巴勒斯坦 ▶ 埃及 ▶ 苏丹   155

中东地区

巴勒斯坦 ▶ 埃及 ▶ 苏丹

早朝に宿を出て、タフリール広場のバス乗り場に行くも、Birqash行きのバスは無し。仕方なくタクシーで行くことに。ナイル川の水面にもやがたち、朝日を浴びて赤く染まっていた。
近いと思っていたら案外遠く、80ポンド払う。高い。タクシーの運転手は初めて来るようで、ラクダを見て興奮していた。
ラクダ・ラクダ・ラクダ！！
どこまでも続くラクダの海！！
ラクダが波打っている。
片足を縛られて身動きのできないラクダ。
座り込んで神々の表情のラクダ。
仲買人にムチで叩かれて進げるラクダ。
ラクダの天国。
でもラクダから見たら地獄なんだな。
一頭、荷物用に買うか迷う。

今天很早就出了旅馆，前往位于开罗市中心的解放广场坐大巴。可怎料到偏偏没有开往比尔加什的车。无奈之下我只能打车。清晨的尼罗河河面上升起薄薄的雾霭，在晨曦的照耀下泛着红光。

我以为很快就能到比尔加什，没想到有点远，付了司机80埃镑，好贵。出租车司机看样子也是第一次来这个市场，看到遍地的骆驼兴奋不已。

骆驼、骆驼、骆驼！！一望无际的骆驼海洋！！

高低起伏的驼峰犹如大海的波涛。有的骆驼腿被拴着，无法动弹，只能沮丧地呆坐在原地。

骆驼们看到贩子举起手里的皮鞭，慌忙躲开。

骆驼的天堂。

但是对它们来说这里应该是地狱。

我好想买一头来载行李。

Birqash のラクダ市。
毎週水よう日。日の出から日没まで。
エジプト南部、スーダン、チャドからラクダが集まる。
荷物用・US$100, 乳用・US$150,
レース用 US$200.

比尔加什的骆驼市场：
　　每周周三，从日出到日落。
　　这里的骆驼大都来自埃及南部、苏丹、乍得。运送货物的（骆驼）一头 100 美元，产奶用的 150 美元，比赛用的 200 美元。

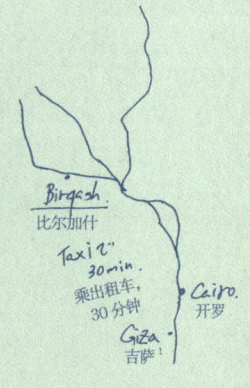

Birqash
比尔加什
Taxi で 30min.
乘出租车，30分钟
Cairo 开罗
Giza 吉萨 [1]

1　埃及第三大城市，吉萨省首府，胡夫金字塔等古迹的所在地。

巴勒斯坦　埃及　苏丹　159

中东地区

巴勒斯坦 ▶ 埃及 ▶ 苏丹

非洲

欢迎来到非洲

我到了位于苏丹北部的栋古拉小镇。当地的旅馆一晚收费10苏丹镑。房间极其简陋，又脏又热。我只好把床挪到室外，再挂上蚊帐睡觉。这里晚间的气温也超过三十摄氏度，空气炽热而干燥。不过夜晚的星空美到令人窒息。

到苏丹的这一路漫长而艰辛。早上7点我从埃及的阿斯旺坐车出发，一直到第二天晚上11点才抵达栋古拉镇。全程历时40个小时。虽然在南美洲的时候这样长的车程我已经经历了无数次，但这一次尤其让我记忆深刻。

昨天早上刚过7点，我便离开了旅馆出发前往车站，坐上了8点的火车去阿斯旺大坝港口。在阿斯旺和我住同一家旅馆的澳大利亚人娜塔莉和詹姆斯与我同路。我们原计划是到阿斯旺港坐轮渡，穿过大坝建造过程中形成的人工湖。

开船的时间是下午5点。这趟从阿斯旺开往苏丹的船一周只发航一次，为了成功坐上船，人们每次都要经历惨烈的抢位大战。好几个当地人告诫我，一定要尽快上船。我们搭乘的旧式火车在中途停了几站，大约30分钟后抵达港口。这趟车里全是背着行李、等着坐船去苏丹的人。我望着窗外，意识到中东的旅行已经结束，接下来的非洲之旅即将开始。心里空荡荡的，同时也期待着接下来的旅途。火车里虽然残留着埃及的色彩，但因为乘客大部分都是要前往苏丹的人，空气里已经弥漫着非洲大陆的气息。他们大多都是骨架高大的黑人，女性则身穿艳丽多彩的衣服，面带爽朗的笑容。

下车后，我朝着港口方向的大门走去。登船大战从这里就开始了。有一百多个人挤在门口。哪怕领先一秒也好，每个人都想先上船占取有利位置，现场杀气腾腾。好几层的人围在栅门前，和门卫争论着。为了防止踩踏事故，门卫来来回回小心翼翼地开关着门，每次只让少量的乘客通过。但这个方法适得其反，让现场更加混乱，状况难以收拾。我咬了咬牙，挺身加入眼前的激战之中。沉重的行李没法放在地上，于是我只能用双手高高将其举过头顶。这里和埃及不同，身处黑人们旺盛精力的旋涡中，怒吼声不绝于耳。如果一直这样原地不动，不知道什么时候才能上船，于是我拼命往前一点一点地挪着身子。我使劲推开围着我的强壮身体，朝着工作人员喊道："我是外国人，

埃及 ▶ 苏丹 ▶ 埃塞俄比亚

能不能让我先过去？"我举着手大声招呼着，终于，工作人员看到了我，开门让我进去。

　　船票是一周前在开罗买的。买票的时候也是困难重重。早上8点多，我在售票处登记了名字后，等了一个小时。一个小时后，递交上护照，然后又等了一个小时才能结账。结账后又等一个半小时才终于拿到船票。那时也是人挤人的混乱场面。

　　坐船当天现场的拥挤程度更是买票时的10倍。我穿过港口的大门，接下来等着我的是在开罗买船票时那般无比繁杂的手续。先是行李安检。过了安检后，到前方不远处的屋子前排队等着盖章。盖完章后，前面又是一个小屋，到那里又要盖章。在这之后，要到埃及移民署的出入境办公室，排队缴出境税，接着还要排队办理出境手续。这一系列流程结束后，我满心以为终于可以登船了。怎料在栈桥前还有一个检查站，需要出示护照和船票，工作人员慢悠悠地拿出本子，登记着证件信息。我在那里等了很久，心想这下总算所有的手续都办完了，可以走过栈桥上船了。结果接下来才是真正的修罗场。

　　等着上船的人杀气腾腾，都想一步当先，拼命朝挂在船身一侧的舷梯上挤。每个人都拿着很多行李，明明到处都挤得满满当当了，他们还是一个劲儿地往前推搡。虽然船已经挂好舷梯，但是船舱门并没有打开。舷梯上人满为患，摇摇晃晃地嘎吱响，让我感觉下一秒就要塌了。但是所有人都不管不顾地朝前挤，而且势头越来越猛。有位身形高大的壮汉拿着行李站在我身后，怒吼着强行想把我推开。尽管前面已经被人塞得水泄不通，门也紧闭着，到处都没有空位了，他仍扯大了嗓门吼着："走开走开！"一直在我身后吵嚷。刚开始我想着忍忍就算了，没理他。可后来我越听越生气，于是猛地回过头，以我平生最大的音量，用日语对他吼道："没看见前面堵死了吗，蠢货！"他好像被我这突然的反击吓到了，稍微收敛了一点。可没过多久，这位壮汉又继续一边骂咧咧，一边像是要揍我似的气势汹汹地往前边挤。

　　这样的情景在摇摇欲坠的舷梯上反复上演，直到船舱门打开的一瞬间，人群像山洪一般涌进了船里。我咆哮着"二等座船舱在哪里！"冲进船舱内，啪的一下把行李扔在空位上，抢占自己的地盘。此时，本来应该和我一起上船的詹姆斯和娜塔莉不幸在刚才的混乱中被偷了钱包，只得暂时留在原地。我想方设法把他俩的位置也占到了。

　　现在时间是早上10点半。为了坐船，我举着行李混战了将近两个小时。船出发的时间是下午5点。接下来只用在舱内等着就好。早上接二连三的混乱状况搞得我疲惫不堪，我走到甲板上，在救生艇投下的阴影处躺下，很快便睡着了。

再次睁开眼时，已经过了两个小时。这期间船上发生了翻天覆地的变化。甲板上数不清的行李堆积成山，连个落脚的地方都没有。行李堆的空隙被躺在地上的乘客填满。那些没有占到舱内位置的乘客都跑到了甲板上。还不断有人从栈桥上来。

下午5点，太阳斜挂在西边天际，预定的出发时间到了。不过这趟船的晚点程度，早与它的拥挤程度一样声名在外。此时，入口处的工作人员和乘客之间产生了激烈的争执。船上的人远远超过了规定载客人数，再也无法上客了。可是栈桥上依然有很多人拼命想要登上这趟一周只有一班的船，他们和正要关门的船员争吵了起来。

船内就连厕所周围都坐满了人，根本没有可以落脚的地方，更不要说走路。随时可以听见争执的声音。如此的环境之中，紧绷的神经稍微一放松，整个人就容易陷入意志消沉。我只能忍。时间已过傍晚7点，船终于开出了阿斯旺大坝港口，朝着尼罗河上游航行。

白天的热风此时已经转凉，穿过堆积如山的行李，吹拂在身上。甲板下面是流淌着的淡绿色河水，远处荒凉的沙漠绵延不绝。在沙漠的另一边，太阳低垂在地平线上。当太阳从地球的另一边升起之时，我已经在苏丹了。今天的登船大战仿佛预示着我在非洲大陆即将面临的种种困难。不过我并不害怕，反而精神抖擞。可能是在竭尽全力后反而会感到一身轻松吧。魄力与魄力的冲撞，自我与自我的对决，并不夹带任何计策，一切都那么直接，毫无遮拦，有着源自动物本能的单纯。在这过程中，我体会到心灵的自由。一瞬间，我突然醒悟到，自己确实来到了非洲。

夜晚，船一路向南航行在尼罗河上。我想留在甲板上看风景，吹着海风入睡，于是决心把千辛万苦抢占的舱内位置让给娜塔莉和詹姆斯，自己混在苏丹人之中蜷在甲板的一角。当天是新月之夜。地面没有一丁点儿光亮，但抬起头就能看到星光璀璨的天穹。深夜，我突然醒过来。睁开眼时，我看到周围甲板上的乘客都沉浸在梦里，而远处的地平线上，南十字星闪烁着，船朝着它所在的方向前行。它指引着我，进入撒哈拉以南的非洲。

第二天，刺眼的朝阳和炎热让我从睡梦中醒来。船继续航行着，中午12点过后进入了苏丹的瓦迪哈勒法港口。办好一堆复杂的入境手续后，我登上岸，继续南下。

透过车窗朝外看去，苏丹的景色让人惊叹。逶迤的岩石沙漠一望无际，时不时有生长在荒漠上的椰枣丛跳入眼帘，远处尼罗河蜿蜒流淌。太阳落山后，黑暗笼罩大地，星辰点亮夜空之时，我到了栋古拉。

　　我随便找了一家便宜旅馆，走进去一看，房间的邋遢程度超乎想象。我冲了个澡，长途跋涉终于告一段落，这几天都将停留在这里。

　　宜人的晚风不时吹拂而来。虽然住的地方简陋又邋遢，但只要一抬头，星空永远那么灿烂。今晚应该能睡个好觉。

هيئة وادي النيل للملاحة النهرية
سفريات البواخر
حلفا / السد العالي
تذكرة درجة ثانية

شركة لبنان للنقل الجماعي
قيمة التذكرة ١٥٠ قرش
F
12
محافظة القاهرة

粗末なベッドの上、マスタバート。
気温40℃、暑過ぎて眠れない。

今天的落脚处：
一栋破旧房子的屋顶，20 苏丹镑。
气温四十摄氏度，热到无法入睡。

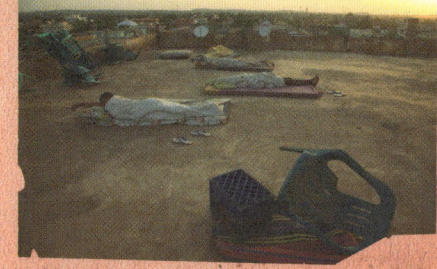

埃及 ▶ 苏丹 ▶ 埃塞俄比亚   167

168　非洲

被便衣警察逮捕

又被警察抓了。这一次是苏丹警察。

那一天是周五，正好是穆斯林的主麻日[1]，喀土穆城里人很少，商店几乎都关着门。上午我去政府相关部门登记信息，结果今天是休息日，政府不上班。于是又折回了住处。

黄昏的时候，我搭乘汽车前往位于哈吉·尤素福地区的塞塔市集。傍晚5点在那里会举行这个地区传统的摔跤比赛"努巴族摔跤"。我到的时候还不到4点，离比赛还有一个小时的时间，我决定散步去市场买水，顺路拍一些照片。

苏丹的市场很热闹。干燥的红色土地上摆满了简陋的露天摊位。有卖木材的，牵着驴卖水果的，有卖破铜烂铁的，还有当街理发的，卖食物的。衣服、家具、工具、门窗……干燥开裂的地面上堆放着五花八门的东西，袒露在灼热的阳光之下。人头攒动，把摊位间的空隙填得满满当当。就像无数条色彩斑斓的河流从四面八方汇集于此，涌现出强劲的生命力。我不由自主地举起相机，用镜头记录下眼前的光景。在苏丹的这几天，我逐渐体会到这里治安很好，脖子上挂着相机走在外面也不会遇到什么危险。我从包里取出相机，随手抓拍着。当地人也不介意我把镜头对准他们，反而还主动找我拍。拍完一个人后，隔壁店门口的人又向我招手，叫我拍他。我在拍这个人的时候，旁边看着的人也靠过来说："你也拍拍我。"这样反复了好几次。

就在我对着当地人狂按快门的时候，一位表情严肃的中年男人出现了，告诉我不准拍照。他不单单是口头警告我，随即走过来抢我的相机。后来我才知道，他是苏丹的便衣警察。周围的人刚才还笑着看我拍照，现在则神情紧张地站在远处观望。大家都很害怕警察。

中年男人抓着我的手，强行把我拉进了集市边上的一个简陋的屋子里。他把我按到地上，叫我出示身份证件。我一从包里拿出护照，他就趁机扑过来抢我手里的相机。我慌张地想要制止他，大声抗议道："我们在这里检查相机里的照片不行吗？为什么一定要没收我的相机？"可是我越反抗，对方越生气。我冒着被拘留的

---

[1] 伊斯兰教的聚礼日。主麻一词系阿拉伯语"聚礼"的音译，伊斯兰教规定每周五为聚礼日，此日正午后教徒聚集在清真寺举行集体礼拜。

风险，不停和他争论着，想保住相机。但最后也只能放手。

大约过了五分钟，一辆载着七名警察的皮卡车开到屋子门口停下。我被他们铐着手铐带往别的地方。车鸣着警笛开在市集的人潮之中，街上的人面带忧虑地望过来。没过多久，车停在了大概是警察总署之类的地方。一进屋就看到一位威严的警官站在那里，应该是他们的领导。

我的包被他们翻了个底朝天，护照也被查了。整个过程中我一直被数名警察包围着，头被他们按住。我向他们反复解释道：自己是日本人；来这里旅游；清真寺、桥以及军事设施我都没有拍过；从埃及南下到这里，下一站是埃塞俄比亚；从瓦迪哈勒法入境后，在栋古拉住了几晚，昨天才到喀土穆。我尽可能事无巨细地交代自己的行程。万一这些警察觉得我形迹可疑，不知道会怎样处置我。不过，我可以嗅到周围这些人身上散发出的滥用权力的气味。面对手无缚鸡之力的平民，拥有绝对权力的警察可以将其任意处置。这是一群严肃又死板的人。

说实话，当时我已经做好了向当地日本使馆求助的心理准备。来苏丹之前，我在开罗的日本使馆向工作人员说明我要去苏丹的时候，对方拿出一张证明要我签字。纸上写着："我，竹泽宇流麻本人，在开罗日本使馆阅读并接受苏丹的安全准则。在此基础之上，我前往苏丹的行动完全出于本人自愿且愿意承担一切后果。"不管怎么看，这都是万一有麻烦事时，方便日本使馆推脱责任的条款。被这些警察关进监狱的话，很难说求助使馆能起到多少作用。也许使馆愿意出面交涉，让我以"被逐出苏丹国境"的惩罚为交换，免遭牢狱之灾。或者觉得我只是个放肆的背包客，根本懒得搭理我。不论如何，面对现在这个境况，我怎么都不能坐以待毙。我盘算着，如果继续和他们的领导争论下去，结果只能是对自己不利。不如装傻，强调自己是个无知的背包客，如果实在不行，就使出最后的策略，偷偷塞点钱给对方。

好在我之前已经预想到自己可能会遭遇这样的情况，每天回到旅馆后都会拷贝下当天拍的照片，然后清空相机的内存卡。而这一天我拍的照片几乎都是当地人的肖像。在苏丹，人们一旦发现镜头对准自己，表情都唰一下变得做作起来。所以这天我拍的照片大多数像是游客拍的纪念照。尽管我的初衷是捕捉当地人日常生活的瞬间，可不巧每次一举起相机，所有人的样子立刻都变了。没想到的是，在眼下的关键时刻，这些照片救了我一命。领导拿起我的相机，饶有兴趣地翻看着这一张张如同旅游纪念的照片，不时还笑着招呼旁边的下属们来看。我在一旁，仿佛看到了获救的曙光，于是放手一搏：

"我只不过是一个普通的游客。我一直听说苏丹是个非常棒的国家，很早就想来这里看看。我在苏丹的这段时间中，每个人对我都非常热情，当地人的笑容让我感到温暖。苏丹真的是一个很好的国家。我想用相机记录下大家美丽的笑脸，当作自己旅行的回忆，等回到日本之后和亲朋好友分享。我真的很喜欢这里，也想让更多的人感受到苏丹的魅力。"

  我面带善意的微笑，把上面这一段用日语说起来很矫情的话，用简单的英语解释给他们听。领导听完后，频频点头，看样子非常赞成我说的话。眼看这一套奏效了，我连忙反复地强调着苏丹是一个美丽的国家，苏丹人的笑容多么的温暖人心。

  终于，对方态度温和了下来，开口对我说："好了，你可以拿回相机。但是市集上不允许拍照。努巴族摔跤的照片要等到下午5点后才能拍。"

  虽然事态一度看起来很严峻，但最后他们答应放我走，还开车把我载回了市集。市集上刚才一脸担忧地望着我被扣押的人们，此时都松了一口气。他们笑着对我说"欢迎回来"。恍然之间，我感觉自己成了电影里的主人公。那之后，我拍完了努巴族摔跤比赛，坐巴士回到旅馆。

  我在叙利亚的时候，被便衣警察抓过两次。还曾在边境被边检人员拒绝入境。当时我采取的策略和这天很像，不断用"叙利亚是一个美丽的国家，这里的人笑容灿烂"这些话博取对方的好感，得以摆脱危机。在苏丹的时候，我在栋古拉被警告过一回，在喀土穆被逮捕过一回。不论是叙利亚还是苏丹，当地的百姓都很淳朴善良，但是偏偏在这样的国家，权力机关却无比强势、专权。

  之后的旅行中，我也许还会被逮捕？虽然迄今为止都是有惊无险，之后说不准还能不能幸运地全身而退。我在内心警告着自己，一定要谨慎行事，避免惹祸上身。不过俗话说，身正不怕影子斜，自己心知肚明没有做任何违法的事情，也就没什么好担心的。

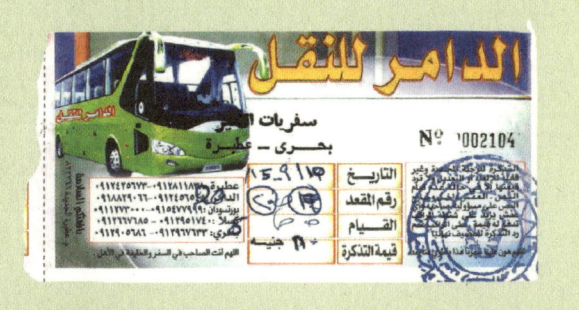

埃及 ▶ 苏丹 ▶ 埃塞俄比亚 171

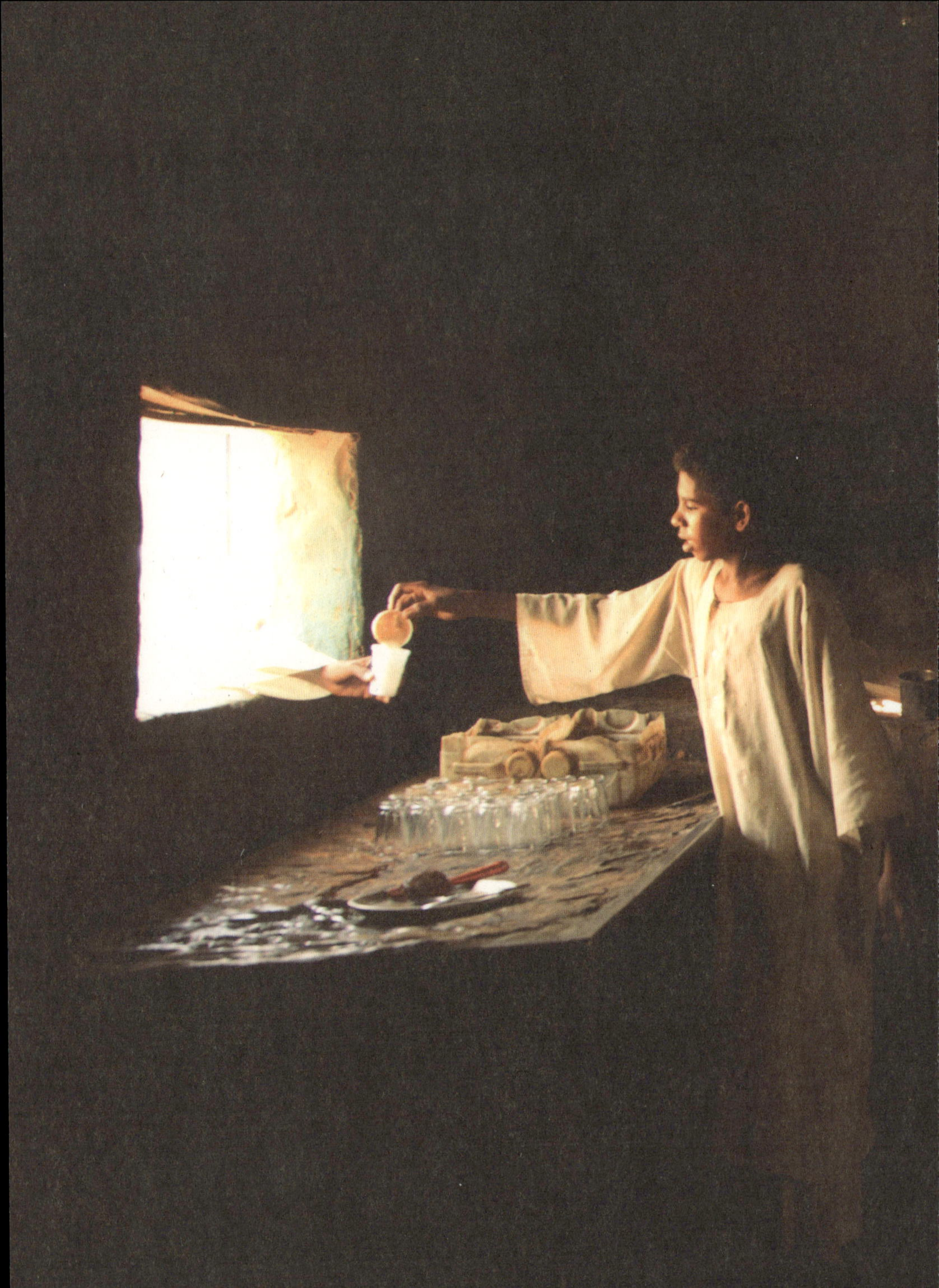

埃及 ▶ 苏丹 ▶ 埃塞俄比亚

非洲

日本女背包客的幻影

　　早上5点钟醒来，我从苏丹东部的城市卡萨拉出发，换乘几次车后进入埃塞俄比亚境内。时间已经接近下午4点。从这里到贡德尔还有7～8小时的车程。我决定休息一晚再出发，和在加达里夫一起搭车的新西兰人和德国人去边境附近的酒吧喝上一杯。

　　经过一天的颠簸之后，我坐在酒吧里喝着可乐，稍作休息。这家酒吧看起来不光卖酒，还提供性服务。在信仰伊斯兰教的苏丹，饮酒和卖淫都是被严厉禁止的。这家店的客人大部分应该是那些偷渡过来寻欢作乐的人吧。在这附近还有很多类似的店铺。

　　我不想在这个地方过夜。短暂的休整后，便坐上开往其他街区的面包车。正好司机告诉我他要一路开到贡德尔，而且只用3小时。对于才刚踏上这片土地的我，很难判断司机的话到底是真是假，也不知道埃塞俄比亚人是否值得信任。总之，不管是3小时还是8小时，只要是去贡德尔的，先坐上去再说。

　　车朝着目的地飞奔。没过多久，从苏丹一路蔓延开来的沙漠地带上，开始能隐隐约约看见树木的身影。经过几座低矮的山丘后，一瞬间眼前出现了广袤的森林。不远处身披绿衣的山脉此起彼伏。

　　该如何描述当时的内心感受呢？从中东腹地到埃及、再到苏丹这连续的几个月里，我一直都身处无边无际的沙漠，自己已经逐渐习惯了那样的环境，甚至觉得干燥而炎热的荒漠是再平常不过的景色。现在，我的眼前突然涌现绿色的波浪，这景色顿时带给我前所未有的宁静。

　　不同的色调交错在一起，谱写成一支壮丽的绿之协奏曲。在那纷繁的绿色之中，有无数的生命在呼吸着，它们共同创造出生命的和谐。也许这么说有点夸张，但是对于刚走出生命气息薄弱的苏丹沙漠的我来说，眼下的景象就如同生命的汪洋，在涌动，在流淌，在交汇，散发出耀眼的光辉。太阳的光芒毫不吝惜地释放着能量，而森林则将这些能量尽收囊中。脚下的大地生机勃勃。

　　如果你能感受到生命的鼓动，那么就会获得心灵的平静。现在的这种感觉让我联想到眺望大海时的心境：当我面对孕育着无数生命的大海，当我的身体被浪花拍打时，内心涌现出前所未有的平和。此时此刻，我望着窗外广袤的森林，心中再次满溢着大海带给我的那般感动。这是一个新发现。

透过车窗，我的双眼拾取着窗外当地人生活的碎片。在用木板搭建的简易小屋前，人们生起火开始准备晚饭。孩子们吊在驴车上玩耍。当地女孩们说着笑着和朋友一起冲凉。有的人在劈柴，有的坐在店铺里等着客人光临，有的忙着修理三轮车，有的手拄着拐杖慢悠悠地散步，还有的在跳舞。一群孩子跑来跑去，朝开过来的车扔着石子。一切都生机盎然。也许当生活被生之绿色所包裹，人也会被那泉涌的生命力所感染吧。

车轮下的马路据说去年才刚修好。路上车和人都很少，最多也就是几位牧民拉着几百头牛走过。他们把牛群牵到马路的一侧车道内，不紧不慢地往前走着。我们的车小心翼翼地经过他们身旁，怕惊扰到牛群。这里的规矩是车让动物先行。开往贡德尔的路上，数不清有多少次和牛羊群擦身而过。

太阳躲进了远处深山的背后，云朵的脸颊羞怯地泛起了粉色的红晕。这时我才意识到，不知有多久没有看见过云了。在苏丹的时候，那里的蓝天被飞扬的尘土笼上棕色薄纱，天空中找不到云的踪影。和散发着生命气息的绿色一样，云朵也有着能安抚内心的温柔。

晚上刚过8点，车抵达了贡德尔。从边境到这里大概花了3个半小时。空气开始略带寒意。天色暗下来，街道的模样被磨去了轮廓。在苏丹的时候，晚间气温接近四十摄氏度，但贡德尔只有二十几摄氏度。按理说这个温度应该令人感到很舒服，但经历过苏丹酷热天气的磨砺，我竟感觉贡德尔的夜晚有点冷。

我在落脚的旅馆安顿下来。没过多久，在汽车站认识的一位叫塔克的当地年轻人来房间找我。在车站的时候，我下车后呆呆地伫立在这个陌生之地，脑子一片空白。就在那时,塔克出现了,他主动提出陪我去找旅馆。在汽车站有人自告奋勇帮忙的话,多半是想趁机勒索。我一般都不理会这样的人,但这一次,我看对方长得不像坏人,应该没有什么坏心思,便接受了他的帮助。

他走进我的房间,告诉我待会儿要和两位日本女背包客一起去喝酒,问我要不要加入。因为长时间乘车,我非常疲惫,但还是在听到"日本女孩"这个关键词的瞬间动心了。在中东和非洲的行程,我每天都置身在由不修边幅的男性所构成的世界之中,呼吸着雄性滞重的汗水味,别说日本女孩了,就连和日本人说话的机会都没有。我决定去看看情况。

塔克带我去了城外一家尽是当地人的酒吧。店内,舞台上女歌手们正唱着歌,当地人眼神缥缈地坐在暗处喝酒,仿佛再过一会儿连人都会融化进混沌的黑暗。我感到气氛有点可疑。我和塔克找了个位置坐下,然而哪里都没有看见日本女孩的身影。无奈之下,只有先喝点东西等她们出现。我要了一杯可乐,帮塔克点了一瓶啤酒。

可是半个小时过后,女孩们依旧没有出现,而我的同伴已经喝了好几瓶啤酒。我开始察觉情况有些不妙,于是借口说我太累了想先回旅馆休息。塔克听了连忙说:"你再等一下,我给她们打个电话。"拿着手机走了出去。很快他回来告诉我,她们不来酒吧了,而是要去某家餐厅吃饭,叫我一起去。我起身打算结账走人,一看账单,除了酒水费,还要付给台上表演的每个人50比尔。这时候我才醒悟,根本没有什么日本女背包客,一切都不过是塔克想免费喝酒吃饭,再趁机索取现金的幌子。这一年里,我遇到过五花八门数不尽的坑蒙拐骗,也吃过不少苦头,但怎么也没想到会被这么低级的手段骗到。也许是我从苏丹到埃塞俄比亚后,放松警惕了,再加上听到"日本女孩"这几个充满诱惑的字眼。可能自己在旅途中真的太寂寞了。

最后,我帮他付了酒水钱,当作他帮我找旅馆的谢礼。回到旅馆后,我躺在床上,心里挂念着未曾出现的日本女背包客,孤单地进入了梦乡。

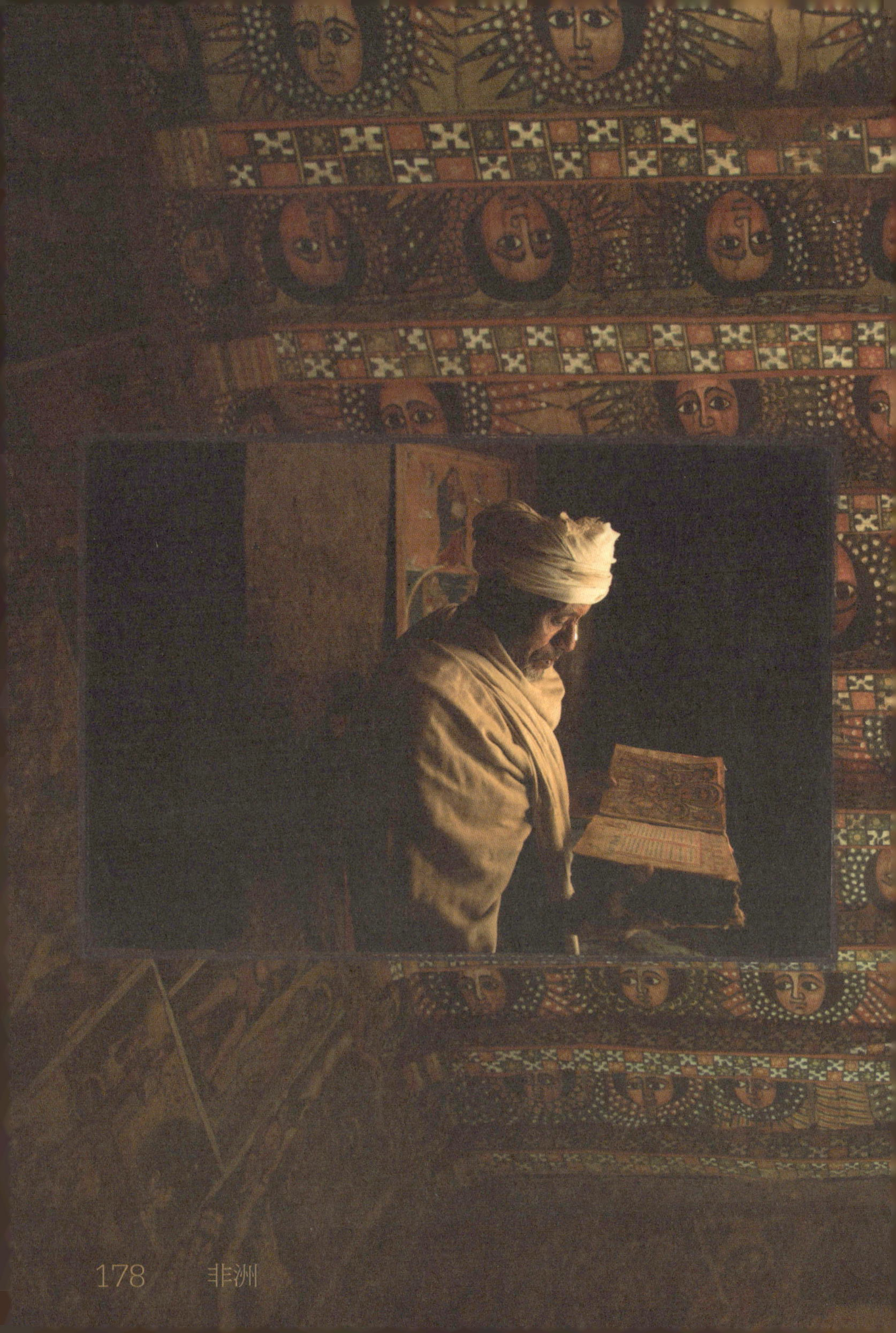

苏丹 ▶ 埃塞俄比亚 ▶ 肯尼亚

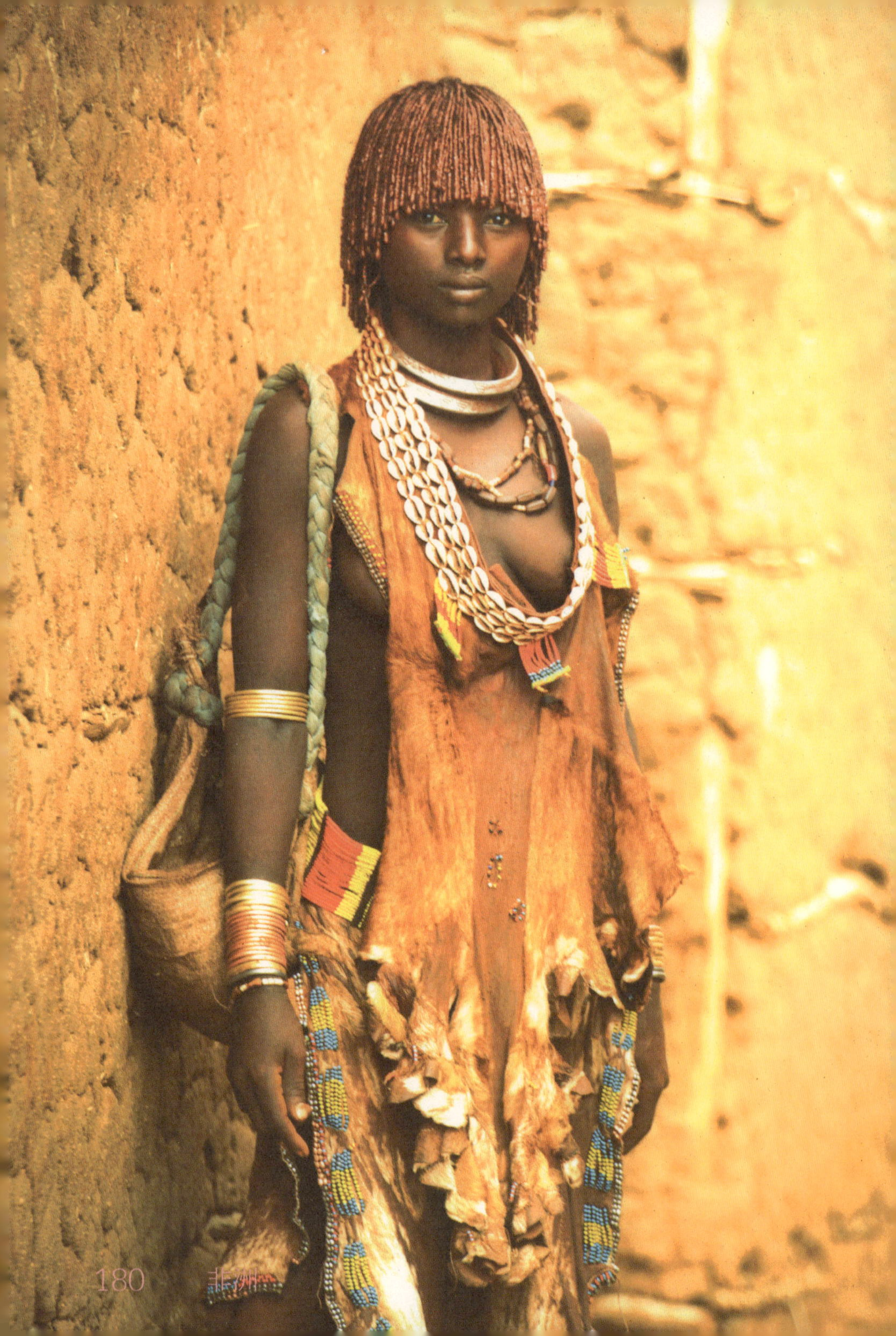

世界的中心与秘境之人

我低头看了一眼端到自己面前的饮料，不明液体上漂浮着块状的蜂巢，蜂巢里塞着蜜蜂、蜂卵和蜂蜜。在这里停留期间，我受到大家热情的接待。我寄宿的住户一家人和部落酋长都在场，看来是不得不喝了。我鼓起勇气，端起面前的那杯液体，惴惴不安地把碗送到嘴边。这种饮料的做法是，将煮烂的咖啡果肉盛进葫芦劈开后做成的碗里，然后从放置在屋檐下的壶里取出专门招待重要来客的蜂巢，放进碗里。味道呢，往好里形容是大地的味道，说难听点就是泥巴味。蜂蜜的甘甜，紧紧包裹在里面的蜜蜂的酥脆口感还算勉强可以接受。蜂巢嚼得时间越久，味道越甜，但是蜂巢里面不知道是虫卵还是幼虫的东西，我实在无法接受。

坐在我周围的所有人都半裸着上身。全身上下的穿戴物只有短蓑衣，以及挂在脖子和手腕上的精致装饰品。他们每一寸肌肤甚至每一根发丝都涂了一层红色的泥土，据说是为了抵御紫外线的伤害。他们是哈马尔族人（hamar），隐没在埃塞俄比亚高原南部广袤的丛林之中，过着原始的生活，靠打猎和放牧为生。这里没有电，没有煤气，也没有货币，有的只是无垠的大地。

迄今为止应该没有多少人踏入过这片秘境吧。当地人将木头高高堆起，在顶端铺上稻草，这就是他们生活起居的房子。一群赤裸着身子的孩子透过墙壁的缝隙好奇地朝我们的屋子里面望着，都想要看一眼我这位远道而来的稀客。我和收留我的加夏一家人基本上无法用语言沟通。彼此只是面面相觑地沉默着。不过也许如果和孩子一起的话，就算语言不通气氛也能稍微活跃一点。但看到我走出门外，围在屋外的孩子们立刻一窝蜂全散了。

无奈之下我只得回到屋子里，继续嚼起刚才剩下的蜂巢。就在这时，住在旁边屋子里的一位中年男子走了进来，用手示意想给我看什么东西，让我到他家去。

他家里光线昏暗，什么也看不见，一进门只有几乎令人窒息的腐臭味扑面而来，刺激着我的鼻腔。等双眼逐渐习惯了室内的昏暗后，我才看到地板上躺着一位年轻人。这位年轻人的身体异于常人，下半身肿胀严重。又过了一会儿，视野更加清晰之后，我发现他的两腿肿到常人的两倍粗，而腰以下的部位，从大腿到脚尖的肉因为烫伤而溃烂化脓，情况很严重。有的伤口流出混合着血水和脓的黏液，散发出刺鼻的臭味。带我来这里的男子告诉我，他儿子被烧伤到现在已经有一年多了，他不知道应该怎么办。他们没有打算去医院接受治疗，从这里到医院要步行一个多星期的时间，并且他们也没有负担医药费的经济能力。这位父亲希望我能向他们伸出援手。可是我并不是医生，只能在一旁眼睁睁看着他们痛苦，除此之外什么也做不了。

　　面对父子俩，我什么安慰的话都说不出。躺在地上的年轻人艰难地坐起身子，对我露出平静的笑容，他伸出手，对我说"谢谢你来看我"。可当我看到布满了脓水和血的手，怎么也没有勇气握下去。我无地自容地离开了他们的家。

　　傍晚时分，加夏的妻子艾丽点燃收集来的柴薪，开始准备晚饭。我和他们的两个女儿坐着聊天。妹妹名叫阿波尔，15岁，性格开朗，而姐姐凯莉比较文静，对新鲜事物有着源源不断的好奇心。凯莉央求着要我唱歌，于是我唱起了字母歌。姐妹两人听着听着，开始跟着我唱了起来。中途只要我一停下来，她们就会恳求我继续唱。我们这么玩耍着等着开饭。我大概一共唱了几十遍，到最后整个人唱得力气都没了。今天的晚饭是用粗粮加水揉捏成一定形状，扔进柴火炉里烧制而成的食物。没有任何调味。真要形容的话，就像是泥巴味道的硬面包。除此之外，没有其他食物。在漆黑一团的室内，大家从用葫芦做成的容器里分着晚饭，大口大口地吃着。

　　没错，我和这家人的生活方式之间有着天壤之别。但是现在，我们一起吃饭，一起入眠，一起唱歌。尽管语言不通，但慢慢地我觉得他们就像是我的家人。我们之间的差别只有穿不穿衣服，用不用电气的不同。我们一起大笑，一起悲伤，一起喜悦，我们的内心都留存着同样的温柔。

　　这里生活的都是原住民，被外界称为"秘境"。当我真的来到这里，意识到我们彼此之间只不过是外表不同。我们都一样，都在认真过着生命中的每一天。我穿过广袤的丛林是为了追寻日常生活中没有的刺激，可当我抵达之后，等待着我的却是他们的日常。也许在他们的眼中，我才是那个来自神秘远方的陌生人。在这里和当地人共度的时光让我明白了，任何角落都是世界的中心。

　　夜深之后，我们走出屋外，进入山羊群，在羊群间的空隙席地而睡。夜空中南十字星闪耀着，躺在地上望着头顶的星空，倏尔之间我听到远方传来嘹亮的歌声。那声音穿过夜晚的帷幕，带着自然的旋律和力量，像河川的潺潺流水，又好似晚风的喃喃低语。我集中注意力竖起耳朵，听到沧桑的歌声中夹杂着女性的吟唱，还听到村子里人们生活的声音、欢笑的声音、孩童哭泣的声音、做饭的声音，这些声响伴着摇曳的篝火流淌到广袤的大地之上，在黑暗中舞蹈。

这里的人就好比土地的一部分，他们的生命接受着自然的祝福。自然带给他们死亡，也赋予他们生命。生活在这里的每一个人都闪耀着纯粹的生命之光。

　　那天晚上，我和加夏一家人依偎着羊群进入了梦乡。夜里，我被头顶附近山羊排泄的声音吵醒了好几次。

　　不过，背上传来大地的温暖，舒服极了。

苏丹 ▸ **埃塞俄比亚** ▸ 肯尼亚

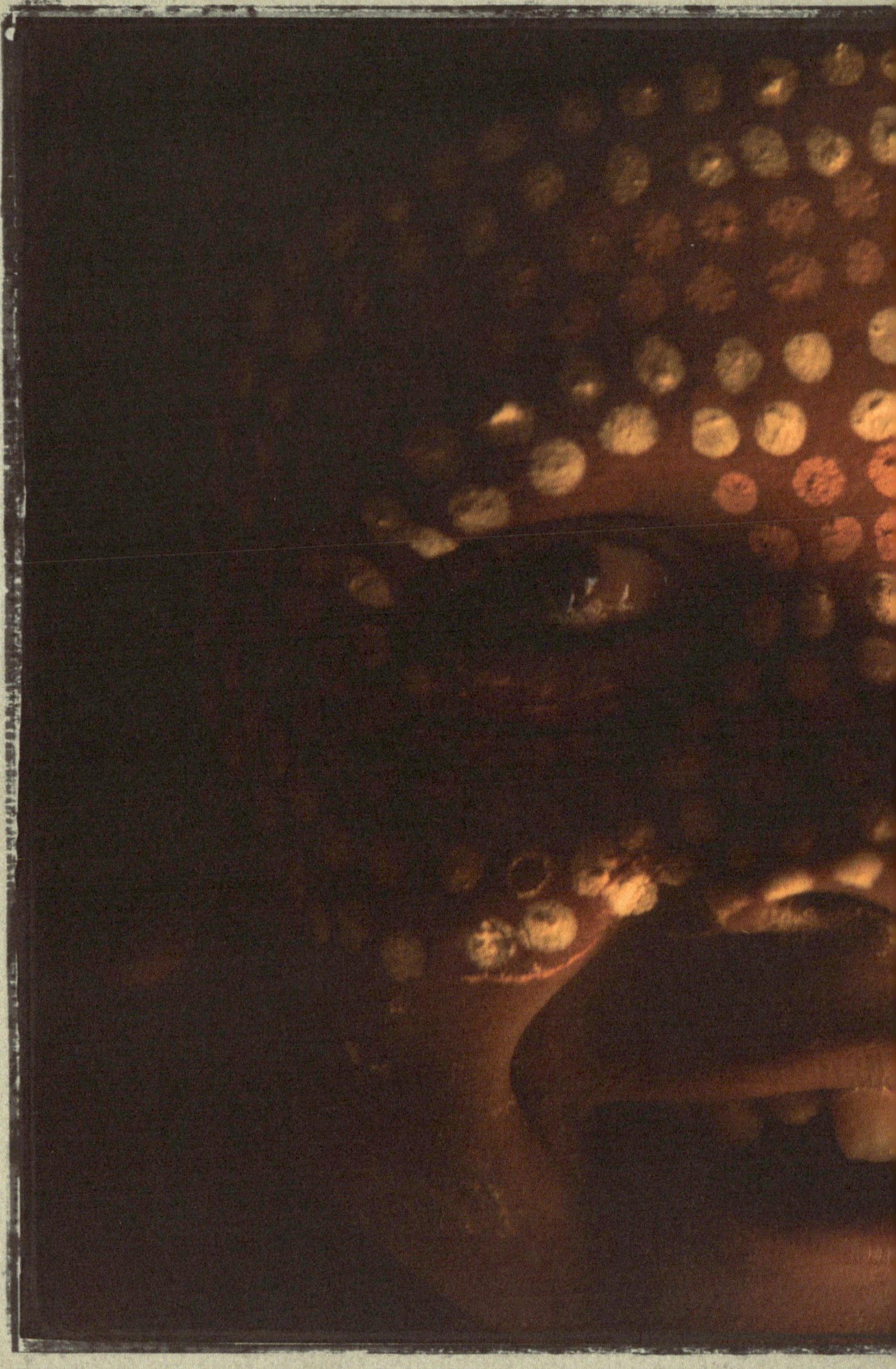

苏丹 ▶ 埃塞俄比亚 ▶ 肯尼亚

非洲

苏丹 埃塞俄比亚 肯尼亚

188

189

Lunch ティブスとインジェラ。40ブル。
すずくて悪名高いインジェラ。でも
3日連続で食べたら猛烈にウマくなって
きて、やめられなくなった。
Africa No.1 料理!!

夜、オシャーの家族と一緒に眠った。
星を眺めながら、アフリカのことを考えた。
ここでは大地の味を噛み締め、風を感じ、星を見て考え、
そして生きる。それだけのことである。単純にして本質。
これほど、自分が生きていることを実感させてくれる大陸は
他にない。
星がキレイである。
背中から伝わる地面の温もりが心地良い。

晩上，和加夏的家人睡在一起。我望着天上的星星，回想着在非洲的所见所闻。生活在这里的人们，食大地之味，风拂身而感，望星辰而思。他们就这么简单地活着，以这般朴素的方式去接近生命的本质。我只有在非洲大地之上，才能够如此切身感受到自己活着的事实。
星空好美。
背部感到大地的温暖，好舒服。

190　　　非洲

午饭：

　　特布斯[1]和英吉拉[2]，40比尔。以难吃而闻名的英吉拉，我连吃了三天后竟然觉得好吃起来，吃上瘾了。这是非洲第一的食物！

1 一种埃塞俄比亚特色菜，用羊肉、山羊肉或者牛肉和洋葱、黑胡椒、迷迭香等香辛料烹制而成。
2 一种由苔麸发酵后摊成的薄饼，是埃塞俄比亚最常见的主食。

部屋に荷物を置き、少し休憩。
宿にはテコという青年がいて世話をしてくれる。
テコには3人の姉妹と4人の兄弟がいて、
姉妹は皆日本人が好きだという。そのうちの1人
を紹介され、そのあと「もし気に入れば一緒に寝る
ことも出来るよ。コンドーム持ってる？」と元2ヶ
聞いてきた。
興味がなかったので丁重にお断りしておいた。

Dorze Hut
多兹族的茅屋

我把行李放进房间，短暂地休息一下。住宿的地方由一位叫缇克的青年经营。缇克有三个姐妹，四个兄弟。他告诉我他的姐妹都对日本人抱有好感，还主动介绍其中一位给我。后来他还特意来告诉我："如果你觉得她不错的话，可以和她一起睡。你带避孕套了吗？"
我完全没有兴趣，果断地拒绝了。

苏丹　▶　**埃塞俄比亚**　▶　肯尼亚　　191

苏丹 ▶ 埃塞俄比亚 ▶ 肯尼亚

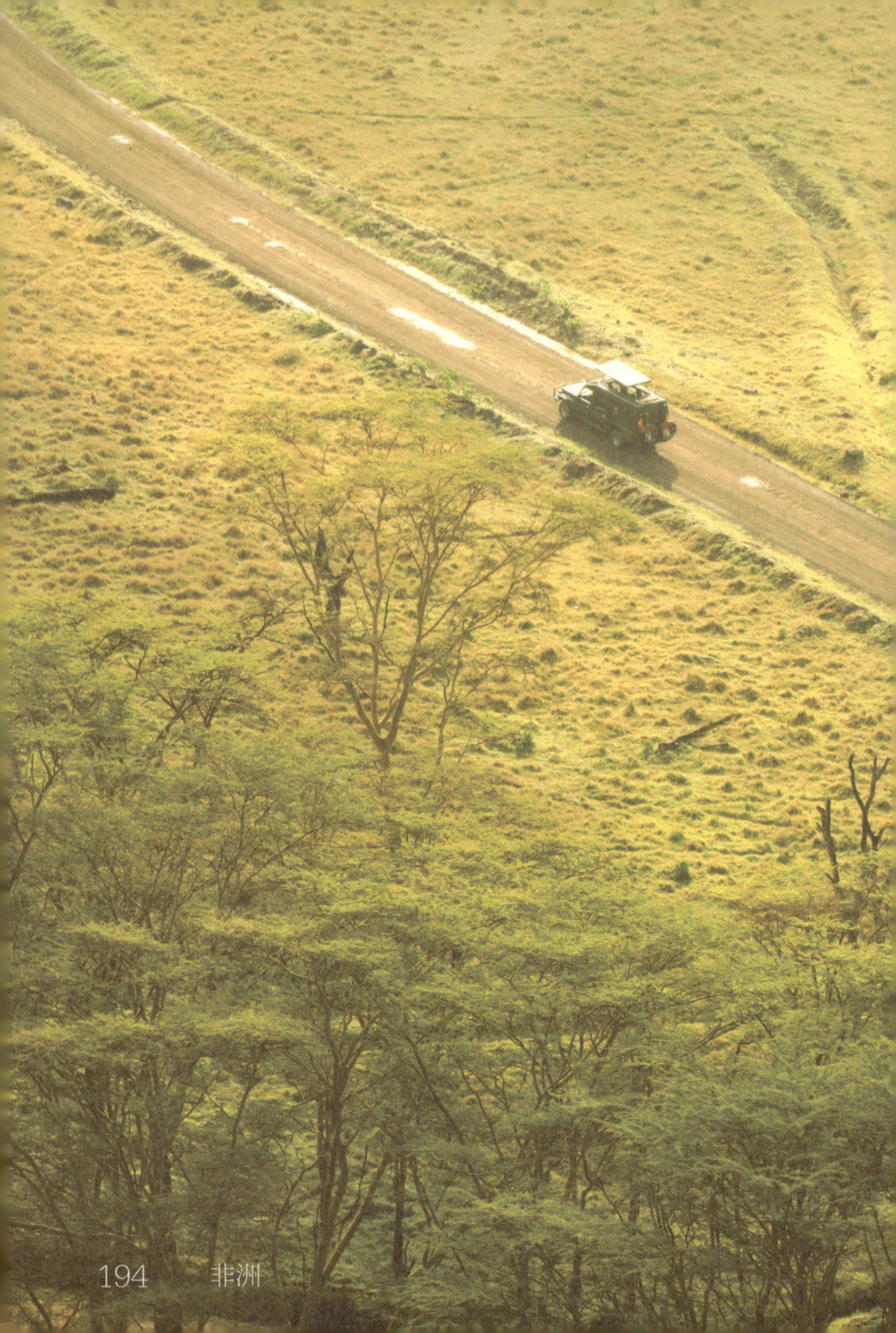

杉本先生和美女姐妹

　　从埃塞俄比亚通往肯尼亚的这条烂路被誉为全世界最险恶之道。在这条路上开了30小时后，车终于到了内罗毕，此时东边的天际已经泛起了鱼肚白。大巴把我们载到贫民窟附近停下。下车后四周一片漆黑，空气里飘散着腐臭味，让人不禁背脊发凉。我被长时间的车程弄得头昏脑涨，费了好大劲终于找到有空床的旅馆，当即决定入住。没想到在这里我竟然再次遇到了杉本先生。

　　我在旅途中遇见了很多人，但是印象最深刻的，应该要数杉本先生。第一次见到他是在智利比尼亚德尔马的青旅。在那之前的一星期，我在百内国家公园徒步的时候不小心伤了脚，于是我决定前往在日本背包客中小有名气的青旅，做短暂的休整。

　　我到青旅办理好入住手续之后，在旅馆的公共区域看到一个打扮奇特的人坐在那里。他个头不高，年纪在50岁左右，花白的头发全都捋到脑后，一丝不苟地梳成大背头，长度到肩膀上方的头发修剪得整整齐齐。这样一个大背头的中年男人坐在沙发上，聚精会神地看着日本的漫画书。直觉告诉我，不要随便和这个人搭话。趁他还没发现我，我转身回房间睡觉去了。

　　傍晚的时候，我空着肚子来到公共区，想着去厨房做点东西来吃。这时，我发现他还在那里看着漫画。这下躲不过了。我在他旁边的位置坐下。屁股刚一落下，他便抬起头，问道：

　　"你从哪里来的？"

　　这个场景让我恍惚地感到自己是走进了某家萧条的酒吧。巧的是，这位自称"杉本"的人过去真的是酒保。不过，他说话的方式不太像酒保，更像内心住了一位高中女生的大叔。他笑起来的时候会放低声音，发出一串轻快爽朗的颤音，另外还会加上"那个""嘛"等女孩子撒娇时会用到的表达。总而言之，令人印象深刻。然而，只要稍微和他多聊一会儿，就会发现他懂的非常多，讲话风趣幽默。我俩聊得越来越起兴，也渐渐亲近起来。他给我起了外号叫"鱼牛马""鱼马牛"，自己一个人一边说着一边乐得不行。

　　没想到在将近一年之后，我在肯尼亚再次和这位杉本先生相聚在同一个屋檐下。我一进旅馆就听到似曾相识的说话声，我当然没忘记那声音的主人，下一秒就反应过来杉本先生在这里。我俩对这次再会又惊又喜，于是决定这几天结伴同行。杉本先生和一年前初次见面时比完全没有变化。我不禁好奇他究竟是怎么保养的。他依

埃塞俄比亚　▶　**肯尼亚**　▶　南苏丹　　195

然梳着利索的大背头，一丝不苟的头发依然是停留在肩上的长度。不过可能是心理作用，我感觉他看起来比在南美的时候更年轻了，头发也比之前更顺滑、更有光泽。当然，也有没变的地方。他依然和在南美地区的时候一样，逮着机会和当地的孩子们讲话时，满口不离"鸡×"、"蛋×"。我诧异地问："你到底在干什么？"他却若无其事地说："我正常地讲话他们也听不懂嘛，说这些一下就懂了。"说罢他又笑嘻嘻地加了一句"便×"。总之，只要是叠词他就开心。当地的孩子看着我们两个奇怪的亚洲大叔，难为情地不知道如何是好。我和杉本先生一起去申请某国签证的时候，我很快就顺利拿到了签证，可是他的却迟迟批不下来。想来好像也可以理解了。

　　我和杉本先生住的旅馆位于内罗毕治安很差的地方，房间窗户都罩着铁栏，旅馆外弥漫着动乱的气息。我记得有天晚上，有个男的手里握着砍刀在外面走来走去，粗暴地大声喊叫着。可偏偏在这么危险的地方，住进来了两位可爱的日本女孩。她们年纪二十出头，怎么看也不像是这个浑浊世界中的人物。喜欢和人套近乎的杉本先生立马就去跟她们搭讪。一开始，姐妹俩带着怀疑的目光看着他，后来渐渐卸下了防备。

　　我们四人决定第二天结伴去当地的动物保护区。在路上姐妹二人给我们讲了她们旅行中的经历。两人从日本出发，先后去了中美地区、南美地区，现在来了非洲。我问她们，两个女孩子一路上没有遇到什么危险吗。她们向我们说起了自己在秘鲁坐出租车被抢的故事。

　　当时她们两人和另外一位女生，三人结伴一起旅行。有一次她们打车去汽车站，坐上车开了一会儿，她们就察觉到气氛不对劲。这时，突然从两侧车门坐上来几位陌生男性，把她们夹在中间无法动弹。一车人把三人劫持到荒郊野外。在那里，歹徒们掏出匕首，把她们眼睛蒙上，接着将三人囚禁起来。据说当时一共有五到七名歹徒，其中也有女性。女孩们的随身行李在当场被翻了个遍，衣服、现金、相机、护照都被抢走了。但歹徒们并没有就此罢休，又把手伸进她们的衣服口袋、袜子、内衣中搜索，不放过任何一个值钱的东西。两姐妹感觉自己没准下一秒就会命丧当场。怎料此时，另一个女生突然昏倒了，躺在地上浑身开始激烈地抽搐，没过几秒后整个人在地上一动也不动。歹徒们眼见这个情景也慌了手脚，连忙摘下她们的眼罩，呵斥着叫她们想想办法。两人尝试对着那个女生喊话，对方没有任何反应。接着她们大声朝她喊了好几次"你没事吧？"，躺在地上的女生终于有了点微弱的反应，可马上又没了任何动静，像死了一样，不过还是有呼吸和心跳。事过之后姐妹二人才知道，当时那个女生非常害怕，以为歹徒马上就要杀了自己，灵机一动，先发制人，在他们面前装死。自己先假死的话就能免去杀身之祸。看似单纯得不能再单纯的策略出乎意料地奏效了，三人侥幸逃过一劫。歹徒们以为自己祸害了人命，拿着抢的财物仓皇地逃走了。

　　三个女孩从事发当天傍晚一直被监禁到第二天早上。当她们重获自由后，走到外面一看，完全不知道自己身在何处，并且身上一分钱也没有。后来她们为了回到市区，一路上也吃了不少苦。

　　事后她们去报了警。秘鲁的警察进行了一系列现场勘查，制作嫌疑人肖像，并且为了能够确定嫌疑犯，警方给三人看了有相似前科的人的照片。可最后并没有查明谁是凶手。她们向当地日本使馆求助，对方也只是公事公办地冷冷询问："你们需要什么帮助？"此时她们才离开日本一个月而已。在经历这样的遭遇后，大多数人会取消接下来的行程选择立刻回国。然而姐妹二人决定留在南美地区。她们联系到日本国内的家人，在他们的协助下补办了护照，在旅馆工作人员以及其他旅行者的帮助下，借到少许现金。两人在一个月之内重整旗鼓，继续踏上旅程，现在则来到了非洲。

　　她俩外表看起来就是普通的女孩子，完全看不出她们其实如此坚强。杉本先生听了两人的遭遇后，像被高中女生附体一般兴奋地惊呼"真的假的？啊，真是不可思议哪"。其他人也听得一惊一乍。

　　不一会儿，车开进了动物保护区。我们打开车的顶棚，站起来探出脑袋，找寻着动物的身影。非洲草原的风吹得杉本先生的头发随风飘拂，也指引着我们动物的所在：犀牛、大象、狮子出现在前方，成群的斑马在湖畔休憩。一路上对出现的动物都没什么反应的妹妹，在看到斑马的瞬间，不由自主地惊呼出："哇！"接着感叹道："斑马真的跟马好像啊。"

　　车上的人听到这句话后瞬间安静了。连杉本先生都一下子不知该如何反应是好。

　　旅行者的世界果然缤纷多彩。每个人都隐藏着从外表完全无法察觉的魅力。在这之后，我在旅行路上还遇见了许许多多的勇士。也许他们现在还在世界的某个角落，继续着脚下的旅途。

埃塞俄比亚 ▶ **肯尼亚** ▶ 南苏丹　　197

莫亚莱大巴：

　　莫亚莱至内罗毕，全世界最险恶之路。

　　带座位的客运大巴，200肯尼亚先令，早6点发车。

　　运送咖啡豆的卡车车厢，1400肯尼亚先令，早4点发车。

　　运送牲畜的卡车车厢，1000肯尼亚先令，早4点发车。

　　推荐莫亚莱之星公司的大巴。

198　　非洲

埃塞俄比亚 ▶ 肯尼亚 ▶ 南苏丹

国家诞生的瞬间

2011年7月9日,南苏丹独立了,随后成为联合国第193个成员国,全称为"南苏丹共和国"。我在南苏丹宣布独立的两天前抵达了即将成为首都的朱巴。

从肯尼亚的内罗毕出发,途经乌干达,车程历时34个小时。大巴歪歪扭扭地行驶在坑坑洼洼的土路上,车里人满为患,连中间的过道都堆满了行李。车内空气凝滞,燥热不堪,散发着非洲独有的酸臭味,令人呼吸困难。苏丹人性格豪放,直言不讳,一路上肆无忌惮地把内心的不满砸向司机。旅途历经坎坷:在跨越国境线的时候,目睹车窗外的人遭受鞭打;大巴一度爆胎;司机开错了路;我甚至还被车里的女乘客指责:"你们中国人没有资格来我们的国家,请你立即下车。"

我被这些插曲搞得心力交瘁,呆望着拍打着车窗的雨滴,不知不觉间睡着了。睁开眼的时候,天已经放晴,大巴停在了一片呈现着赤褐色调的街区。不,与其说是街区,更像是一座村庄。这里的房屋几乎都是没有修建地基的简易木板棚子,草房零零星星地混杂在其中。地上的路也都未经铺砌,街道上的行人穿着破旧的民族服装,手里拿着柴刀。这是个小到一眼就可以望到底的村落。

在就要进入这个村子时,我们接受了好几次检查,前前后后加起来花了快一个小时。顺利通过检查后，又跨越一座老朽的桥。过桥后我才意识到，刚才桥下流淌的河是尼罗河，而眼前这片简陋的街区正是南苏丹的首都朱巴。当时我心里的第一反应是："这就是首都？这个国家真的可以维持下去吗？"道路两旁立着砌着泥土墙的草房，街上牛群懒散地走动着，人们光着身子在河里洗澡，这样的景象在非洲东部的农村再常见不过了。

到了朱巴后，我怎么也找不到满意的旅馆，不是住满了，就是价格贵得惊人。在这般简陋的村子里，住宿价格如此高昂，实在是令人难以置信。我估计应该是店家趁着7月9号的独立日一齐抬高了价格。最后我只好拜托摩的司机帮我一把。他带我去了一家餐厅附属的空房。此时，天已经完全黑了。

第二天我起了个大早，到朱巴城里闲逛。这里给我的感觉和昨天下车时一样。只需花5分钟就能逛完城中心，只有袒露着红土地的中央广场周围集中着一些两层的房屋。这番景象不得不让人怀疑这里是否真的是首都。不过这里有很多家小银行和兑换外币的商铺，还有几家航空公司的分店。只是每家店看起来都很萧条，连是否在营业都很难说。车子一经过，车轮就碾压得路面尘土飞扬。苍蝇到处都是。我去了市中心的邮局，这里的邮局也建在临时搭建的棚子里，而且当地似乎没有人知道朱巴有邮局这么个地方。

翌日，尽管南苏丹刚获得了期盼已久的独立，可大街上人们的神态异常平静，不见任何庆祝活动，城里的节奏依旧不紧不慢。我不禁开始担心起来，这个国家真的实现独立了吗？真的可以一直保持独立吗？

太阳快西下的时候，白天安静的市区开始出现了变化。肤色黝黑的南苏丹人从暗淡的薄暮中，一个接一个地走了出来，聚集到一起。刚才还空无一人的广场上，站满了穿着民族服装的人，他们嘴里发出独特的声音，身体剧烈地扭动起来。数不清的南苏丹国旗迎风摇曳，迎接着夜晚的到来。

白天冷清的大街现在被人潮所淹没，每个人都激动万分，连脚下的土地也仿佛开始摇晃了起来。汽车和摩托车大声地鸣着喇叭，拨开拥挤的人群移动着。大家叫喊着，大笑着。朱巴虽然是南苏丹的首都，可这里还没有通电。黑夜被人们手里摇曳的烛光划破。那微弱的火光照亮着人心，化作在场每一个人瞳孔里的星光。在他们的双眼中，我的确看到了对未来的希望。

那天晚上，喧闹的欢呼声一直回荡在天际，撕碎黑夜厚重的帷幕。

202　非洲

肯尼亚 ▶ 南苏丹 ▶ 乌干达

非洲

孤儿院日记

第一天

从坎帕拉坐车出发，4个小时后抵达位于乌干达南部的卡库托村，虽说是村落，可放眼望去是一望无际的草原，只有Newtopia孤儿院孤零零地伫立在那里。那里是日本人蒲生先生创立的孤儿院。下车后步行大约五分钟就能走到。我穿过孤儿院的后门，碰巧孩子们放学后正要出门回去，他们看到我，笑着问候道："Okaeri（在这里好像是"欢迎"的意思[1]）。"每个人都有着明亮的大眼睛。

我放好行李。此时正好是孤儿院的午饭时间，于是我也加入他们。今天的午饭是豆子蔬菜汤和大量的乌伽黎[2]。孤儿院的人告诉我，直到前几天，他们吃的都是用纯玉米面粉做的，但是最近因为物价飞涨，只好在里面掺杂便宜的木薯粉。听说在乌干达，加了木薯粉的乌伽黎被视为穷人才吃的食物，很多人都不喜欢。但是对孤儿院饥肠辘辘的孩子们来说，能吃饱肚子才是最关键的。对于我这个外国人，每天都吃这样的食物实在是有点痛苦。我看着盘子里大块大块的乌伽黎，在孩子们面前又不好意思剩下，只有眼一闭使劲咽下去。

午饭过后，我在孤儿院里参观了孩子们干活和上课的情况。一转眼到了晚上列队的时间，一个孩子走到队伍前面，高声喊着"立正，稍息，立正，稍息"，其他人身板立得笔直，嘴里跟着大声喊着口号，模样可爱极了。

他们重复喊着Newtopia的三原则"Newtopia three pillers: Honesty/Effort/Responsibility（诚实/努力/责任）"，齐声唱着乌干达的国歌和孤儿院的校歌。他们整齐地踏着脚，挥动手臂高声歌唱。非洲孩子的歌声里饱含着生命力，触动人心。列队行礼的最后，众人一齐用日语说道："我们在Newtopia创造乌干达的未来！"解散后，孩子们立即开始各自的任务：汲水、打扫、洗衣服、做饭等。

太阳落山后，便到了晚饭时间。晚饭依然是汤和乌伽黎。基本上每天都是这样。这天有几个孩子因为没能按照要求完成任务受到了惩罚，其他人在吃饭的时候，他们在房间的角落单膝跪地。

---

1 在日语里，"okaeri（おかえり）"通常是家里人对从外面回来的人所用的问候语，意为"欢迎回家"，一般用于关系亲近的人之间。虽然也有欢迎的意思，但和对远方来的客人的"欢迎"，用法有显著差别。

2 一种黏稠的玉米糊，东非和非洲南部几个国家以其为主食，有时候也用木薯粉代替玉米。上桌的时候是大的砖块状，将其掰碎，与肉、炖菜或蔬菜一起食用。

吃完晚饭后，孩子们马上开始自习。每个人都埋着头，在桌上煤油灯昏黄的光亮下全神贯注地学习。每一张桌子都包裹在孩子们专注的静谧中，听不见任何嬉笑打闹。他们写字的笔记本已经变得破破烂烂，手中的铅笔断了半截，紧握着笔的手上的皮肤因为干燥的气候，早已不见他们这个年纪应有的细腻和光泽。煤油灯用它温暖的灯光轻抚着这一切。在乌干达偏僻的农村，这家孤儿院静静地伫立在草丛之间。在这世界的一角，孩子们默默地借着头顶微弱的灯光学习。然而，外面的世界里又有多少人知道这些呢？

第二天

早上6点起床。此时天还没亮，空气清冽冰冷。我听说直到不久前，孤儿院规定的起床时间都是5点半，可由于最近感染疟疾的孩子越来越多，为了避开疟原虫的宿主疟蚊的活跃时间，孤儿院才将起床时间推迟了三十分钟。

我拖着依旧困倦的身体，挣扎着起了床，穿上衣服，戴着头灯走出了自己的房间。外面好冷。孩子们早已起床，大家借着煤油灯的光亮正在打扫卫生和做早饭。有的孩子已经在一旁开始了一天的学习。有的孩子在灶台忙碌着准备早饭，那是乌干达人常吃的一种叫"乌棘"的粥，由玉米粉和糖煮成。

7点，到了早饭时间。这里每天的早餐都是一杯乌棘粥。通常在做的时候会加糖调味，但现在糖的价格太高，眼前的粥完全吃不出来甜味。孩子们一边吃着，一边不停用嘴吹着杯子里滚烫的粥。对于像我这样没有习惯当地饮食的人来说，要吃完一大杯乌棘粥不是那么容易的事，于是我把半杯粥分给了旁边的小孩。

第一节课：体育。

孩子们尽情地在洒满晨光的操场上奔跑着。虽然每天一大早就得起床干活，还有繁重的课业，但孩子毕竟是孩子，身体里蕴藏着无尽的活力。他们到处跑着，跳着，大叫着。我加入他们用绳子和细杆玩的游戏，和孩子们一同奔跑在操场上。不知不觉间我感到和他们拉近了距离。

第二节课：打水。

孩子们骑上自行车去附近的水源处，汲取之后饮用和做饭的水。在这里水极其珍贵。水源其实是草丛中涌出的细流，所以一次打不了很多。光是装满手中的塑料桶都要费很长时间。在等水装满的间隙，孩子们一会儿朝鸟扔石子，一会儿又捡起木棍去砸树上的杧果。正值身体发育期的他们精力充沛，孤儿院简素的饮食没有办法跟上他们需要的营养。但如果让大人们发现他们在干活期间偷偷玩耍，又要没有晚饭吃了。

第三节课至第五节课，孩子们在教室上英语和数学课，然后是午饭时间。下午还有三节课。一天的课程结束后，开始当天的大扫除，打水，照顾山羊，到田里做农活，洗衣服，洗澡，准备晚饭，吃饭。

今天吃晚饭的时候，又有几个孩子跪在房间的角落里。其他人告诉我，晚饭前他们误把做饭用的水拿去洗衣服了，结果没有水可以做饭。他们立刻跑到水源处打水，可是过了很久才回来。回来后孤儿院的人问怎么花了那么久，才知道他们在等水装好的时候，跑去附近玩了。这几个孩子受到了处罚，不能吃晚饭。

运营孤儿院的蒲生先生缓缓地从座位上站起来，走到受惩罚的孩子面前，突然抬起手猛地扇了他们一人一巴掌。一瞬间，房间里鸦雀无声，大家都愣住了。蒲生先生接着怒斥道："明天所有人都不许吃晚饭！"声音划破了笼罩室内的死寂。一人犯错众人受罚。但是我觉得，他这么做太过分了。

吃完晚饭，每个孩子都闷头不语，丧失了活力。后来在晚自习时，孩子们为我们这些志愿者唱起了歌。他们用歌声欢迎新来的志愿者，同时向即将离去的志愿者道别。

刚才低落的气氛由此一扫而空，孩子们放开了嗓子用尽全力歌唱。这里的孩子们都很喜欢唱歌。可能是谁教的吧，他们唱的是日语歌。《森林里的小熊》《昂首向前走》，还有《波妞之歌》。听着孩子们唱着我熟悉的歌，我仿佛感到歌声中寄宿着灵魂。强有力的嗓音，饱满的节奏，充溢着喜悦的笑颜，还有柔韧的肌肉的起伏，我从他们的身上听到了非洲大地的歌唱。

第三天

今天我从早上开始一直在孤儿院里拍照。

朝阳钻过狭窄的窗户，给教室的地板和墙画上了一道金黄。桌子在发亮，孩子们的脸荡漾起灿烂的光辉。教室被晨曦温柔地搂在怀里。窗外的香蕉树上，香蕉沾着晶莹的朝露，散发出甘甜的香味。孩子们在早晨的阳光中认真埋头看书，被晨光包裹的他们仿佛受到了太阳纯净的祝福。不知他们长大后，眼中又将是怎样一番景象。

但是，到了下午，孩子们变得无精打采。不知为何，其中一个孩子哭了起来，其他人迅速被传染，一个接一个开始抽泣。越来越多的孩子不在学习状态，他们安静地走到教室的角落坐下来，没一会儿都睡着了。也许是因为一周的疲倦累积到周五终于爆发了？或是因为昨晚被蒲生先生骂而耿耿于怀？抑或是因为想到今晚所有人都被惩罚不许吃晚饭而难过？只有一位叫伊萨亚的10岁小男孩和往常一样，依然精力十足。伊萨亚用脚踢着消沉的其他人，一个人在那里开心得不行。

傍晚，志愿者勇飞因为身体不舒服躺在床上休息。应该是感染了疟疾。我从背包的内袋里拿出了从日本带过来的速食葱汤，加入热水调好后递给勇飞。他是在这里感染上疟疾的第三位患者。

由于今天没有晚餐，我便和其他志愿者老师一起走到附近的村子，买了些水果和饼干充饥。

今天是满月。晚上，我和当地的工作人员麦克一起负责孤儿院的夜间巡逻。迄今为止，孤儿院遭受过好几次袭击，牲畜被抢走，土地也被剥夺过。我们拿着柴刀和枪巡视着。忽然，草丛里发出窸窸窣窣的声音，我俩心里一紧，不过还好只是兔子。我和麦克两人试图抓住它，可惜让它逃走了。

第四天

来孤儿院后的第一个周末。今天虽然不上课，但是要做农活。

和往常一样，早上是从打扫卫生开始，吃完乌棘粥早饭后，又要洗衣服、打水、做农活。晨光洒满香蕉田，孩子们在田里做着农活。我呼吸着早上略带凉意的空气，行走在金色的阳光里，眼下的这番景象美丽如画。

今天是在这里工作的乌干达老师梅莉的23岁生日。

吃午饭的时候，桌子上的花瓶里插着孩子们特意为老师摘的花朵。蒲生先生看花瓶里的花太少，不满地问道："为什么花这么少？哪些人去摘的？一定又偷懒去了！去了一个小时只摘了这么点回来！"去摘花的五个孩子默默站起来，怯懦地低声回答道："好多花都还没有开，只找到这么一点。"可蒲生先生不相信孩子的话，反而更加生气，再次呵斥道："不可能，一定是你们偷懒去了。"

这时，一位老师站起来，替孩子们说："我和他们一起去了，草地里的花真的没怎么开，只有这么多。"听到这，一下子丧失了发怒理由的蒲生先生连忙开着玩笑为自己辩解："这样啊，可能因为现在是旱季所以花都还没开吧。不下雨又该怪谁偷懒呢？"实际上孩子们的确趁着去采花，偷偷玩了一会儿。爬树摘杧果，在草地里嬉闹。可面对怒气冲冲的蒲生先生，刚才那位老师有意瞒了过去。

也许蒲生先生从来就没有相信过孩子们吧，抑或是他始终无法放下自己的威严向孩子们道歉。梅莉老师如果看到孩子们为了庆祝自己的生日特意去摘花，反而被骂了一顿，不知道心里是什么滋味呢。

因为今天是梅莉老师的生日，晚饭是加了肉的咖喱。日本员工还有米饭可以吃。我已经好久没有吃过米饭了。吃到嘴里时，不禁感叹米饭怎么这么好吃。吃完饭后，大家把准备好的礼物送给梅莉老师，之后一起为她唱了生日歌。梅莉感动得说不出话来，流着泪向蒲生先生道谢，给了他一个感恩的拥抱。生活在非洲的人就算到了23岁这个年纪，也依旧纯真善良，情感真挚浓烈。

晚上，大伙儿聚到蒲生先生的房间，志愿者们、麦克、梅莉、蒲生先生和他的妻子希尔维亚，大家坐在一起喝酒聊天。孩子们睡在旁边的屋子里。两个房间连在一起，房门也敞开着，我不时担心他们可能会被吵醒。谈笑之间，时钟的指针不知不觉划过了0点。

第五天

今天一大早，梅莉有点难为情地留下一句"我去一趟美容院"，便出了孤儿院。一到周末的休息日，她就又变回了23岁女孩应该有的样子。梅莉每个月的工资是15万乌干达先令（相当于60美元）。去一次美容院平均的消费是1万先令，不是一笔小数目。可这依旧无法阻挡女孩想要变美的愿望。梅莉的头发是黑人特有的鬈发，她为紧贴头皮的一簇簇发鬏接上了又顺又直的长发。

星期天对于孤儿院的孩子们来说并不是完全放假，但和平时比起来，还是有更多的自由时间。

晌午过后，朱聂尔突然说肚子疼，把中午吃的饭都吐了出来。当时在他的呕吐物里发现了小蚯蚓般的寄生虫。朱聂尔经历过好几次严重的营养失调，和孤儿院其他的孩子比起来身体发育要慢得多，现在7岁的他外表看起来只有4岁左右。之前，有好几个孩子病死在了这里。孤儿院没有带他们去医院看病的钱，无法让他们接受专业的治疗。上周一位叫瑞秋的孩子因为无视禁令喝了井里打上来的水而感染上了伤寒，差一点丢掉性命。今天好像又有几个小孩偷喝了井里的水，他们受到了严厉的斥责。

今晚是我在孤儿院的最后一个晚上，明天就要离开这里了。看着嬉闹的孩子们，我心里充满了深深的不舍之情。晚饭的时候我故意吃得很慢，想要仔细端详孩子们的脸庞。

第六天

今天是离开孤儿院的日子。

早上一睁开眼，感觉扁桃体发炎肿了，全身发烫。最近几天嗓子都有点发炎的症状，一直低烧不退，看来身体终于扛不住了。在之前志愿者全员都生病的时候，我觉得要是自己也病了那就输了，有意将自己身体出现的不适抛在了脑后。

出发时间是下午2点半。在这之前我拿着相机拍着孤儿院上课的情景。离别带来的落寞丝毫没有消退。我和一位叫纳米加德的小女孩很亲近，当我告诉纳米加德自己就要离开的消息，她小声地央求我："Uncle Uruma, don't go. Stay here with me.（宇流麻叔叔，不要走，和我在一起。）"那一瞬间，我感觉像有人拿刀子在我

心上狠狠地划了一刀。我能做的，只有张开双臂将她揽入怀中，对她说一声"谢谢"。纳米加德柔弱的小身体暖暖的。在Newtopia的所有孩子里，我最在意的就是她和伊萨亚，期待看到他们未来会成长为怎样的人。

一过2点，孩子们为我唱起了送别之歌。我去见了一起在这里帮忙的其他志愿者，还有蒲生先生，和他们一一道别。忽然，瑞秋和伊萨亚跑到我跟前，拉起我的手走在我的两边。孩子们笑着目送我离开。

我脑子昏昏沉沉，拖着正在发高烧的身体，到卡利巴里欧坐上前往坎帕拉的大巴。在回程的车上，备受高烧和劳累的折磨，我一坐到座位上立即昏睡得不省人事。中途什么都不记得了。等我再次醒来的时候大巴已经到了坎帕拉附近。

抵达坎帕拉后，我找了一家郊外的青旅，在露营区扎起帐篷，又一次睡死了过去。

从翌日到之后的一周，我都被经久不退的高烧折磨着。在睡梦中，我梦见自己小时候，每次发烧不舒服，妈妈都会给我做鲜榨的苹果汁。儿时的记忆和孤儿院孩子们的脸庞交错出现在梦境里，一下又不见了踪影。

南苏丹 ▶ 乌干达 ▶ 卢旺达

非洲

"Uncle URUMA. Don't go. Stay with me"

ウルマおじさんとして この孤児院に留まるのも
良いかもしれないと考えたが、やはり旅の世界に
戻ることにした。
ナミカデヅは どんな大人になるのだろう。

"Uncle Uruma, don't go. Stay with me."
　　要不留在这里,当大家的宇流麻叔叔吧。有一瞬间头脑中掠过这个念头。但我选择回到旅行者的世界。
　　不知道长大后的纳米加德会是什么样子呢。

南苏丹　▶　乌干达　▶　卢旺达　　213

大屠杀的记忆

那一天,当我抵达位于塔拉玛附近的小镇雅玛塔的时候已经是下午了。下车后,我往当地的集会场地走去。现在那个地方已经不再用于当地人的集会,它的存在是为了铭记1994年在这个国家曾发生的大屠杀事件[1]。

一进入纪念馆,就看到墙上挂满了受害者穿过的衣服,一层叠着一层。衣服上还沾着当时的泥土,渗出浓到发黑的血迹。布匹因为沾染大量的鲜血变得僵硬,仿佛坚决要将自己的主人心中的悔恨永远封存其中。我走下台阶,地下室的地面摆满了头颅和尸骨。白炽灯的灯光反射在贴着白色瓷砖的墙上,使得房间异常明亮。我走在室内,端详着地上的头骨。好多头颅的头盖骨上都有裂口。据说屠杀发生时,大部分的人都是惨死于砍刀之下。当时的痕迹鲜明地印刻在这些头颅的侧面。黑洞一般的眼窝似乎在凝视着未知的世界。在那视线的前方,也许是令人背脊发凉的记忆。

我走到后院,下了台阶。微弱的光线照进昏暗的地下室,照在铝架上摆放的头颅和尸骨之上。这里的尸骨比刚才的房间还要多。这些遭受屠杀的受害者们死后,尸骸没有回归尘土,而是永远凝视黑暗,向来到这里的人无声地诉说自己的遭遇。

带着我参观大屠杀纪念馆的工作人员是一位29岁的图西族青年。屠杀发生的时候,他只有12岁。为了逃命,他和10名伙伴一起躲进了丛林深处。然而在某一天,胡图族的杀人者们突然放出猎犬搜山。青年说:"没错,他们在狩猎。"胡图族很享受他们的"狩猎娱乐"。和青年一同躲进森林的10位伙伴中,有7位暴露了自己的藏身之处,惨死刀下。当时,他躲在树丛后面眼睁睁地看着自己的同伴被杀害。这个小镇有一万多人遭到了屠杀。在他讲述的过程中,我很想追问一些具体的问题。但是我转而想到,不管我问什么,都免不了再次揭开他的伤疤。我陷入了沉默。青年在讲到同伴遭到杀害的时候,下意识地走到我的对面。也许是不想让我追问而主动与我拉开了距离吧。

在参观完雅玛塔的纪念馆后,我还去了塔拉玛的大屠杀纪念馆。后者的建筑以前是当地的教堂,在这里为我讲解的是一位图西族的女工作人员。她告诉我,大屠

---

[1] 1990年由图西族难民组织主导的反政府集团与胡图族主导的卢旺达政府军间爆发内战。内战于1993年由多方调停,但时任总统胡图族人朱韦纳尔·哈比亚利马对停战协议的处理招致民间不满。哈比亚利马于1994年4月死于暗杀,引发当年4月至7月间胡图族对图西族的大屠杀,百余天的时间里有50万到100万人被杀。

杀的时候，很多人死在这里。当时大家都认为躲在教堂里可以免遭杀身之祸，没想到杀手们从窗外开枪扫射，往教堂里扔手榴弹。躲在教堂里的人们没法出去，只能任其宰割。教堂旁边的厨房被点燃，在厨房的人被活活烧死，还有的房间整面墙都被鲜血染成了黑色。黑色的血印是当时杀手们把孩子猛掷到墙上留下的。据说这么做是因为他们觉得用枪太浪费子弹，而采取这种"廉价"又残忍的杀人方式。在这个房间里大约有5000人被杀害。这位工作人员在大屠杀发生的时候住在别的村子。在她的村庄也发生了另一场屠杀。她小声地告诉我："我都亲眼看见了，一切。"

那天晚上，我在旅馆的院子里望着星空，无数颗星星沉默地闪烁着光芒。这时，我的脑中突然回响起白天听到的话语。

"每个小时、每一分钟都不断有人死去，一个接一个。你能想象吗？每天都有数也数不清的人被残忍地杀掉，而街上却是那么安静。仿佛整个国家都对此保持缄默。那个瞬间，卢旺达变成了一个被这个星球忘却的国家，就好像它根本不存在。进入夜晚，四周更为寂静，而头顶的星辰却越来越耀眼。每当我看着这样的星空，都不禁感到自己早已被世界所抛弃。"

第二天，我坐上大巴朝着布隆迪的边境出发。老旧的汽车吐着黑烟，艰难地穿行在山丘之间。窗外淡绿色的山脉连绵起伏。蔚蓝的天空澄澈而透明，那颜色就好像有人用蘸了水的画笔将其晕染开来。昨天在教堂看到的被潦草地写在血染的墙上的话语，仿佛浮现在遥远的天幕上：

IYO UMENYA NAWE/ IF YOU KNOW ME
UKIMENYA NTUBU/AND KNOW YOURSELF
WARANYISHE/YOU WOULD NOT KILL ME[1]

几小时后，大巴开到了边境处，我朝着下一个国家前进。

---

[1] 这三句是卢旺达语及英语所写：如果你了解我，并且了解你自己，你就不会杀害我。

乌干达 ▶ 卢旺达 ▶ 布隆迪

...PIERRE	UMUGIRAN...
...WAYIRE	HABUMUR...
...BUHARARA	MUKAMW...
...NJARWANDA	NIYONSAE...
...AMBIRE	TURUBUM...
...KUSI	KANDENZ...
...IYUMVA	MUKARUS...
...RAYEZU DEO	NYABARI...
...AMA	UMUKOZI...
...SAGA	KANDERA...
	MUKARUZ...
	NYAGATO...

卢旺达

Mrambi, Rwanda → Bujumbura, Burundi

Yahoo Car Bus で ムワンビ から ブジュンブラへ。4hちょい。標高 1000m もない。...ブジュンブラの印象、...

卢旺达穆拉比 ▶ 布隆迪布琼布拉
　搭乘 Yahoo Car Bus 从穆拉比前往布隆迪共和国的首都布琼布拉[1]。历时 4

海拔 1000 米以下。很久没有到过海拔这么低的地方了。好热。
　布琼布拉给我的第一印象是：平坦、荒凉。

[1] 自 2018 年 12 月起，布隆迪政府通过法案将中部城市基特加定为政治首都，布琼布拉为经济首都。在本书作者旅行期间，布琼布拉依然是布隆迪共和国的政治首都，同时也是该国最大城市。

218　非洲

何もすることがないので、中央市場へ。
Mango 1kg 1500 フルンジフラン。
市場の近くのCaféでコーヒーを飲む。ウマイ。
コーヒーを飲んで満足したので明日タンザニアに行くことにした。

在这里待得百无聊赖，我决定去中央市场看看。
1千克杧果，1500 布隆迪法郎。
在市场附近的咖啡馆点一杯咖啡。好喝。喝完咖啡后心满意足，我决定明天启程，前往坦桑尼亚。

卢旺达 ▶ 布隆迪 ▶ 坦桑尼亚

帆船で沖に出て、釣漁。
モリで刺したが逃げられた。
結局、Snapper数匹だけ。
宿で大漁にして食べた。

帆船开出海后。开始抓章鱼。
手拿鱼叉，瞄准目标快速插下去…没中。
结果只钓到几条 Snapper（一种鳟鱼）。
回到旅馆后烤来吃了。

ザンジバルのGuest House
ジャンビアーニにあるMalaika
人喰いハジさんが経営
Stone Townから309番のダラダラ
で45minほどで。1泊US$10。

Stone Townの夜の名物
ザンジバルpizza!!
お好み焼きにそっくり。
ひとつ2000シリング

住宿：
桑给巴尔岛的民宿。
江比阿村的Malaika民宿。
老板哈吉先生非常好。
从婷头城坐309号巴士到这里要花45分钟。
一晚10美元。

石头城最有名的食物是桑给巴尔比萨！吃起来超像大阪烧。一个的价格大约是2000坦桑尼亚先令。

220　非洲

夜になると屋台が現れる。
お気に入りはタコオヤジ。
毎日夕方に軽トラでその日捕えた
タコを自転車のカゴに入れて現れる。
一口 500シリング、小は300シリング。
いくつ食べたかオヤジはちゃんと
見てるので要注意！！

一到晚上，到处都是大排档。
在这里，我最喜欢的是章鱼大叔的摊位。每天傍晚的时候，他都会准时推着自行车出现，车筐里放着当天捕获的章鱼。大份500先令，小份300先令。
不要以为能逃过老板的法眼，吃了几个他心里清楚着呢！

Stone Townに日本人の
革命家が住んでいるらしい。
ザンジバルの独立を目指している様子。
探したけど、見つけられなかった。

听说石头城住着一位从日本来的革命家，
致力于桑给巴尔的独立运动。
我问了一圈，没能打听到更多的消息。

布隆迪 ▶ 坦桑尼亚 赞比亚　　221

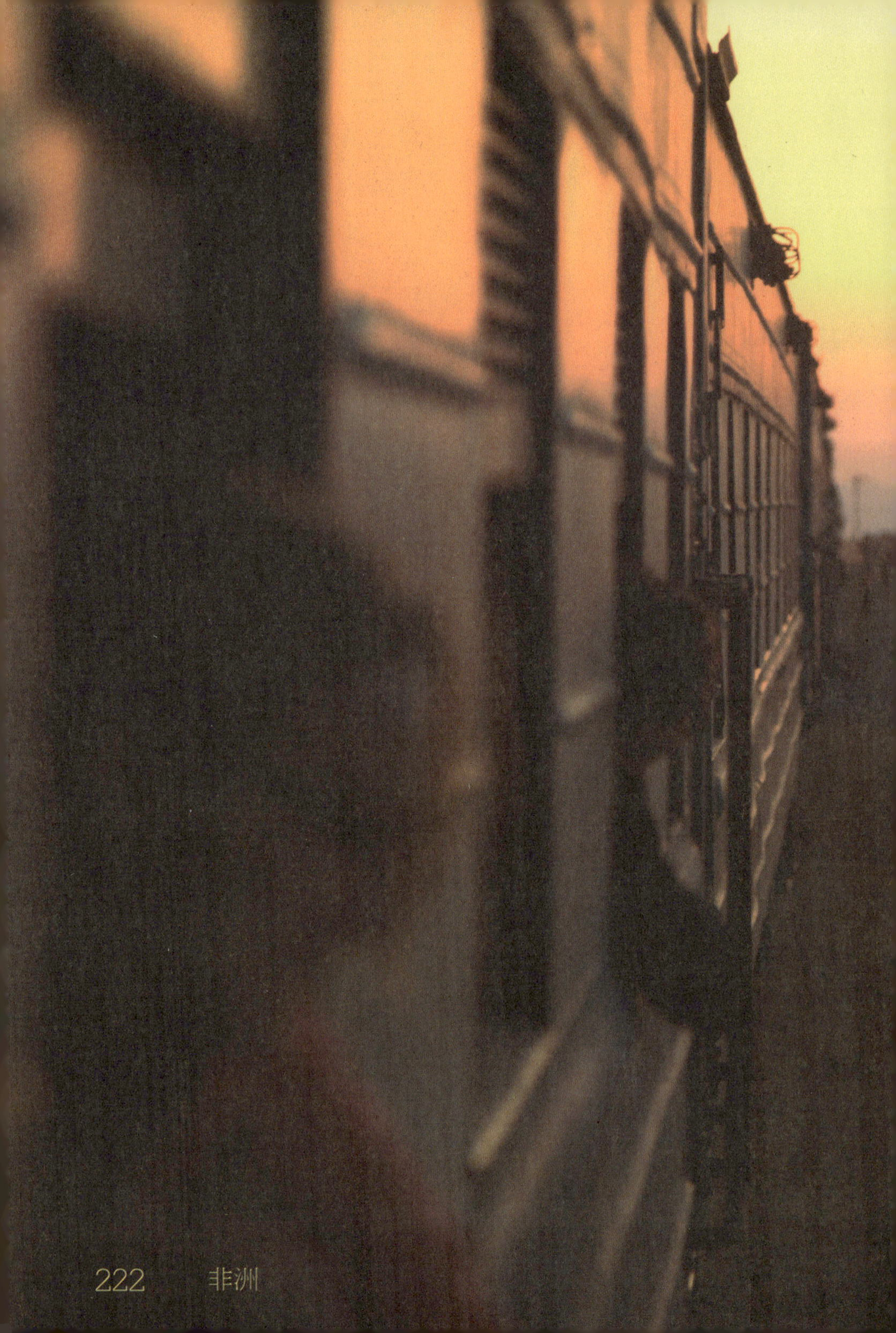

坦赞铁路：
达累斯萨拉姆（坦桑尼亚）▶ 卡皮里姆波希（赞比亚）
3天2晚 79900 先令。

第一天
火车在比预定发车时间晚30分钟后开出了车站。久违的列车旅行。
风穿过敞开的窗户吹在身上，舒服极了。广袤的草原被夕阳染得一片金黄。
眼前的景色让浮躁的心终于能够稍微平静下来。

第二天
早上我被冻醒了。
火车行驶在海拔1800米的地方，风从窗户的缝隙里钻进来，冷得彻骨。
买了奶茶和甜甜圈当早饭。
晨光照进车厢。离开坦桑尼亚，进入赞比亚。

大概14点的时候，火车开进了姆贝亚站。但是在这里遭遇了突发状况。火车因为工人罢工而陷入了瘫痪。
结果一直等到18点才恢复正常的运行。造成了严重的延误。
我何时才能到达目的地呢？

第三天
火车昨天一整夜都保持全速前进，以求能够挽回白天延误的时间。
两旁的草丛在月光下泛着淡淡的青白色，宛如幻境。
窗外的一切似乎都被模糊了轮廓，变得暧昧，只有铁轨依然不断向前延伸，火车在其上飞驰着，就像是浮游在夜晚黑暗的海洋。
时不时可以听见车窗外孩子的呼喊声，他们追着开来的火车，下一秒又消失进黑暗之中。
早上我被刺眼的阳光唤醒，在车内度过无所事事的一天后，19点刚过抵达了新卡皮里姆波希站。

1. 此处为作者误记，后文姆贝亚站仍在坦桑尼亚境内。

布隆迪 ▶ **坦桑尼亚** ▶ 赞比亚   223

18:30.
Livingstone から Victoria Falls へ.
19:00
日没. 月出.
19:30
Luna Rainbow が滝にうっすら現れる.
肉眼では7色に見えず、白い霧の輪に見える.
20:30
Livingstone に戻る.

18:30　从马兰巴（利文斯顿）到维多利亚瀑布。
19:00　日落。月亮升起。
19:30　瀑布的前方，隐约可以看见月光彩虹。肉眼的话看不出它有7种颜色，看起来更像是一道白色的雾。
20:30　回到马兰巴（利文斯顿）

224　　坦桑尼亚　▶　赞比亚　▶　博茨瓦纳　▶　津巴布韦

@ Okabango Delta, Botswana

夜、たき火をしてテント泊。
ガイドがそこの声が聞こえますか？と
尋ねてきた。耳をすますとくぐもった
鳴き声が。ハイエナの声だろうだ。
夜中、テントで寝ていると、ガサゴソと
いう音が。ハイエナかと思って外をのぞ
いたら、ゾウが2頭。オスと比子。
その様見をひそめて眠った。

@ 奥卡万戈三角洲[1]（博茨瓦纳）
　　晚上我们在草地上升起篝火，扎营过夜。

1 位于博茨瓦纳共和国北部，面积约15000平方千米，是世界上最大的内陆三角洲。

随行的向导忽然问我："你听到什么声音没有？"我竖起耳朵，听到草丛深处传来含混不清的动物叫声。向导告诉我，那是鬣狗的声音。
　　半夜的时候，我躺在帐篷里，听到外面传来沙沙沙的声响。我以为又是鬣狗，便起身走到外面，怎料两头大象出现在我面前。吓死了。我屏住呼吸，钻进帐篷又睡了过去。

赞比亚　▶　博茨瓦纳　▶　津巴布韦　▶　马拉维　　225

非洲

2011.08.28
朝行きのバスに飛び乗り、Monkey Bayへ。
昨日の夜、僕をピックアップしてくれた
マラウイ人のおじさんは自分だけ先に行ってしまった。
バス停からは Bike Taxi で Cape Macleaまで。
300マラウィクワチャ。終日、休息。

2011.08.29
@ Cape Mockar 夕方日し撮る

2011.08.30
木筏りハスーで近くの島へ。
Malawi 湖は海のようである。

2011.08.31
Cape Macleer → Monkey Bay → Mangoti → Brantaya → Muwanza → Tete
終日の移動日、疲労困憊..

2011.08.28
早上我慌忙跳上始发车，朝目的地猴子湾进发。
昨晚和我一起搭车的马拉维大叔今天自己一个人先走了。
在巴士站换乘 Bike Taxi，坐到麦克莱尔角。
300 马拉维克瓦查。休息了一整天。

2011.08.29
@ 麦克莱尔角 日落时分，拍照。

2011.08.30
坐木筏前往附近的小岛。
马拉维湖简直就像大海一般广阔。

2011.08.31
麦克莱尔角 ▶ 猴子湾 ▶ 曼戈切 ▶ 布兰太尔[1] ▶ 姆万扎[2] ▶ 太特[3]
整天都在路上，又累又困。

1 地处马拉维南部，是马拉维经济和商业中心，也是全国第二大城市。
2 似指 Mwanza，靠近莫桑比克边境的一个县。
3 莫桑比克中西部城市。

博茨瓦纳 ▶ 津巴布韦 ▶ 马拉维 ▶ 莫桑比克　　227

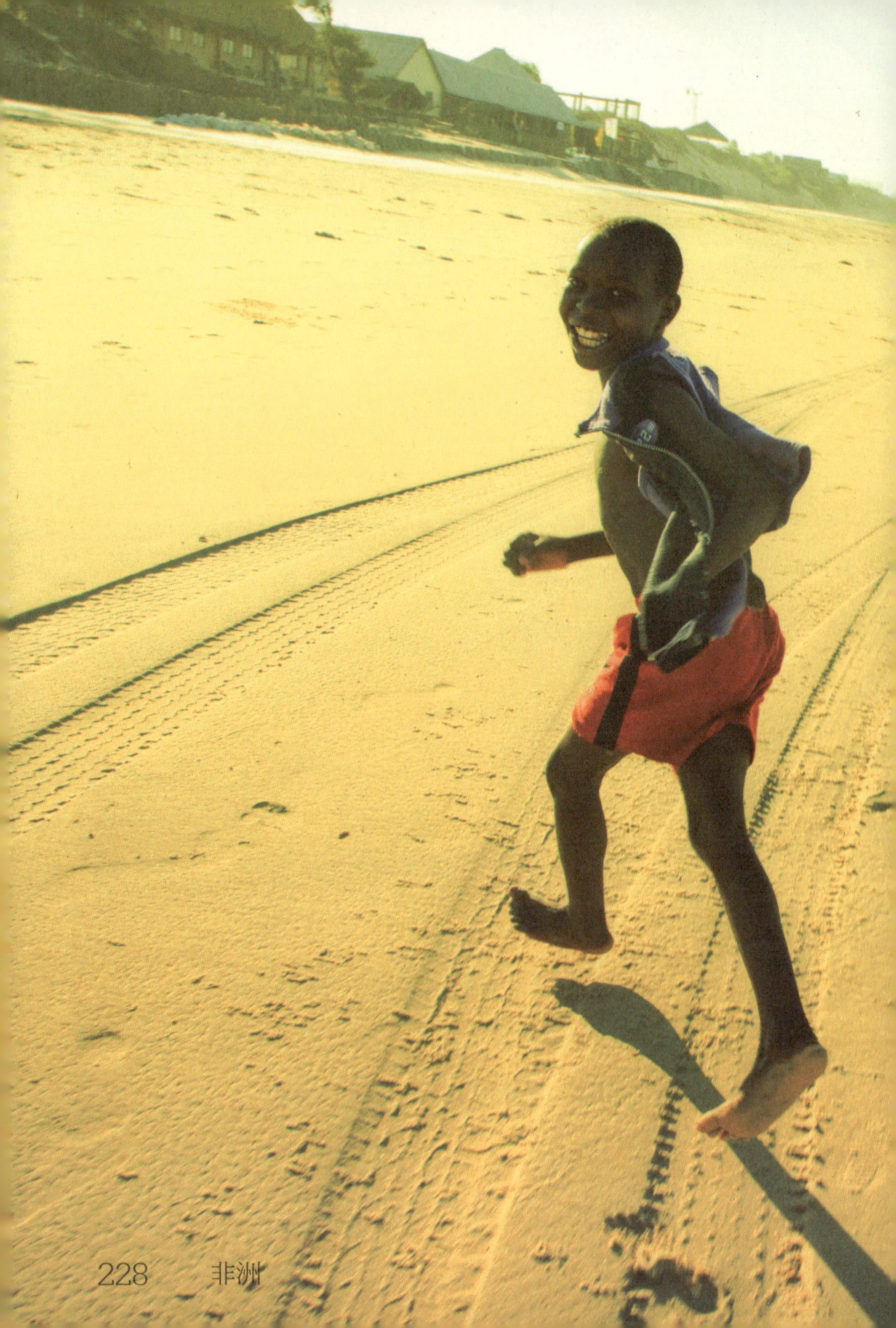

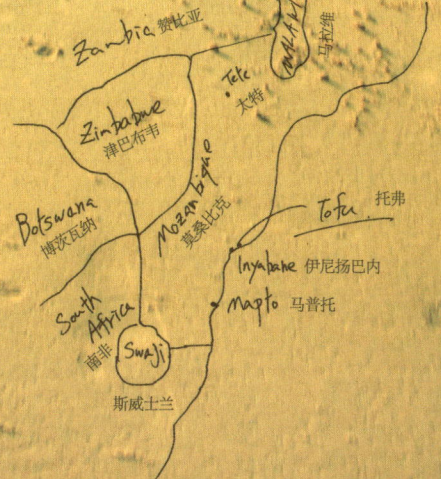

太特 ▶ 马希谢[1] ▶ 伊尼扬巴内[2] ▶ 托弗[3]

早上4点。我从睡梦中醒过来，发现自己坐在老式大巴车里。5点半，终于发车了。没过多久我又倒头呼呼大睡。中途被热醒，一看时间，已经过9点了。

一路上，车一停下来，沿街的小贩们就会提着满手的东西上车叫卖。他们提着的袋子里塞满了水煮鸡蛋、橙子、花生、可乐、菠萝、洋葱，一袋东西加起来估计有上百件。我刚想着谁会一次性买这么多东西，坐在我旁边的大叔马上来了一袋。这下可好，车里更挤了。

晚上9点多，大巴终于抵达马希谢。
坐船去对面的半岛，然后再换乘出租车到托弗小镇。
晚上11点半，到达托弗。

1 与伊尼扬巴内隔伊尼扬巴内湾相望。
2 莫桑比克南部城市，也是伊尼扬巴内省的首府。
3 莫桑比克东南部的沿海小镇，也是主要旅游城镇之一。

马拉维 ▶ 莫桑比克 ▶ 莱索托

馬に乗り、山奥の村を目指す。
Malealeaから5時間馬でで到着。
レソトは景色がキレイである。
アフリカの乾燥した大地ではなく、
川があり、木があり、緑がある。
ヤギの牧夫として暮らす老人の家に泊めてもらう。
レソトの人々は素朴で穏やかである。

骑马前往山林深处的村庄。
从马累拉亚出发，8小时后抵达目的地。
"莱索托太美了"，这里的环境和非洲其他
地区很不一样，这里没有干涸的大地，有山
川，有河流，有绿茵……
我住在当地牧民的家里，收留我的一家
人过着以牧羊为生的日子。
这里的人性格温和，善良淳朴。

230　莫桑比克　▶　莱索托　▶　斯威士兰

Kingdom of Swaziland.
@ Ezulwini.
スワジ王国 到着。
みんな王様Tシャツ着てて、ビビる。
伝統的なDanceを見る。これサワサワに聞く処女ダンス?!

1 2018年斯威士兰更名为 The Kingdom of Eswatini。

@埃祖尔韦尼（斯威士兰）
抵达斯威士兰。
这里人都穿着印有国王纹样的短袖。
我碰上了当地传统的舞蹈。难道这就是传说中只有处女才能参加的庆典"芦苇节"？

莱索托 ▶ 斯威士兰 ▶ 马达加斯加

非洲

旅人之死

　　转眼六个月过去了。我从叙利亚一路往南，途经非洲大陆东海岸和中部，现在终于落脚南非。南非最大的城市约翰内斯堡的治安非常差。繁忙而嘈杂的大都市景象对六个月以来一直穿梭在天与地之间的我来说，显得陌生极了。

　　这种陌生之感伴随我一路到机场，接下来要坐飞机去马达加斯加了。我已经很久没有坐过飞机了。迄今为止的旅途中，只有从南美到中东的时候我乘坐了飞机，其余的行程基本上都是陆上移动。最初我是打算坐船去马达加斯加的。因为我听说航行在印度洋上的传统货运帆船"阿拉伯帆船"还有一些现今仍然在使用。在过去的香料等物资贸易中，这种帆船曾被广泛运用。还在坦桑尼亚境内的时候，我四处打听能否从地处贸易航线上的桑给巴尔岛坐上这种帆船。可是，因为季风风向的关系，现在的季节我找不到开往马达加斯加的船。

　　飞机像是被吸附在天空这块硕大的磁铁上，近乎静止般悬浮在一望无际的碧蓝中。我坐的这趟航班是小飞机，舱内只有一百来个座位。飞机在起飞之后很长一段时间没有提升高度，过了很久才进入稳定飞行。

　　飞行平稳之后，我朝窗外看去，下方蔚蓝色的莫桑比克海峡闪烁着细碎的银光。这时，我的头脑中突然闪现出在玻利维亚旅行中不幸去世的一对夫妻的事情。我在机场候机的时候，收到了一位背包客朋友发来的邮件，其中讲述了这对夫妻的经历。这位背包客和我一样在环游世界，那对夫妻是他的好友。

　　夫妻二人在玻利维亚旅行时，突然身体不舒服。最开始是丈夫发烧，他一直念叨说觉得脑袋昏昏沉沉的，卧床不起。没出几天，妻子也出现了同样的症状。他们当时所在的城市拉巴斯海拔接近4000米，由于二人是第一次到海拔这么高的地方，他们便以为自己身体的不适是由于高原反应。另外，他们和很多长途旅行者一样，为了减少经济负担，在旅途中不愿意增加自己的开销，所以两人没有及时去医院就医。如果当时马上去医院的话，他们就会知道自己不是因为高原反应而身体不舒服了。两人没有去医院，而是蜷缩在背包客来来往往的廉价旅馆的房间里，发烧发了一个星期。他们的身体因为病痛而迅速地衰弱下去，更不要说照顾彼此了。某一天，妻子起床去厕所，一进去就再也没有出来。在厕所的隔间里，她坐在坐便器上就这么离世了。意识模糊的丈夫后来被送到了医院，不幸的是，没过多久他也离开了人世。

两人的死因是疟疾。他们在来南美洲之前，在非洲旅行的时候感染了疟疾。病毒在经过了数周的潜伏期后，在他们停留在玻利维亚期间发作了。其实只要连续吃几天治疟疾的药就可以完全康复。然而正是由于他们不了解非洲疟疾，也没有亲身经历过高原反应，才如此轻易地丢了性命。

我不禁想，在得知妻子去世的消息时，丈夫是怎样的心情呢。爱人在旅行途中因病惨死，自己也半只脚踏入了死神的领地。在被高烧折磨得意识模糊之际，他脑中残存着怎样的思绪，心里又是何番感受呢？听到妻子去世的噩耗时，他会不会反而盼望着临终之际的到来？还是惊恐于死神逐渐靠近的脚步？抑或被送往医院时他已经陷入了昏迷？我无法控制自己不去胡思乱想，妻子的死在他内心激荡起了怎样的涟漪。我望着被窗户框起来的大海的一角，任由自己的思绪飘荡。

我并没有在实际生活中见过这对夫妻。不过我们有很多共同的好友，再加上我们曾同时在同一个地方旅游，他们就仿佛是我身边的朋友。听到夫妻二人在旅途中不幸去世的消息，就好像那是我亲近之人的噩耗。我们都是旅人，他们二人的不幸对我来说绝非事不关己。一路上我也遇到过各种危险：在埃塞俄比亚被人拿枪指着；在乌干达莫名其妙地发了一个星期的高烧；某天自己的脚底生出了虫卵……不过好在都只是有惊无险。他们的死亡也许正是我险些遭遇的命运。

飞机继续在大海的上空飞行。天空中不见云的踪影，只有蓝色的天幕无限地延伸着。在如此一成不变、缺乏对比物的环境中，完全无法分辨出飞机究竟是否在移动。我的意识逐渐模糊，不知不觉睡着了。等我再次睁开眼，也许因为梦境的余韵未了，从旅途开始到现在的一年半时间里一直都是一个人在路上的我，在醒来的那一刻，被难以言说的孤独感席卷。"啊，我现在真的是一个人啊。"

没过多久，飞机在目的地马达加斯加降落了。一下飞机，非洲大陆所没有的潮湿空气瞬间包裹住我的全身。

我独自一人，继续旅途。

斯威士兰 ▶ 马达加斯加 ▶ 南非

チャンチャンチャーン!!とさけびながら、
一生懸命カンフーの技を出す子供
たちをまえに。
アジア人は全員ブルース・リーだと思ってるかもしれない。

　　当地孩子在我面前一脸腼腆地摆出各种
功夫的招式，嘴里还大喊着："嘿——呀——
哈——"
　　可能在他们眼里，每个亚洲人都是李小
龙吧。

Taxiに乗り込んで行き先を
告げたら、運転手が話しかけてきた。
「お前、Baobabみたいやな」
意味がわからん。
Taxi代　12000アリアリ。

　　坐进出租车，告诉司机目的
地后，对方突然转过头来对我说：
"我觉得你很像Baobab。"可我
完全不懂他在说什么。
　　出租车费12000阿里亚里。

236　　非洲

Access: 阿纳考海滩
Anakao Beach
Tuliara → Santo Augustin 圣奥古斯坦
图利亚拉 Taxi Blues
         (2005/7/7/时间)
5000阿里亚里 1小时   Pilogue.
                    船(2小时)
阿纳考 Anakao   (10000阿里亚里)
    (Guest House
     数轩房)   乘独木舟(pirogue)2小时
    有几家旅馆   10000阿里亚里

斯威士兰 ▶ 马达加斯加 ▶ 南非   237

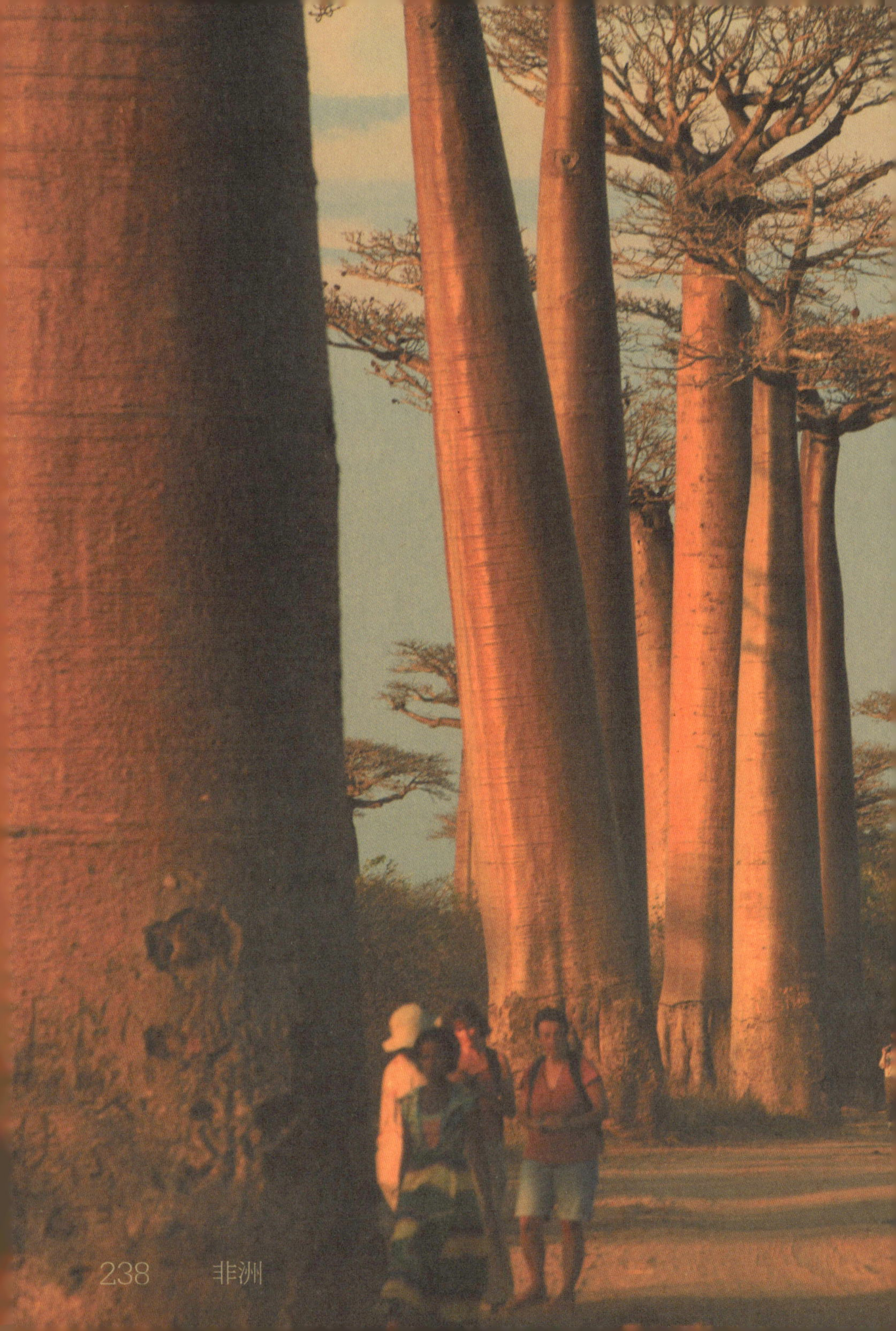

斯威士兰 ▸ 马达加斯加 ▸ 南非

Entuecha から歩いて3時間.
ザフィマニハ族の村 Sakaivoに到着.
民家に泊めてもらうことに.
Coffeeは苦く、大地の味がする。
天井も壁も煤で真黒.
家族は良い けど、ノミ、ダニが多い.

从安托特拉出发，走了3小时后，终于来到了扎菲马尼里族[1]的村子萨凯沃。

留宿在当地人家里。

咖啡味道苦涩，喝起来像这里土地的味道。

天花板和墙壁都被煤烟熏得黢黑。

留宿我的人家热情好客，不过这里的虱子实在是太多了。

[1] 生活在马达加斯加高地的少数民族，是马达加斯加三大族群之一贝齐寮人的分支。他们主要定居在马达加斯加中部城市安布西特拉的东南部，以精致的木雕艺术闻名。其木雕传统在2003年被联合国教科文组织列为非物质文化遗产。

ザフィマニリ族の人々の彫刻
扎菲马尼里民族文化中表示"狗"的雕刻纹样

240　非洲

马达加斯加 241

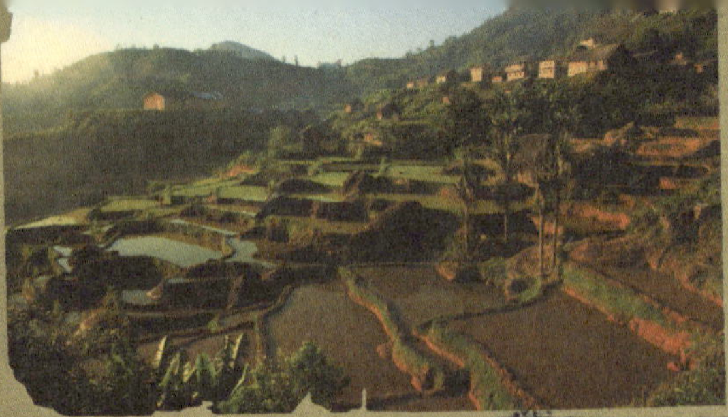
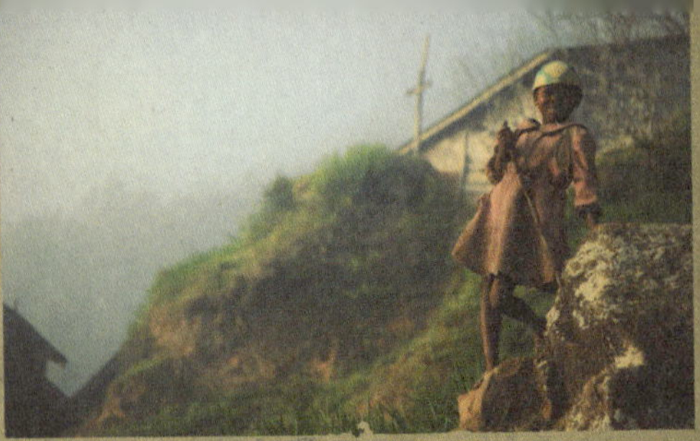
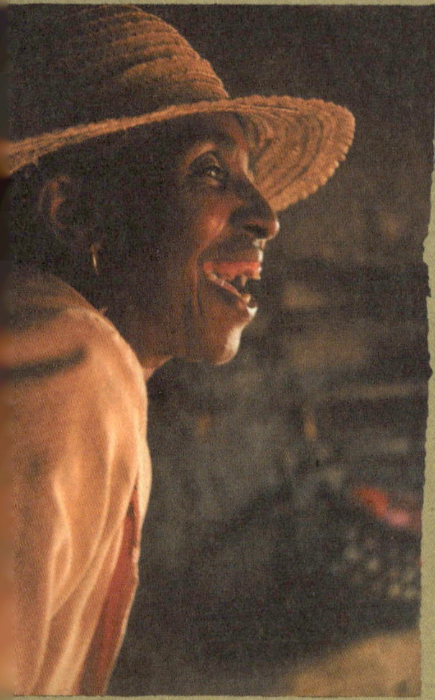
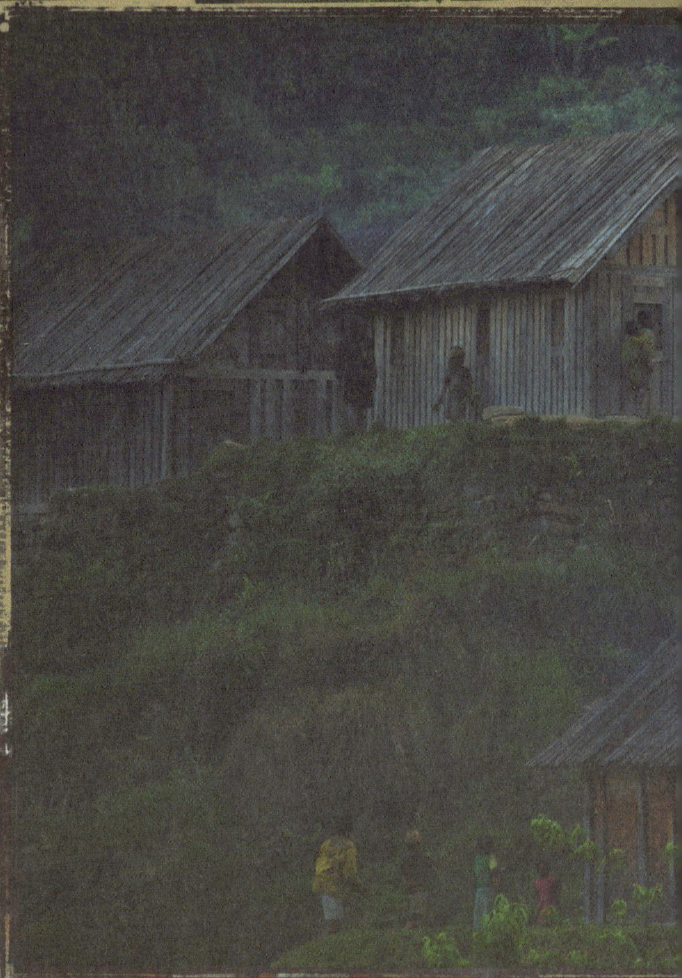
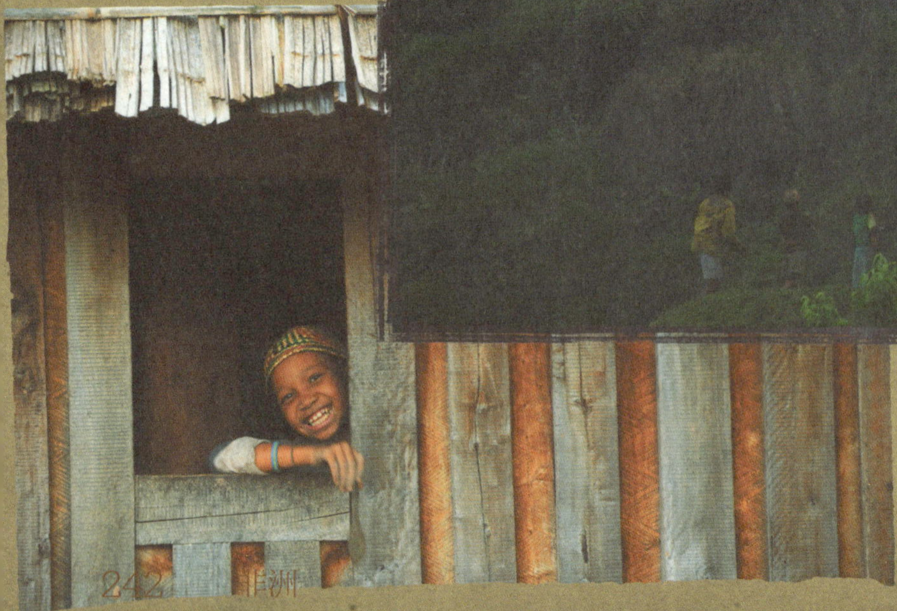

斯威士兰 ▶ 马达加斯加 ▶ 南非 243

非洲

斯威士兰 ▶ 马达加斯加 ▶ 南非

Bloemfontaineから来たBusは朝9時に
Cape Townに到着。10年ぶりの南アフリカ。
あまり充実していなかったけど、やはりアフリカ縦断が
あともう少したなり、気分が高揚しているのかも知れない。

翌日。朝からくもり。少し寒かったけど、車を借りて
Agulhas岬を目指す。

夕前。岬に到着。空は晴れたけど、海は大荒れ。
アフリカ大陸でのつらい日々が思い出された。
Taxi Driverと口論になり、時速100kmで運転狂
Driverの車を降り、怒りに身を任せたこともあった。
でも今はそれもいい思い出です。
ようやくアフリカ最南端に到着。
疲れた。でも良かった。

非洲

在布隆方丹坐上巴士,早上9点抵达开普敦。
上一次来这里是十年以前。
不知不觉间纵跨非洲的旅程已经步入尾声。
可能正是这个缘故,心情反而亢奋了起来。

第二天,从早上开始一直是阴天。迷路了好一阵。
租到了车,开车驶向厄加勒斯角。

太阳下山之前抵达海角。这时候天已经放晴了,不过大海波浪翻滚。眼前的景象让我回想起在非洲历经的磨砺。
有一次,我和出租车司机吵了起来。在时速100千米的出租车上,我实在按捺不住心中的怒火,跳起来去掐司机的脖子。现在回想起来,这个插曲也成了另一番美好的回忆。
我终于抵达了非洲大陆的最南端。
身心疲惫,但很开心。

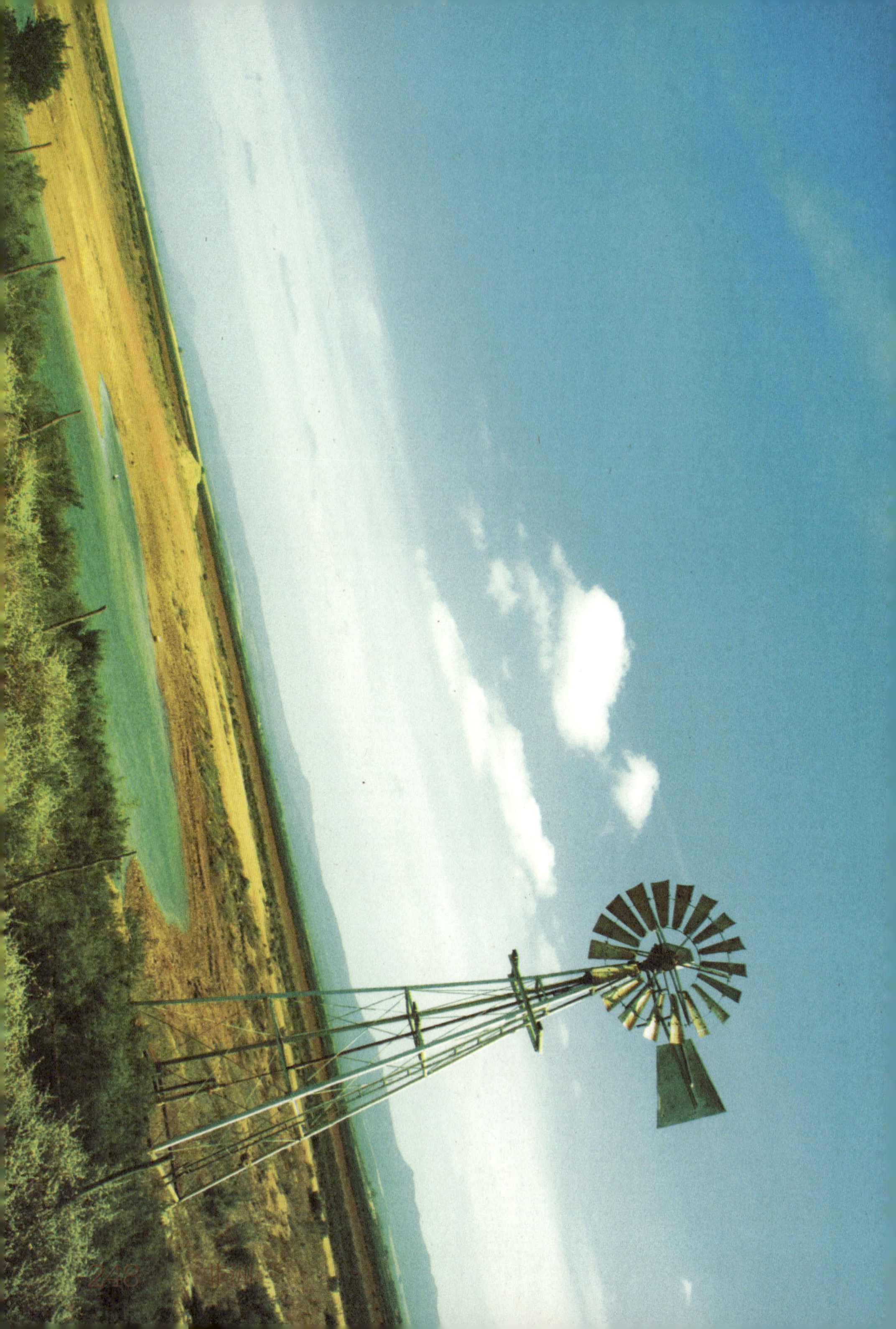

2011.11.05
アフリカ大陸
縦断達成!!
感無量!!

TURUMA
@ Cape Agulhas,
South Africa

To: JAPAN

2011.11.05
非洲大陆
纵跨成功!!
感慨万千!!

竹泽宇流麻
@厄加勒斯角（南非）

马达斯加 ▶ 南非 ▶ 纳米比亚

249

非洲不愧是非洲

在纳米比亚的辽阔大地上狂奔了一周之后,我来到了纳米比亚和安哥拉边境附近的奥普沃小镇。成功找到了一家廉价的旅馆落脚,总算松了一口气。这段时间每晚过的都是露营生活,终于可以住一回旅馆。办理好入住手续后,我打算买一些这几天要吃的食物,于是出门前往位于城郊区域唯一的超市。在奥普沃的附近分散着少数民族辛巴族的村落。从村里来镇上的辛巴族女性们腰间围着草裙走在街上。在这里,现代和原始共存于同一时空,感觉很奇妙。

走进超市的瞬间,我立即被眼前的景象震惊了。超市内部西式的空间里,货架上整整齐齐地摆满了琳琅满目的货物。客人手里提着购物篮,选购自己想要的东西,最后到收银台结账。乍一看,这里和一般的超市没有太大区别。但不同的是,来这里买东西的人没有一个穿着现代的服饰。很多都是附近村子的辛巴妇女,她们袒露着胸部,光着脚,全身涂满红色的泥土,带着的小孩子则是全身赤裸。她们一边走一边把货架上的东西放进提在手上的黄色购物篮,之后再到收银台前排队结账。好奇心驱使我朝她们手提的篮子里望了一眼,没想到所有人的篮子里几乎都只装了大量的黄油。她们买回去和黏土混合后涂在身上。据说以前每家每户都养有很多牲畜,专门用它们的奶来炼制黄油。有了超市之后,便可以省去制作的麻烦直接买现成品。如今她们直接把饲养的牲畜卖了,用卖牲口的钱再去买黄油。

超市附近有全镇唯一的银行,附带ATM取款机。不过这对辛巴族应该没什么用处。我走到ATM机前,刚准备取钱时,旁边突然蹿出一个男的,张口对我说:"这台机器和其他的ATM机不太一样,操作比较复杂。我来教你怎么用。"我连忙拒绝他说:"不用了,我知道ATM机怎么用。"他装作没听到,"是这样用的。"说着从我手中抽走了银行卡,把它插进插卡口。我一下子怒了,提高嗓门对他吼道:"闪开!"这下子,对方立马老实起来,开口对我道歉:"对不起,我把卡退出来。"紧接着便按了"退卡"选项,把卡还给我后离开了。

他走了之后,我重新把卡插进取款机,取了现金。这台机子和其他ATM机在操作上并没有什么不同,简单明了。然而正当我起身要离开银行的时候,一位身材高大的女警卫过来告诉我:"你的银行卡刚才被盗刷了。我们已经抓到了犯人,该怎么处置?"我朝银行方向看去,警卫抓住了刚才那个跟我搭话的人。

? ? ?

我完全没有反应过来眼前的状况。银行卡明明还在我的手中。刚才确实有那么一瞬间那个人把卡从我手里抽走了，但是按理说在那么短的时间内，是不可能完全盗取银行卡信息的。可是警卫告诉我，那个人从我手中抽走卡后，将另一张卡插进了ATM机。在这期间，他用盗刷机盗取了我的银行卡信息，然后假装把ATM机退回来的卡还给我，实际上是将被盗刷后的我的卡递给了我。对这一连串的手段，我完全没有任何察觉。我才刚在超市看见穿着传统服饰的辛巴族人购物，怎能想到竟然会在这种地方遇上银行卡诈骗。

虽然银行的警卫告诉我犯人抓到了，可是盗刷行为并没有给我带来什么实质性的损失，只要我把卡号和密码改了就行。再说我还带着其他可以提现的卡。我谢过女警卫后，告诉她我会联系银行，挂失这张卡。正当我准备转身离开的时候，她又问我："这个人你准备怎么处置？"我告诉她，我听从他们的办法。女警卫坚持要把小偷带到警察局去，她继续补充道："需要实际上受到诈骗的本人同行。"我感觉她想把这次抓捕作为自己的功劳，因此才坚持要把小偷带到警察局。我在非洲这一路，有过好几次被警察反复盘问的经历，甚至被警察带走过，导致我现在对"警察"产生了下意识的反感。不论出于什么原因，我都想尽量不惊动警察。但是眼前这位女警卫已经报了警，不一会儿警车就来了。无奈之下，我只有坐进警车，前往警局说明情况。在路上，坐在后座的犯人一直朝前方倾斜着身子。女警卫连比带画地向警察讲述着自己刚才的斗智斗勇记。而我则满脑子都在思考为什么我要和嫌疑犯一起坐在警车里，简直像是我又被抓了。越想越郁闷，干脆望着窗外发呆。

警察局偏偏位于混乱的地带。辛巴族和赫雷罗族人赤裸着上半身走在警察局里面。接待处的房间里坐着一排黑人，每个人都戴着手铐。在破旧又昏暗的房间内，气氛严肃而沉重。坐在里面的警官们从外表看就透着死板，给人的感觉比罪犯还要可怕。

嫌疑犯被带到审问室接受盘问。根据警卫所说，他的身上藏有盗刷卡的设备。警察粗暴地脱光了他的衣服，再一次进行全身检查。结果从他屁股的缝隙里，找到了盗刷的设备。这下子毫无疑问是定罪了。警察们随即讨论着该怎么处置犯人。毕竟他的行为没有造成任何实质性的损失。一阵讨论过后，他们决定先把犯人关到拘留所，将他带进了对面围着铁栏的简陋房间。

我本以为这次审讯到此结束，怎料刚才的女警卫又说出了一个令人吃惊的消息："犯人是两个人。"

经过审问后才知道，被抓住的这个男人是负责执行犯罪的，另外还有一位他的

252　非洲

同伙在旁边放哨。女警卫说她看到另一个犯人跑掉了。"这种事为什么不早点讲"，我真的很想抱怨。忽然，放在桌上的犯人的手机响了。警察叫我们保持安静，他拿起犯人的手机，按下"接听"按钮，然后将手机放到了耳边。他脸上的表情瞬间变了。看样子电话那头是逃走的另一个犯人。房间里的警察看到这个情况，都靠了过来。这些面相凶狠的警察，现在满脸严肃地把耳朵凑过来，煞有介事地听着电话那头的动静。可能对方察觉到了异样，很快就把电话挂了。这下子，只留下电话这头的人面面相觑。女警卫满脸得意地说："我说的没错吧。"然而我只想快点回到住处。不知道自己到底要陪这些人玩猫捉老鼠的游戏到什么时候。

突然，警察局里铃声大作。楼里一下子出现了许多警察，他们全都往外走去。我心想："发生了什么？难道他们全员出动去逮捕犯人？非洲警察认真起来还是有两下子的嘛。"结果发现，这只是因为午休时间到了，大家到外面去吃午饭而已。一个人、两个人，房间里的警察也陆续离开了，最后剩下的只有我和女警卫，以及被拘留的犯人。

果然，不管走到哪里，非洲还是非洲。

開車在納米比亞狂奔 7 日，4000 千米。
Start from Windhoek → Sesriem → Svakopmund → Spitzcop
→ Opuo ← Tweifelfontain ← Skelton Coast ←

开车在纳米比亚狂奔 7 日，4000 千米。
温得和克 ▶ 塞斯瑞姆 ▶ 斯瓦科普蒙德 ▶
斯皮兹考比 ▶ 骷髅海滩 ▶ 特韦弗尔泉[1] 奥普沃 ▶ 回到温得和克

1 地名意为"多变的泉水"，是纳米比亚西北部库内内区的一处岩画景观。

254　非洲

南非 ▶ 纳米比亚 ▶ 塞内加尔

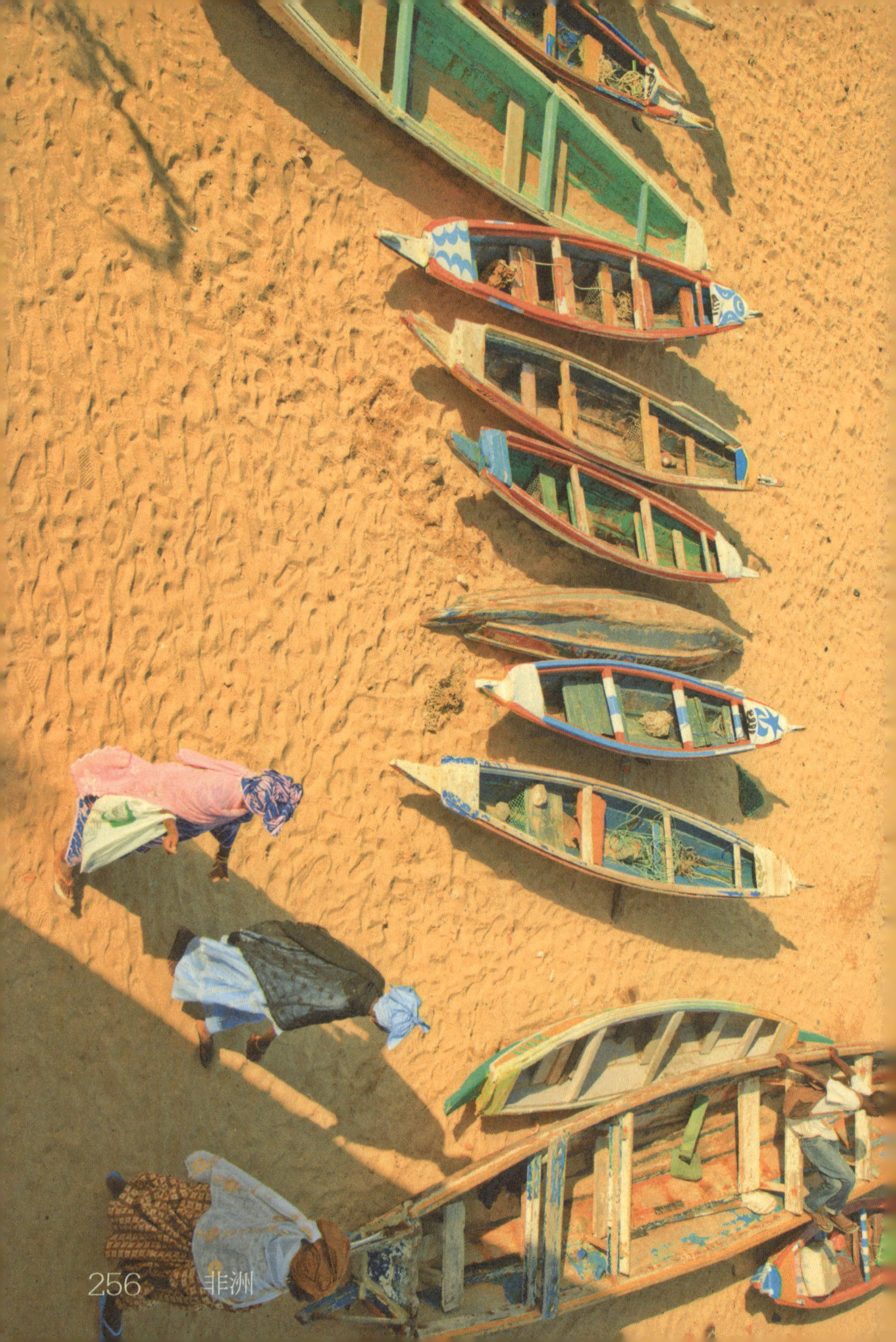

11月21日。今日は34回目の誕生日。
一日かけてゴレ島で一日過ごす。
去年の誕生日はイースター島。
来年はどこかの島で過ごすのだろうか。

11月21日，今天是我34岁的生日。
一天都在塞内加尔的格雷岛。
去年生日的时候在智利的复活节岛。
明年的生日，我会在哪个岛度过呢？

チェブジェン
激うま！！
800CFA

Thieboudienne[1] 800CFA[2]
超级好吃！！

1 一种用鱼、米饭、番茄汁或胡萝卜、木薯、洋葱等在锅中熬煮而成的菜肴，是萨赫勒地区的传统食物，特别常见于塞内加尔和毛里塔尼亚，被认为是塞内加尔国菜。
2 指非洲金融共同体法郎，简称非洲法郎，是西非经济货币联盟(UEMOA)8个成员国（贝宁、布基纳法索、科特迪瓦、马里、尼日尔、塞内加尔、多哥、几内亚比绍）的统一货币。

纳米比亚 ▶ 塞内加尔 ▶ 尼日尔　　257

非洲

漫长又心惊胆战的一天

凌晨3点半起床出发,坐上从尼日尔的首都尼亚美开往阿加德兹的大巴。之前买车票的时候,车站的人告诉我早上4点在这里集合,5点发车。不过就我在非洲旅行的经历来看,大巴是从来没有准时出发过的。我不慌不忙地收拾好帐篷等行李后动身出发,到车站时已经4点半了。就在我觉得自己应该是最先到达的时候,大巴竟然坐满了。出乎我意料,当地乘客已经一排一排、整整齐齐地坐在座位上。

"完了,没座位了!"

我一下子慌了神。急忙央求着汽车公司的人:"你看已经坐满了,没必要再检票了吧?"让对方把车门附近专门用来检票的座位让给我。这下好歹找到坐的地方了。大巴更是令人难以置信地在5点0分0秒准时发车了。在这里竟然有大巴能够准时发车,简直比宇宙诞生的奇迹还要令人震惊。车一路上畅通无阻,除了因为穆斯林的祷告偶尔停下来之外,没有长时间的停车(难以置信),车身也没有出任何故障(难以置信),到达目的地阿加德兹比预计的时间20点还提前了半个小时(难以置信)。这半年间,我在非洲坐了无数次大巴,这次真是奇迹中的奇迹。也许到非洲旅游过的人都与我有同感。

虽然大巴一路顺风,但是在快要进入阿加德兹市区时我遇到了检查,护照被没收了。我被问了一连串的问题:"为什么来阿加德兹?""你要在这里待多久?""你住哪里?"紧接着对方要求检查我的签证和护照。一般来说例行检查应该就到此为止了。可他们拿走我的护照后,并没有当场还给我,只留下一句"明天早上,你来一趟警察局"。我怎么想都觉得他们没有任何理由没收我的护照,当即抗议道:"你们没有任何理由,也没有任何权力拿走我的护照。"可对方对我毫不理会。我竭力保持冷静,避免激怒他们而造成无可挽回的后果,连着几次向他们提出抗议。没过多久,警官们开始不耐烦起来。我想方设法尽最大的努力试探着对方的底线,但从凌晨到现在的远距离旅途让我精疲力竭,最后只好作罢。那么先按照他们说的,明天一早就来警局。再不行,就给使馆打电话求助。

就在最近,阿加德兹北部的萨赫勒地区[1](撒哈拉沙漠南部)成了"基地"组织

---

[1] 非洲北部撒哈拉沙漠和中部苏丹草原地区之间的地带,包括塞内加尔东北部、毛里塔尼亚南部、马里中部、布基纳法索北部、阿尔及利亚最南端、尼日尔南部、尼日利亚最北端、喀麦隆和中非共和国的部分地区、乍得中部、苏丹中部和南部、南苏丹北部、厄立特里亚和埃塞俄比亚最北端。

的大本营。有好几位法国人在该区域被绑架甚至被杀害。此外，近几年这个地区也变成了原住民图瓦雷格族人和政府进行长期斗争的地方。由于这些政治原因，几乎没有游客能够进入萨赫勒地区。汽车抵达的时候，全副武装的尼日尔军人正在附近进行侦察。根据我在尼日尔首都尼亚美搜集到的消息，从2010年起，萨赫勒地区并没有发生什么严重的混乱，要进入阿加德兹应该没有问题。我是听信了这个消息才到了这里，但是当地的实际情况看来并没有传言中的那么安稳。警察没收了我的护照，也许正是为了警告我，阻止我继续朝北前进。

总而言之，我才刚到阿加德兹，身上已经没了护照。

翌日早晨，艰辛而漫长的一天开始了。

我先去了警察局。一走进警局大门，就看到一打又一打的文件在桌上堆积成山。我从那里面翻出自己的护照，将它拿到工作人员的面前，怎想对方当机立断地说道："No！""为什么？"我问。对方用法语说着这呀那的，我几乎没能听懂。经过30分钟答非所问的困难沟通后，我终于明白了两件事。在阿加德兹停留期间，护照必须交给警察管理；如果要从这里去别的地方，坐大巴的话要登记车票，去沙漠的话要将租车行的人带来警局登记。如果不能向警方提供旅程计划的确凿证明，是不可能拿回护照的。我花了15分钟的时间，才说服自己接受这荒谬的规定，放弃取回自己的护照。强压住内心的怒火，我两手空空地离开警局（如果不肯还给我的话，昨天没收的时候就别叫我再来啊），回到了市区。早上的阿加德兹，大风将地面的沙尘吹起，挥撒到土黄色的街道上空。

我只能暂时将护照的事放下。接下来的首要任务是收集前往沙漠的相关消息。在警察局的时候我试着打听了一下，但是不管我问什么，对方都只是回答：不知道。再问问附近的人，可每个人的回答也完全不得要领。我走进街边一家冷清的旅行公司，在里面进行了两个多小时的争论后，终于明白了：我将要去的地方没有治安问题，但是需要军队的许可，也就是说要去军部申请数名护卫一同前行。

事已至此，我只好前往军队的办公处。在那里进行了一个小时的对话后，军方执意要让我雇五个人，可分明两个人就完全够用了。军人陪同的价格更是高得离谱。当我示意自己没有那么多钱的时候，得到的答复却是：钱不够的话就别找尼日尔军队，去边境警卫队雇人。

于是我又前往边境警卫队的办公处，在夹杂着沙粒的大风中艰难地前行。到了之后我向警卫队的人从头解释了自己的来意。在这过程中，很多警卫围了过来，东说一句，西插一嘴，发表着自己的看法。接着又是一个小时的询问，最终我得到的答复是，前往沙漠需要五至六名持枪警卫陪同，并且要包两辆专车。这比刚才的阵仗还要大。

我说："好了好了，我明白了。我雇不起这么多人。我就想知道，我打算去的地方究竟安不安全？"对方竟然回答，这只有问恐怖分子才知道。这算是什么答案？我心里充斥着不满。我强忍怒火继续追问才得知，现在四处隐藏着告密者，如果法国人、美国人、德国人到这里，他们的行踪很有可能被告密者通报给"基地"组织，但是日本人不在他们的追踪范围之内。"这一年内没有发生什么动乱，去的话可能不会遇到危险。不过也说不好，你还是问问恐怖分子吧。"边境警卫队的人这样对我说。

以上这些沟通全都是法语。我虽能讲英语，但法语只能听懂只言片语。对方呢，则恰恰相反，会讲流利的法语，但是只能讲一点点英语。我们之间除了语言障碍，还有非洲当地人常有的摸不着边际的回答方式干扰。这样连续几回合后，我精神上的疲惫感着实难以付诸笔墨。我都佩服自己竟然没有发火，一直坚持到了最后。简直想大喊几声给自己喝彩。经历了这一番折腾，到最后我只有放弃深入阿加德兹地区。

打了一个摩的（Bike Taxi）回旅馆，结果碰到漫天要价的司机。不过这样的插曲对经受了一整天精神试炼的我来说已是不足挂齿了。我抱着无所谓的心态，打算随便应付一下就离开。谁料对方不仅不肯善罢甘休，反倒发起火来。附近的人以为我们在吵架，都跑过来劝架，事态越发白热化。争执持续了30分钟，其间还有沿街乞讨的孩子跑过来试图拉开我的背包。虽然当时的我已经累到快要瘫痪了，还是想方设法让自己得以全身而退。去不了阿加德兹的腹地，我决定转而前往位于阿巴拉克村附近的沃达贝部落的野营地。那里的话，应该没有任何问题。不过需要找到会说英语、法语和沃达贝语的导游，还要订车票。之后还要再去一次警察局申请拿回护照。

我顺利做好了翌日早晨5点出发去阿巴拉克的一系列安排，手里紧握着车票再次前往当地警察局。结果这一次，负责人不见了。我问其他工作人员，负责人什么时候回来，对方冷冷地回答道：不知道。要不你打他电话问问？我身上没有电话，只能甘拜下风，按捺住内心燃起的怒火，拜托对方帮我打电话问一下。工作人员嘴里发着牢骚，一脸不情愿地掏出手机替我拨了负责人的电话，告诉我负责人30分钟之后到。

我只好在办公室原地待命。突然，一位中年妇女被她儿子搀扶着走了进来，

塞内加尔 ▶ 尼日尔 ▶ 布基纳法索　　261

后面紧随着五位大婶。进屋后，五位大婶一同向警察说着什么。那位状态异样的妇女唰地一下翻起白眼，开始扯着嗓门大吼大叫。她发出嗖嗖的呼吸声，感觉像是被什么附身了。她的儿子竭力将她按住。另外的五位大婶像是在责备这两人似的，大声地咒骂他们。这时，从外面走进来一位身材强壮，穿着迷彩服的警官，给了翻白眼的妇女两拳，等她安静下来后把她带走了。之后又怒发冲冠地呵斥着剩下的五位大婶。在一旁的我完全傻眼了。警察局里的其他人对此则不屑一顾。我问他们究竟是怎么一回事，对方告诉我"不过是家庭纷争罢了，在这里每天都有这种事，你别放在心上"。

我就这么看着来来回回的访客，30分钟过去了，45分钟过去了，一个小时又过去了。负责人还是没来。我稍微催了一下，对方立马生气地吼道："说了叫你等你就等！听不懂人话吗！"就这样又等了30分钟后，负责人终于出现了。来者从外表看就绝非等闲之辈。我又从头解释了一遍：明天要去阿巴拉克，希望能拿回自己的护照。结果对方反问我："为什么？""什么为什么？你们这群人脑子有病吧。"我咽下这句已经冒到嗓子眼儿的话，强忍住破口大骂的冲动，依然保持礼貌地告诉对方："我是来旅游的，没有护照的话在当地停留是违法的。"

"那你明天早上再来一次。"负责人说。我简直忍无可忍了。用尽最后的力气，我向对方明确表示，大巴明天早上5点就要发车。对方的答复是："唔，你这个我得请示一下上级。"我追问，上级什么时候来。得到的答案是：明天早上8点。

这样枯燥又毫无意义的对话反反复复持续了几十分钟。最后不知道对方怎么想明白了，把护照还给了我。我在内心骂着"祝你下地狱，死秃头！"嘴上说着"谢谢您的理解与宽容，万分感谢"，立刻转身离开了警察局。

今天一天的经历，让我对自己的心理承受能力刮目相看。几个月前在南非旅行的时候，我还坐在时速100千米的出租车里和司机激烈地争论，最后甚至气急败坏地跳起来去掐司机的脖子（尽管对方好像完全不在意似的，哈哈大笑起来）。跟那个时候相比，这一路走来我真的成熟了不少。

落日西沉，漫长的一天就要落幕。到头来我在阿加德兹什么也没做。第二天一大早就要出发，根本没有在城里游玩的时间。我抓紧时间，前往市区里用泥土修建的清真寺，拜托寺庙的人让我进去。经历了一整天令人焦头烂额的沟通，这点交涉对我完全是小事一桩。

站在寺庙的屋顶，放眼望向沙漠上的城市阿加德兹。漫长而艰辛的一天过后，这番景色令人感到分外飒爽。街上人头攒动，不知从何处传来鼓声鸣响。也许是正在举办传统的摔跤比赛吧。我连忙离开了寺庙，朝响起鼓声的地方赶去。到了之后发现要交入场费才能进场。我央求着说只看两眼就走，让工作人员放我进去。跻身场内拥挤的人群中，好不容易看到摔跤台附近。比赛的氛围热烈到仿佛要点燃赛场。我顾不上被白天的遭遇折腾得昏昏沉沉的大脑，置身人群，忘我地按着快门。

　　比赛快要结束的时候，摔跤手和台下的观众围成一个大圈，跳起了舞。此时，工作人员走过来，朝那些得意忘形的观众挥舞着手中的鞭子。但大家都无比激动，完全不在意。身处附近的我也被鞭子打中了好几次。

　　不知不觉间，天色暗了下来。漫长的一天终于结束了。

▶ 塞内加尔　▶ 尼日尔　▶ 布基纳法索

Abarakから荒野へ。
ブッシュを走りすぎる。俺は今、一体どこにいるのだろうか、と思った。どこに向かい、何をしている人だろうか？？

从阿巴拉克到荒野。
穿梭在草丛之间，我现在究竟身在何方？又将去向何处？

264　非洲

Wodabe
Bororoとも呼ばれている。
ChadやNigerのサヘル地帯を遊牧して移動。

沃达贝人：
  他们又被称为"Bororo"。在乍得、尼日尔的萨赫勒地区过着游牧生活。

ゴロンゴロンに夜の8時に到着.
宿はなく、ガソリンスタンドの片隅で眠ろう
としたら、優しい青年がミッションカトリックに
連れていってくれ.1泊.

到布基纳法索的戈罗姆戈罗姆时已经是晚上8点了。我没有立刻去找旅馆入住，而是打算在加油站的角落将就着睡一晚。这时候一位青年走过来，他带我去了当地的天主教学校，让我在那里寄宿了一晚。

266　非洲

アフリカはもう限界なのかもしれない。
もう気力がない。好奇心もない。刺激が少ない。
動く気にならない。自我の限界。
とにかく頭が重く、体が疲れ、心が寝込んでいる。
　　もう限界なのかもしれない。
　　次の大陸に行く時なのだろうか。

我可能已经在非洲待到极限了。现在的自己浑身无力，没有好奇心，对外界的刺激已经麻木。完全不想动。已经是自我的极限。

头脑昏沉，行动迟缓，心情低落。

也许是时候前往另一片大陆了。

尼日尔 ▶ 布基纳法索 ▶ 马里

"I am professional."

早上7点，亚当准时来接我。

我是前一天在莫普提的街上遇见亚当的。当时我为了能去至今依旧严格保持着传统文化的多贡族所居住的村落，正在到处找多贡族向导。旅馆的姐姐把亚当介绍给我。初次见到亚当时，他开口的第一句话就是：

"我虽然出生成长在非洲，但我性格一点也不像非洲人。"

后来我才知道，这句话是他的口头禅。相处一段时间后，我发现果真如他自己所说。亚当和我迄今为止接触到的非洲人完全不同，准时，守信，不说假话。但是刚见面的时候，我仍然心存疑虑。

当时我正为找向导的事发愁，于是和亚当聊了起来，想试探一下他的为人。聊天中，我偶然间提到了上周在杰内的向导，我和他一同去拜访了散落在巴尼河流域的富拉尼族村庄。那位向导虽然做事有点笨拙，但是工作认真负责，人很善良。唯有一点我无法接受：他入睡后必定鼾声如雷。在杰内的时候，我和他睡一个房间，每晚都没法安然入睡，到最后因为休息不足浑身无力。亚当听到我的经历后，立即生气地说道："He is not professional（这个人不专业）！"我看着他突如其来的反应，觉得十分有趣，开始喜欢上了眼前这个直率的家伙。我决定拜托亚当带我去他的故乡，位于多贡族村落群里的诺博里村。

旅馆附近有一家开在简易木屋里的咖啡馆，那里有卖香甜浓郁的奶咖。我每天都会去那里喝上一杯咖啡。这天出发前，我向咖啡馆老板道了别，然后跨上亚当的摩托车后座，前往多贡族居住区。

摩托车一路经过了塞瓦雷、邦贾加拉，到达杜洛村，从这里还需要再徒步一段路程。在我们周围，红褐色岩山高耸林立，东面是断崖绝壁，隐约可以看见散落分布在断崖半山腰的多贡族的村落。

从杜洛村走到亚当的家乡诺博里村要花一个半小时。我们在山崖上爬了一段时间，然后顺着山岩缝隙处的狭窄小径，朝山下而行。出了小路后，视野瞬时开阔，宽广的红土大地上点缀着绿色的灌木丛。在它的对面耸立着高峭的山崖，山麓处的村庄宛如大地的腰带。村庄的周围是成片的绿油油的田地，光从远处望着就能感受到村庄的丰饶。我努力平稳住自己急躁的心，跟着亚当慢慢走下山去。到诺博里村的时候，亚当的妹妹已经在等着迎接我们的到来。

那天晚上我们寄宿在位于半山腰的村民家中，目之所及的景色真的美极了。这里的人们面容温和，村庄各处都充满了鲜活的生活气息。在这里，我内心充满不可思议的宁静之感。

在房间里稍作休息后，我又去拜访了同在半山腰处的俾格米人和多贡族的旧居地。据说一千年前，只有俾格米人生活在这片土地之上。后来随着非洲西部伊斯兰教势力的增长，重视本族文化和传统的多贡人被迫放弃自己居住的村庄，迁徙到了这里。当他们刚来的时候，还有一些俾格米人生活在此地。可是后来，神秘的俾格米人选择离开，迁居他所。现在只有多贡族生活在这片区域。

多贡族的居住区域里大概有7000个部落。其中允许外国人进入的地方少之又少。大部分的部落为了保护本族的文化传统，不接受外人来访。有一些村子就连同样是多贡族人的亚当也无法进入。我听说距诺博里村一天徒步路程，就有这么一个地方。

我难以克制自己对那个地方的好奇心，想叫亚当陪我一同前往。怎料亚当斩钉截铁地拒绝了。我问他为什么，亚当说自己不想被当成活祭品。在一些多贡族的村庄里，依然保留着活祭的仪式。在通常的情况下，祭品是山羊，但每当全村面临重大问题，为了驱赶其背后强大的恶灵，抑或是为了破解法力强大的咒语的时候，就需要力量相当的祭品。据说这种时候，村庄里便会举行人祭。但人祭是不会光明正大地举行的，也不会将同村的村民用作祭品，最后只能抓从外面来的人。亚当特别害怕自己会被抓去当祭品。哪怕我告诉他人祭已经是几百年前的事，现在肯定已经没有了，他也坚决不肯和我一起去。亚当还告诉我，他曾经见过用人皮做的手鼓。很早以前，当他去一个近乎与世隔绝的村庄的时候，村民给他看了村子里代代相传的神秘手鼓。村民告诉亚当，以前有一群法国人途经此地，村里人把他们抓起来杀掉，然后剥了他们的皮做成了这个鼓。在那个村子里，人们在举行仪式的时候会用那个鼓驱赶恶灵。村民还告诉亚当，要敲响人皮鼓并非一件易事，需要相当高的技巧。这些话从以不说谎话为原则的亚当嘴里说出来，十分有说服力。于是我也放弃了前往位于"禁区"的村庄。

取而代之，我决定去见见亚当的叔叔。亚当的叔叔自称年龄超过100岁，在西班牙度过了自己的青年岁月，之后带着在那里攒下的积蓄回到了家乡，过着挥金如土的日子。亚当的叔叔同时也是村子里的精灵守护人，负责举行村内的各种仪式。他的脑子里装着在举行传统祭典时才会用到的密语和多贡族的密法等。在亚当还小的时候，叔叔就教他跳面具舞、击手鼓。我问亚当，他的叔叔在哪里。亚当用手指向一块大石头，我顺着他手指的方向看过去，仔细观察才发现在岩石的裂缝中好像有什么。走近一看，那就是亚当的叔叔。他端坐在石缝之间，阳光透过树枝的缝隙将摇曳的光斑洒了他一身。亚当告诉我，那里是叔叔喜欢的地方，只要天气暖和他就会去那里打坐。

我刚想要问候，对方就开口对我说："你以后生两个孩子最好。一个男孩，一个女孩。"然后又问我是不是西班牙人。我告诉他自己是日本人。可是对方像没听见似的，毫无反应。后来我又试着向他询问其他的事，可是我抛出去的疑问全都坠入了沉默的深渊。叔叔和亚当说着些什么，在一旁的我毫无头绪。不知为何，亚当叔叔的话听起来像是来自别的世界。离开前，我送给亚当叔叔他喜欢吃的可乐果，他一脸喜悦地开始和可乐果说起话来，声音含含糊糊。我完全无法和他沟通，于是起身离开。

对多贡族人来说，一周只有5天。我到的这天正巧赶上当地一周一次的市集。广场上到处都是人。从下午4点开始，大家吃着食物，聊着天，和别人交换着需要的物品，如此这般一直持续到深夜。非常不可思议。在巨大的猴面包树的周围，当地人的只言片语飞扬在空气里，气氛热烈极了。亚当的女友也在其中。在莫普提的时候，我见过亚当的前女友，女孩一直缠着亚当向他要钱。亚当自豪地对我说，现在的女友绝不会做这种事。亚当的现女友16岁，虽然男友不在身边的时候，他的朋友们会来搭讪，但是女孩一心一意地等着男友的归来。我用相机拍下两人的模样后，提议三人一起拍一张照。定好相机的计时器后，我让女孩站在我和亚当的中间。看到亚当搂着女孩的腰，我也没多想，顺势把手搭在女孩的肩膀上，然而立刻就被亚当制止了。看来他的嫉妒心不小。

天色很快暗了下来，星辰闪耀在夜空。此时，市集越发热闹。黑暗中人们的交谈声此起彼伏，交织成庞大的声波，回荡在山崖之间，置身当下的感觉透彻全身，就像是在聆听大地深处的回响。

今天是新月之夜。月亮将光芒藏匿了起来，留下黑暗衬得星光万分灿烂。头顶上闪耀着无数的星辰，耳中回荡着众人的谈笑，刹那间我恍若听到群星在天上的交谈。多贡族村庄的夜空，也许是我迄今为止见过的最为灿烂的。我在一路的旅途中，曾目睹过数不清的星空：在巴西伦索伊斯国家公园的沙漠之上的璀璨群星，在委内瑞拉南部的"桌子山"上空划过的流星，在马达加斯加的猴面包树大

道仰望的夜空……但都没有今晚那么令人心旷神怡。

　　我爬上屋顶，躺在上面，闭上双眼。前一秒还在闪烁着的星空变成视网膜上的残像，逐渐消失了踪影。这样静止一会儿后，再唰地一下子睁开双眼，星星就变得如彗星一般，拖着长长的尾巴仿佛要掉落进自己的眼中。我反复试了好几次，玩得不亦乐乎。

　　不知从什么地方，传来了鼓声，什么人的笑声，风吹拂树枝的沙沙声，家畜的脚步声。哪家人炖菜的香味也飘了过来。黑暗中，人们的日常生活褪去了轮廓，充溢在我的四周。多么美丽的夜晚。

　　第二天早上，我去拜访了亚当的弟弟、女友、朋友以及他的父母。恋恋不舍地告别了诺博里村。在我离开的时候，亚当的母亲塞给我一包装着花生的袋子，叮嘱我路上吃："这些够吗？再带点吧。"说着，埋头又将袋子装得满满当当。我看着她可爱的举动，不禁露出微笑。

Tobabu
外国人、ゲイジンの意。
マリを歩いていたら、とにかく Tobabu!! と
呼びかけられる様子。

Tobabu:
　"外国人"的意思。
　在马里的时候，总能听到有人对我喊：
Tobabu！

今日は待ちに待った、ジェネの月よう市。
泥モスクは想像より大きかった。15mはあるかも。
とにかく市場の熱気がスゴイ！
The AFRICA!!

今天终于去了期盼已久的杰内周一市集。
泥土修建的清真寺比我想象中还要高大。应该有15米高。市场超级热闹。
不愧是非洲！

布基纳法索 ▶ 马里 ▶ 毛里塔尼亚

非洲

布基纳法索 ▶ 马里 ▶ 毛里塔尼亚

276　非洲

布基纳法索 • 坦桑 • 埃塞俄比亚

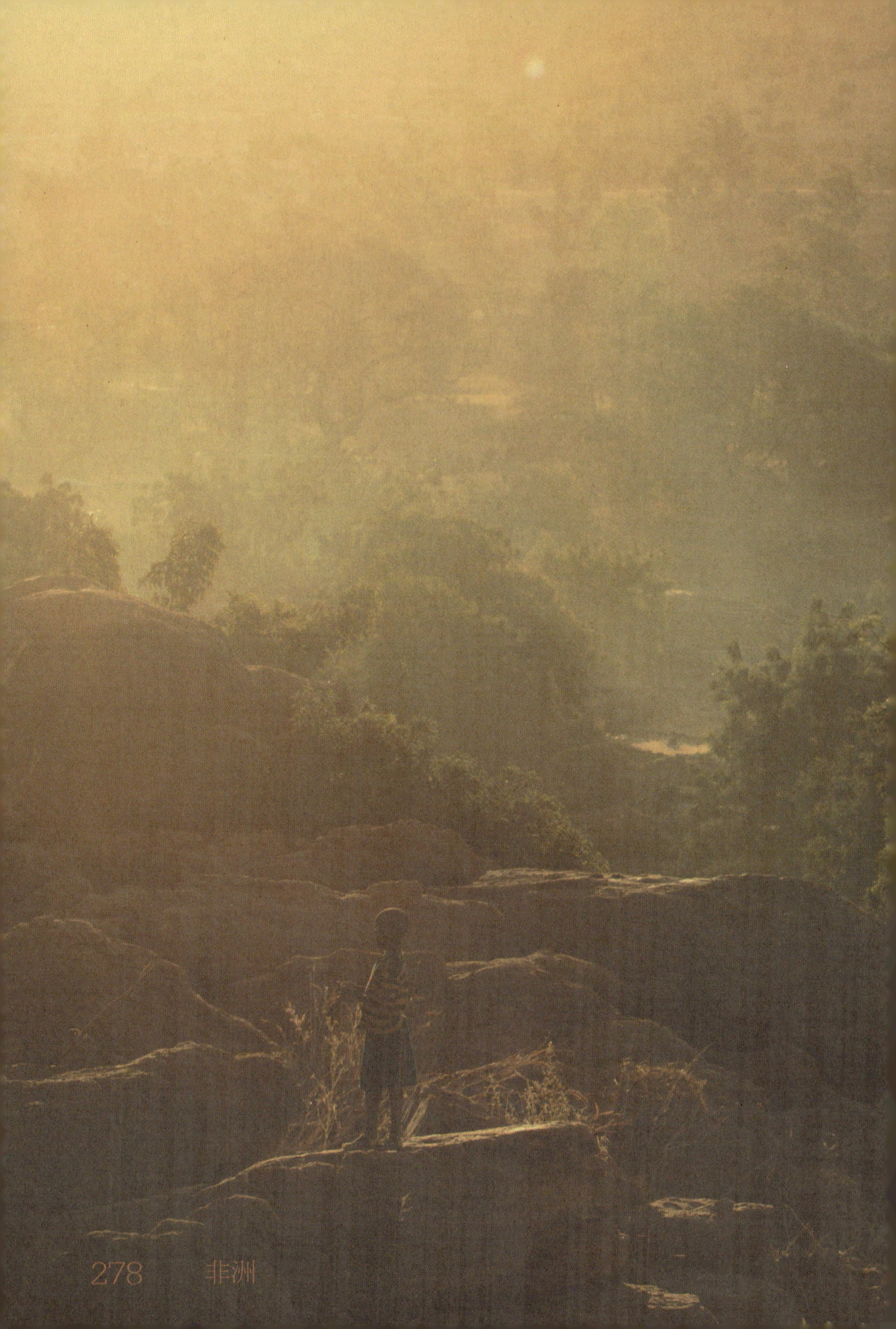

布基纳法索 ▶ 马里 ▶ 毛里塔尼亚

黑夜中的矿运火车

　　今天早上，一直到昨天都厚厚地笼罩在沙漠之上的铅色云朵终于消散褪去，天放晴了。不过依旧刮着大风，吹得四处沙尘弥漫。毛里塔尼亚大部分国土都是沙漠地带，不管去哪里都免不了一场沙尘浴。

　　响午过后，我抵达了阿塔尔村。村庄坐落在绿洲地带的溪谷附近，四周环绕着荒凉的岩山。我在那里打听了矿运火车的运行状况。这趟被称为"iron train"的矿运火车穿梭在毛里塔尼亚的内陆和海岸之间，运送着铁矿石。列车全长2300米，是目前全世界最长的火车。我计划搭乘这趟火车，和车上的货物结伴，穿过沙漠，朝着海岸前进。这趟火车会在沿线荒漠上一个叫舒姆的偏僻部落停靠，不过一周只有三次。今天正好是停靠日之一。

　　在停着被当地人称为"丛林的士"的皮卡车的广场上，我告诉和我一起等着坐车前往舒姆的大叔，自己必须要赶在18点矿运火车的停靠时间之前抵达舒姆，才能顺利搭上车。可对方突然对我说，今天火车到达舒姆的时间不是18点，是22点。我向他反复确认了好几次是否真有其事。这位大叔非常笃定地说道："你就听我的吧。我今天专门算好了，在22点前到舒姆搭火车。"我之前问其他人的时候，他们都告诉我是18点，唯独这位大叔一口咬定是22点，并且在我再三确认后他反而有些不耐烦，开始抱怨道："为什么你就不相信我的话？22点前到舒姆一定没问题。"我当时竟然鬼使神差地相信了他的话，以致犯下了不可挽回的错误。

　　在阿塔尔村打发了一下时间再次回到广场时，开往舒姆的皮卡车已经等在了那里。以防万一，我上车后又询问了司机，矿运火车几点在舒姆停车。可是司机说他也不清楚。没过一会儿，满载着货物和乘客的丛林的士开出了广场，朝着终点站舒姆驶去。卡车行驶在没有铺路的荒野上，透过车窗时而可以看到广袤的沙漠上伫立着饱经风霜的岩山。途经检查站的时候，我掏出护照给工作人员检查。此时，我内心的不安依然没有退去，便向检查站的工作人员询问矿运火车停靠的时间。谁料到，对方告诉我是18点。

　　"？！"

　　那位一口咬定是22点的大叔听罢盯着远方，装作毫不知情的样子。那个时候已经17点30分了。就算车开得再快，到舒姆也还要一个小时。天色渐渐暗下来，我竭力克制住内心的焦躁，一心祈祷着今天火车比平常晚点一个小时抵达。我在非洲几乎没有遇到过任何准时出发的大巴或是火车，这让我坚信火车今天到舒姆的时间一定会比预定时间晚。

丛林的士飞快地穿梭在沙尘之中，大约在18点40分抵达了舒姆。东西走向的铁轨笔直地躺在平坦的荒漠上，铁轨附近搭建有几间简易的木板房。从东西南北各个方向都可以一眼望到天际。只不过丝毫未见火车的踪影。

"火车在哪里？"

我询问当地的人。对方的答复是，大概20分钟前已经开走了。那一瞬间我的失落真的难以用语言来形容。自己为什么不相信大多数人的话，偏偏听信了那位一口咬定是22点的大叔。我背着沉重的行囊，只身陷入缓缓降临的暮色中，前所未有的虚脱之感向我袭来。火车下一次停靠要等到三天之后。可在这个偏僻的地方是不可能等那么久的。我抱着最后的希望，又去附近的商店问了问。商店的人告诉我说在22点和凌晨2点还会有两趟车经过，不过都是不载人的，会不会在这里停靠也说不准。

我走进荒野中孤单地亮着灯的一家饭店，在店内昏黄的灯光下瘫坐着，等待22点的到来。我肚子饿了，想着点一些饭菜吃。不幸的是这家店的店员木讷到了极点，就算我用手指着旁边的人桌上的食物说我要和那个一样的，店员也完全不懂。这个饭店里只有两种菜：米饭或者意面。不管点哪一种，最终端上来的都是淋着番茄和洋葱酱汁的食物。可就算是这样，我也花了将近半个小时才点上菜。没赶上火车，今后的计划也没有了着落，我因为不知道该怎么办而越发焦躁不安，开始生这个服务员的气。

接着我又开始埋怨自己，只能努力平复内心的焦躁和不安。最糟糕的情况就是，这次和火车失之交臂。如果真的成了那样，我只有坐历时20小时的汽车回到努瓦克肖特[1]。然后再一路北上，乘10小时的车到矿运火车在海岸停靠的车站努瓦迪布。我努力安慰着自己：不过是再多花30小时在路上罢了，这种情况也不是第一次了。这个时候，我已经很想尽快结束在非洲的旅程了。对这样的自己来说，30小时的路程几乎是致命的。我在非洲已经待了将近一年，不管是身体还是精神都已经到达了极限状态。如果这天我顺利搭上了矿运火车，穿过西撒哈拉地区进入摩洛哥，快的话再有数日就可以渡过连接非洲和欧洲的直布罗陀海峡。

我东想西想着，越想越郁闷，一小时过去后店员终于把我点的菜端上来了。不错，是我点的意大利面，不过盘子里的面明显煮过头了，难吃得要死。软塌塌的面

---

1 毛里塔尼亚的首都和最大城市，是其政治、文化、商业、金融中心。

上放着硬邦邦的山羊肉，难吃系数又提升了一级。可是我肚子太饿了，只好强行咽下去。店里不提供勺子，只能用手吃。当我抓起面时，被煮得软烂的面条不停从手指缝隙掉下去，完全没法吃。我这个错过了火车的孤独旅人，落脚在荒漠中的一座寂寥村落，坐在一间冷清的饭店里，头顶笼罩着昏暗的白炽灯光，嘴里还嚼着难以下咽的食物。这天是1月3日，在日本大家正过着新年，坐在温暖的被炉里，一边吃着橘子一边聊天看电视。而我，在一年之初只身困在此处。意识到这样残酷的差距，让我更加沮丧了。

快到22点的时候，我又得知了新的情况：22点的火车不会在此地停留。不过这一次我已经有了心理准备，并没有太吃惊。对方说凌晨2点的车肯定会停，但我已经不相信了。此时的我精神恍惚，一不留神可能就会崩溃。为了防止这样的情况发生，我拿出书开始看起来。那是伊莎贝拉·伯德（Isabella L. Bird）写的《日本奥地纪行》（*Unbeaten Tracks in Japan*）。大约一百四十年前，这位女性从英国不远万里来到明治时期的日本，在游历了东北和虾夷地区后写下了这部游记。在一路上，她遭遇了种种困难。语言、风俗习惯、传统、价值观，书中记录着她经历的各

种文化差异。她笔下的艰辛，和我此时此刻感受到的旅途的艰辛重叠在了一起。可是在面对旅途的艰苦之时，她依旧能够保持乐观的心态，把它当作旅行的另一种乐趣。可以说，是她的精神拯救了心情低落的我。

不知不觉到了深夜2点。我起身离开了饭店，朝车站走去。外面一片漆黑，什么也看不见。连铁轨在哪里都看不见，只能听到远处传来的野狗的叫声。我整个人被夜晚厚重的黑暗包裹着，完全不知道应该朝哪里走，又应该在哪里等待。

火车迟迟未来。果然是不会来了，我准备放弃，应该已经超过凌晨3点了。就在此时，远处依稀出现了一丝光亮，离我所在的地方越来越近。列车挟裹着非凡的气场，简直就像是从另外一个世界穿梭而来一般，利落地劈开眼前世界的黑暗，轰轰隆隆地飞驰着。在月色中闪着寒光的铁块如闪电般穿行在黑夜中。它发出的巨响摇撼着沙漠，冰冷又庞大的身躯将黑暗刺穿。车厢长到看不见尽头。刚才荒凉又寂寞的光景因为列车的到来发生了翻天覆地的变化，此生从未目睹过的景象就这么展现在了我眼前。

矿运火车来了！只要跳上火车就行了。这趟车应该是没有载人车厢的。跳上货物车厢，在货物缝隙间有一席之地就足够了。这样明天上午就可以到海岸。我背着沉沉的行李，走向行进中的火车，观望着眼前不断驶过的车厢，准备待其一减速就跳上车。可是火车丝毫没有减速的迹象。就算车厢再怎么长，要停的话也应该减速了。目送走火车的最后一节车厢，我终于明白这趟车是不会在这个站停下的。

我的内心失落到了极点。愤怒、悔恨、疲惫、空虚，五味杂陈，无法言语。我已经感觉不到任何东西，大脑已经无法思考了。

无奈之下，只有原路返回之前的饭店，在那里待到早上再去搭车返回阿塔尔村。可是在漆黑不见五指的荒野上我迷路了，茫然地在黑夜里游荡。好不容易回到了饭店，怎料一进门便看到了熟悉的面孔，是在阿塔尔村搭乘的丛林的士的司机。我诧异地问对方，怎么还没有回阿塔尔。"现在就回去。"对方回答道。可是这大晚上的哪里会有乘客。再一问才知道，他预料我搭不上火车，专门在这里等着载我回去。我已经精疲力竭到无法思考，于是听他的话坐进了卡车后座。

载着大量货物的皮卡车疾驰在深夜的荒野上。黑夜不知何时褪去了刚才的凝重，头顶的夜空繁星闪烁。我躺在卡车后部的货物台上，仰望着星空。闪烁的星辰在眼前流淌。

不知不觉，我进入了梦乡，梦见自己浮游在星河之上。

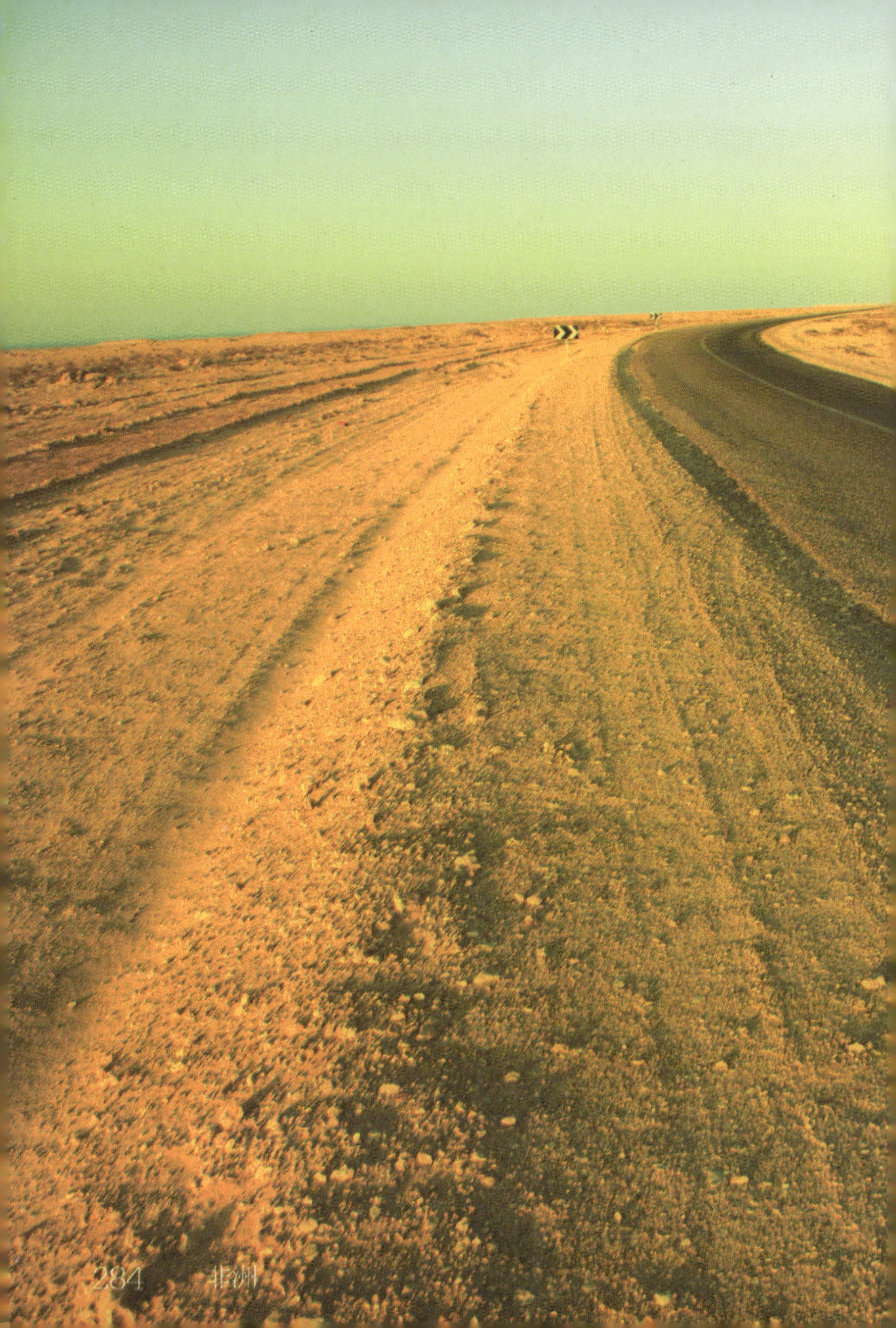

毛里塔尼亚 ▶ 西撒哈拉地区 ▶ 摩洛哥

非洲最后的夜晚

从昨晚到今天早上,冰冷的雨一直下着,没有间断。

今天是我在非洲的最后一天。坐在车里望着沿途的风景,试图在脑海中回顾在这片大陆停留的时光,可不知为何很难想起什么。在舍夫沙万[1]坐大巴的时候,我和大巴管理员就10迪拉姆的行李运费争执了起来。一个大人带着孩子坐在我旁边的座位,两人一路上都因为晕车吐个不停。车里又是漏风又是漏雨,冷得我直打哆嗦。这样的环境怎么能让我沉浸在自己思绪里。

到拉巴特后雨不仅没有停,反而下得更大了。大风把雨狠狠地吹打到人身上,单单过个马路,全身就被淋得湿透。我冒雨来到火车站。坐上火车后,在车厢里望着窗外,刚才的慌乱才终于平息下来。天色渐暗,路灯昏黄的光芒在窗外流淌而过。不知什么时候,雨停了。雨后澄澈的夜空上挂着璀璨的星辰。火车哐当哐当地载着我朝海的那边开去。我的心随着摇晃的车身悸动不已。怎么也没想到自己会在这片大陆待上将近一年的时间。我原本计划花半年的时间探索非洲,之后就前往下一个大陆。可是在这里待的时间越久,越对这里着迷。生活在这里的人们,他们灿烂的生命姿态紧紧攥住了我的心。不知不觉间,我在这里就停泊了一年的时间。

在黑夜的陪伴下,火车到达地中海沿岸的城市丹吉尔。丹吉尔的老城区面向大海,沿山势而建。我在老城一角的一家廉价旅馆住了下来。

在老城区狭长的小路尽头,涌动着夜晚黑暗的大海。远远可以望见直布罗陀海峡对岸西班牙的国土。在夜色的笼罩下,它静静地躺在微微隆起的山丘之上。欧洲,就在我眼前触手可及的距离。可是,现在我所在的地方与对岸,却深藏着肉眼难见的巨大差异。欧洲和非洲,文明和原始,殖民与被殖民,秩序与混乱。旅途的终点和起点。

明天早上,我就已经踏上对岸的土地了。在那里,不会再遭遇脚底长虫卵的事了,不会被奇怪的高烧所折磨,也不会被强盗的枪口指着。可是为什么我却突然感到几乎要令人窒息的孤独?

我听到有人走在被雨水打湿的石板路上,抬起头朝窗外望去。对岸灯火通明,就好像是在拒绝黑夜的邀请。只有大海,黑色的大海沉默地翻涌着,非洲大地的气息好似早已是很久很久以前的记忆。

第二天,我渡过了这片海。

---

[1] 摩洛哥北部的一座山城,海拔564米,城内有许多清真寺和酒店,建筑多为天蓝色,是知名的旅游城市。

西撒哈拉地区 ▶ 摩洛哥 ▶ 英国

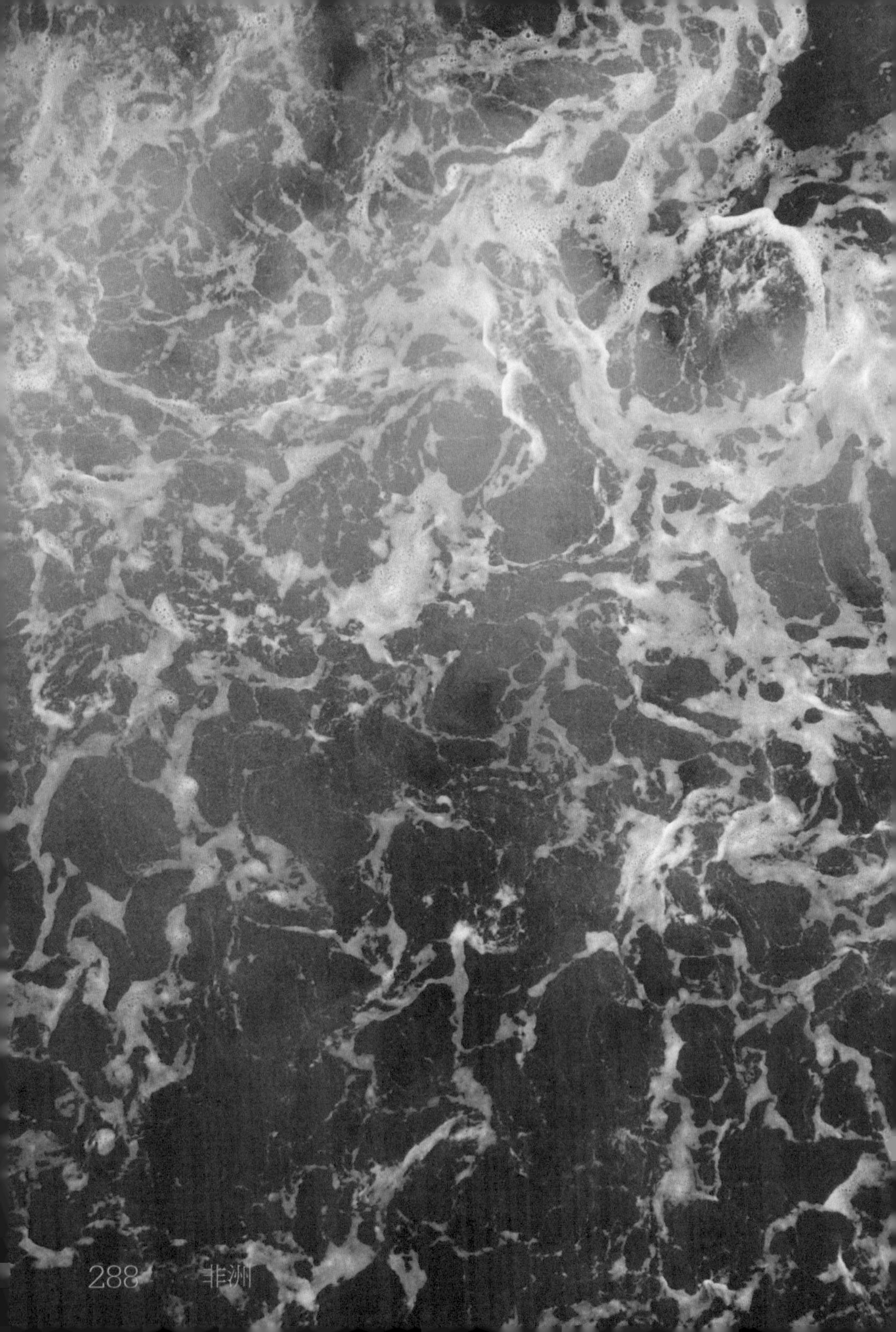

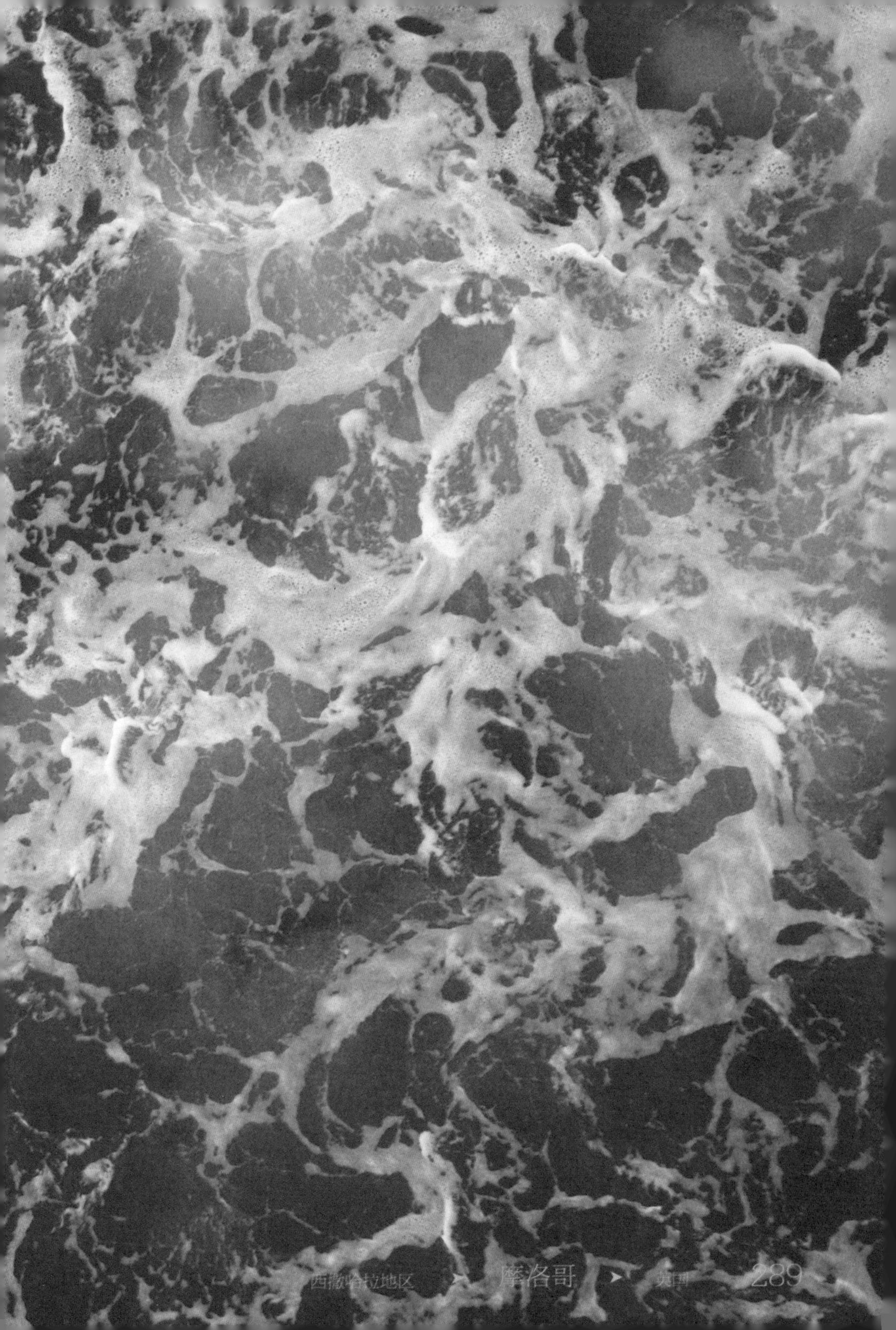

欧亚大陆

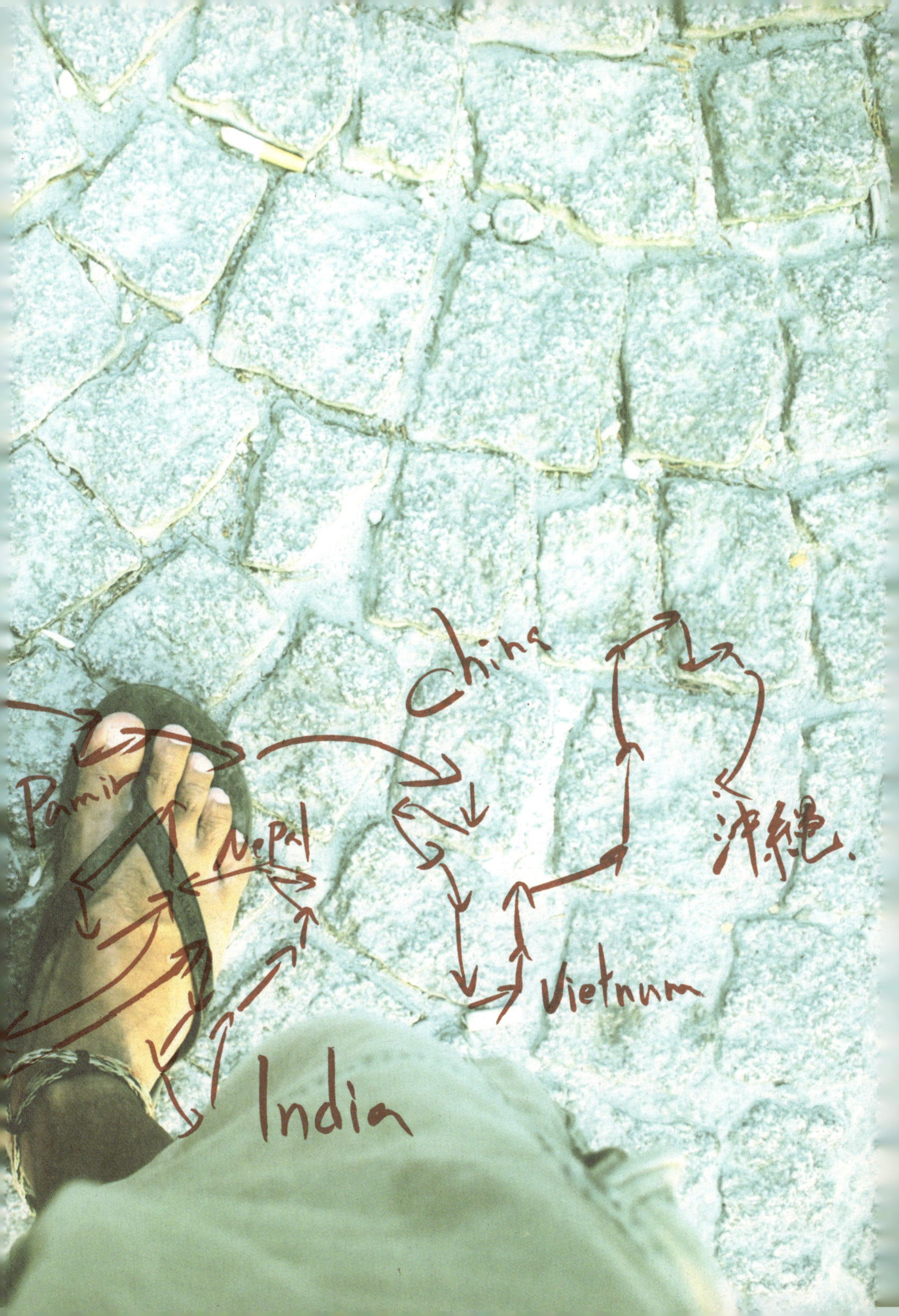
China
Pamir
Nepal
India
Vietnum
沖縄.

Notting Hill
Shepherd's
Acton

摩洛哥 ▶ 英国 ▶ 葡萄牙　293

欧洲

摩洛哥　英国　葡萄牙

雨中的伦敦

伦敦今天仍然是下雨。

窗外天色昏暗,雨静默地下着。阴冷而潮湿。伦敦的夜晚总是这么阴沉吗?我第一次来伦敦已经是十七年前的事了。那时还是高中生的我在这里待了一个多月。不过当时的印象现在已经模糊不清了。

昨天我抵达伦敦维多利亚车站的时候,时钟的指针已走过0点。虽然已是深夜,街上仍然亮着灯,大路上人声不绝于耳。也许他们都有要奔赴之地吧。我身前身后都挂着行李,看起来就像是一个三明治人偶。街上的人们朝着各自的目的地,神色冷漠地和我这个脏兮兮的背包客擦身而过。这个时间地铁已经停了,我只能坐巴士前往旅馆,打听到38号巴士线路经过旅馆附近。火车站门口沿路排着一列双层巴士。走出车站大门,眼前的景象一下子让我意识到,自己来到了伦敦。

车窗外,夜晚伦敦的街道浸润着雨水,庄严的石头建筑也无声地接受着雨水的洗礼。建筑内昏黄的灯光透过窗户流淌到街上,住在里面的人,现在一定沉浸在夜晚的幸福时光中吧。我感觉自己和他们就像是处于两个截然不同的世界。

雨一直保持着稳定的节奏下着,平稳得好像要冲刷掉日夜交替的界限,把时间拉得绵延悠长。

自从我到了伦敦之后,每晚都睡得不太好。雨声总是会唤起我在非洲的记忆。在非洲大地上,绝对不会有如此细腻的雨。那里有的是干渴又宽广无垠的土地,几乎感觉不到任何雨的预兆。就算偶尔下起雨来,也是倾盆而下,来去匆匆的瓢泼大雨。雨云飘走后,猛烈的太阳瞬时再次霸占天空,好像什么都没发生过似的。

在非洲待的时间长了,再来到所谓的发达国家,会发觉这里有太多东西的本质非常空虚。有很多事都只是徒劳地停留在表层,远离真实,而人们不过是被操纵在虚假舞台上的人偶。诚然,不是所有的事情都是披着真实外衣的虚像,但是要辨别真假太难了。要分辨出虚妄和真实,必须一直保持心灵的敏锐。在这里有太多太多的东西妨碍着人们寻找真正的可贵之物和可爱之人。

相比之下,非洲是如此的单纯。生存或是死亡,这一句简单的话便足以说明那里人们的生活。在非洲的时候我有过数不清的痛苦、迷惘的日子,可现在想起来竟是那么令人怀念。

准时到站的火车，有条不紊的交通体系，打扮精致的路人，冷漠的神情，覆盖在土壤之上的水泥道路，整齐的建筑，产自非洲却丝毫不染泥土之味的咖啡……我漫无目的地行走在这秩序井然的世界。雨水拍打着我的身体，一滴一滴侵入我的神经，冲刷着非洲在我体内留下的炙热痕迹。非洲大陆的时光离我越来越遥远。

在非洲的时候，我真切地感受到自己在活着。我的双脚行走在大地之上，我的心脏跳动着感受一切。那个我现在去了哪里？

雨水冲刷着的伦敦映入我的双眼，可脑海中非洲的时光怎么也挥之不去。

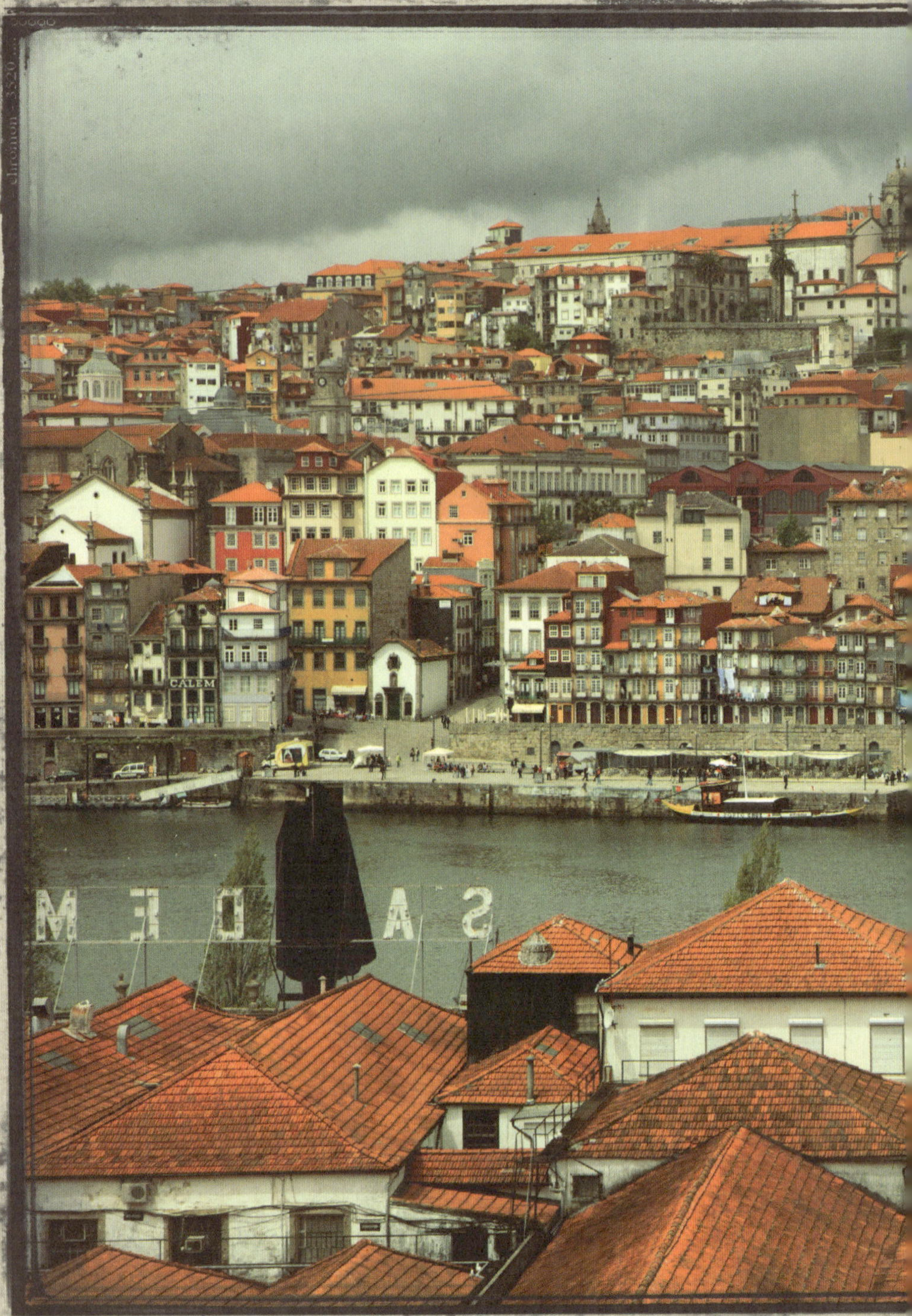
CALEM

葡萄牙

陆地的尽头

在里斯本市区搭上前往辛特拉的火车。大约40分钟后抵达。蒙蒙细雨笼罩着整个市区,刚一下火车,阴冷立即袭遍全身。

我在辛特拉站稍微打听了一些当地的情况,随即动身前往老城区。在里斯本的时候,旅馆里的人向我推荐了辛特拉这个地方,来了之后发现并没有传闻中那么吸引我。典型的旅游城市,没有市井生活的气息,还不如继续待在里斯本。果然不能随随便便相信别人的话。

待在辛特拉实在令我感到枯燥乏味,于是我决定坐巴士去附近海边一座叫阿泽尼亚什的渔村。一下车,迎头击来一场瓢泼大雨。无奈之下我只有躲进巴士站附近的咖啡馆等待雨停。没过一会儿,雨停了。我出了咖啡馆,朝着建在海边山崖上的渔村走去。村落的白色房屋鳞次栉比。我在山崖上找了个视野好的地方坐下,远处的海面上方,蓝天从云层的空隙间露出了脸。顷刻之间,天就放晴了。湛蓝的海水闪烁着光芒,映衬着山崖上白色的房屋更加耀眼。此刻,来到欧洲后一直麻木着的我的心终于泛起了些许波澜。

离开阿泽尼亚什村,我继续换乘巴士前往欧亚大陆最西边的罗卡海岬。到达之后我看到停车场里停泊着很多旅游大巴,四处都是亚洲旅行团的游客。为了避开人潮,我特意选择日落的时段前来,怎料到这个时间依然处处人声嘈杂,完全不能一个人安静地看海。我很想在某个人迹罕至的海角,独自对着大西洋发呆。不过现在看起来,应该不大可能了。

站在海岬的断崖绝壁之上,前方的海平面向远处延伸着,厚重的云层无精打采地挂在铅色的天空上,云朵于暗沉的海水缓缓涌动。风在海面撩拨起微弱的涟漪,只见从远处而来的海浪毫无畏惧地用自己的身体撞击着岸边的石块,粉碎成无数的水滴。

我望着大海,感觉周围的嘈杂渐渐离我远去。全世界只剩下我、大海和远方的地平线。终于,在路上两年之后,我到了这里。之后只要一路向东,就能回到日本。

该如何形容此刻的心境呢。迄今为止,我一心只想尽可能远离日本,去到世界的更远、更深邃之处。可现在我站在欧亚大陆的最西端,意识到接下来的旅途和之前恰恰相反,之后我踏出的每一步,都在缩短我和日本的距离。我很清楚葡萄牙在离日本十分遥远的地方,可不知道为什么,对于在路上走了这么久的我来说,这里变成了连接我和故乡的场所,我好像回到了自己曾经熟悉的地方。

我眺望着大海,想象着接下来返回日本的旅途。

罗卡海岬的风景,让我怎么也看不够。

リスボンの旧市街、Alfamaをうろつく。
赤茶の屋根、狭い路地、風にたなびく
洗濯物、石畳の道。生活感に溢れ
ている。トラム（1ユーロ）に乗って、
街を眺める。時折、狭い路地の先に
テージョ川が目に入る。

今日のランチ。旧市街の小さなRestaurant
ベイワシの塩焼。16 Euro.
やはりヨーロッパは物価が高い。

　　漫步在里斯本的老城区，阿尔法玛街区。
风温柔地吹拂过红色砖瓦的房屋和狭窄
的巷子。晾晒的衣服，碎石路，到处都弥漫
着生活的气息。跳上有轨电车（1 欧元），
穿梭在大街小巷之间。特茹河[1]的身影倏尔闪
现在街道的尽头，下一秒又隐去了踪迹。

　　今天的午饭：在老城区的一家小餐馆，
点了一份盐烤沙丁鱼。16 欧元。
欧洲物价真高。

1 特茹河（Tejo）是伊比利亚半岛最大的河流，发源于
西班牙阿尔瓦拉辛附近的山脉，向西流淌，最终在葡萄牙
里斯本注入大西洋。该河在西班牙境内叫塔霍河（Tajo）。

欧洲

葡萄牙 ▶ 法国 ▶ 西班牙

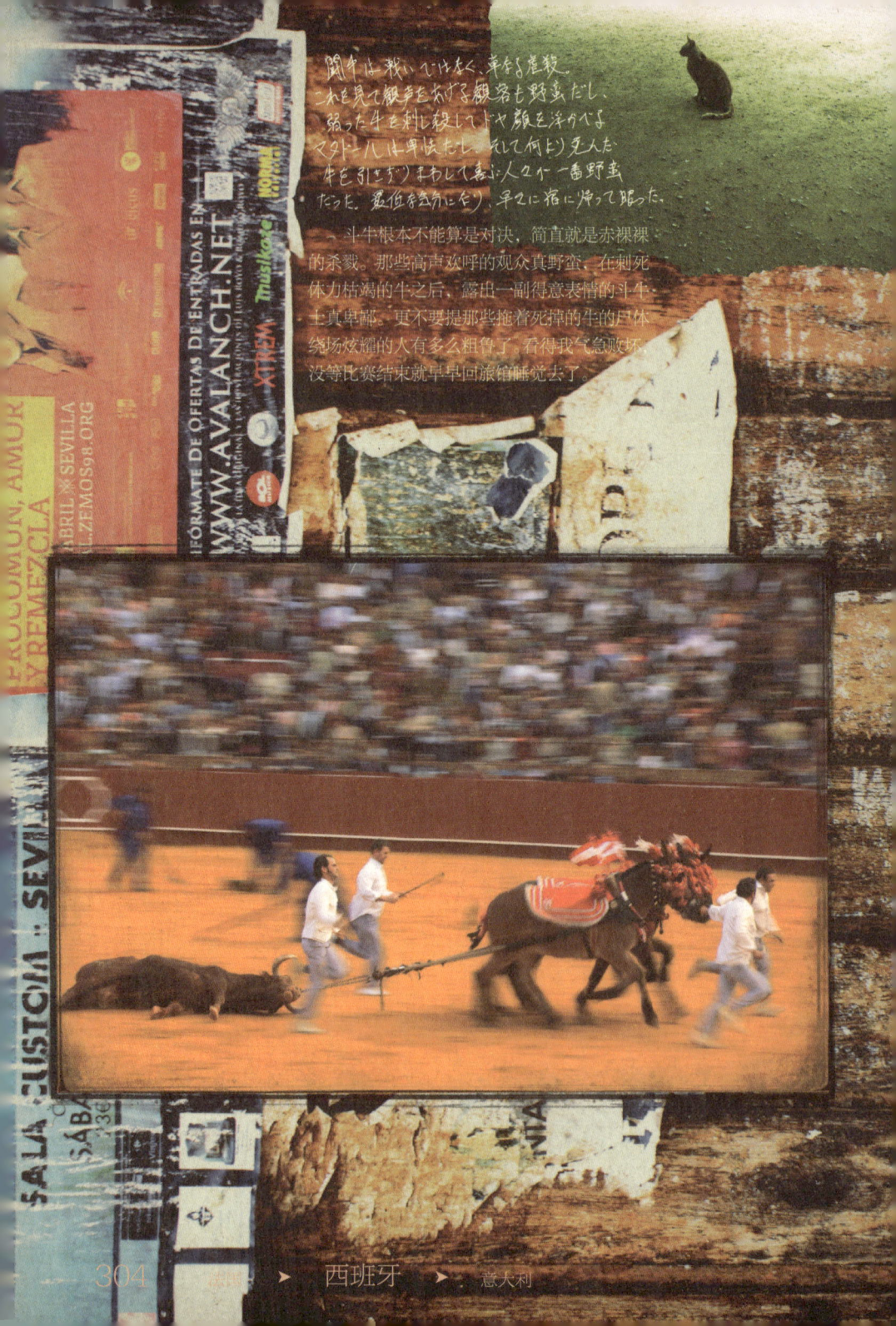

闘牛は戦いではなく、単なる虐殺。
これを見て歓声をあげる観客も野蛮だし、
弱った牛を刺し殺してドヤ顔を浮かべる
マタドールも早恢だし、そして何より、死んだ
牛を引きずり廻して喜ぶ人々が一番野蛮
だった。最後を見ずに、早々に宿に帰って眠った。

斗牛根本不能算是对决，简直就是赤裸裸
的杀戮。那些高声欢呼的观众真野蛮，在刺死
体力枯竭的牛之后，露出一副得意表情的斗牛
士真卑鄙。更不要提那些拖着死掉的牛的尸体
绕场炫耀的人有多么粗鲁了，看得我气急败坏
没等比赛结束就早早回旅馆睡觉去了。

▶ 西班牙 ▶ 意大利

Italy, Monaco, France, Spain…
旅が単調で、スムーズすぎる。
トラブルがない。苦労がない。退屈だ。
アフリカが恋しい。南米の空気が吸いたい。
私の周囲に彩りが感じられない。
息苦しい。
早くアジアに行きたい。

    意大利、摩纳哥、法国、西班牙……
    一路上太顺利了，反而有点无聊。没有任何障碍，没有任何挑战，没意思。想回非洲，想大口呼吸南美洲的空气。现在我的周围似乎没有任何色彩。快要窒息了。
    想早点去亚洲。

西班牙 ▶ **意大利** ▶ **摩纳哥** ▶ 冰岛   305

306　欧洲

法国 ▶ 西班牙 ▶ 冰岛   307

小小的幸福

从东欧的某个小镇搭乘的火车驶进了车站,车内响起了到站的广播。出了站台,一下子全身都被温暖的空气包裹着,布拉格已经进入春天。

明亮的阳光洒遍布拉格的每个角落,路边的花倾尽全力地炫耀着自身的灿烂,春天的光景令人心旷神怡。虽然布拉格平和的氛围让人感到放松,但我一个孤独的背包客怎么也无法融入观光者的喧闹之中,反而更觉落寞。我决定不在布拉格久留。

坐着巴士来到郊区,搭上电车。我计划先到柏林再换乘列车前往波兰。

去柏林的火车全都是包厢座位,我找到自己的座位坐下。列车缓缓开出了车站,春天暖意洋洋的空气透过窗户流进车内。车上没有什么乘客。除了我几乎看不见什么人。大约过了半个小时后,上来一对母子。母亲年纪40岁左右,孩子四五岁,瘦瘦的,肤色苍白。男孩戴着眼镜,大大的蓝色眼珠在厚厚的镜片后面,不停地东张西望,感觉有点神经质。男孩异常的举止让我觉得他可能有某种先天性障碍。

车窗外的站台上,一位体形微胖的老人面带微笑,温柔地注视着两人离开。可能是男孩的奶奶吧。老人的脸上写满了爱意,就算不用语言去表达,从她的一举一动足以感受到温柔。男孩的脸上绽开笑容,不知道他有没有体会到老人对自己的疼爱呢。火车拉响了发车的汽笛,站台上老人的身影越来越小。

列车开起来后,母亲将孩子抱在怀里,用手轻抚着男孩的头。他们之间的爱是不需要语言的。两人之间无声的交流透露着母亲对孩子无尽的爱怜,如此纯粹而美好。男孩并没有特意做出回应母亲爱意的举动,而是一直在座位上东张西望。他就那么坐着,脸上时而浮现出意味深长的笑容,接过母亲画好递过来的画后,他开始玩了起来。

窗外雨不停地下着。沿途的河流被雨水注满,翻滚着浑浊的波浪。屹立在两岸的高崖一片葱郁,时不时可以看到隐匿在森林中的城堡的身影。车厢里的灯不知道是坏了还是没有打开,只有自然光从车窗照进来,给室内罩上一层薄薄的光晕,创造出静谧舒适的世界。

我的心里忽然涌现出一股无以言表的幸福之感。这种幸福感偶尔会在旅途中突然降临。也许这一路并没有过像现在这般强烈的感觉。在两年多的旅途中，相对于壮丽的风景和各地千差万别的生活方式而言，平淡无奇的日常景象更能使我感到幸福。

不知道怎么的，我突然很想和眼前这个男孩分享自己旅途的经历。乘着列车，前往未知的世界，或者再换乘汽车，可以到达任何地方。翻越高山，横渡大海，走过沙漠，沿江而下。前方生活着前所未见的人们，他们用陌生的语言交谈，延续着奇妙的传统。作为一位旅行者，我置身未知的世界，参与他们的生活，和他们共度短暂的时光。在那里，有着不同的价值观念，有幸福，也有危险。我一点一点累积着经验，一步一步走向前方。好想跟他讲讲自己的冒险记。

男孩仿佛察觉到了我的心思，抬起头看着我，就像过了这么久终于意识到有人和自己在一个车厢。他用蓝色的双眸直视着我的方向，而我却在他的双眼里看到了非洲和南美洲的孩子的身影。

很快列车就开进了现代化的柏林车站。一路上，我和母子两人之间没有过任何交谈。不过语言已经没有什么必要了。车厢中满溢着几乎令人晕厥的幸福气息。

母亲带着孩子下了车，消失在柏林的街道里。

我带着这小小的幸福的记忆，搭上了开往波兰的火车。

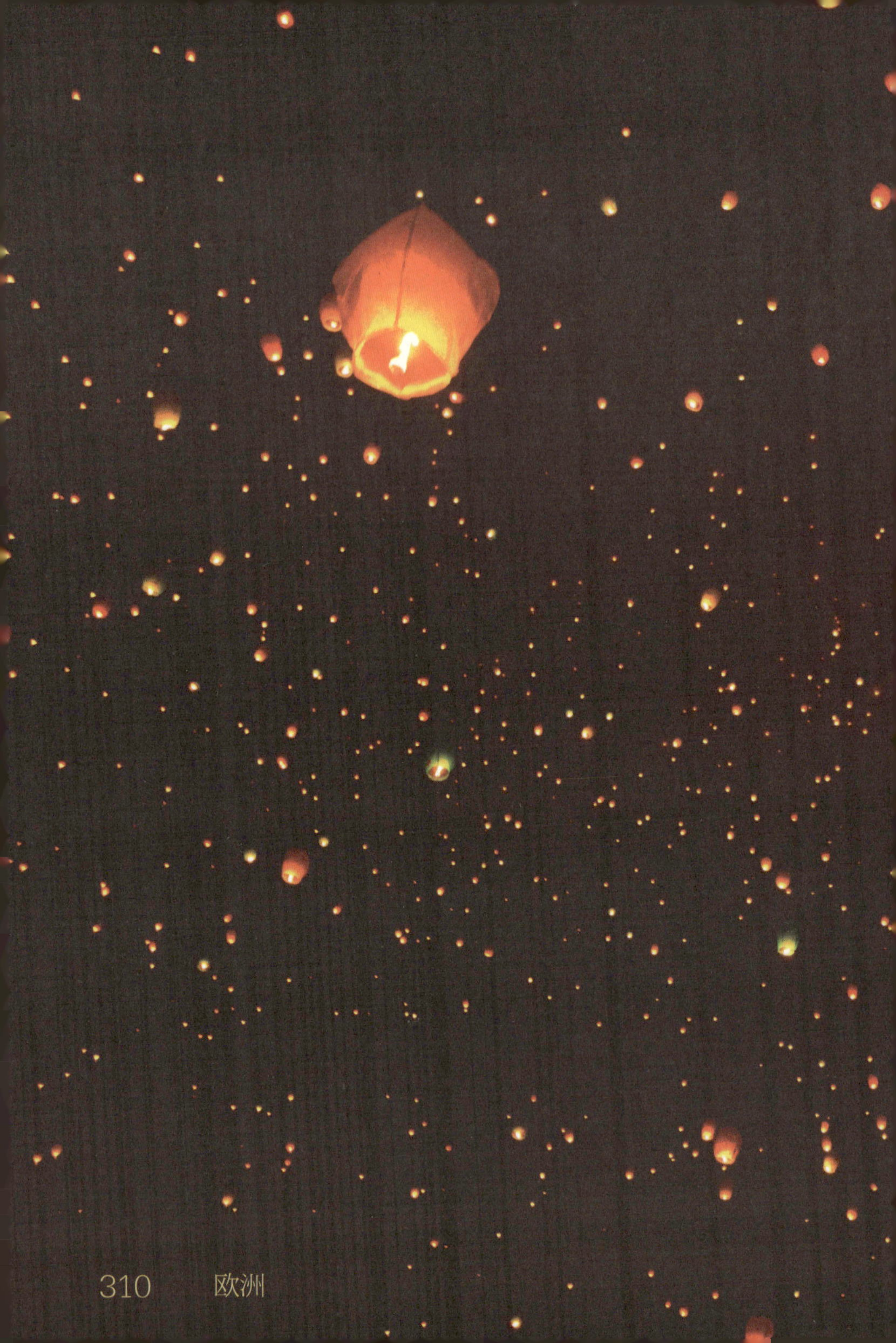

2012.06.21 @ poznan Poland.
夏至の夜. St John's Day festival

ランタンを手放すと、はじめは虫の群れかのようにしばらく水平に漂っていたが、やがて覚悟を決めたかのように夜空に吸いこまれていった。
夏至の夜に浮ぶ無数のランタンは、宇宙そのものだった。

2012.06.21 @ 波兹南（波兰）
夏至之夜。圣约翰日。
　　一松开手，灯笼在低空迷茫地游离了一会儿后，突然像下定决心似的快速升上夜空。
　　无数只灯笼的火光点亮了整个夜空，如同浩瀚的宇宙。

德国　▶　**波兰**　▶　芬兰　　311

@ Helsinki, Finland.
空が低い。人が遠い。
街も少ない。生活が感じられない。
すべてが力なく見える。旅情はどこへ。

@ 赫尔辛基（芬兰）
　　天空低沉，人烟稀少。
　　街道没有光亮，嗅不到生活的气息。
　　这里的一切都是那么暗淡。我的羁旅之感不知何时也消失无踪了。

明日は列車でロシアのサンクトペテルブルクへ。
ヘルシンキの街は数時間で充分かも。
気温一ケ低く、街白体も冷たい印象。

明天坐火车去俄罗斯的圣彼得堡。
我感觉在赫尔辛基待几小时足够了。
气温很低，街区气氛冷冷清清。

波兰 ▶ 芬兰 ▶ 俄罗斯

雨が強く降り、近くのカフェに入る。
薄暗い店内に暖かいコーヒーの香り。
窓側の席に座って外を眺め
Espressoを飲む。昼なのに外は青白く、
人々は傘をさして、コートの衿をたてて足早に
歩いている。ロシアの雨は文学的だ。

雨越来越大，我躲进附近的咖啡馆。
昏暗的室内漫溢着咖啡的香味。我选了一个靠窗的位置坐下，看着窗外，喝着浓缩咖啡。
虽是白天，外面的天空却十分苍白。
街上人们竖起大衣的领子，撑着伞脚步匆匆地赶着路。
俄罗斯的雨，带着文学的气质。

314　　欧洲

毎日、昼すぎる雨が降るので、室内中心に見て回る。ロシア正教の教会はいくつか訪れた。キリストの顔は地域によって違う。いつも物憂げな顔をしてるのは共通してる。笑ってるキリストではないのかな。

每天一过响午便下起雨来，我的游览只能以室内为重点。参观了几座东正教的教堂。在不同地区的教堂，耶稣的容貌也有差别，但共同之处是都面带悲伤。不知道会不会有微笑着的耶稣像呢。

芬兰 ▶ 俄罗斯 ▶ 匈牙利　315

浪击而不沉

"沉没"特指旅行者安居于一处不愿再启程。是一种丧失了继续旅行的动力的状态。例如：印度的（某家）旅馆待着太舒服了，我在那里沉没了一个月。

在旅途中我见到过形形色色的人。在背包客的世界，出门在外几个月的人是短途旅行，很多人一出去就是一年。两年到三年的话，这个人差不多就可以独当一面。骑自行车环游世界的话一般要花五年。我遇见的背包客里，有最长旅龄三十年的。随着接触越来越多的不同国家和地区的文化，越能发现自己以前相信的价值观、曾经怀抱的自尊心是多么的微不足道。长期旅行的背包客在日本的社会里通常被认为是怪人。

有一次，在疾驰的大巴里，有位乘客突然肚子疼。他无论如何哀求，司机都不肯停下车让他去上厕所（在南美和非洲，大多数大巴司机都一门心思猛踩油门朝着终点狂奔，只有当他自己肚子饿了或是想去厕所时才会停车），在腹部疼痛和内心愤怒的双重夹击之下，这位乘客干脆脱掉裤子把屁股伸出时速100千米的汽车的窗外，快速解决了内急。类似的情况我遇见了不止一次，有一次对方是在座位上用吃完薯片的塑料袋解决，然后顺手将袋子扔出了窗外。想想行驶在时速100千米的马路上，前方突然飞过来一袋大便，坐在后面车里的人一定吓死了。我自己也曾面临同样的境遇。不过我实在没有勇气做出他们那样的行为，只能咬牙苦忍。有几次身体到了极限，稍微漏了点出来。（在背包客之间，"泄漏"问题再平常不过了。以至于流传着一个原则：成年人的"泄漏"问题只要事不过三，就无可厚非。至于为什么事不过三，我就不得而知了。还好这个问题只在我身上发生了两次。万幸万幸。）

我遇见过一位走遍200多个国家的旅行者，每到一个地方他总是暴跳如雷，动不动就和别人发生口角（我在青旅附近遇见他的时候，可能是看附近的租车公司不爽吧，他拿起手中的奶昔用力向店门砸去，结果把警察招来了）。在哥伦比亚的时候，遇见了两个来寻求女人和毒品的人。就算是再小的村落，他们到了之后也一定会寻欢作乐一番（两人几乎每晚都沉浸在毒品和性的世界里，据说他们嫖娼最便宜的一晚只花了3美元）。在亚马孙雨林的秘境，我碰见了在当地闭门修行萨满巫术的男子（我遇见他的时候他已经在森林里独自修行了半年的时间）；还有70多岁的

俄罗斯 ▶ 匈牙利 ▶ 捷克

老奶奶背包客（已经有点老糊涂了，总是重复说着同一件事，每天早上享受地吃着发霉的面包）；一位还在读书的年轻背包客肛门发炎红肿，只能暂时抹唇膏来缓解（据说曼秀雷敦的唇膏抹上去后冰冰凉凉的，很舒服）；在布宜诺斯艾利斯的时候，我在旅馆遇见的住客奈特，半年没有交房费，直到某一天突然消失了踪影（后来才知道他被警察通缉，逃到了巴西）。我还听闻过一些真假难辨的背包客的故事。其中最有名的是"姐姐"的故事。传闻"姐姐"常在亚洲出没，别人煞有介事地告诫我路上要小心"姐姐"，听得我一头雾水（我最终也没遇见一位真的见过这位"姐姐"的旅人）。总而言之，这一路我遇到了太多在日本很难见到的特立独行之人。

然而，在长期的旅行过程中，不论你是刚踏上旅途的新人，还是经验丰富的旅行家，不论你有多么与众不同，只要是旅行之人，都很容易掉入"沉没"的陷阱。

我在南美洲、非洲和欧亚大陆旅行的时候，所到之处都能见到有人陷入沉没状态。住宿越舒适，人就越容易掉入陷阱。在世界各地都有被称为"日本人旅舍"的住处。很多日本来的旅人都会选择住在那里，不过"日本人旅舍"的老板并非一定是日本人。很多"日本人旅舍"都会提供当地旅行讯息的册子（上面写着诸如面向游客的体验课程和当地的热门景点等），这些地方也是旅人们互相交换信息的场所。

说实话，长期在陌生的土地旅行真的很艰苦。当我在旅行中有所感触时，身旁并没有人可以分享，而且不管走到哪里都被当作外人。长期这样的话，就会越来越不明白自己是谁，自己究竟在做什么。长时间的旅程对身体也是很大的负荷。在身心的双重压力之下，很多人会选择住在环境舒适的"日本人旅舍"，当作自己旅行中的"绿洲"，因此很容易就沉溺其中不可自拔。在我看来，这是另一种意义上的"旅行宅"。因为没有勇气去承受旅途中激烈风浪的拍打，逃避到安全的室内和网络的虚拟世界。

我尽量让自己不陷入沉没状态。在将近三年的旅途中，我很少在同一个地方停留一周以上。在我看来，要防止自己沉没，最好的方法是保持在同一个地方停留不超过三天。

我待过时间最长的地方是匈牙利的布达佩斯。当时我身心俱疲，欧亚大陆的旅途才刚刚开始。我从西欧出发，一路走走停停来到东欧。虽然最开始的时候，西欧的文明很吸引我，可后来渐渐变得无趣，我丝毫不能体会到旅行的快乐。正当我感到百无聊赖的时候，我走进了一家叫Andante的青年旅舍。

原本计划只住短暂的几晚上，每天嘴边挂着"明天就走"的话，到最后磨磨蹭蹭地在那里待了十天。甚至在离开了一个月之后，又回来住了三晚上。虽然通常意义上的沉没状态是指在同一个地方待一个月以上，但对一直不停从一个地方移动到另一个地方的我来说，在Andante停留期间，自己毫无疑问是完完全全陷入了沉没状态。

当时我每天哪里也不去，只是出门买菜回来做日本食物，然后和旅舍的其他客人分享。困了就睡觉，或是在城里漫无目的地闲逛，去咖啡馆，泡温泉。晚上和其他背包客聊天。在Andante我见到了很多有意思的人，有职业赌徒，有来匈牙利修行的棋手，芭蕾舞者，画家，住在布达佩斯的寿司师傅。每个人都个性鲜明，在交谈的过程中会渐渐接触到他们各自的人生观、价值观。在那里停留的时候，他们带给我的刺激远远大于任何陌生的场所。

在Andante休息了足够久之后，我的腰痛终于有所缓解，是时候再次启程了。还有一个关键的原因是，夏天的脚步越来越近，气温日渐升高。我必须抓紧时间到达欧亚大陆东部，赶在寒冬降临之前进入中亚。在冬天，中亚大部分地区的气温都低于零下二十摄氏度，根本无法继续旅行。在中亚之前，我还有东欧、高加索山脉地区和西亚没有去。已经没有时间磨蹭了。

离开Andante的早上，我拍了一张纪念照。现在仔细回想起来，一路上我基本没有留下任何纪念照片。也许我的潜意识里感觉到了在布达佩斯停留的时光是如此弥足珍贵，才会忽然想要拍下这最后的一刻吧。

背起很久没挎上的背包，双肩顿时感到异常沉重。火车准时开出了布达佩斯东站。我打起了盹，再睁开眼时，窗外已是慵懒的夏日风景。金黄的油菜花田、紫色的薰衣草花海一望无际，随着列车的前行，不知不觉又变为了长满金色向日葵的田野。

向日葵的花朵面朝着东边天空中的太阳，绽放着自身蓬勃的生命力。

我的脑海中突然闪现出一句话：

浪击而不沉。

这句话曾经刻在巴黎的市徽上[1]。许多热爱旅行的日本文学家常常将其引为己用。不过，不知我要漂泊到何时才能靠岸。突然之间，难以名状的孤独堵住了心口，但我装作若无其事，独自向东前行。

---

[1] 巴黎市徽上有帆船图案，并配有拉丁文格言 Fluctuat nec mergitur（浪击而不沉）。

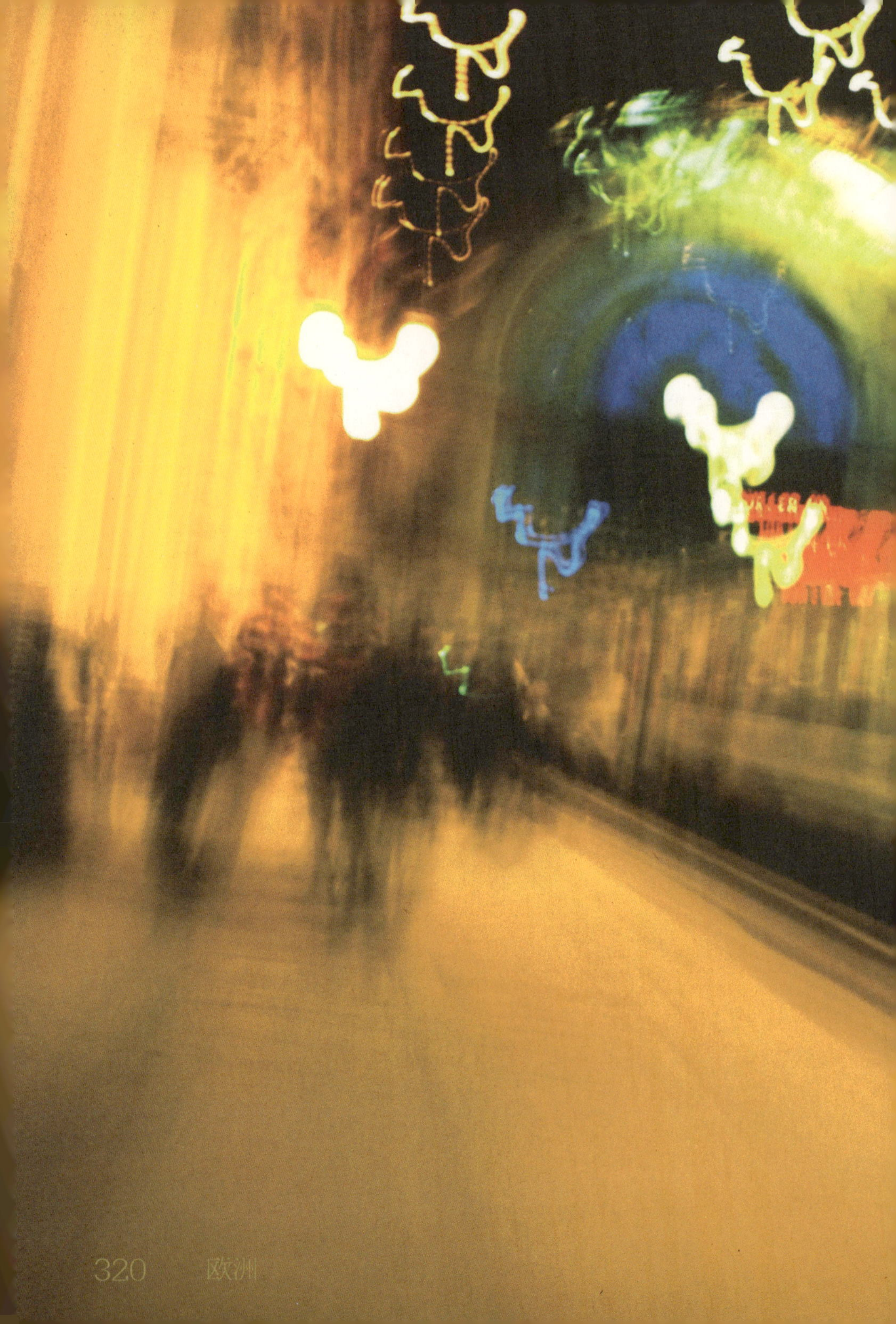

俄罗斯 ▶ 匈牙利 ▶ 捷克

午前中、チェスキークロムロフの街を歩く。超観光地、無数に群れる観光客。30分で飽きたので、川辺で昼寝。午後、バスでプラハに移動。退屈なので部屋にこもってinternet三昧。free wifiは旅人をダメ人にする。

上午，在捷克的克鲁姆洛夫闲逛。

超级旅游城市。到处都是成群结队的游客。待了30分钟后实在逛腻了，到河边去睡了个午觉。

下午要坐大巴去布拉格。

没有事情可以做，只能回到旅馆上网。免费Wi-Fi把我变成了废人。

322　匈牙利 ▶ 捷克 ▶ 斯洛伐克

Zagreb → Ljubliana, Slovenia
By train. 82-0. 2.5hrs
到着後、宿に荷物を置いてブレッド湖へ。
猛烈な雨の5. 猛烈な晴れ。
明日は汽車でザルツブルグへ。

萨格勒布（克罗地亚）▶卢布尔雅那（斯洛文尼亚）
　乘火车，82 欧元，2.5 小时。
　到了目的地，把行李放在旅馆后，前往布莱德湖。
　骤雨过后，天空瞬间放晴。
　明天坐火车去萨尔茨堡。

捷克 ▶ 斯洛伐克 ▶ 斯洛文尼亚 ▶ 奥地利

Georg Faber
gest. 15. 5. 1946.
1871.
Eva Schöfbänger
1868
1875
Juliana Höplinger.
1879

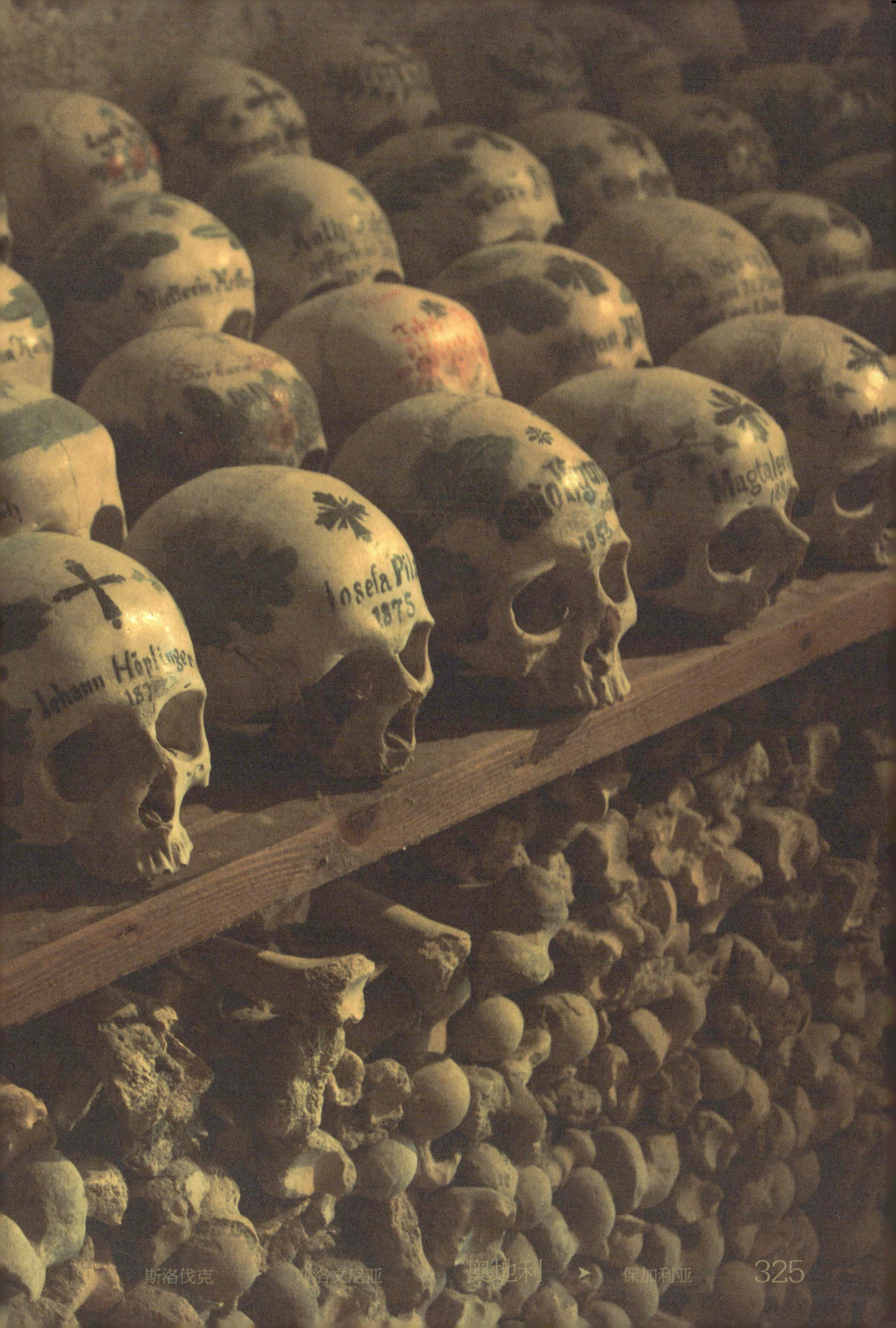
Iosefa Pil
1875
Iohann Höplinger

奥地利 ▶ 保加利亚 ▶ 罗马尼亚

保加利亚 ▶ 罗马尼亚 ▶ 克罗地亚

Saraebo から クロアチア の首都 Zagreb へ。
8.5 hs. 54クローナ.
トラムに乗って Hostel へ.
(1泊ドミ. 8ユーロ. Wifi有り).

从萨拉热窝到克罗地亚的首都萨格勒布。
8.5 小时，54 克罗地亚库纳。
搭有轨电车去往今天住的旅馆。
床位一晚 8 欧元，有 Wi-Fi。

宿探しで苦労しているとだみ声のおばちゃん
が、「あんた、どこに泊まる人だい？」と尋ねて
来た。怪しみながらもついて行くと、旧市街
の奥に超快適な宿が。一泊10ユーロ。
Lucy's Guest House @ Dubrovnik
おすすめ！！

当我正愁找不到旅馆的时候，一位阿姨朝我走了过来，用沙哑的声音问我："你在找旅馆吗？"我半信半疑地跟随她的脚步，来到了老城区的一家超级舒适的旅馆。一晚10欧元。
Lucy's Guest House@ 杜布罗夫尼克
推荐！

罗马尼亚 ▶ 克罗地亚 ▶ 波斯尼亚和黑塞哥维那

Don't Forget '93

  大巴在超过预定发车时间45分钟后,终于从克罗地亚的杜布罗夫尼克出发了。车出了老城区后,沿着入海口前行,一路深入内陆。窗外,海湾里的水从亚得里亚海透明的浅蓝色逐渐过渡到沉郁的深蓝色,最终流入苍翠连绵的山丘。时不时可以从绿色斑驳的山间,看到星星点点的红色屋顶,荡漾着生活的气息。

  道路蜿蜒曲折,每一道弯的背后都是焕然一新的风景,怎么也看不够。在一路的颠簸之中,我迷迷糊糊地睡着了。也许是因为太累了,也许是因为亚得里亚海域的气候太舒服了,我特别困。离开克罗地亚之前,大巴途经了好几个检查点。每一次我都被叫醒,头脑昏昏沉沉地递上自己的护照。等我回过神来,大巴正在波斯尼亚和黑塞哥维那的森林中驰骋。

  波黑内陆美得令人惊叹。巴士沿着山丘之间的河流行驶,古老的民宅在树丛深处若隐若现。这里的建筑依然保留有社会主义时期的余韵,人们的穿着打扮朴实随意,带着过去农村劳动者的气质。

  大巴很快抵达了莫斯塔尔。刚才过边境的时候我意识模模糊糊,以至于走下车的瞬间,我竟然开始担心起来自己究竟有没有出境。翻出护照打开一看,到处都找不到过境时盖的章。克罗地亚和波黑都曾是前南斯拉夫社会主义联邦共和国的成员国,没准过境时并不需要盖章?万一在出境的时候遇到麻烦,只有乖乖接受罚款和赔礼道歉了,我这么说服自己。走到大街上,我开始寻找今晚的落脚之处。

  我住在了SOBE——一种老民房改成的民宿。一晚上5~8欧元,这个价位对于没什么钱的背包客来说非常友好。我跟着一位和我搭话的婆婆,走进了社会主义国家特有的外形千篇一律、看起来略显落寞的公寓楼。看完这间房再去找别处实在是太麻烦了,我决定索性就住在这里。这家人的客房虽然很简单,但打扫得很干净,住着应该不错。从室内细节可以看到他们生活的痕迹。房间的墙上贴着许多照片,其中一张肖像里的人穿着军服,看来应该是上校。可能是他们的家人吧。不知道现在是否健在,还是在内战[1]中献出了自己的生命。因为语言不通,我没办法追问照片的详情。

---

1 指南斯拉夫内战,1991年至2000年间,因南斯拉夫社会主义联邦共和国的解体而引发的一系列战争,包括1991年的斯洛文尼亚十日战争(又称斯洛文尼亚独立战争)、1991年至1995年的克罗地亚战争、1992年至1995年的波黑战争、1999年的科索沃战争等。南斯拉夫内战通常被认为是欧洲自第二次世界大战以来最为惨烈的战争。

在民宿做短暂的休息后，我出门去了市区。莫斯塔尔的象征性建筑——莫斯塔尔古桥比想象中的要小，不过外观依然优美。在战争期间这座桥曾被摧毁，现在的应该是重建的。桥周围是老城区鳞次栉比的石头建筑。面积不大的老城区里几乎都是卖纪念品的店铺和餐馆，出了这个区域，就是清一色的社会主义特色的街景。我站在桥上，下方河流里流淌着深绿色的河水，有几个人在岸边钓鱼。这是多么安宁的光景。过去在河流的东西两岸分别生活着穆斯林和基督徒，古桥作为纽带维系着两岸的关系。可是之后内战爆发，桥也因为两岸矛盾的不断激化被炸毁了。

在附近闲逛的时候，我看见了好几块刻有"Don't Forget'93（不要忘记1993年）"的石碑。在街角、在桥的周围，在这里逗留的短短一小时内，我就看到了超过10块这样的石碑。这似乎是为了纪念1993年的莫斯塔尔围城战[1]，那是南斯拉夫内战期间最激烈、死伤最惨重的一役。

莫斯塔尔城的空气黏稠而深沉，建筑外观粗糙，和整体环境相比总让人感觉有点不协调，不过依然可以感受到生活的气息。这里的新旧建筑一眼就可以分辨出来。过去的建筑大多成了废墟，周围围着栅栏，很多都禁止进入。大部分废墟的墙上都能看到子弹的痕迹，它们跳入我的眼中，仿佛能够嗅到过去战争的硝烟。这些老旧的建筑自内战时期起就成了无人之地，它们寂寥的模样令我痛心。这天从早上一直乌云密布，后来又下起了小雨，冷雨之中的房子看起来更阴沉了。

南斯拉夫内战距今不过二十年的时间。年纪超过25岁的人应该还记得当时的情景。不管是在咖啡馆喝着咖啡的人，在河岸钓鱼的人，还是在冷清的店铺里无所事事的店主，应该都埋藏着当时的记忆。可现在谁都不再言语。对过去无从知晓的，只有现在的年轻人和像我这样的游客。这么想下去，突然感觉周围街道的景色发生了变化，令人坐立不安。生活在这里的人们每天走在被子弹刮得伤痕累累的街道上，会是什么样的心境呢？

途中我路过了一片墓地。墓地里密密麻麻地立着一排排墓碑，不知道这里埋葬的人是基督徒还是穆斯林。仔细一看，才发现这片墓地里埋的人大部分都死于1992年至1993年期间。空气中弥漫着悲壮的情绪，属于过去的人们悄无声息地沉睡在蒙蒙细雨之中。在色彩暗淡的环境的衬托下，插在墓碑前的花束灿烂到刺眼。那些花朵仿佛也沾染了悲伤，散发出淡淡的血腥味。我想要转身离开，可怎么也无法把视线从这么多的墓碑上移开。沉重的心情如一块大石挡住了我的前路，让我动弹不得。

---

[1] 指1993年6月至1994年4月第二阶段的莫斯塔尔围城战（第一阶段为1992年4月至6月），该战役是波黑战争的一部分，此役导致当地约2000人死亡，6000人受伤，莫斯塔尔古桥亦毁于战火。

332 欧洲

日落之际，我再次站在桥上俯视下方的河流。河水一如既往地奔流涌动。想必内战期间也是如此。自太古至今，河川源源不息地流淌，而在它的两岸，人世流转，有过喜悦和悲伤，经历了战争与和平。河流见证着一切，沉默不语。

　　河岸边屹立着几座清真寺，寺里传来周末祷告的钟声，回荡在山间。这声音清脆而沉稳，不同于我在中东的熙攘市区里所听到的钟声。与此同时，对岸的教堂里也响起了钟声。

　　伴随着两岸此起彼伏的钟声，我在莫斯塔尔的一天接近了尾声。

DON'T FORGET '93

黑山　　阿尔巴尼亚

333

Dr. Adem Ademi
HAJRIZ BORINCA
17.10.1960Jashanic
Hysni Krasniqi
18.07.1977 Klinë
KEMAJL (FETAH) KOCA
28.04.1978 - 15.04.1999
HALIM KELMENDI
BLERIM MEHMETI
Dritor Abit Smakolli
Isa Gashi

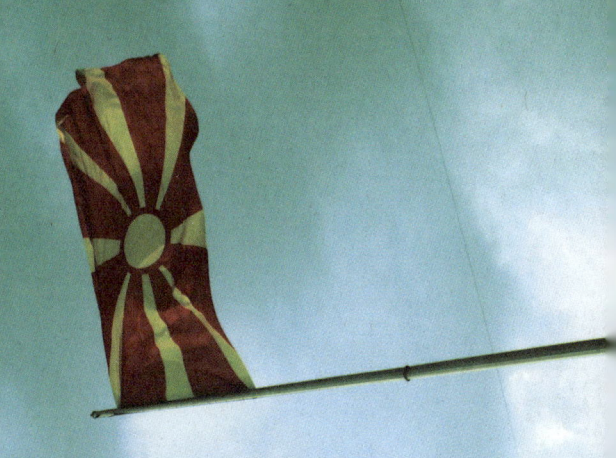

	1.5小时	5欧元
Bdova	1.5h	52セ
布德瓦	→	Wilteini 乌尔齐尼

Shokoda → Tiara
斯库台 1h / 1小时 32-口 shore taxi 3欧元拼出租车
         2人 / 2小时 地拉那

アルバニア到着!
到达阿尔巴尼亚!

Prishtina ユンボ到着!
普里什蒂纳 到达科索沃地区!

Bill Clinton 通り近くの Hostel へ。
マンションの一室といった感じ。一泊 6ユーロ。
部屋からは、マザーテレサ広場が見渡せる。

前往比尔·克林顿大道附近的旅馆。房间像是公寓房间。一晚6欧元。从我住的房间可以望见整个特蕾莎修女广场。

黑山 ▶ 阿尔巴尼亚 ▶ 塞尔维亚 ▶ 北马其顿   335

欧洲

@ktaisi, Georgia

スリコの宿. 一泊二食付. 30ラリ
　　　※ ワイン飲み放題
6, Tbilis St.3rd Ln. (ちょと わかりにくい 場所にある).

スリコ → 超酒豪 一晩中飲んでる
メディコ → 優しい. 料理がおいしい.

@库塔伊西[1]（格鲁吉亚）
　　住在苏索克开的旅馆，一晚加两餐，
30 格鲁吉亚拉里。*葡萄酒随便喝。
　　6,Tbilisi St.3rd,ln.（地方不好找）
　　苏索克：超级酒鬼，酒不离身。
　　梅迪科：很会照顾人，做饭很好吃。

1　格鲁吉亚西部历史名城。

338　希腊　▶　**格鲁吉亚**　▶　亚美尼亚

Tbilisi ⟶ Elevan, Armenia.   5時間
国境で Visa代を払うとき、財布がないことに気がついた。
Bus Terminal に向かう時に乗ったTaxi に忘れてきたのかも。
   US$15, 30トルコリラ, 30グルジアラリ
ついでに先日再発行したばかりのキャッシュカードを紛失.

(宿) Lida の家
          一泊 1000ドラム. 中央駅に wifi有).
(Dinner) 駅前の食堂で ザリガニを食べる. 500g ≒1500ドラム

第比利斯 ▶ 埃里温（亚美尼亚）车程 5 小时。

  在边境交签证费时，才发现钱包不见了。可能落在了去巴士总站的出租车里。里面有 15 美元，30 土耳其里拉，30 格鲁吉亚拉里。还有不久前才补办的储蓄卡。

  住宿：丽达的家。一晚 1000 德拉姆。在中央车站有 Wi-Fi。

  晚餐：车站附近饭馆的小龙虾。500 克，1500 德拉姆。

格鲁吉亚 ▶ 亚美尼亚 ▶ 土耳其　　339

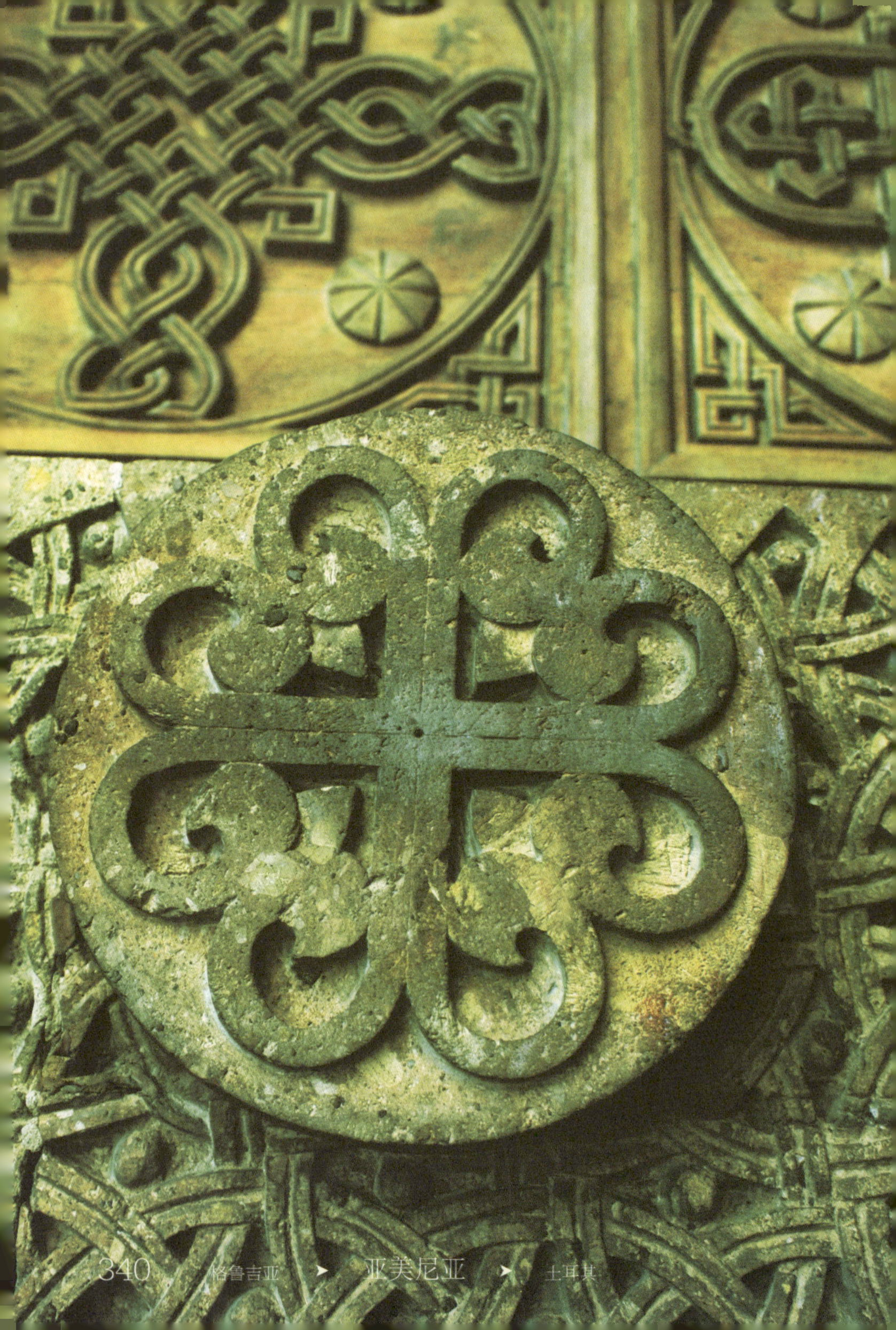

亚美尼亚 ▶ 土耳其 ▶ 印度

亚洲

土耳其 ▶ 印度

344　亚洲

Bulgaria の Sofia から夜行バスで
　　Istanbul 到着.
アジアの香りがする.
　喧噪、空気感、表情.
日本を出発してから2年半.
ようやくアジアに帰って来た.
　㊟ Tree of Life　ドミ一泊 7ユーロ
　　　Bayaci Ahmet Sok. N3
　南京虫！！ Cemberlitas, Istanbul.

在保加利亚首都索非亚坐上夜行巴士，到达伊斯坦布尔。
在这里能够闻到亚洲的气味。
亚洲特有的喧闹，亚洲的空气，亚洲的面孔。
离开日本两年半后，终于回到了亚洲。
住宿： Tree of Life。床位一晚 7 欧元。
　　　Bayaci Ahmet Sk. N3. Cemberlitas, Istanbul.
有臭虫！！

亚美尼亚　▶　土耳其　▶　印度　　345

亚洲

土耳其 ▶ 印度 ▶ 尼泊尔

インドに到着。
初めて訪れた時の強烈な印象は、
ダッカを長く旅した───ことで
とても快適に見える。すべてが新しく
艶やか。
New Delhi からVaranasi へ列車移動。14時間
売れる車窓に風国風景、菜の花畑。
インドの鉄道の旅はいい。
窓から入りこむ風は春のかおりがして心地よい。
ねむる顔にあたってしまい、真っ黒になって到着した。

到达印度。

　　当初第一次来印度的时候十分震惊。但是在经历了长时间的非洲旅行后,对现在的我来说,印度的环境真的太舒服了。舒适又安稳。

　　坐火车从新德里到瓦拉纳西。14小时的车程。窗外一路的田园风光,田里开满了油菜花。

　　在印度一定要坐火车。

　　风带着春天的清新从窗户吹进来。不知不觉间我睡着了,睁开眼时已经到达目的地。

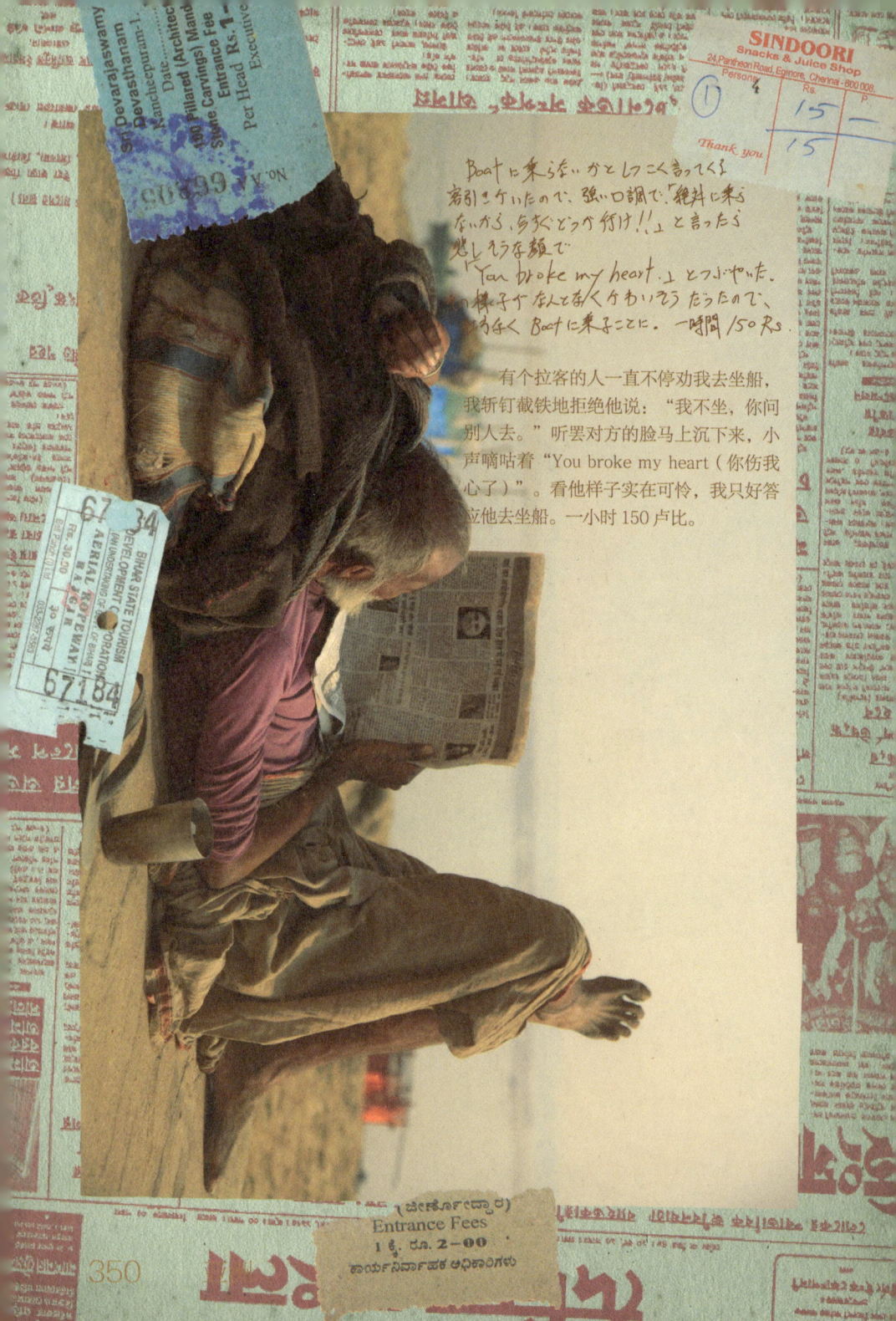

Boatに乗らないかとしつこく言ってくる
客引きがいたので、強い口調で「絶対に乗ら
ないから、今すぐどっか行け!!」と言ったら
悲しそうな顔で
「You broke my heart.」とつぶやいた。
の様子がなんだかくすわいそうだったので、
仕方なくBoatに乗ることに。 一時間 150 Rs

有个拉客的人一直不停劝我去坐船，
我斩钉截铁地拒绝他说："我不坐，你问
别人去。"听罢对方的脸马上沉下来，小
声嘀咕着"You broke my heart（你伤我
心了）"。看他样子实在可怜，我只好答
应他去坐船。一小时150卢比。

红衣旅人

已经记不清这是第几次来瓦拉纳西[1]了。在这次长途旅行之前,我在20多岁的时候已经来过这里好几次了。奔流不息的恒河之水,每一滴都注入了人们的祈祷,其中有生亦有死,有形亦无形,流淌着轮回和转世,承载着纷纭的意念和肉体,永无止境地流淌。来到此地的旅人,眼观前方浑浊的河水,耳闻流水之声,身心迎来短暂的休憩,陷入冥想。

不过有的时候,河面漂来的刺鼻气味会突然将人拉回现实。那种令人熟悉又激起人本能厌恶的气味,浓厚黏稠,强大到足以直达肉体和心灵的深处。那是人的肉身烧焦的味道,也是灵魂的气息。每天早晨在恒河边都会举行死亡的仪式。来这里旅游的人闻到死亡的味道,会被它强行推到先于死亡的生之面前,直面生之存在。这味道提醒着遭遇它的人们,总有一天,自己也会发出同样的气味,在这里,生和死的边界越发模糊暧昧。我忽而回过神来,才意识到自己已被街上拉客的人所包围。他们招呼着:要不要坐船呀,抽不抽叶子呀?真正的神圣和世俗共存。然而,这不就是我们所处的世界吗?一瞬间,恒河的河水冲走了我心中的郁结,我自由了。

瓦拉纳西的魔力太不可思议。

每当我看到恒河的时候,都不由自主地会想到那位红衣旅人。

我是在几年前遇见他的。那一天傍晚,我在吵嚷的新德里站坐上夜班火车后,疲惫得倒头呼呼大睡。第二天早上醒来,列车正经过开满芥黄色花朵的田园。我望着窗外的景色,忽然注意到一位穿着红色衣服的日本旅客和我坐在同一个车厢。他兴致勃勃地和车厢里的印度人说着话。可是面对这位满脸兴奋的背包客,其他人反应冷冷的,好像并没有在认真听他讲话。也许他是第一次出国旅行,又或者是第一次来印度,才会那么激动吧。过了一会儿,他看到了我,向我走过来。他问我要去哪里,我回答道:瓦拉纳西。他说他正好也要去那里。

"去瓦拉纳西是我一直以来的梦想,现在我就要梦想成真了。太开心了。"

看着他按捺不住的激动神情,我不禁开始担心起来。在他的内心,瓦拉纳西被

---

[1] 古称婆罗痆斯、波罗奈,是印度北方邦城市,位于恒河河畔,是印度教的一座圣城。一般认为瓦拉纳西在史前时代已有人居住,是世界上少有的从史前时代到现代持续有人居住的城市之一。

勾画成纯洁的希望之地。可去过那里的我知道,某种程度上现实和梦想大相径庭。那里是浓缩着纯洁与肮脏的两极世界。生活赤裸的面目,生死和善恶的两极,都以其最纯粹的姿态不加任何矫饰地呈现在那里。可眼前的这位背包客似乎只看到了光明的一面。我留意到他手上戴着醒目的银戒指,塞在裤子后袋的钱包还露出了半截。

  火车比预计时间晚点两小时抵达了瓦拉纳西车站。我实在看不下去这位旅客的粗心大意,提醒他"钱包最好放在包里",然后和他告别离开,朝着恒河走去。我在一个河坛[1]附近的廉价旅馆找到了空余的床位。我刚把行李放下没过多久,在火车上遇见的那位穿着红色衣服的背包客就走了进来。他碰巧也入住了这家旅馆。他刚把行李放下,就转身说要去恒河边上看看,好像20小时的超长旅途对他来说一点也不累。他看起来比刚才在车里还要激动。现在回想起来,我仍后悔当时没有提醒他一下。如果我当时顺口叮嘱他一句"注意安全"该多好。可我这个身高一米八的大个子硬是没有勇气将那已经提到嗓子眼儿的四个字说出口。当时我在心里安慰自己,应该没事,就算他真的碰上了坏事,也不失为一个经验教训,让他以后能够更谨慎。

  那时在印度的廉价旅馆经常能看见寻人启事。失踪旅人的家属会来到这里,辗转在各个背包客聚集的旅馆,挨个张贴寻人启事。这里面有人来自欧美国家,也有很多人来自日本。那些寻人启事的字里行间都流露着家人的思念和焦急。我每次看见这样的告示,总会提醒自己一定要多加小心。

  那天,我在恒河边逛了一会儿后,日落时分返回了旅馆。晚上10点左右,各个床位的背包客都已经回来,每个人各自做着自己的事情。可唯独不见那位穿红色衣

---

[1] 恒河畔连接河岸和河面的台阶区域,是印度教教徒沐浴和举行葬礼的场所。

服的人。11点，12点，还是不见他的身影。我等着等着，进入了梦乡。第二天早上醒来时，依旧没有他回来过的迹象。

我向同室的其他人打听。有人说昨天傍晚在河边看见他和印度人在一起，还听说他之后要和那位印度人一起去船上的聚会。我听到这句话的时候，猛地想责怪对方当时为什么没有制止他们。可是我也好不到哪里去，昨天在他出门前也没能提醒他多加小心。船上根本没有什么聚会，不过是那个印度人想要把他引诱到没人的地方的幌子。恐怕缺乏警觉的他根本没有意识到，深夜独自和刚刚认识的陌生人坐上简陋的船筏，前往停泊在河中央的大船，这件事有多么危险。可能他以为自己真的受到了邀请。能去参加当地人的聚会，他没准还很高兴吧。

第二个晚上，警察来到了旅馆。在接受警察的询问时，我尽可能地提供给他们自己所知道的消息。不过感觉警察来只不过是因为接到了旅馆的报案而例行公事罢了，并没有继续追查下去的样子。这样的案子应该每天都有很多。第三天的时候，旅馆的人把这位红衣旅人的行李都清理了，好像他从来没有存在过。而他还未来得及躺下的床铺，依旧在那里，空荡荡的，笼罩着莫名的伤感。

这次长途旅行中，我再次来到瓦拉纳西。每天看到恒河，我都会想起当时的那位背包客。不知为何，我好像看到他在河底迷惘着找不到出口。

恒河一如既往地流淌。总有一天，我也会被吞噬进这条永恒的河流之中。它见证众生，知晓万物，拥抱一切，永不止息。

我们，只不过是冥冥之中的一滴水花。

亚洲

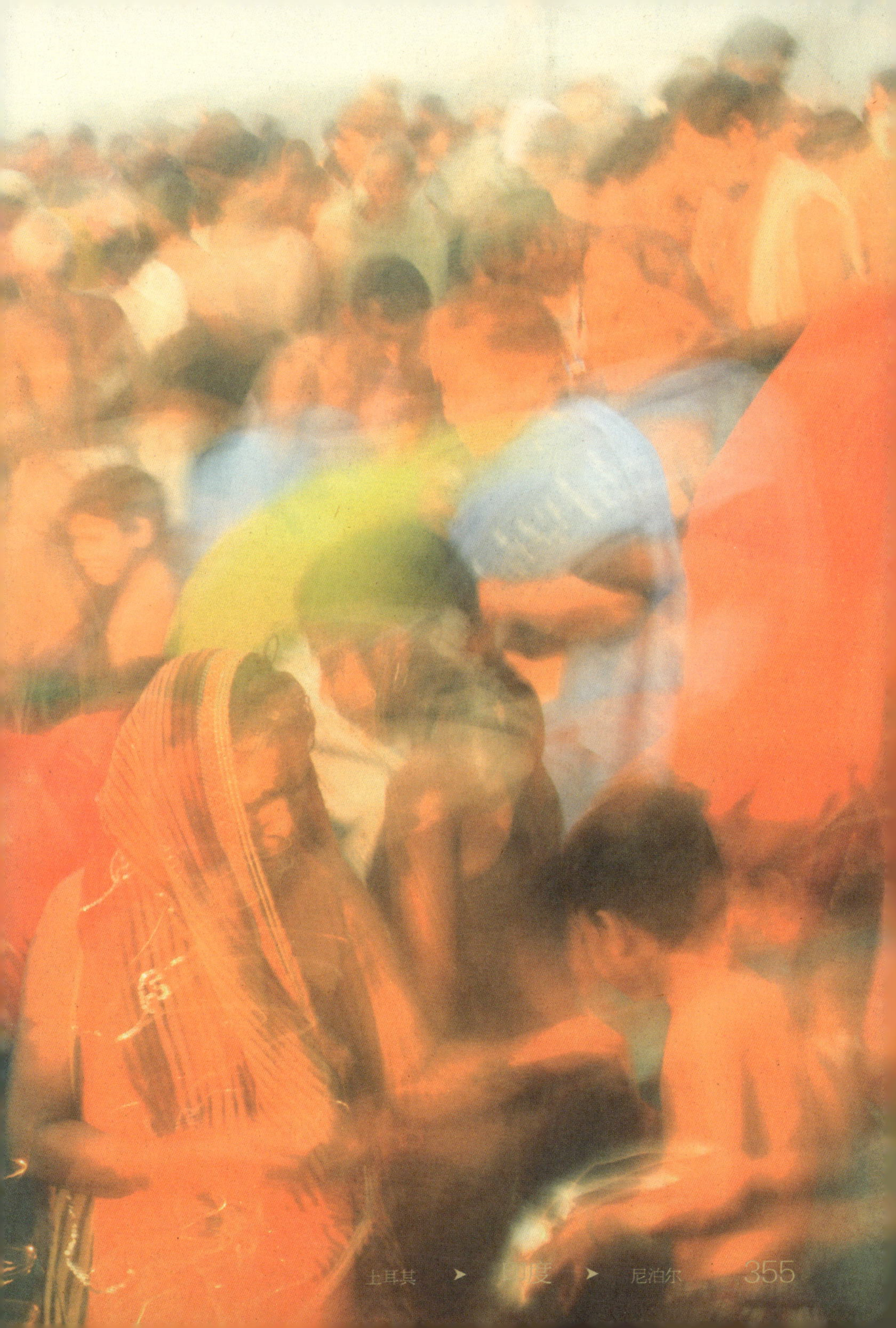

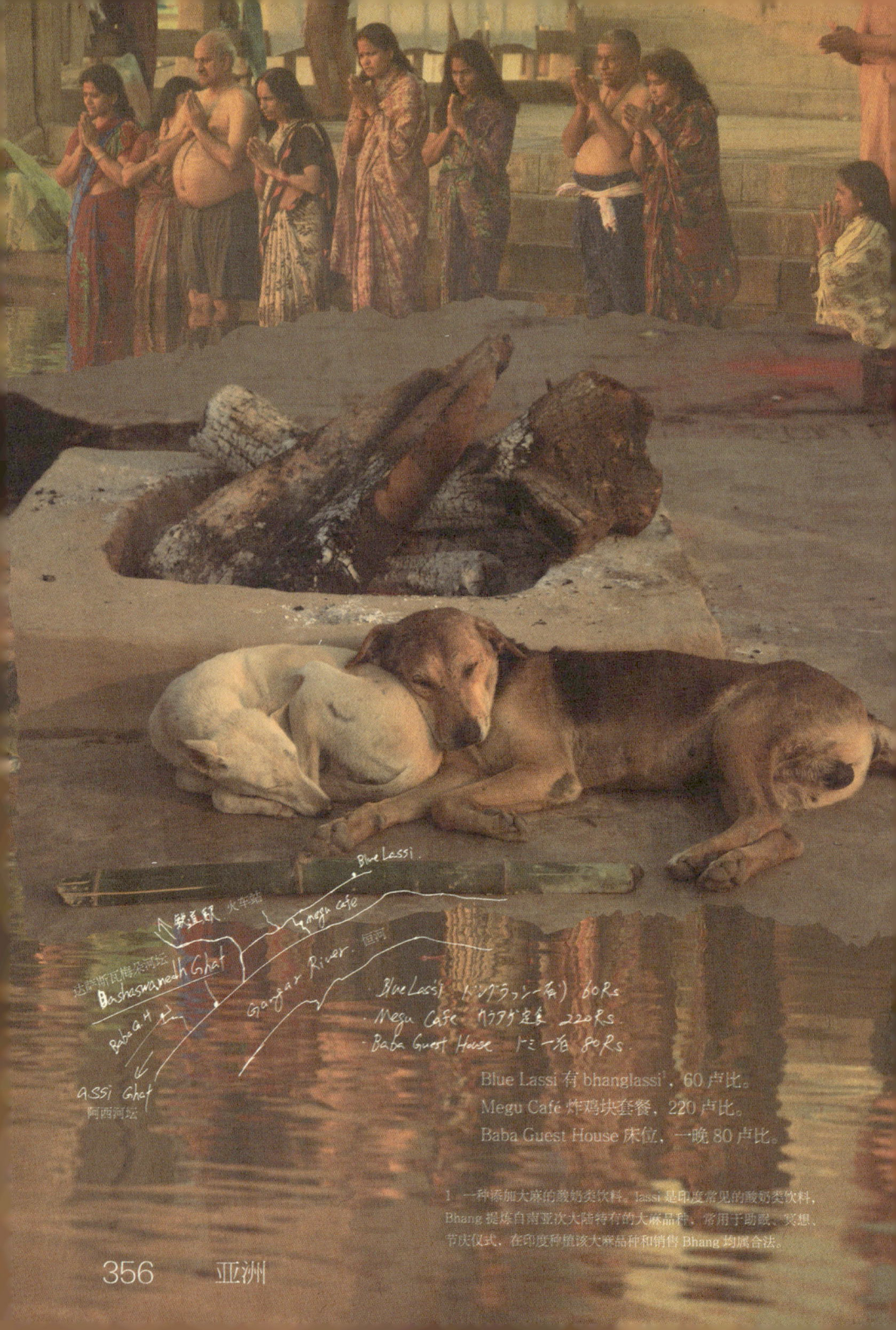

Blue Lassi
鐵道駅 火车站
Megu cafe
达萨斯瓦梅朵河坛
Bashswamedh Ghat
Baba G.H
Gangar River 恒河
Assi Ghat
阿西河坛

Blue Lassi バングラッシー有 60Rs
Megu Cafe カラアゲ定食 220Rs.
Baba Guest House ドミ一泊 80Rs.

Blue Lassi 有'bhanglassi¹, 60 卢比。
Megu Cafe 炸鸡块套餐, 220 卢比。
Baba Guest House 床位, 一晚 80 卢比。

1 一种添加大麻的酸奶类饮料。lassi 是印度常见的酸奶类饮料。Bhang 提炼自南亚次大陆特有的大麻品种, 常用于助兴、冥想、节庆仪式。在印度种植该大麻品种和销售 Bhang 均属合法。

356   亚洲

土耳其

阿兰波的仙人

我是在一个大晴天的午后，遇见那个男人的。

那天早上我租了一辆摩托车，骑车环游果阿邦的海滩。果阿的海滩各有各的特点：在卡兰古特海滩，当地人多到令人窒息（简直就像印度满员电车的沙滩版）；在可可海滩，灰色的沙滩上散落着很多白色颗粒，仔细一看才发现是蛆虫（沙滩上的欧美游客完全没有注意，优雅地躺在阳伞下看书）；还有被称为嬉皮胜地的安朱纳海滩，在那里大白天就能闻到浓浓的大麻味。

我一直在太阳底下骑着摩托车，被晒得黝黑。等我累到浑身无力，回到旅馆所在的阿兰波海滩的时候，遇到了那个男人。他头顶的头发剃得精光，脑门上留着一鬏盘成卷寿司状的发髻，两颊和下巴处胡子拉碴，肤色黝黑。看起来很像，又不像是日本人。他的发型是典型的日本武士发型，可恰好因为看起来太过"日本"了，我反而觉得他不是日本人。那个男人注意到我，对我露出爽朗的笑容，向我问好。他接着说道：

"你好，我是铃木武士。我还有一个兔女郎搭档，但是她今天身体不太舒服，还在睡觉。"

他到底在说什么？我完全摸不着头脑。想吐槽的地方太多了以至于无从下口。我放弃了，转而向他自我介绍：你好，我叫宇流麻，昨天刚到阿兰波。我暗自琢磨着我们的对话可以就此打住了。没想到他接过话头，弹起手中的吉他，和我聊起了在印度的旅行时光。这位"铃木武士"和他的搭档辗转于印度各地，晚上在餐馆唱歌赚取路费和生活费，收入相当可观。他还主动告诉我，他的兔女郎搭档已经换过三次。他在果阿待了快两个月，说如果要买大麻的话，推荐去这附近一位大婶开的食堂，那里价格实惠。他语调平和，神情自然，看来本人似乎没有发型给人的印象那么奇怪。等我们之间的谈话告一段落，我连忙向他道别。结果对方忽然站住不动，一本正经地跟我说，在沙滩旁边的树林深处里，生长着一棵巨大的榕树，树下生活着一位长得很像甘地的仙人。这个铃木武士扔下一句"你要不要去见见他？"就离开了。

果阿有很多怪人。尽管他们大部分都觉得自己很普通，可事实并非如此。我才来两天，就已经见到不少个性之人。我遇到了打扮得很像苦行僧，走路仿佛慢动作一般的欧美人；系着兜裆布，突然开始转圈的中年白人；还有能几个小时一直头着地，倒立不动的男人。在这里，女性赤裸着上半身是稀松平常之事，还有全裸着晒日光浴的年长女性，以及全身上下只有脸部用毛巾盖着，全裸着晒生殖器的男性。现在已经比以前要收敛很多了，不过果阿毕竟曾经被奉为嬉皮三大圣地之一，人在这里如神游仙境，不管是肉体还是精神的状态都无比自由奔放。

　　遇见铃木武士的第二天，我决定去见见那位传闻中的仙人。本来想趁着上午比较凉快的时候去，结果早上一睁眼已经10点半了。外面阳光已是火辣辣的，于是我走到餐馆集中的海滩，打算先吃个早午饭。因为天气晴朗，平时看起来没什么特别的大海，变得格外璀璨夺目。半月形的海滩上插着一排排沙滩阳伞。岸上有很多纪念品商店、海鲜餐馆和小贩。真是一点也不像印度。这里感觉和我几个月前到的地方完全不是同一个国家。我在海边闲逛着，在一家看起来不太可靠，名叫"寿司餐厅"的店门口停住了脚步。店员竭力向我推荐自家的日本菜有多么好，日本人不吃一定会后悔。我问对方，你们的招牌菜是什么？对方说是"亲子盖饭"。明明是寿司餐厅为什么招牌菜会是盖饭？不过我还是坐下来点了店员推荐的亲子盖饭。当对方自信满满地问我，你是要"日式风味"还是"泰式风味"的时候，我真的很想起身就走。可被店员的热情留了下来，心有不甘地告诉对方我要日式风味。过了一会儿，我点的盖饭上来了。看起来没什么特别，一吃，能尝到浓郁的高汤香味，名副其实的日式风味。这味道对离开日本这么久的我来说，足够美味了。

　　吃完亲子盖饭后，我动身去寻找传闻中的仙人。在海滩北端的山崖下，临近大海的路边有几家旅馆、纪念品商店和餐馆。沿着这条路走大概20分钟，我到了附近的另一处海滩。这个海滩面积不大，但风景很美，非常清静，海岸处有天然的潟湖。海滩的北面延伸出一条小路，一直通向前方的树林深处。我沿着路爬上山坡。阳光不时刺穿椰树林中的层层枝叶，倾泻下来。海风吹得椰子树不情愿地缓缓摇晃着身子，硕大的树叶沙沙沙地响。呼吸着清新的空气，路上时而能够望见被密林苍郁的绿色所包围的潟湖或是河流。

　　我一路走，一路问碰到的人大榕树的所在地，得到的回答都是：大榕树就在那边。每个人都眼神迷离，口气含含糊糊。继续前行了大概20分钟后，我看到一位白人女性在大树下铺着布，坐在地上。她的周围放着生活用品，看来是住在这里的人。她的打扮不能再嬉皮了，眼神迷离地望着远方，灰白的头发给人苍老的印象，可没准她只有50来岁。也许她是当年在果阿嬉皮文化的全盛时期移居到这里来的人。不知道是因为舍弃了对世俗的眷恋还是后悔于自己的选择，我在她身上看到了无法回到过去的悲伤。

我继续往树林深处走去。这次遇见了一位看起来像是刚来这里的嬉皮。这位白人男性住在和刚才那位女士很像的地方。他在地面蜿蜒的树根的空隙之间搭着床，在树干之间拴起绳子挂上印有象头神[1]的布，将自己的地盘遮盖起来。这位年轻人皮肤白净，衣着整洁。看样子应该刚来这里不久。

我接着往前走，终于找到了铃木武士口中的仙人所在的大榕树。这棵参天大树据说有好几百年的树龄，庞大的树根交错着盘绕在地面，尽情彰显着自己强大的生命力。

仙人就坐在树根之间的空隙处。可是他的外形和我想象中的仙人差别太大了，普通的外貌更像是随处可见的印度人。真要说有什么特点，只有他纤长的四肢和类似甘地的清瘦脸庞。真的再普通不过了。这位仙人静坐在地上，不见其他举动。他身边围坐着一群年轻人，有的抽着大麻，有的在发呆，有的在聊天，大家各自做着自己的事情，也没有什么特别的活动。我问那里的年轻人，这位仙人难道不讲法吗？对方回答，有时候仙人会讲话，有时候会给大家按摩，但今天不会。我在那里待了一阵子，仙人突然站了起来，拿掉裹着身体的布匹，换上polo衫和灰色的裤子，看起来和在场的其他人没什么两样。然后他离开了，没有留下任何话语。那样子就像是上班族从公司下班回家一样。

我猜测这个人也许根本不是什么仙人，不过是住在树林里而已。碰巧嬉皮们来到这里，遇见这位住在树林里的印度人，就莫名地把他奉为"自然派生活大师"，学着他的样子在附近的树下生活。我怀抱着会见到真正仙人的期待而来，最后却大失所望地离开了树林。

我折回阿兰波，在沙滩上眺望落日。小贩走过来向我兜售大麻。他告诉我自己在北面的马纳利经营着一家民宿，在那里制作查拉斯（Charas，一种由大麻叶和大麻树脂混合而成的药品），然后拿到果阿来卖。我拒绝他说自己不需要查拉斯，他又问我要不要其他的东西，他还有LSD和可卡因。果阿真的和过去一样，依然是神游的天堂。依然有很多游客为了寻找药物的刺激来到这里。

---

1 印度教及印度神话中的智慧之神。外形为象头人身，一边象牙折断，有四只手臂，老鼠为其使者。

住在我旅馆附近的德国人当初就是抱着这个目的而来。他来果阿已经近三十年了。来这里之前他环游了世界各地，最终选择在果阿落脚。听说他年轻的时候毒瘾很重，曾经有一次因为吸食太多导致心脏骤停。他说在那个瞬间，他感觉到自己的内心一片光明，精神抵达了璀璨无比的世界，那里的一切都无比完美，世界的真理豁然开朗。摆在眼前的最佳选择是永远留在那里，而最差的选择是回归自己的肉身。但是那一刻，他忽然醒悟到，自己的使命是返回身体，从而向众人传达那个世界的美好。于是他选择了回来。

　　自那之后，经常有人从世界各地而来，向他咨询精神救赎之道。他和到访者分享自己的经历和知识，帮助他们看清脚下路的方向。他并没有特意宣传自己的事迹，可不断有人为了寻求他的帮助而来。他也经常受到邀请，到国外去传播自己的经验。他告诉我，自己已经看到了死后的世界，并且亲身体会到了那个世界的美好，因此内心早已没有了对死亡的恐惧。

　　我是在去树林里寻找仙人之后，过了很长一段时间才听到他的事迹。要是早点遇见他，我就不用专程跑去树林深处了。没想到在我的附近就住着一位"仙人"。

　　如果有谁觉得自己另类、不合群，并且为此苦恼的话，那就去果阿吧。那里的另类之人数不胜数，见过各种奇人异士之后，就会发现自己的想法和经历其实是多么的微不足道。

　　我便是这样。在果阿的经历，让我真正看清了自己只是一个普通人。

甘地、赛·巴巴[1]、牛。
他们在印度被尊奉为神明。街上随处可见神的身影。
@ 瓦拉纳西 2012.03.11
在戈多利亚附近的 Lassi 店喝一杯 bhanglassi。
今天是中等浓度，甜中带苦，好喝。
之后回房间休息。悠闲的一天。

1 师利·实谛·赛·巴巴（Sri Sathya Sai Baba, 1926～2011），印度教上师与神神领袖，慈善活动家和教育家。他宣称自己是圣人"舍地的赛·巴巴"（Sai Baba of Shirdi, 约 1838～1918）的转世。信徒视他为活佛，认为他有超自然能力，但也有批评者认为他不过是江湖术士。

362 亚洲

土耳其 ▶ 印度 ▶ 尼泊尔

阿希尔族：
　　红色的民族服装，
　　用刺绣镜子装饰。
拉巴里族：
　　黑色（服饰）,也有
旅居的拉巴里人
贾特族：
　　生活在普杰的西北边。

Tourist Info nMr. Jiti 情报
11~15時頃にAnjar村に行くと
(4Kぐいのn Rapari 穴に会えるらい.
黒の民族衣装が特徴。
近くにハリジャンの村あり。

来自在旅游咨询处工作的杰缇先生的情报：
　　11～15点之间去安杰尔森林的话，可以遇见拉巴里族人。
　　他们身穿黑色的民族服装。
"贱民"们生活的村庄就在附近。

1. "贱民"（Dalit，又称达利特人）是印度和尼泊尔种姓制度的最低阶层，包括旃陀罗、穆萨哈尔、恰马尔等族群。

土耳其 ➤ 印度 ➤ 尼泊尔　　365

亚洲

遺体から流れる炎(けむり)の中を
牛が歩き、犬が歩き、人が歩く。
時が流れ、雲が流れ、川が流れる。
灰になった遺体は川に投げこまれ、
瞬く間に自然に飲みこまれる。
人々はその川で用をたし、体を洗い、洗たくをする。
Varanasiでは川は生活そのもの。
世界のながれ、生と死、大地と人間。
時々で流れる川のように、見る者を飽きさせない日々。

从燃烧的尸体飘散出灰烬，牛、狗、人穿行在其中。

时光变迁，浮云流转，河水仍滔滔不息。尸体烧成了灰烬，被抛进河里，眨眼间便被大自然吞噬，不见了踪影。

人们依附于这条河，沐浴，洗衣，在瓦拉纳西，它是生活的中心。

它是世界，是生，是死，是自然，是人类。在这里的每一天，河水流淌着，牵动我的思绪辗转不停。

土耳其 ▶ 印度 ▶ 尼泊尔　367

亚洲

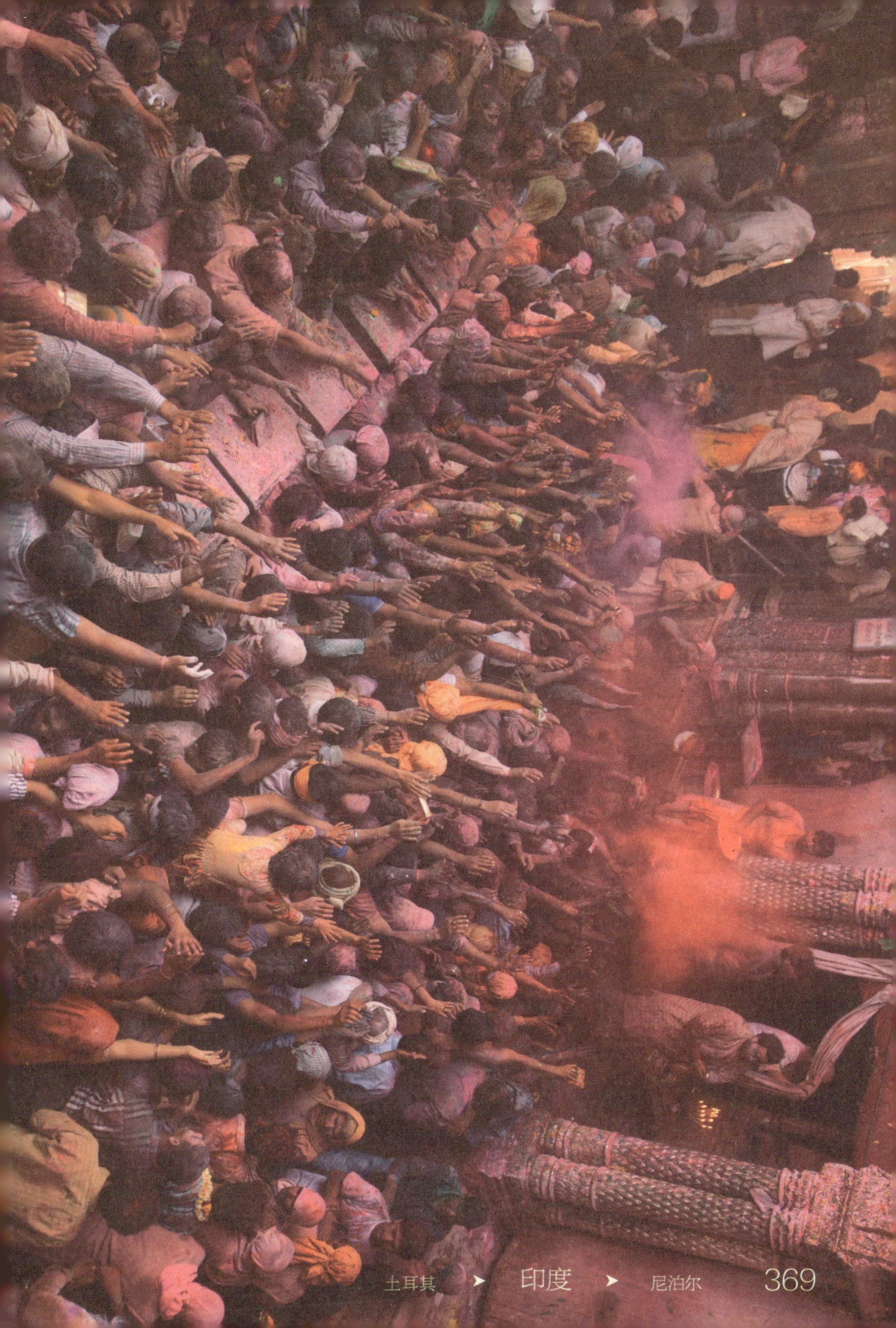

to BHUJ

We are always ready to give your choice facility.
- A/c. / Non A/c. / A/c. Deluxe Rooms
- Big A/c. Conference Hall
- Safe Deposit
- Car Parking
- Doctor on Call
- 24 hours Room Service
- Garden for Special Party

20/02/2012
~~DHOBI~~ Dhrang
シュラペット(リ)

FOOD LAND
Fast Food

ST. バーラター1ラ

★★★
3 STAR
A Tradition of Ho.p
August

Wel Come To KUTCH
PEOPLE ARE VERY FRIENDLY WHEN YOU ARE
VILLAGES PLEASE WEAR FULL DRESS THEY
SPECT YOU.
Police Permission
to stay in night
YOU ... COME A

GREAT R

JATS Tribe

White
+ Desert
Desert

370 亚洲

RANN OF KUTCH

HOTEL Annapurna
Bhid Gate, Bhuj - Kachchh (Gujarat) India - 370 001
Tel. (H) 220831, (R) 253772
email : hotelannapurna@yahoo.com

バスで ナガルコットへ。約1時間半ほど。
愛年Guest Houseに向かう途中
左側にノリタケコーヒー店があり、立ち寄る。
カメラをオヤジに向けて喜んで
ノリタケポーズを取。
本泉亮武に似ていることを
誇りに思っているようである。
お薦めメニューはチーズオムライス。
Coffeeは飲むの忘れた。

坐汽车前往纳加阔特，差不多一个半小时。
去本年旅馆路上，发左侧出现一家叫"Noritake"的咖啡馆，于是走进店里。
当我把相机对准老板时，他笑着摆出了Noritake的姿势。他为自己像日本艺人"木梨宪武"感到自豪。
店里的推荐菜是奶酪煎蛋卷，但忘记买咖啡了。

1 尼泊尔靠近喜马拉雅山的一处。
2 日本男性搞笑艺人、演员、主持人、歌手，搞笑组合隧道二人组成员。"木梨宪武"的罗马音是"Kinashi Noritake"，老板因为长得像木梨宪武，就把店名取为"Noritake coffee"。

372　亚洲

@katmandhu, Nepal @加德满都（尼泊尔）

Evelest[1] Momo Center

Momo うまし!! 一皿 50ルピー
Momo[2] 超好吃! (10コ入).
一份 50 卢比，10 个

Holy Lodge. → Everest Momo Center.
↓ Tamel St. 泰米尔街 → Palace.

1 应为 Everest。
2 Momo：即"馍馍"，一说是源自中国西藏并流行于尼泊尔、不丹及印度等喜马拉雅山地区的面食。其外形近似饺子或包子，由面粉限水和成皮，馅料一般是肉类、蔬菜、干酪。

印度 ▶ 尼泊尔 ▶ 伊朗　373

Mashado → Kahng Village.

Local Bus で Terminal へ。
そこから ノゴンダールまで さらに Bus で 30分。
その後は ヒッチハイク。
バスの中で知り合ったカーン村出身のレザー君が
一緒に行ってくれた。村についたらレザー君の家へ。
Lunch をごちそうになり、チャイを飲み。家族が村を案内
してくれた。帰り際、庭で採れた果実で作ったドライフルーツ
を持たせてくれた。優しい家族、良い村。

马什哈德[1] ▶ 康村[2]

坐当地大巴到终点。然后转客运大巴，再坐 30 分钟。之后的路就只能搭顺风车了。

在大巴里认识的雷萨带我去了他从小到大生活的康村。到村里后又带我去他家，和他的家人一起吃午饭，喝奶茶。他们带我逛村庄。在我离开的时候，雷萨的家人送给我自家采摘制作的干果。这一家人非常淳朴。村里的人们也都热情好客。

1 伊朗第二大城市，伊斯兰教什叶派圣城之一。
2 疑指 Khan，位于马什哈德西北方。

葡萄的回忆

　　早上起床后我慢悠悠地吃了早餐，快到中午的时候坐上了开往设拉子的车。窗外是一成不变的荒野。干涸的大地之上，碧蓝的天空望不到尽头。枯燥的景色看得我困倦极了，可能睡梦里的旅途都远比眼前的世界有趣。坐在摇摇晃晃的车里，在景色如此枯燥的大地上前行，对我来说更像是一种苦行。10分钟感觉就像一小时、两小时。我每低头看一次手表都不由得失落。伊朗的风光真的好单调。

　　也许是为了帮助乘客忍受枯燥乏味的风景，伊朗大巴上的工作人员服务态度都特别好。车上会发给乘客饮料和小吃：廉价橙汁和小袋零食。虽然不是什么大不了的食物，但是坐在车里百无聊赖的我不停地拿来吃。看我手里没了，工作人员便来问：还需要吗？然后又给了我一份。这趟车的终点是500千米外的偏僻之地，可车费只要300日元。这个价格只要多吃点零食和果汁就能回本。

　　车里的其他乘客都是伊朗人。这个时候正值伊斯兰教历的斋月，可是车里的乘客们依然往嘴里塞着食物。这好像是很早前就有的习俗：在斋月期间，如果是在旅途中的话，白天是可以吃东西的。在过去，人们骑着骆驼穿越灼热的沙漠，从一个城镇到另一个城镇要花几天到几周时间，因此在路上的人白天是可以进食的。这个传统一直延续到现代，规定也发生了改变，诸如在移动的大巴里是可以进食的。现在的远距离移动比过去舒适度提升了太多，我打心里觉得过去的传统这么沿用到现代好像不太合适。汽车在沿途的饭店停了好几次，为了方便乘客吃饭和休息。乘客们都趁这个千载难逢的机会大快朵颐，导致大巴迟迟无法抵达目的地。

　　7小时后，我终于到了设拉子。在去预订的旅馆的路上，凑巧遇见了旅馆的保安，他带我走近路，穿过狭窄的小巷到了旅馆。这时，我们对面走过来三个当地的年轻人，他们故意从我们身旁走过，嘴里嘀咕着带有歧视性的话。我在非洲、中东和南美遇到过很多次类似的情况。就算听不懂当地的语言，很多时候从对方的口气、表情和气质也能够察觉对方的恶意。我装作没听见，打算就这么走过去。可是那位保安大叔突然表情严肃地告诉我旅馆就在前方不远处，叫我先走。随即转身朝那三人走去。

他叫住了刚才的三个年轻人。此时，他气势强硬，早已没有了和我在一起时的亲切感。我以为他只是要训斥他们，怎料他径直用拳头打了过去。三人里站得最靠前的一个挨了拳头，身后的两人连忙动手制止大叔，差一点也挨了揍。现场瞬间一片混乱。我拿着一堆行李，根本没法出手制止他们打架。只好先去旅馆把行李放下再折回来。但等我回来的时候，刚才的三个人已经不见了踪影，只剩下大叔肿着脸坐在地上。

待我冷静下来，感到自己当时的决定实在是愚蠢至极。那个时候，保安大叔一定是因为看到我被骂了，想要帮我出气。如果我说一声"不要放在心上"之类的话，就不会有接下来的事了。当时一切都发生得太快，让我完全没法冷静地判断，实在是愚蠢。我在旅途中那么久，经历了各种各样的事情，可还是关键时刻掉链子。愧疚之情如一块重石压在我胸口。

傍晚，我出去吃晚饭，看到保安大叔还坐在刚才的地方，于是走过去向他道谢。我吃完饭回来，他仍在那里。我递给他刚才在市场上买的葡萄，作为谢礼。可大叔笑着婉拒，无论如何也不肯收下。我强行把手里的葡萄塞给他，再一次感谢他的出手相助。但是我知道，自己这么做只是为了消除自己内心的愧疚，不过是自我安慰的行为罢了。这件事让我再次意识到自己是多么的卑怯。那时要是我放下行李去劝架就好了。

自此以后，每次我在伊朗的市场上看到葡萄，都会不自由自主地想到那位大叔红肿的脸，心中难过起来。

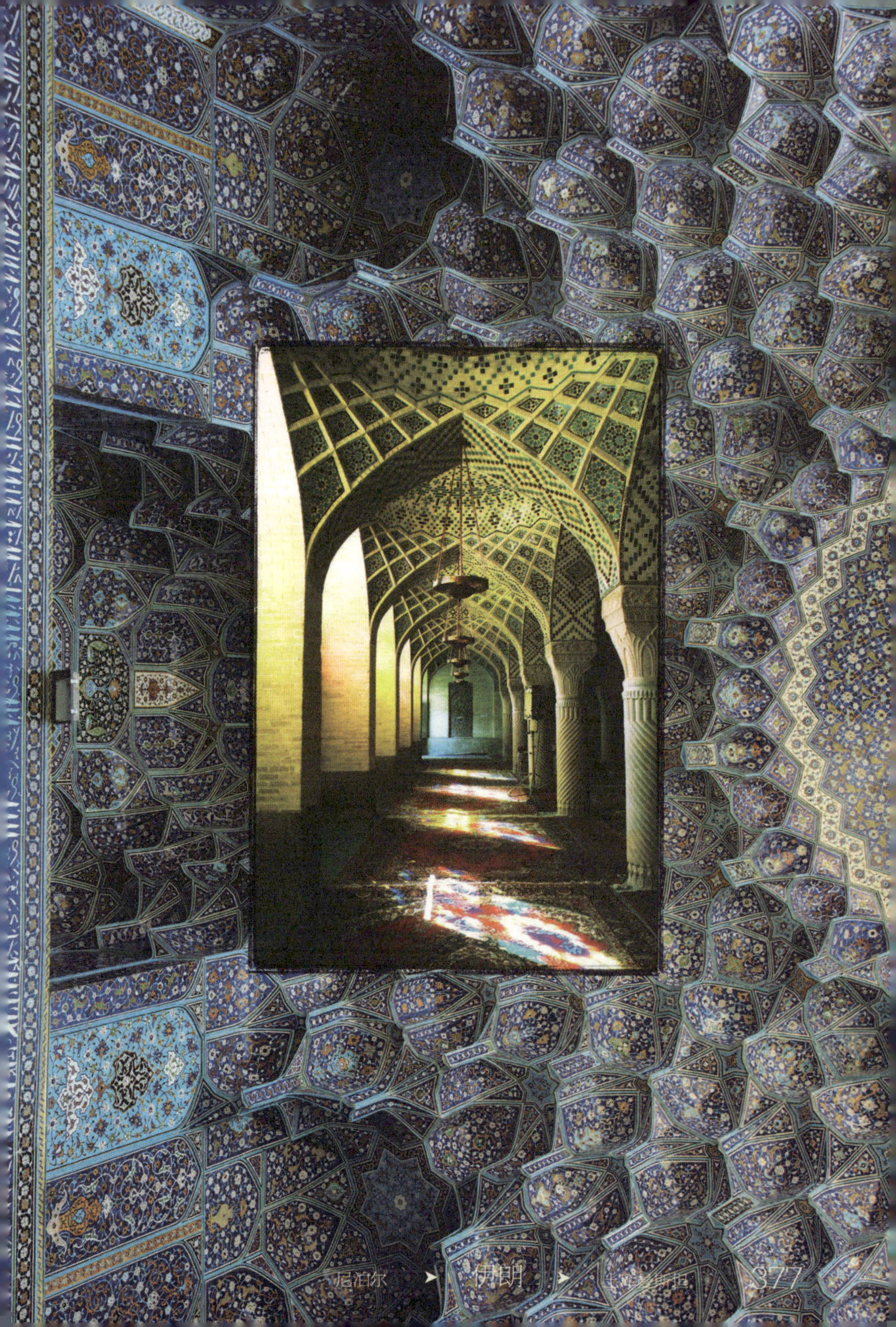

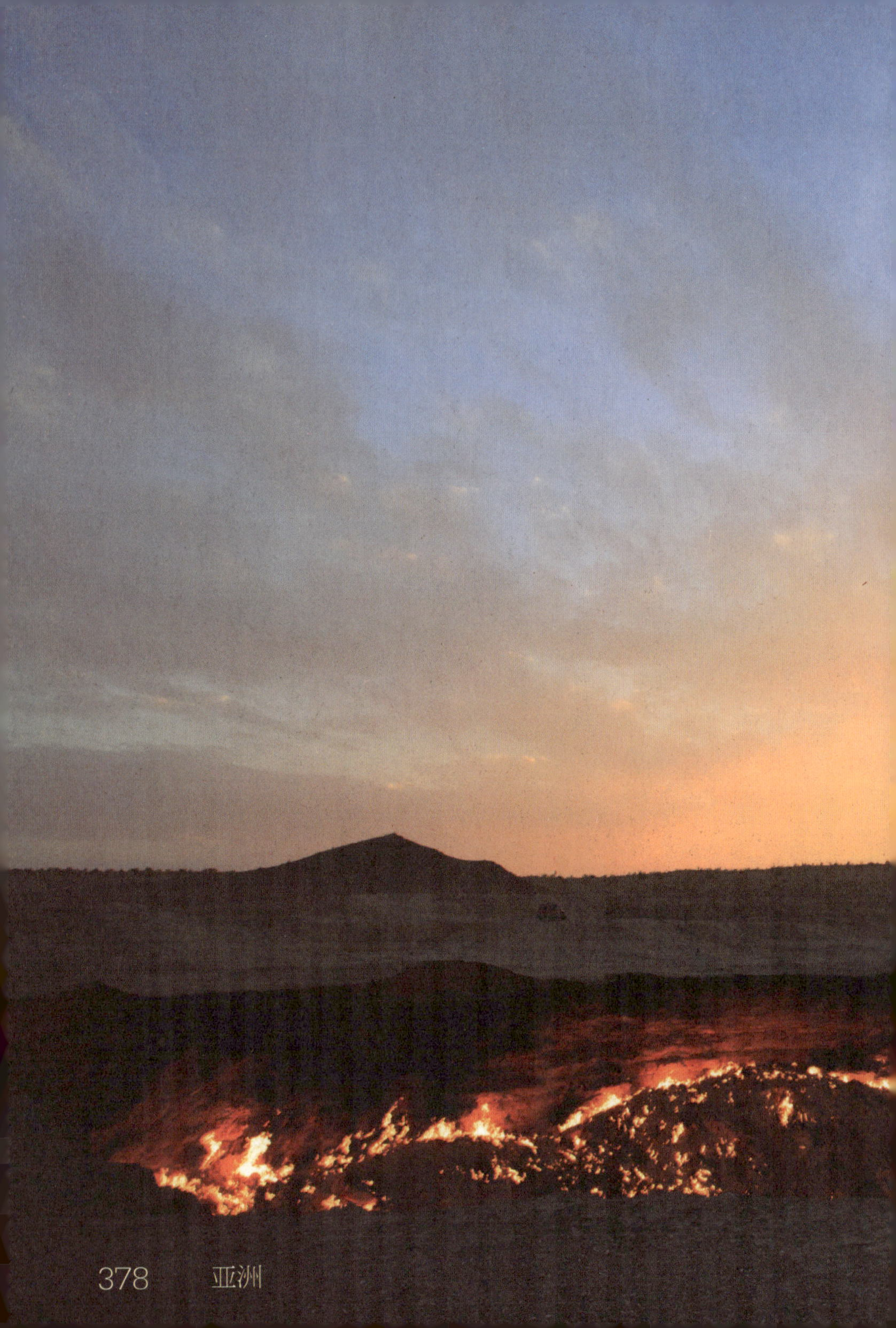

伊朗 ▶ **土库曼斯坦** ▶ 乌兹别克斯坦

紙でサマルカンド行きのチケットを買うために並んでいたら、女性が「ヤポーニキ？（日本人）」と尋ねてきた。「ダー（そうです）」と答えると、日本語で書かれた写真と手紙を見せて来た。見ると浴衣を着た女性三人が写っていて「鵠沼」と書いてあった。「その近くに住んでいるよ」と伝えようとしたけど全くもって言葉が通じなかった。でも女性は満足げに笑って、どこかへ去って行った。

我在车站排队买去撒马尔罕[1]的车票的时候，一位女性忽然问我："你是日本人？"我用乌兹别克语回答道："是的。"对方马上拿出一封写着日语的信和一张照片给我看。照片是三位穿着浴衣的女性，上面写着"鹄沼"[2]。我用蹩脚的乌兹别克语想告诉对方，自己住在那附近。不过对方似乎完全没有听懂。尽管如此，这位女性好像已经达成了目的，心满意足地离开了。

1 中亚地区的历史名城，也是伊斯兰学术中心，现在是乌兹别克斯坦的旧都兼第二大城市、撒马尔罕州的首府。"撒马尔罕"一词在粟特语中意为"石城"。
2 日本神奈川县藤泽市南部中心区的地名。

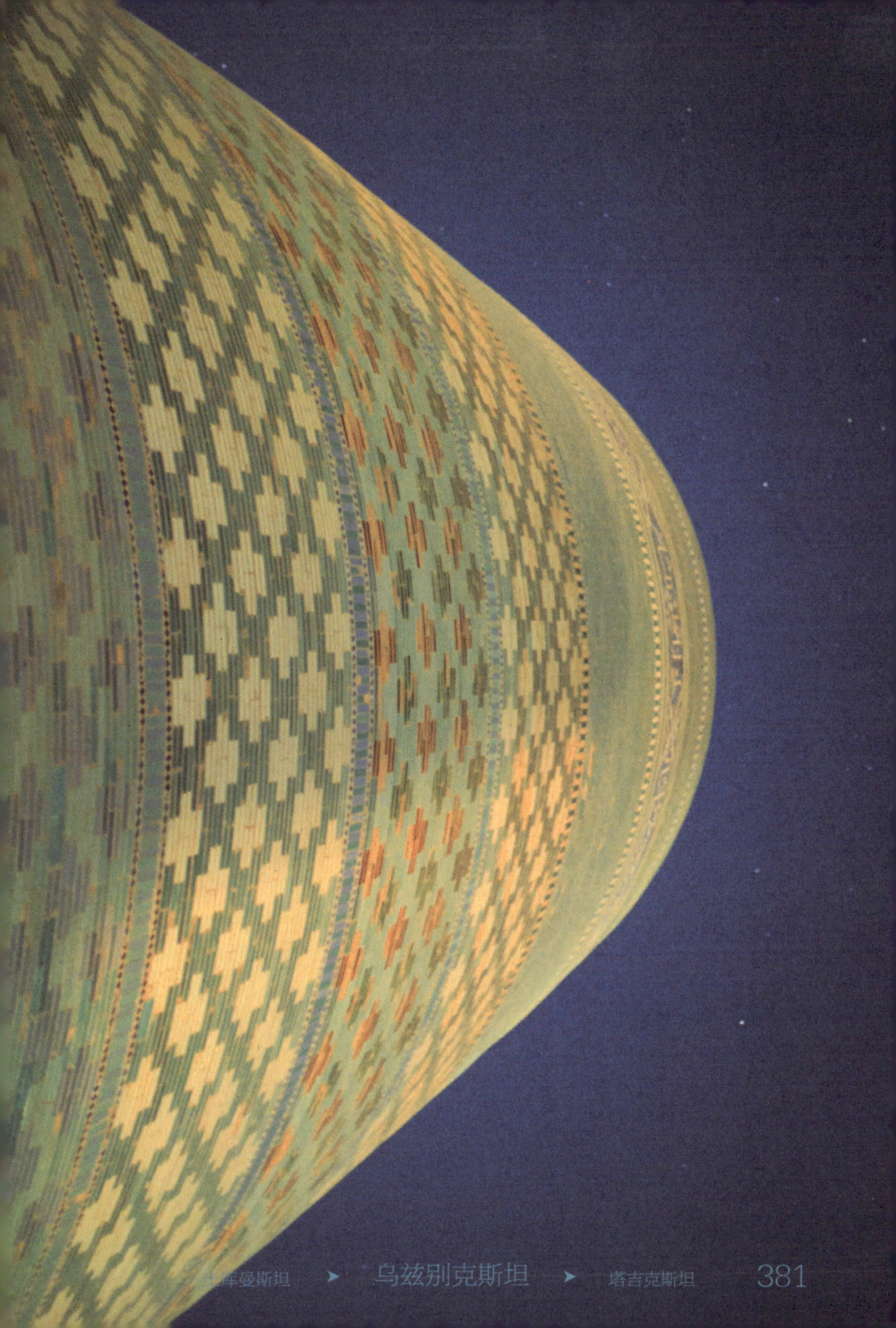

潜入帕米尔高原

离开神秘的土库曼斯坦后，我"沉没"在了乌兹别克斯坦。丝绸之路的旅途虽然因为语言不通而遭遇重重的困难，却丝毫不妨碍我陶醉在其中。当我抵达塔吉克斯坦的首都杜尚别的时候，夏天已经进入尾声。早晚的空气里开始有了凉意，气候舒服极了。来到塔吉克斯坦便意味着中亚的旅途只剩下吉尔吉斯斯坦。之后再途经中国，就回到日本了。如果我稍微加快脚步的话一周内即可返日。这一刻终于到来了，我感叹道。我为旅行即将结束而感到怅然若失。

我来塔吉克斯坦，主要是为了去帕米尔地区，更准确地说，是去位于塔吉克斯坦东部的戈尔诺-巴达赫尚自治州。1991年随着苏联的解体，塔吉克斯坦成为独立的国家。第二年，中央政府和戈尔诺-巴达赫尚自治州之间矛盾激化，内战爆发。在1997年内战结束后，该地区的冲突依然没有停止过。

就在我抵达杜尚别的几个月前，帕米尔地区发生了袭击事件，形势严峻以至于该地区禁止外国人进入。根据我在住宿的旅馆打听到的消息，最近的几个月都没有人成功进入帕米尔地区。虽然可以去自治州在杜尚别开设的机构申请入境许可，可就算拿到了许可，沿路必须经过重重盘问，最后免不了被赶回来。在我住的旅馆里就有好几位遇到这种情况。

帕米尔是我这次旅程最后的期待。半年前，有一条从中国进入巴基斯坦的路线，就算没有巴基斯坦的护照也可以在边境处办理落地签入境。不过这个路线是个灰色地带，现在已经行不通了。出于这个原因，我前往坐落在巴基斯坦北部山地的罕萨河谷的计划泡汤了。那是我在旅行尾声里最为期待的目的地。于是帕米尔高原成了我的备选计划。可是这个计划现在也面临着重重困难。不过在过去两年半的时间里，我已经被拒绝过太多次，到最后总会有解决办法。首先要尽全力去争取，实在不行再放弃也为时不晚。

第二周的周一，我为了能尽快申请下来帕米尔的入境许可证，起了一个大早。通常许可证在当天就可以拿到，可我去的时候负责人碰巧不在，只能等到第二天早上。帕米尔高原的平均海拔在4000米以上，再不抓紧时间的话冬天就要来了。我想尽快前往，于是恳求办事处的工作人员当天就将许可证发给我，但没能被批准。当天还有一群以色列的游客来申请团体许可证，他们也没能拿到证件。

翌日早上8点，我来到办事处。前台还没有人，我朝办公室里望了望，一位工作人员看到我，也许是我昨天在这里苦苦哀求的样子给她留下了深刻的印象。她笑着对我说"你又来了"。我本以为今天也是和工作人员的持久战，怎料她面带微笑，爽快地对我说着"恭喜恭喜"，便将手里的许可证递给我。昨天在这里的以色列人也拿到了许可证。他们一共7个人，包了一辆8人吉普车。他们问我，车上还有一个空座，要不要和他们一路。长期旅行的经验告诉我，想要进入帕米尔地区的话最好混在当地人之中。后来事情的进展也证明了我的判断是正确的。我拒绝了他们的好意，朝停在附近市场招揽乘客的拼车吉普走去。

　　虽然现在帕米尔地区限制外国人进入，但当地人出入不受限制。很快我找到了开往帕米尔州[1]的首府城市霍罗格的车。7人吉普。一个人车费250索莫尼。

　　车顺利地出发了。离开杜尚别市区后，转眼间四周便被丘陵环绕，山丘平缓的曲线一层叠过一层，犹如起伏的波浪。多么闲适的风景。车在路上跑了3个小时后，停下来供乘客午休。我在一家冷清的饭馆吃了拌面（中亚地区的面食）。回到车上时，司机过来问我是否带齐了许可证以及相关的证件。据说昨天有外国人在前方的检查处被遣返了，司机看起来很担心。我告诉他，护照和许可证自己都带了，并且今天早上特意向办事处的人确认过，拿着许可证的话可以自由通行。

　　一小时后，车迎来了第一个检查关口。关口处站着手持机关枪的军人，看来这个地方是由塔吉克斯坦军队管控。

　　我假装毫不知情的样子，在车里的角落缩成一团，企图混在当地人中不用护照而顺利通过。但我很快被发现了，对方要求检查我的证件。军人在车旁一边翻看我的护照和其他证件，一边说着什么，但是感觉不像是要赶我回去。接着我被对方叫到小屋子里，但心里仍抱着缥缈的希望。屋子里坐着一位看起来很有气势的角色，应该是他们的上级。从他口中，我听到的话是：不行，你不能过去。

　　我想方设法用肢体语言去传达自己对这件事不清楚。这时，同车的一位乘客朝我们这边走过来。这位女士会讲英语，她听完我的话后主动帮我和官员交涉。我告诉这位女士，我的许可证是官方的，按规定是不受任何限制的。但对方依然坚决不予批准。果然，不管哪个国家的军人都很死板。不过，当他们面对贿赂的时候，却瞬间通达起来。

　　我装作不经意地问了一句："需要付入境费吗？"说罢，帮我翻译的女士和上级官员两人开始低声商量着什么。对方回答道，看你。我立刻从兜里掏出攥成一团的10美元，把它塞到桌上的笔记本里面。官员装作在翻笔记本的样子，查看

---

1 疑为作者笔误，霍罗格是戈尔诺－巴达赫尚自治州的首府。

金额。接着他面无表情地抬起头，将食指往上掰。看来是嫌太少。我只好将准备好的另一张10美元也塞到笔记本里。这一次对方满意了。没想到我事先准备好的金额刚刚够用。可能这也是长期旅行的经验使然。官员将护照还给了我。这一次，他没有再说什么。我也得以顺利通过第一个检查点。

车里的其他乘客听说了事情的经过后都笑了起来。刚才替我翻译的女士告诉我，接下来还会经过两个检查站，但都不属于塔吉克斯坦军队，是自治州政府的。在经过时装睡就可以了。

在那之后又是几小时的车程。路是还未铺砌的土路，车一开过，到处尘土飞扬。关上车窗也没法抵御尘土的入侵，全身都沾满了灰尘。前方是险峻的高山，海拔越来越高。翻过几座山后，眼前出现了宽阔的溪谷，浑浊的河水在谷底流淌。司机告诉我对岸就是阿富汗。高低起伏的岩山犹如海面汹涌的波涛。我出神地望着眼前壮丽的山河。从这里开始，就进入帕米尔高原了。车窗外的风景看得我心神荡漾。那边是阿富汗，这边是帕米尔。我怀抱着渺茫的希望来到这里，现在希望化为现实，我内心感慨万分。对岸阿富汗的风光也更显壮观。

进入帕米尔高原后，直到天黑之前，沿路一直是这样的景色。吉普车驰骋在高山间的溪谷中，只要一直沿着塔吉克斯坦和阿富汗的边境线走，就能抵达霍罗格。塔吉克斯坦离阿富汗最近的地方只有50米的距离。对岸的山坡上树木零星地生长着，农田围在简陋的土墙房屋的四周，农夫背着稻草走在山坡上，有人骑着毛驴，还有人正借着风给谷物脱壳，孩子们在河边玩耍嬉闹。我望着展开在眼前的阿富汗人的生活画卷，忘记了时间。

如那位女士所言，沿途还有两个检查站。经过第一个的时候，同车的人帮我把脸挡住不让工作人员看到，顺利逃掉了检查。经过最后一个检查站的时候，天已经黑了。同车的人叫我装睡，又一次成功躲过了检查。我隐约感到车上的其他乘客很享受为我出谋划策，帮我顺利潜入帕米尔地区。

夜晚，我们的吉普车仿佛一把刺破黑暗的利剑。尽管四周一片漆黑，能见度几乎为零，越过岩山黑色的影子，仍可以看到满天的星斗和灿烂的银河，下方阿富汗的村落里也依稀可见摇曳的灯火，和星空连成了一片。

不知道过了多久，我睡着了。醒来时已经过了午夜。车停了下来，看样子已经到了霍罗格。我的帕米尔高原潜入计划成功了。车上的其他人恭喜过我后，一个接一个走下了车。

到是到了，可接下来该如何是好？这个时间已经找不到可以住宿的旅馆，气温很低，也不能露宿野外。就在我一筹莫展的时候，刚才车上那位女士过来对我说，现在太晚了，你来我家住吧。于是我和她一同下车，朝着她家方向走去。在路上我才知道，原来她在俄罗斯工作，这是她三年来第一次回家。

她家是一间苹果树环绕着的房子，周围很安静。因为很久没有回来，她早已不记得哪个房间是空着的了。"你在这里将就一下可以吗？"说着，她在挨着厨房的客厅为我铺了张床。

真是漫长的一天。可我已经有好几个月没有像今天这样，既目睹了绝美的风景，又体会到了旅途的乐趣。当我成功进入帕米尔高原时，内心不安烟消云散的畅快，车上其他乘客的帮助，第一次目睹的阿富汗景色的壮丽，种种旅行的快乐都浓缩在了今天一天。

第二天早上，我在清澈的晨光中醒来。窗外，帕米尔高原开阔辽远。

※ ドゥシャンベ → ホーログ
乗り合いJeep (7人乗り) 1人 250ソモニ。
所要時間 18時間
検門多し。要 Permission.
(ドゥシャンベのOVIR officeで当日発行)

杜尚别 ▶ 霍罗格
拼车，7人座吉普，1个人250索莫尼。
车程18小时。
检查站很多，需要许可证。
（在杜尚别的OVIR office当天即可拿到。）

乌兹别克斯坦 > 塔吉克斯坦 > 吉尔吉斯斯坦

蒙古包的一夜

在帕米尔高原已经停留两周了，每天早上我都会被冻醒。日照的时间日渐缩短，气温一天低过一天。有几天甚至下起了雪。寒冬就要降临。能待在这里的时间已经不多了。

早上7点，车按时来了。前往帕米尔东部的路一开始沿着溪谷而行，三四个小时后，车便行驶在了海拔3000米之上的路面。四周从险峻的高山过渡成平坦的高原。远方，草原的地平线和天空相接。车开上海拔4300米后，我开始感到呼吸困难。稀薄的空气，干燥的皮肤，荒凉的高原，这一切都让我回想起南美，以及当时旅行带给我的质朴的感动。现在想来，玻利维亚和秘鲁已经是两年前的事了，真是令人难以置信又十分怀念。在那之后我去了很多国家和地区，遇见了很多人。如果现在原路返回，我还能一一抵达那些回忆之地。我真的要这么一路向东回到日本吗？前方未走过的只剩下屈指可数的国家。旅行就要结束了。现在我乘坐的车正以100千米的时速，朝着旅途的终点冲刺。一想到这里，突然感觉胸口像被人紧紧扼住，喘不过气。

车在一个荒凉的村子里停了大约一个小时。这座荒野上的小村庄弥漫着破败的气息。我注意到当地人的容貌很接近华人。确实，翻过东边的山就是中国。这里生活着很多中国人，路上的卡车也几乎都产自中国。店铺招牌以及途中刻在石头上的地图也有很多是中文的。在饭馆和检查站人们都是用中文交流。

再往前走，车带着我从荒野进入草原。白色的圆形帐篷点缀在草原各处。那是游牧民族居住的可移动式帐篷——蒙古包。

车到达了目的地穆尔加布村。穆尔加布村并没有什么特别之处，荒凉而萧条，它突兀地伫立在空旷的原野之上。村里很少有旅馆，到处的屋子都紧闭着大门。街上野狗的数量比人还要多。整个村子飘荡着哀愁的气息，好似居民已逃离四散。幸好我遇见了一位当地人，请求他收留我一晚。我向他打听了一下游牧民族生活的区域，然后便早早休息了。不知道是因为太累，还是因为轻微的高原反应，我感到头昏脑涨。

早上6点半我起床出了门。往北走了5000米。前一天去往位于山林深处的村庄时，我的脚突然疼了起来，现在也似乎有点不大对劲。继续走了一个小时后，正如别人告诉我的，在左手边的山与山之间出现了一小块平地，一直延伸至远处。我左转继续前行。此时海拔已经超过了4000米。平坦的路面虽然很适合徒步，但时间长了还是会感到呼吸困难。

岩山高耸在道路两侧，陡峭到几乎无法攀登。山间的草原因为干燥的气候已变成了小麦色。太阳从山脊背后升起来，不到一会儿气温就变得暖和宜人。每走两三千米就能看见无人居住的小屋。那些地方可能是为了夏天来此地照料牲畜的人所准备的。没有小屋的人至今为止依然过着游牧的生活。在路上我看见了放牧中的山羊群，不过因为离得太远，它们看起来像是聚集在一起的无数个圆点。

附近完全看不到人的踪迹。天地之间仿佛只剩我一人。走起路来能听见脚和路面摩擦时发出的沙沙响声。只要一停下脚步，周围瞬间就回归寂静。时而有风吹过来，声音震动耳膜，之后又归于无声的世界。这里听不见汽车的声音或动物的叫声。身处这样的环境，我的思绪不由自主地从外界转向自身，我脑中思考着这次的旅途，以及几周后即将回到日本的事。想着想着，周围的景色好像从眼前隐身退去了一般，完全飞到了意识之外。直到我的脚踢到一块石头，才忽地回过神来，发现自己刚才在的地方已经退到身后几米开外。这样的情况在途中不断发生。

我很喜欢走路。可是走的时间久了会很累。从刚才起就在疼的脚现在更疼了。我把背包放下来，坐在草地上开始吃杏干。果干浓缩的糖分在舌尖化开，为我疲惫的身体注入能量。稍作休息后，我再次出发。可是没过一会儿脚又开始疼。一路上都是这样反反复复。

距离早上出发已经过了6个小时。现在在我的左手边出现了巍峨的雪山。在山脚扇形的缓坡上，扎着两个蒙古包。现在这个地方离我要前往的目的地还有一半的路程。可眼前雪山映衬着蒙古包的景色实在太美了，再加上身体劳累，我临时决定改变行程，往蒙古包的方向走去。虽然看起来很近，可实际上还隔着相当一段距离，而且都是坡路。我朝着刚才见到的方向，走了大约半个小时都还未能抵达。我的脚一直在疼，头因为缺氧而昏沉沉的。终于在一个小时后，我来到了蒙古包的所在地。那时候，我已经筋疲力尽。

蒙古包里有位怀抱着孩子的女性。由于语言不通，我用手比画着，问她能不能让我在这里留宿一晚。对方笑着说，请进。这里看起来不是我原计划要去的贡贝库尔的游牧点。女主人告诉我，在那个地方放牧的人上周已经离开了。如果我刚才没有停下来而是选择继续前行，到了晚上会找不到可以借宿的蒙古包，十分危险。来这里真的是得救了。

蒙古包里放着火炉，这里的人用它来做饭。火炉烧的是晒干的牦牛粪。女主人端给我用牦牛奶煮的奶茶。一口喝下去，醇香的奶味萦绕在舌尖，这片土地的芬芳直达我的鼻腔。真好喝啊。身体由里到外都暖和了。接着她又不停地端上来面包、黄油、酸奶和果干，热情招待着我这个素昧平生的旅人。为了减轻负重，我并没有在行李里储备任何食物，于是不客气地大快朵颐着眼前这顿丰盛的餐食。饭饱后，徒步的劳累一下倾泻而出，就身体像打开了闸门。我横躺在地上，不知不觉间睡着了。突然来到人家的帐篷里大吃大喝，之后又立刻倒头大睡。虽然知道这么做很对不起这家人，可我已经累到没有心思去顾及这些了。

等我睁开眼，刚才去放牧的丈夫已经回家，正坐着在喝奶茶。我起身，像是做错了事，十分愧疚地询问男主人，能否让我在这里住一晚。对方爽快地答应了。我和他们几乎无法用语言沟通，但不知为何，彼此之间没有任何不快的气氛，他们都很照顾我。

这里的两个蒙古包，住着一家七口人。他们只在每年夏天回来这里。下周就要收拾行李回村子里过冬。

傍晚时分，我和他们一起去山坡上，把在那里放牧的家畜赶回来。这家人走起路来步子飞快，稍微不注意就已经爬到前方山岩的陡坡上了。双脚破旧的鞋子丝毫没有影响他们走路的速度。他们嘴里吹着响亮的口哨，哨音像一把尖刀划破长空，同时往畜群方向扔着小石子，让它们聚成一团，还在鸟窝里设置了陷阱。

他们的蒙古包扎在山与山之间的地带，5点过后四周便照不到太阳，光线很快暗了下来。太阳下山后，从雪山刮过来的风让人顿时感到彻骨的寒冷。稍微一不活动身体，很快就浑身发冷。我穿上了带着的所有衣服，还是感觉冷。回到蒙古包里，室内温暖舒服极了，于是我又开始犯困。这家人虽然待我非常亲切，但没准他们心里觉得我就是个嗜睡的奇怪家伙吧。

晚饭后，我到外面散步。山对面，半月当空。我拿着相机，想拍下这里的夜景。丈夫似乎感到很新奇，拿着我的三脚架跟了出来。我一边打着哆嗦，一边按下快门，他却穿着短袖，在旁边饶有兴致地看着。

黑夜里，雪山泛着青白色的光晕，不远处的蒙古包顶上升起白色的热气，接受着月亮倾注下来的静谧光线。山羊和牦牛围成一团睡觉。四周寂静无声。这里和我生活的地方仿佛是两个世界，我感觉自己像踏入了异次元，进入了异世界。可谁又能想到，此时在这个地方，存在着一位旅人和这样心地善良的一家人。

回到蒙古包里，女主人为我们端来了热乎乎的酥油茶。喝完暖身茶后，我钻进了被窝。女主人怕我冷，特意给我加了一床被子。随即她的丈夫又拿出一床被子，叠在上面。我快睡着的时候，感觉到他们又给我加盖了一条毯子。

我被这家人的温柔包裹着，进入了梦乡。

第二天早上5点多，天刚亮我就醒了。冷。完全不想外出。我走到炉子前烤火。喝了一杯热牛奶后，因为寒冷而僵硬的身子开始舒展起来。等我起床的时候，这家人已经在外面挤奶、劈柴，开始了一天的劳作。真是勤劳的人啊。附近的溪流已经结冰，家畜的身上也都披着白霜。

没过多久，我听说他们要出门放牧，便请求和他们同行。山上大约有200头山羊。牧羊犬兴奋地跟在我们的后面。太阳从山脊背后露出脸，高山庞大的身姿在阳光的照射下化为黑色的阴影。羊群朝着朝日的方向走去。多么清爽的早晨。

相处了短暂的时光后，到了告别的时候。离开时，我向他们道谢，拿出一点现金想要回报收留之恩。可对方坚决不肯收下，用手拼命地比画着，想要告诉我，他们不要钱，欢迎下次再来玩。

我朝穆尔加布河的方向走了一会儿后，转头往回看，他们的身姿已经小得如同沙粒。我从背包里拿出相机，换上长焦镜头对准他们所在的地方。通过取景框我看到他们仍在朝我的方向挥着手。

我也朝他们挥手告别，不知道他们能不能看见呢。

在邂逅善良淳朴的游牧民族后，我带着充实的心，越过国境前往吉尔吉斯斯坦。

之后，翻越天山山脉，我抵达了中国。离旅程的终点又近了一步。

亞洲

乌兹别克斯坦 ▶ 塔吉克斯坦 ▶ 吉尔吉斯斯坦

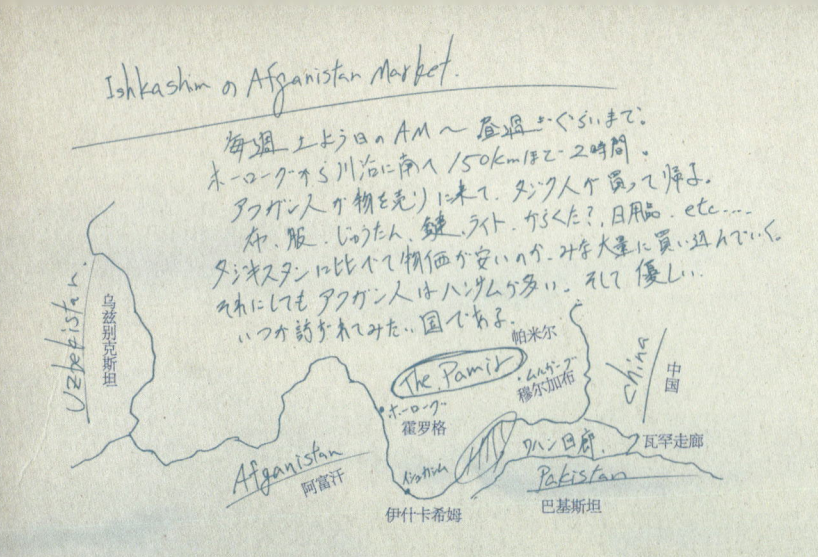

Ishkashim の Afganistan Market.

毎週 土ようのAM〜昼頃までぐらいまで。
ホーローグから川治に南へ150kmほどで2時間。
アフガン人が物を売りに来て、タジク人が買って帰る。
布、服、じゅうたん、鍵、ライト、がらくた？、日用品 etc...
タジキスタンに比べて物価が安いのか、みな大量に買い込んでいく。
それにしてもアフガン人はハンサムが多い。そして優しい。
いつか訪ずれてみたい国である。

Uzbekistan 乌兹别克斯坦
Afganistan 阿富汗
The Pamir 帕米尔
ホーローグ 霍罗格
ムルガーブ 穆尔加布
伊什卡希姆
Pakistan 巴基斯坦
ワハン回廊 瓦罕走廊
China 中国

伊什卡希姆的阿富汗集市：
每周六早上到中午。
从霍罗格市区河岸边一直往南走大约150千米，2个小时路程。
来卖东西的大多是阿富汗人，买东西的大多是塔吉克族。
布匹、衣服、绒毯、钥匙、电灯、破烂（？）、日用品，应有尽有。
也许因为这里物价比塔吉克斯坦低，来集市的人会一口气买很多东西。
阿富汗人很多都相貌英俊，人也特别好。
有机会的话真想去那个国家一探究竟。

乌兹别克斯坦 ▶ **塔吉克斯坦** ▶ 吉尔吉斯斯坦

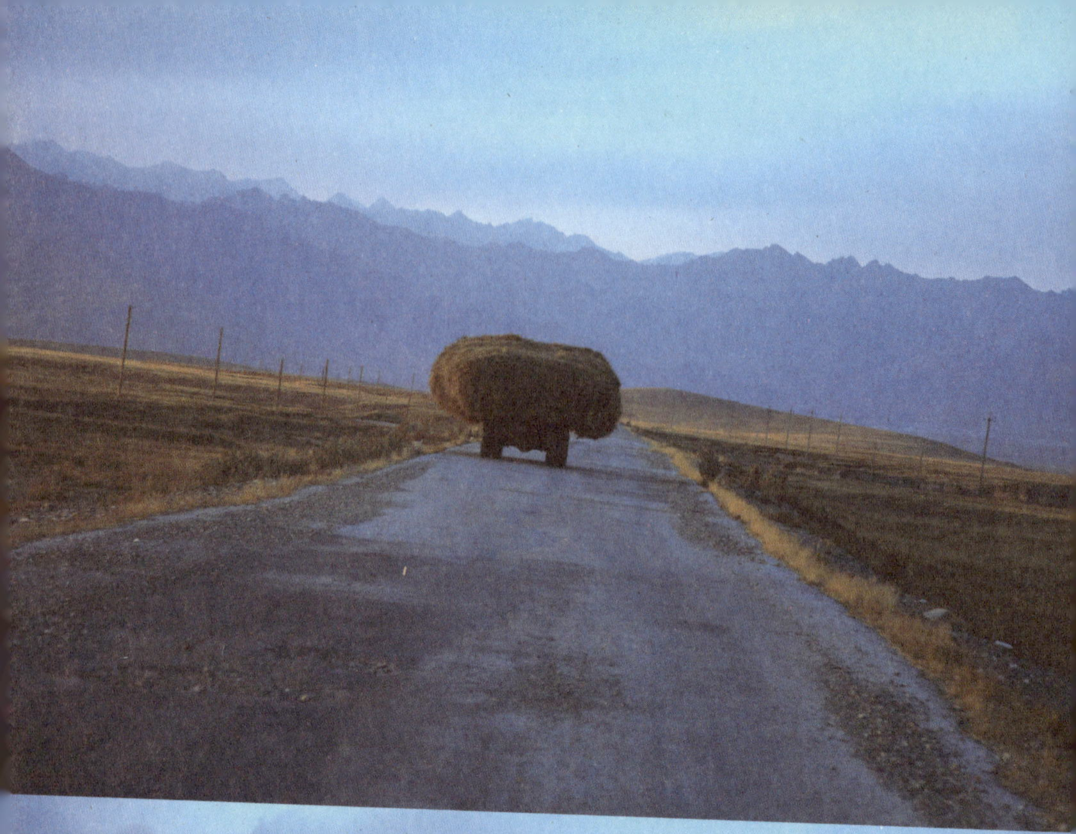

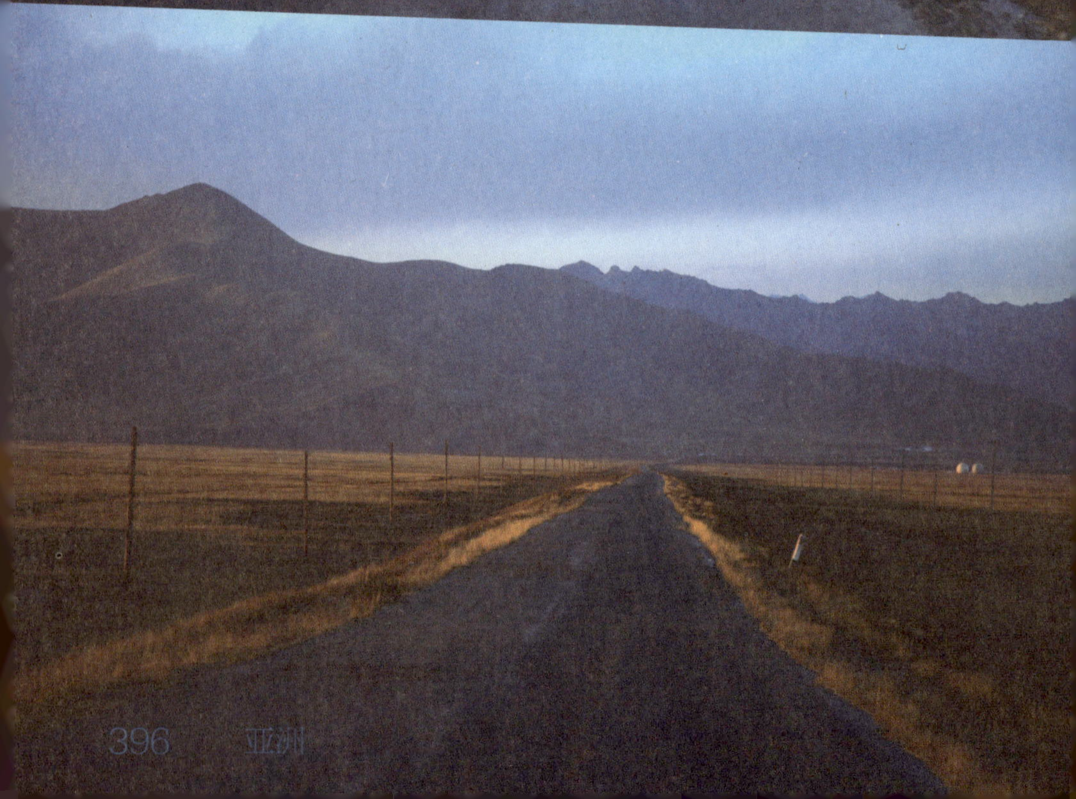

景色 good!!
Murgarb → Sary Tash → Osh

キルギスに入国好景色 ケ岩山から草原に変わる。
西日が差しこむ。後ろにはパミール山で
陽が沈むと満月まであと数日といった感じの月が
民家に静かに灯す白熱灯の明かり、月明かりを反射する岩山。
キルギスの風景はどこか温もりがある。
23時過ぎ、Oshに到着。
ようやく見つけた宿はベッドの空きがなく、仕方なく
床に寝袋を敷いて眠る。長い一日だった。
ついにパミールを越えた。次は天山山脈だ。

移尔加布 ▶ 萨雷塔什（景色很棒！）▶ 奥什
进入吉尔吉斯斯坦，周围的风光从高耸的岩山变成了平坦的草原。
夕阳西下，身后的帕米尔高原上山峦起伏。落日之后，月亮升上天空。还有几天便是满月之夜。
民房里白炽灯沉静地散发着光芒。月光洒在岩山的肌肤上。
吉尔吉斯斯坦的景色深蕴着温暖。
23点之后，我到达了奥什。
好不容易找到一家旅馆，可是已经住满了。我只好在地上铺着睡袋睡觉。漫长的一天接近尾声。
穿越帕米尔高原后，等待着我的是天山山脉。

塔吉克斯坦 ▶ 吉尔吉斯斯坦 ▶ 中国

裸電球がぶら下がる屋台で、大きな鍋から無数の
羊腿がはみ出し、湯気がもうもうと井立つ。
客が座ると、羊の頭を丸木の上に乗せて出刃包丁で
まっぷたつに割り差し出す。
拉麺にモツ煮込みに串焼き。
Asia、アジア、亜細亜──!!
やっぱり飯は食のアジアですね。

吊在顶蓬上的电灯泡照亮整个摊位，冒着
热气的大锅里插着好多的羊腿。
客人刚坐下，店主立刻抓起一个羊头放在
圆木菜板上，拿起菜刀唰唰剁成两半，递到客人
面前。
拉面，羊杂汤，羊肉串。
Asia，亚洲，亚细亚!
果然还是食在亚洲。

ウイグル帽
みんなかぶっている。@kash.

维吾尔族人的帽子
每个人头上都戴着。@喀什

398　　亚洲

吉尔吉斯斯坦 ▶ 中国 ▶ 不丹

亚洲

80小时火车之旅

第一天

还没天亮，我便离开了位于喀什市区里的青旅，前往火车站。

早上8点的火车。直到发车的时候，天才刚刚亮了起来。北京和喀什之间隔着3700千米的距离，有3小时的时差，但中国境内统一使用北京时间，所以8点这边天还没大亮。

前一天，我挤在车站的人堆里，好不容易才抢到了到乌鲁木齐的硬卧火车票。到乌鲁木齐一路要花24小时，我睡在硬卧车厢最下层的铺位。这时正值中国的国庆节，客运人次达几亿人，能买到卧铺票就算非常幸运了。我之前没有坐过中国的火车，上车之前还很担忧，但实际上车里干净舒适，我不由得松了一口气。车厢里不知为何放着当下的流行音乐，旅行的诗意被一扫而光。不过车开动的时候，站台上突然响起了《山鹰之歌》[1]，一瞬间把我带回了在南美旅行的时光。

火车顺利出发了。沿途的风景大致没什么变化，都是干燥的荒漠和向四周延伸的岩山。人迹罕至的样子让我不禁好奇在中国生活着的13亿人口，他们都住在哪里。这里连小镇都很难看到。火车时不时停靠在沿线上萧条的车站。我搭乘的这列车应该是慢车，怪不得车票没有想象中那么难抢。

穿越中亚时累积在体内的疲劳席卷全身。一路上我都在睡觉。

第二天

预计24小时的车程被延长了。每当火车靠站停留，我都会反复确认站名，看到不是我下车的地方之后又继续打瞌睡。结果到乌鲁木齐的时候已经过了下午3点。我也不清楚这时间到底是准点还是晚点。接下来的旅行要等到翌日的早上，去成都的50小时车程。在那之前，我在乌鲁木齐稍作休息。

乌鲁木齐市区高楼林立，好一派都市风光。

我本来打算坐出租车去青旅，没想到司机狮子大开口。我只好改搭巴士。

---

[1] El Cóndor Pasa，秘鲁歌曲，由作曲家丹尼尔·阿洛米·罗伯斯（Daniel Alomía Robles）根据安第斯山区民谣谱写而成。1970年，著名组合西蒙和加芬克尔（Simon & Garfunkel）翻唱了这首歌曲，保罗·西蒙重新填写了英文词，使之成为世界名曲。

我去打听的第一家旅馆看起来环境不错,但是前台的女生态度非常恶劣。我问她有没有空房,她面带愠色地回答道:"No!"我又问:"那有床位吗?"怎料她更不耐烦了,大声说:"No!!!"我继续问她:"你知道附近还有其他的旅馆吗?"这下她彻底怒了,朝我大喊:"I don't know!(我不知道!)"于是我离开了那家店。

不知道她是一直都那样,还是今天恰巧心情不好。但是做旅馆的前台服务员,怎么能对客人这么凶呢?

我挨家挨户地询问,不知不觉间来到了郊外一家略显凋敝的青旅,在那里我终于没有遭到拒绝。可不巧的是这家店住满了。当时已经过了晚上6点,第二天一大早我还要去坐长途火车。再这么找下去,身体的疲惫只会越攒越多。无奈之下,我想着干脆就去公园里露宿一晚。然而就在这时,有人退房了。我幸运地获得了床位。

傍晚时分,我到城里走了走。城区里很无聊,没有太多生活的氛围,也感觉不到时光的沉淀。到处都是一样的房子,看起来枯燥无味。不过在楼与楼之间狭窄的小径里,摆着许多摊位。当地人在亮着白炽灯的摊位上吃着拉面和烤肉串。我混在他们之间,吃完饭便回旅馆睡觉了。

第三天

买从乌鲁木齐到成都的火车票的时候,我只抢到了最便宜的硬座票。光是听"硬座"这两个字就让我背后一凉。有片刻时间,我犹豫着要不要改成飞机。可转念一想,在欧亚大陆的旅途中,难得没有坐飞机,全都是在陆地上移动。这应该是最后一次远距离移动了,干脆咬咬牙挺过去。于是我决定迎接这50小时硬座的挑战。我的座位是27号,很明显不是靠窗的位置,极有可能是中间的座位。

火车早上8点从始发站乌鲁木齐发车。在人满为患的候车室里,旅客们提着大件行李等待着检票。他们看起来和之前卧铺的乘客有着鲜明的区别,大多应该是农民。后来发现他们都是和我同一辆车的硬座乘客。

车门缓缓开启的瞬间,就像是拉闸放水一般,人流一股脑儿地涌向车内。我背着沉重的行李,左推右搡地往前移动,好不容易才找到3号车厢里自己的位置。我抱着侥幸心理,想着要是靠窗的座位空着,就装作不知情坐过去。怎料车厢被人和行李挤得满满当当,连本来属于我的座位都被占领了。我请对方把座位腾出来,一屁股坐下去后,已经累到快要瘫痪。

接下来50个小时的路程里,我都要坐在这个位置。偏偏这个位置正巧背向列车行进的方向。车厢里一排有5个座位,中间夹着过道,每两排座位面对面,而最中间的位置，大概是最煎熬的。虽然坐垫不算硬，但是和靠背之间近乎成直角，也没法调整角度。坐的时间长了真的很难受。

火车准点开出车站，一路畅行无阻。然而窗外的景色没什么变化，和昨天从喀什出发见到的几乎一样。只不过这边的工地更多一些。沿途不时可以看到，在一些感觉没有任何建设需求的地方，堆放着建材和设备，却不见任何工人的身影。

1小时、2小时、3小时过去了，天色依然亮得很。我看了一会儿书，又去餐车吃了个饭打发时间，可仍然感到度秒如年。窗外照样是单调的景致。到了傍晚，车厢内越来越热，再加上人满为患，我觉得快要喘不过气来。如此持续下去，我真不知道该如何忍受这50小时。

等到夜晚降临，车内氧气稀薄得让我难以呼吸，在座位上也没办法换舒服的姿势，我完全睡不着。坐在我旁边的乘客鼾声如雷，我只好戴上耳机听歌，又一个劲儿地看书，默默等待着疲惫将我击溃。等到我终于能够睡着的时候，已经是深夜2点多了。

第四天

还在车里。这趟列车苦旅似乎看不到尽头。

去往厕所的路变得十分艰辛，必须要突破人和行李的重围。等我好不容易终于抵达厕所门口，却发现门口排着十多个人。等了好一会儿，终于轮到我的时候，我前脚刚进厕所，后脚就有人用力地敲门，催我快点出来。等我好不容易上完厕所回到自己的座位上，才发现不知道哪里来的乘客一脸无辜地坐在了我的位置上。

这一天真的太漫长了，长到看不见尽头，长到像是在修行，而且还是苦行。我一下子心如死灰，一下子心里出现怒火中烧的魔鬼，下一秒又像是菩萨般宽容地接纳一切。在这样的状况下要保持心态平和实在是太难了。稍一疏忽，精神就会失去平衡，变得坐立难安。

我尽最大努力让自己不被周围分心。盯着某一处，直到视野里其他的事物都消失，接着开始感觉不到气味，听不到声音，仿佛沉入了内心的海底，在那里实现和自我的对话。这个过程告一段落后，万物皆空的世界向我敞开了大门。我走进去，在那里探寻着生命的起源，化为宇宙的一部分，梦想着解脱的瞬间。我好几次尝试着进入这样的冥想状态，可中途总有人不小心撞到我，打断我的思绪，只好从头再来。如果不想办法忘记自己的存在，我真的无法继续待在这个环境里。

今天也是直到凌晨都无法入睡，身心俱疲。

第五天

　　从新疆维吾尔自治区的乌鲁木齐坐上火车后，已经过了50个小时。如果加上从喀什坐车的时间，那就是80个小时。80小时后，我终于到了四川省的省会成都。

　　火车朝着成都站的方向行进，逐渐放慢速度。窗外，原本人烟稀少的田野上开始出现越来越多的房子。不一会儿，火车仿佛被吸进高楼林立的都市之洞，停在了成都火车站。

　　车刚一到站，乘客们就匆匆下车，顷刻之间，车厢里就没了人影。虽然有些人举止粗鲁，但仍能感到他们为人的朴实与热情。坐了50个小时的硬座火车后，我对这片土地已大概有所了解，不论是正面还是负面。

　　一出车门，湿润的空气扑面而来。被水汽环绕让我感到身心舒畅，这是我在气候干燥的新疆从未有过的体验。在车上的两天多时间我明明什么也没做，现在却有种干了件大事的成就感。

　　抵达成都的一整天，我都是这样的心情。很快，我找到了在成都的落脚处。入住后便迫不及待地出门上街去了。到四川，怎能不吃麻婆豆腐。我去了成都做麻婆豆腐历史最悠久的餐馆，怎料到自己竟溃败在红油和花椒面前。舌头被麻到分不清楚到底好吃与否。麻婆豆腐给我的冲击太强，以至于刚才开阔的心境瞬间消失殆尽。

　　回到旅馆便一头栽倒在床上。我暗暗发誓，今天一定要睡到饱。

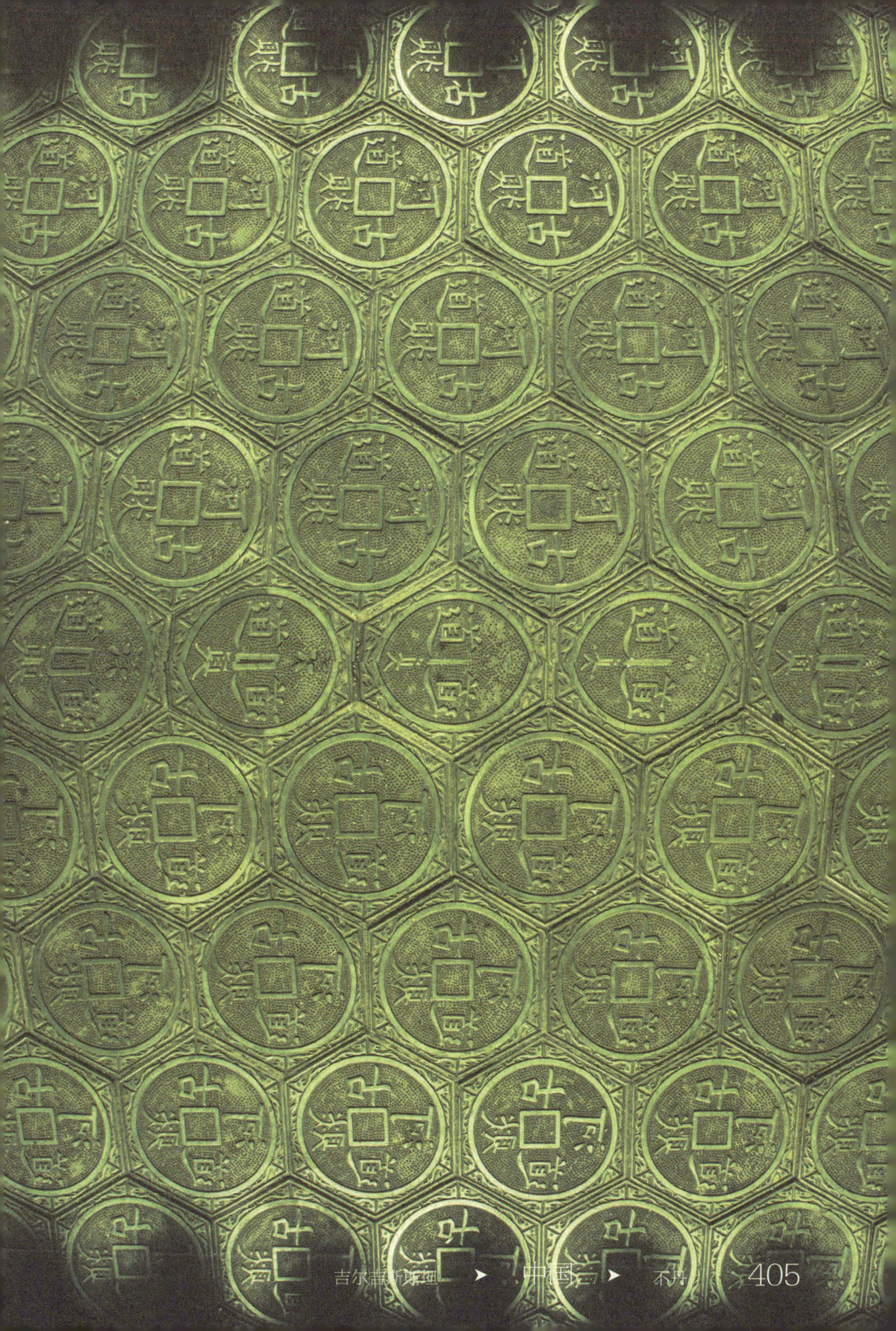

亚洲

吉尔吉斯斯坦　　尼泊尔　　不丹

408　亚洲

中国 ▶ 不丹 ▶ 中国

不丹腹地纪行

在不丹东部的布姆唐[1]谷地，静静地伫立着一座寺庙。这里来客稀少，氛围有些寂寥。爬满裂纹的墙上画着年代久远的佛像画。佛祖的脸庞被摇曳的蜡烛点亮，双眼注视着我。在庙堂转了一圈后，想不出在这里还有什么其他可做的事，于是我出了寺庙。

在从寺庙回村子的路上，天空下起了雨。雨点越来越大，我只好跑进附近的一家商店里避雨。店内光线昏暗，没有商铺的样子，只是乱糟糟地堆放着一些孩子爱吃的零食，从印度进口的日用品等。店铺往里应该是这家人居住的地方，我朝里面望了望，疑似商店老板的一家人正喝着酥油茶。两位略显老态的中年男人身着不丹传统服饰"帼"，正在聊天。他们看到我，举起手招呼我进去，又为我端来了酥油茶和点心。

他们之中一位是店铺的主人，另一位老人是为了给家人庆生，专程来附近的寺庙点酥油灯，和我一样在这里躲雨。那位老人面容慈善，说着一口流利的英语。他曾经在不丹首都廷布的政府机关工作了几十年。去过英国、美国，还去过日本。

他说自己是在20世纪80年代去的日本。那个时候的不丹，道路和车辆都很少，也没有网络。当他去东京和大阪的时候，看到那里的高楼大厦、飞速行驶的车辆、杂沓的街道，还有各种复杂的公共设施体系都组织得当、秩序井然，极受震动。

这位老人今年67岁，皮肤依然光洁。我说他看起来很年轻，他用澄澈的黑色双眸看着我回答道："70岁和80岁对我都没什么差别。一个人的生活方式才是决定他多少岁的关键。"我又问他，当他还是个孩子的时候，不丹是什么样子。他说，当时什么都没有。忽而他将视线转向窗外，感叹道，每当想到曾经的日子，觉得既令人怀念，又让人寂寞。

日间，我翻过几个垭口，朝着前方一座叫作佛龙的小村庄前进。这个村子是

---

[1] 布姆唐宗是不丹二十个宗（dzongkhag）之一，布姆唐（Bumthang）在不丹语中代表美丽的田园。Thang是"田园"或者"平地"，而Bum则是"圣水"（bumpa）或者"少女"（bum）的简称。

我这几天住的民宿老板的老家,他告诉我今天有节日庆典,推荐我去看。

通往佛龙村的路途蜿蜒曲折。山的一面生长着茂密的杉树林,每棵树都挺直着身子,枝叶绿得沁人心脾。早晨透明的阳光从枝丫间的缝隙漏下来,在路面描绘出放射状的影子。路上偶尔能够看见农家的房舍掩藏在树林深处,它们与其说是在林中辟地而建,更像向森林借了一点居住空间。不丹的木造房屋和自然已经融为了一体。

佛龙村里生活着20户到30户人家,全村大概有1000人。村子周边集中住着一些人,其他人则散居在田野的另一头。

村庄坐落在半山腰,景色美极了。杏树上开着淡粉色的花朵,点缀在绿色之间。山坡上松树林长得整整齐齐,村落里的田野周围,树木换上了新绿的衣裳,其中零星立着三层楼的传统木造房屋。

我走进村子的时候,几个年轻人正在射箭。大概有5个人,每个人都身着帼。每当我在村里看见穿着帼的人,刹那间总会忘记自己身处哪个时代。不知为何,这里的光景让我感到内心十分平静,好像我曾来过这里。

我拜访了当地人的家。进门时,我看到门口的装饰画上画着勃起的男性生殖器,睾丸周围的黑色毛发都描绘得一丝不苟,生殖器前端,精液飞溅,画面逼真。在不丹,很多房子的门两旁都画着男性生殖器,作为辟邪装饰,防止不净之物进入家门。不丹的传统房屋是三层建筑。一楼用来饲养牲口,二楼住人,半开放式的三楼用来放杂物和储藏谷物。不过,后来不丹政府为了改善卫生条件,禁止人们在房子一楼圈养牲口。现在很多人家的一楼也被用作储物室。我爬上由于常年的使用,已经被磨得漆黑油亮的木质楼梯,走上二楼的起居室。日光从窗户照进来,把屋子晒得暖烘烘的。房间的中央放着烧柴的火炉,做饭的灶台嵌进墙壁的凹陷处,灶台附近放着锅和碗。女主人正在准备晚饭。在晚饭端上来前,一家人和我一起喝着不丹烧酒、酥油茶,接着主人又端上当地的浊酒倒给我喝。

我感到头越来越沉,坐在穿着帼的当地人之间,仿佛置身于另一个时空。令我印象尤其深刻的是这家的一家之主,也是民宿的主人。他身材健硕,相貌俊朗,浓眉,留着整齐的平头。他身穿精致的灰色帼,盘腿坐在桌前,动作利落地拿起木筒为我斟酒。其他人坐在他的对面。家庭中的女性也都身穿传统服饰。在这里看不到任何现代社会的痕迹。

不到一会儿工夫,我的面前摆满了食物。红米饭、土豆辣汤、菠菜辣椒炒肉干、撒满辣椒末的拌面,还有不丹最有名的菜,奶酪和辣椒的炖菜"Ema Datshi"。在不丹的任何饭店里都一定会有这道菜。摆在我面前的每道菜都加了很多辣椒，一片红色。我可以毫不夸张地说，不丹的菜没有不辣的。不吃辣的人在这里可能活不下去。好在我喜欢吃辣。不丹菜在我到各地吃的众多食物里，美味程度可以排到前三名。

这里的菜虽然很辣，但辣中带柔。光看辣度，可以说是特辣，不过并不是那种强烈到具有攻击性的辣味，而是带有厚度的味道。尤其是每家每户做的Ema Datshi的味道都有着微妙的差别，各有各的特色。我一边流着汗一边大口吃饭。很辣，但是很好吃。停不下来。吃了一口还想吃下一口。食欲大开的我连着吃了好几碗饭。

饭后走到村子中心，那里已经聚集了一些人。这个庆典已经有五百多年的历史了。每年春天的这个时节，当田地里的收成告一段落后，全村会拿出一周的时间，停下手里的活，休闲，喝酒，跳舞。对他们来说，不干活的时间是非常宝贵的。如果在此期间有人打破了规矩，反而会被罚款。节日期间，每天都会有僧人在寺庙或者是当地人的家里进行祷告。祷告结束后，大家便聚在一起喝酒。

天稍微暗下来后，村民们陆陆续续地聚集在当地某户人的家中。据说全村的人都来了，不过只有100人左右。聚会的房子是用来储存谷物的仓库，没有电灯，只有微弱的光线从窗户照进来。大家聚在房间里喝酒，吃着用荞麦粉做成的馒头。这是当地特色的馒头，吃起来发苦，说不上好吃。我不好意思拒绝，只能配着酒硬生生地咽下去。

大概是因为很少有外国游客在节日期间来村子里，村民们一个接一个地给我倒酒。烧酒、浊酒，刚喝完一杯，又倒满下一杯。男女老少都穿着传统服饰，面带笑容。当地的大婶不停地想要给我说媒，用手指着村里的女孩子问我，这个姑娘你喜欢吗？女孩们在一旁听着，脸上露出少女的娇羞。那模样实在是令人心生怜爱。我真的醉了。

村里的女人在屋子的中央围成一个圈，开始跳起舞来。男人手里拿着酒杯，侧身靠在墙边，望着她们。时不时有人往圈子里扔现金，瞬时全场吆喝着回应。淳朴而强劲的村民、美丽的女子、辽远而清澈的歌声、源于自然的酒和食物、沧桑的老人、脸颊红扑扑的孩子，这一切都带给我心灵的宁静。

后来我也加入进去，和她们手拉着手，一起唱歌跳舞。旋转着身子，此时的我已经忘却了自己身处何时何地，他们是谁。在这里的感觉是那么的亲切、令人熟悉。这里的人的脸庞让我想起了日本的人们。这里的文化习俗也和日本非常相似。我感觉自己好像回到了日本，回到了那个早已消失不见，被埋藏在时光里的日本的原风景。这不正像英国作家伊莎贝拉·伯德在游记《日本奥地纪行》中所描绘的明治初期的日本吗？在历经翻山渡河的路途后，我仿佛来到了一百年前她曾置身的那个世界。

等我回过神来，庆典已经结束，自己则睡在当地老房子的地板上。我努力让自己清醒过来，准备起身离开，朝自己住的地方走去。我迈着摇摇晃晃的步子，头痛欲裂。

回到民宿后，我往屋子中间的火炉里添了些柴火。

火焰瞬时旺了起来，松木燃烧的清爽香味溢满了整间屋子。

屋子里越来越暖和。我在不知不觉间进入了梦乡。

亚洲

ブータン滞在、最終日。
今日、カトマンズに戻る。
降る雨。いつからだろう、雨が降っても、
風が吹いても、受け入れられるようになったのは、
ブータンに降る雨は大地のかおりがした。

在不丹的最后一天。
今天就要回到加德满都。
从早上起天一直在下雨。也不知道是从什么时候
开始，不管天气是刮风还是下雨，我都能坦然接受了。
不丹的雨有着大地的味道。

中国 ▶ 不丹 ▶ 中国   415

416

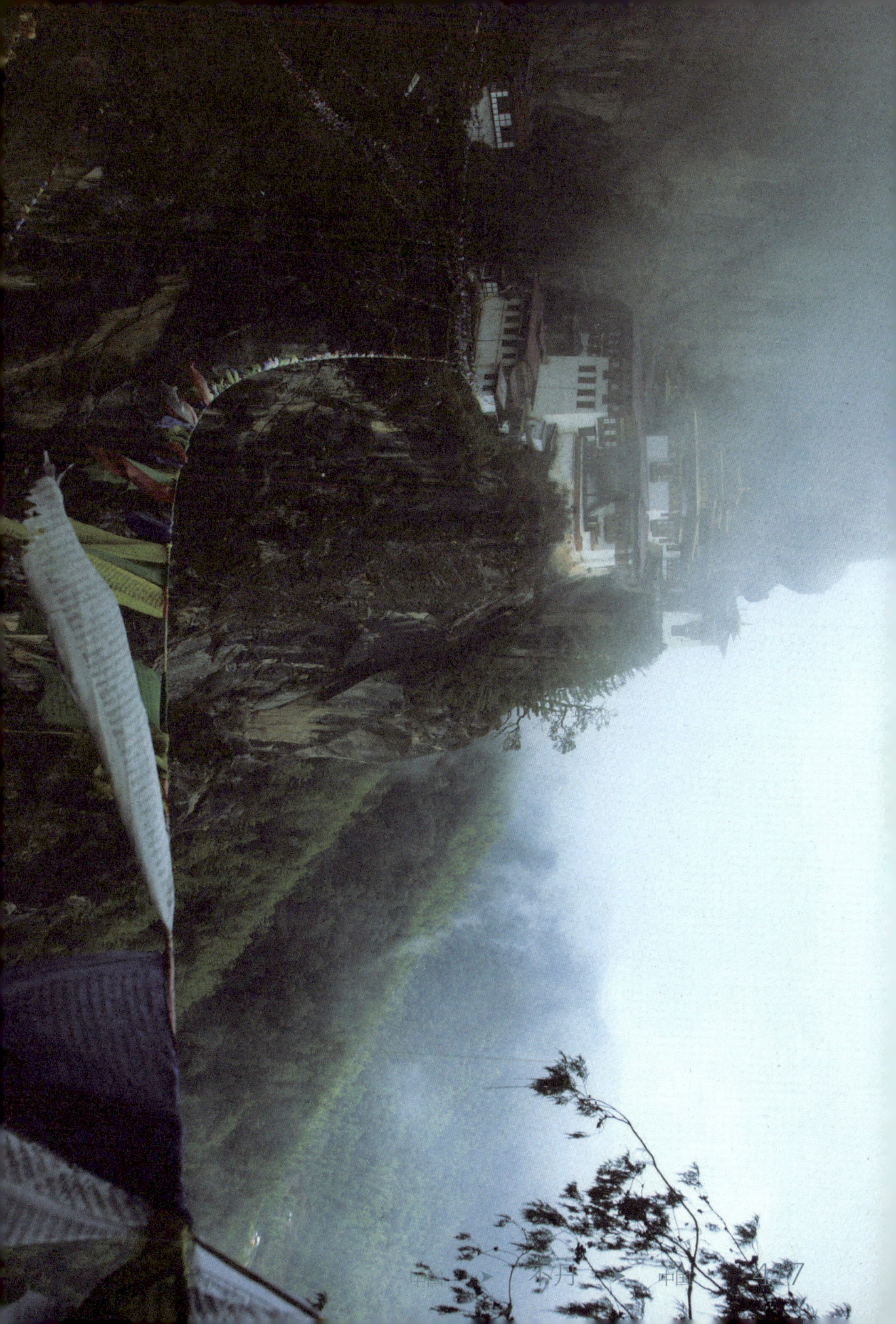

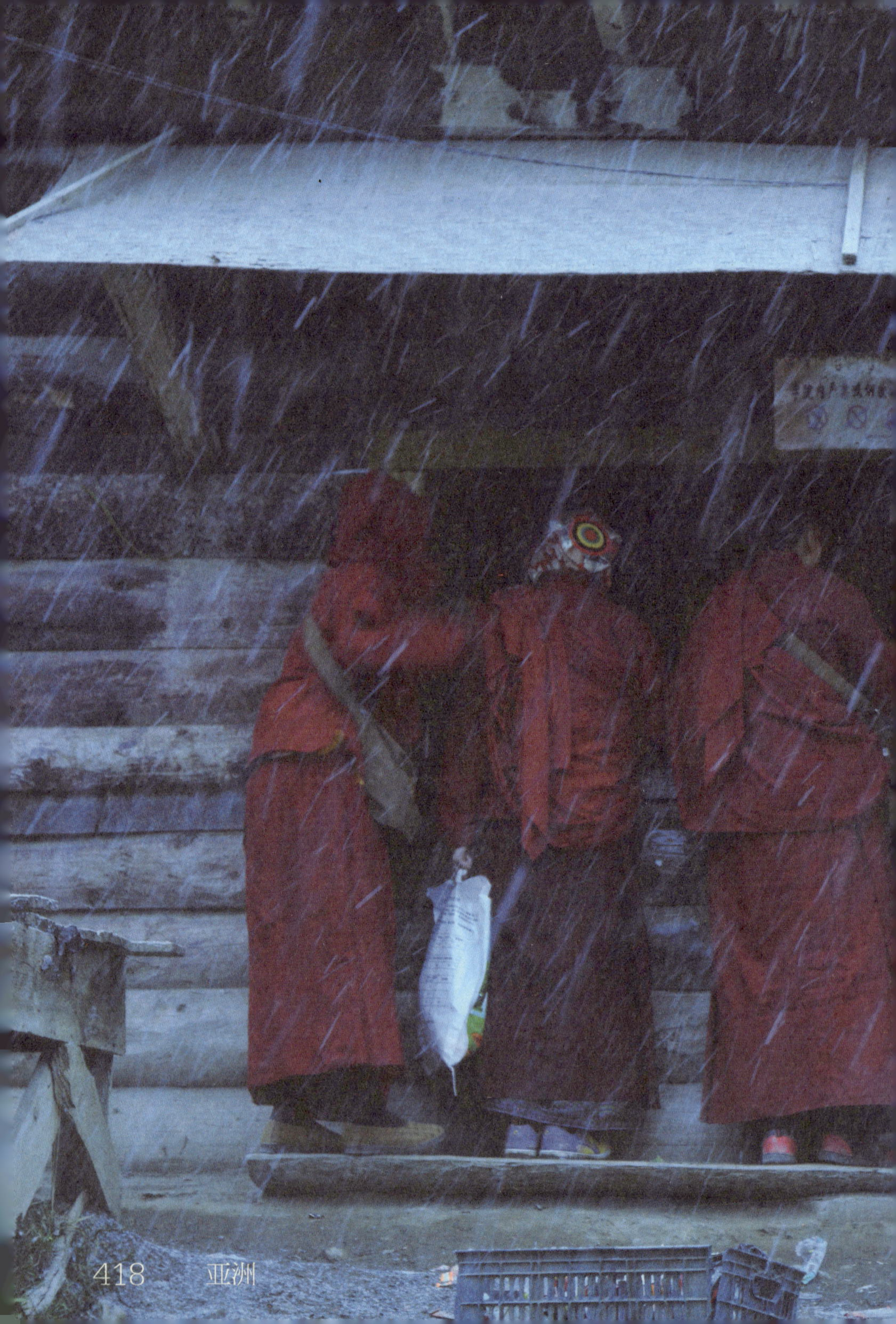

不丹 ▶ 中国 ▶ 老挝

亚洲

不丹 ▶ 中国 ▶ 老挝　421

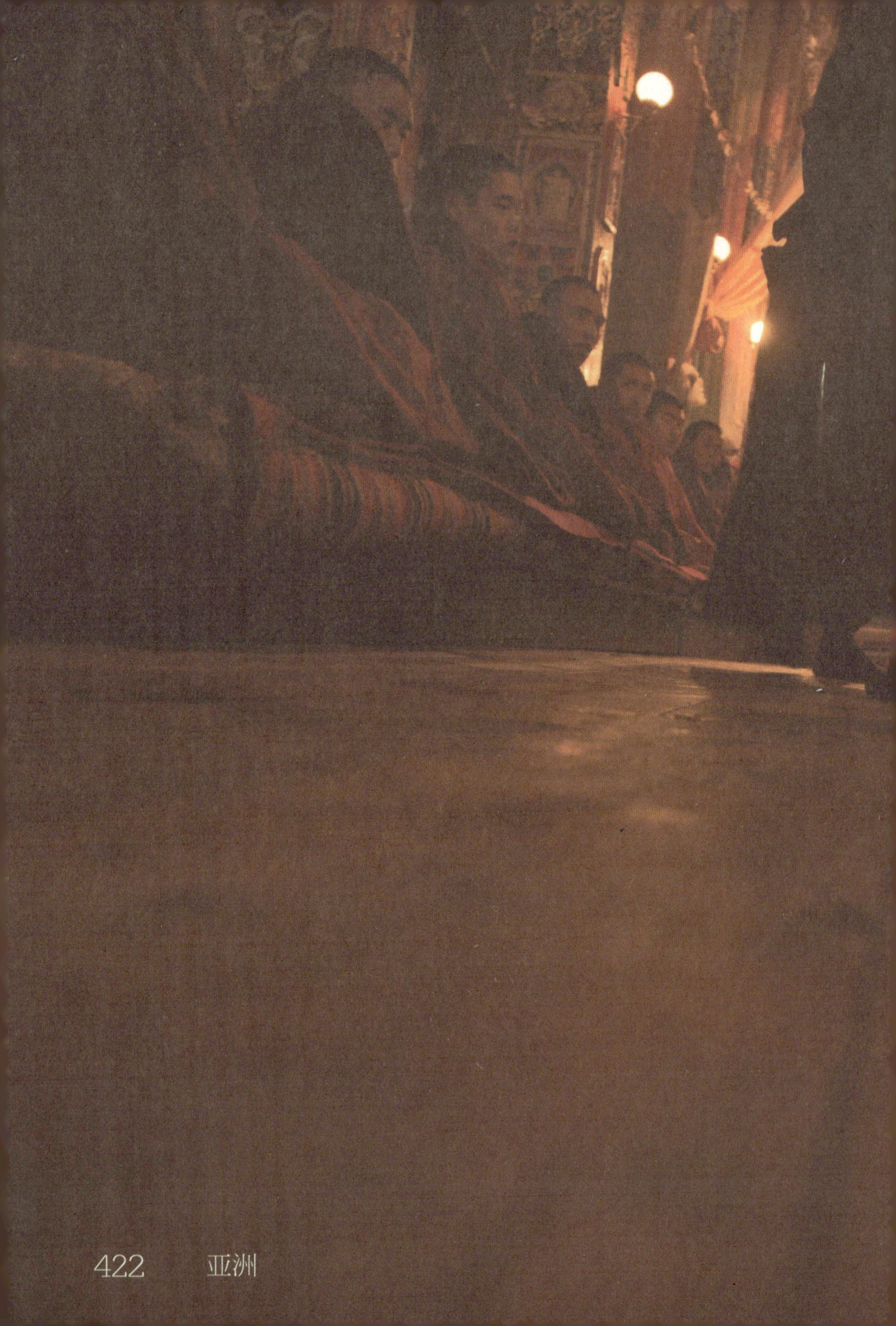

不丹 ▶ 中国 ▶ 老挝

亚洲

不丹 ▸ 中国 ▸ 老树

四川

不丹 ▶ 中国 ▶ 老挝　　427

That Phou si, Luang Prabang LAOS
TICKET № 011537
PRICE 8000 KIPS

LAO AVIATION
29 AUG 2001
Y CLASS BOARDING PASS

Kwang Xi Waterfall, Luang Prabang LAOS
TICKET № 002228
PRICE 8000 KIPS

@ Muansin, Laos
アカ族の村を訪ねた子。
体調が悪い。食欲もない。
緊張の糸が切れてしまったかも。
もう好奇心がない。
旅行気力がない。

@ 芒新（老挝）
前往阿卡族居住的部落。
身体难受、没有食欲。
我紧绷的神经断了。
对所有事物都提不起兴趣。
已经没有继续旅行的精力。

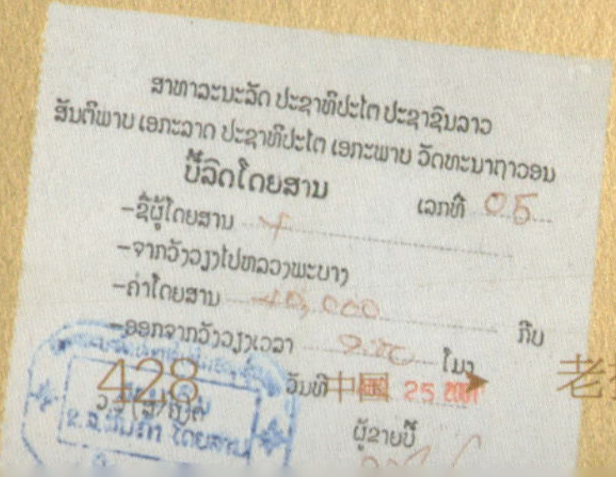

老挝 ▶ 泰国

@ Bakhah, Vietnam

花モン族のMarket.
今日で日本を出発してちょうど1000日.
疲れ切って祝う気にもなれない.
風邪が一ヶ月に入っても、心の中まで届かない.

@ 巴罕（越南）
越南苗族的集市。
今天是我离开日本旅行的第1000天。
已经身心疲惫到根本无心庆祝。
景色再美，都没办法映在心里。

コムローンのランタン祭り.
終了後.宿に戻ったら猛烈な高熱が.
数日苦しんだあと、病院に行ったら
インフルエンザA型。治療費5500バーツ!!
高い!! 死ぬ!!

清迈水灯节。
庆祝结束，回到旅馆后突然发起了高烧。
连续几天身体都难受极了。去医院看病
被诊断出是甲型流感。
医药费5500泰铢。太贵了！！想死！！

老挝 ▶ 泰国 ▶ 印度尼西亚 ▶ 越南

2012.12.17.
　韓国仁川行のフェリー。17時発。
　乗船時、雪が降っていた。寒い。
　甲板で出港を待つ。フェリーはタグボートに
曳航されて静々に離岸し、やがて巻き上げに走り始めた。
水面が後方に流れて行く。夜の景色も遠ざかる。
灯台も越え、船は沖に出た。その時、ふと何かとても
大切なものから遠ざかっていくような寂しさに襲われた。
知っていた場所が離れてしまう。大陸から、旅の世界から
もっと大きな大切なものから。元々を置きざりにして、
自分だけが離れていく。
　そんな寂しさが胸を埋めつくした。
　ほおを切る雪まじりの風が、冷たかった。

2012.12.17
　坐上了开往韩国仁川的轮渡，17点开船。
登船的时候，天下着雪。很冷。
　我在甲板上等着船开出港口。轮渡被拖船拉
着，缓缓地离开海岸，朝大海驶去。海水往后流
去，岸上的灯火越来越远。船开过灯塔，进入辽
阔的海面。那一刻，我似乎觉得有什么珍贵的东
西在溜走，心一下子空了。自己曾存在过的世界，
辽远的大陆，旅行的世界，弥足珍贵的一些东西，
都离我越来越远。我扔下了它们，转身离开。
　难以名状的孤独堵在胸口。
　夹着雪的风像刀子刮在脸上，冷彻骨髓。

越南 ▶ 韩国 ▶ 日本

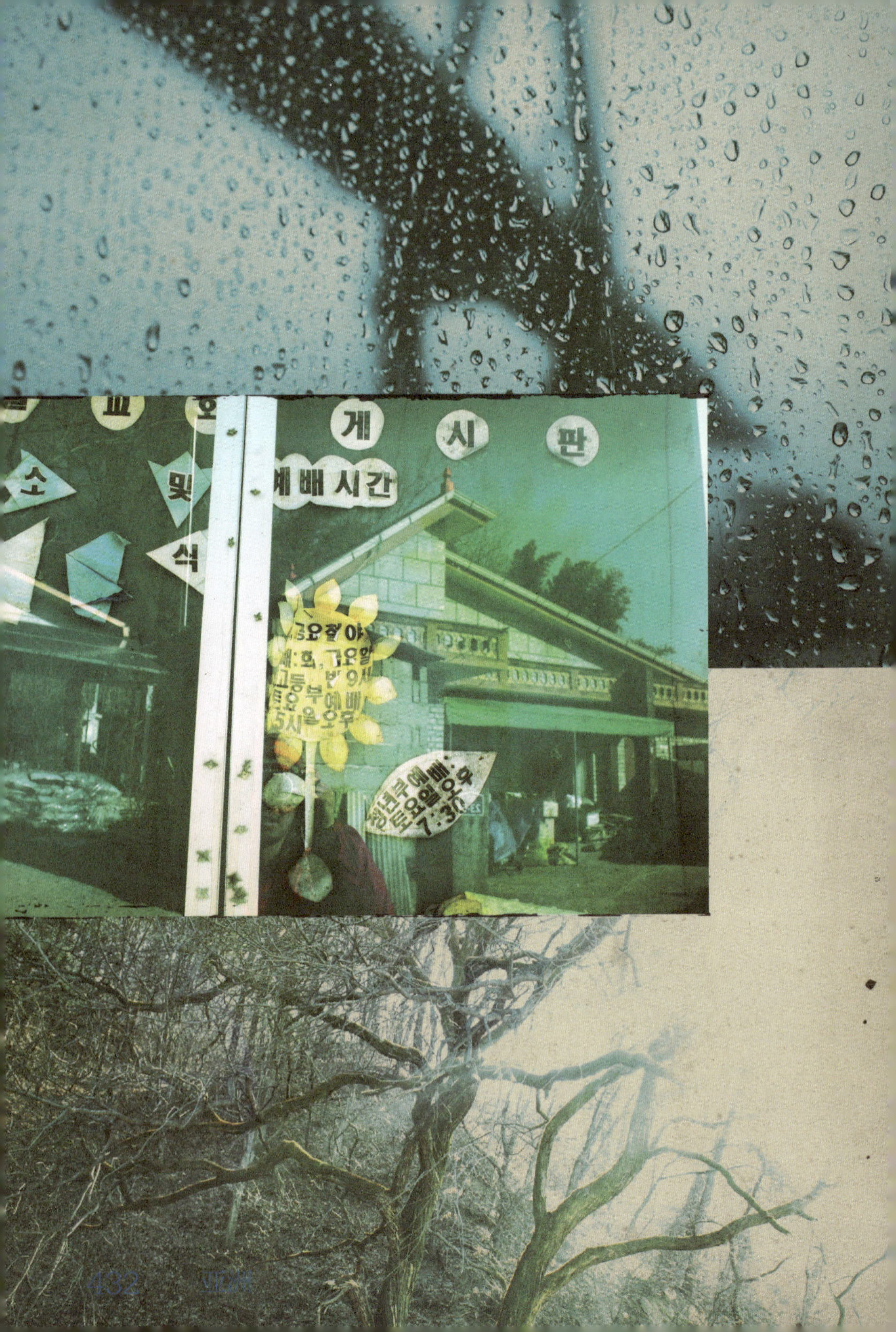
게 시 판
예배시간
소
및
식

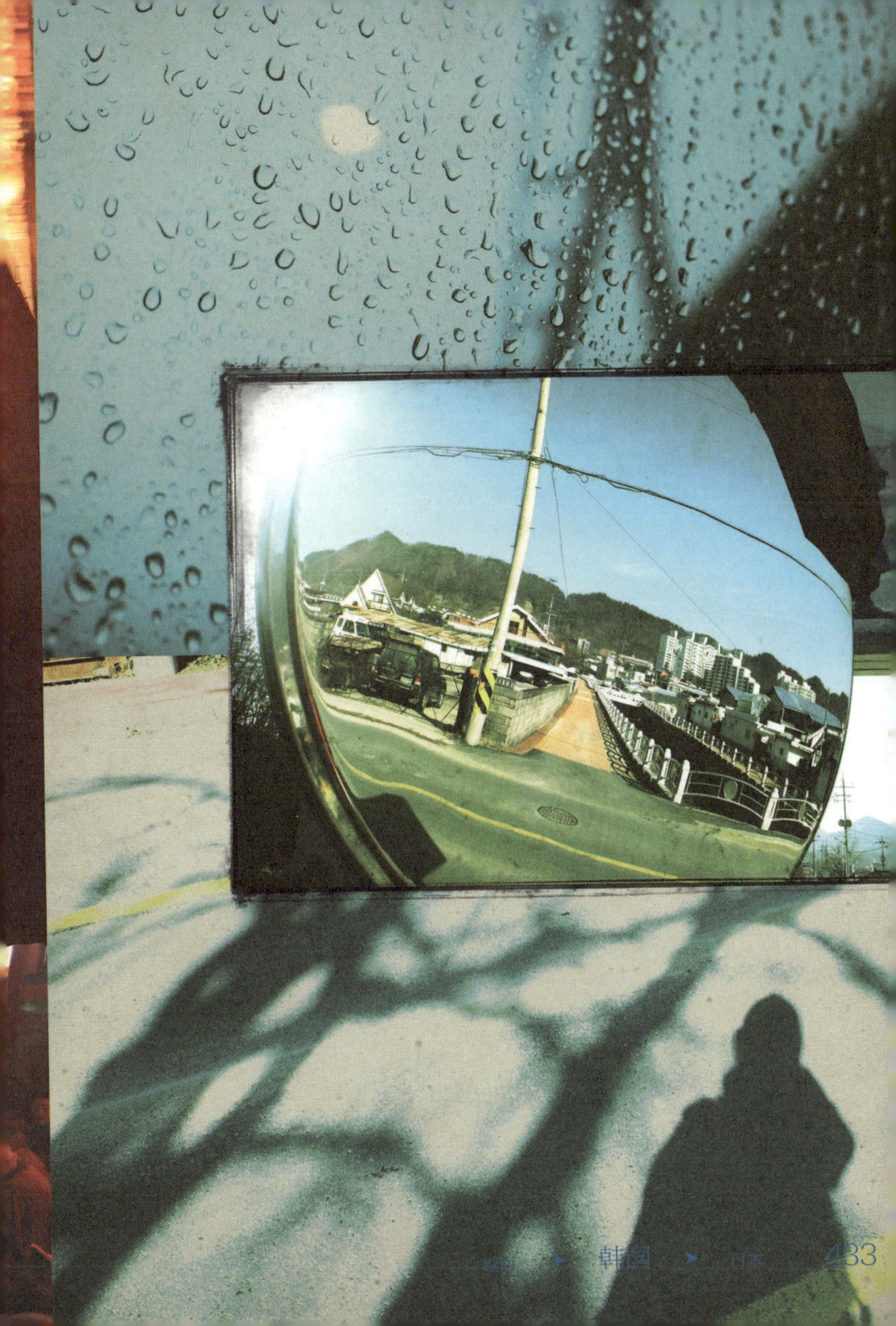

釜山 → 福岡

雨。そして寒い。
疲れていたのか、船内で眠ってしまい、気がついた
らもう外に福岡の島々が見えていた。
その景色がマダガスカルのノシベの島に見えた。
帰って来たという印象はなかった。
またどこか違う国にやって来たという印象に近い。
イルミネーションが目に痛く、人々の会話がすべて理解
できて、耳障りである。
自分が生まれ育った国に帰って来たというのに
どこかへ帰りたいと思った。　どこへ？？

釜山 ▶ 福冈

下雨，天气阴冷。
我太累了。等我从睡梦中醒过来时，船已经开到福冈附近的海域。我看着周围的景色，想起了马达加斯加的岛屿。
完全没有回国的实感。好像我又到了另外一个国家。
街上的灯过于刺眼，人们的交谈我都听得懂，走到哪里都吵闹极了。
我明明已经回到了自己出生成长的土地，为什么还想着要回到某地？回到哪里？

韓国　➤　日本　435

亚洲

日本（冲绳地区）

亚洲

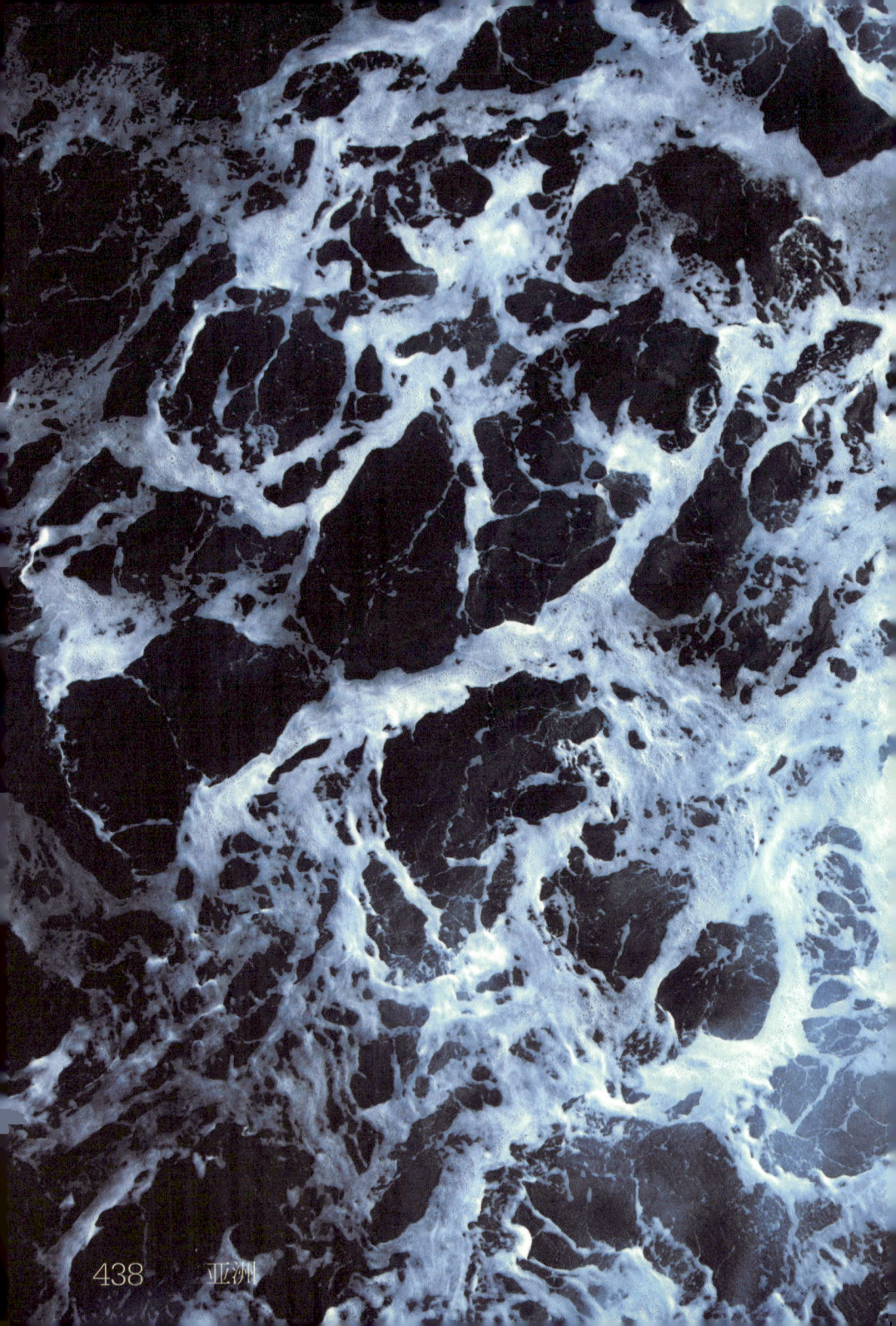

日本（冲绳地区）

日本（冲绳地区）

竹泽宇流麻

生于 1977 年。自学生时旅行冲绳,爱上拍照。之后利用在美国的一年时间,自学摄影。毕业后做过杂志摄影师。从 2004 年起,开始独立摄影师生涯。2010 年至 2012 年,踏上历时 1021 天的旅程,足迹遍布百余个国家和地区。归国后,出版了摄影集《Walkabout》、相关游记《The Songlines》。其他作品例如:《Buena Vista》《Kor La》,诗人谷川俊太郎摄影诗集《今》等。曾获得 2014 年日经 National Geography 摄影大奖。

个人网站:uruma-photo.com

涉及外币对人民币汇率参考

2020年5月信息，按书中首次出现顺序排列。

墨西哥比索1∶0.3	010
古巴红比索(CUC)1∶7	020
危地马拉格查尔1∶0.9	026
秘鲁索尔1∶2.09	049
玻利维亚诺1∶1.03	069
日元1∶0.06	070
巴西雷亚尔1∶1.24	080
哥伦比亚比索1∶0.0018	093
阿根廷比索1∶0.11	100
巴拉圭瓜拉尼1∶0.0011	101
约旦第纳尔1∶10.01	125
以色列新谢克尔1∶2.02	149
埃及镑1∶0.45	151
苏丹镑1∶0.13	163
埃塞俄比亚比尔1∶0.21	177
肯尼亚先令1∶0.067	198
乌干达先令1∶0.0019	209
布隆迪法郎1∶0.0037	219
坦桑尼亚先令1∶0.0031	220
马拉维克瓦查 1∶0.0096	227
马达加斯加阿里亚里1∶0.0019	236
非洲法郎（CFA）1∶0.012	257
摩洛哥迪拉姆1∶0.72	286
克罗地亚库纳1∶1.01	328
格鲁吉亚拉里1∶2.21	338
土耳其里拉1∶0.98	339
亚美尼亚德拉姆1∶0.015	339
印度卢比1∶0.093	350
尼泊尔卢比1∶0.058	373
塔吉克斯坦索莫尼1∶0.69	383
泰铢1∶0.22	429

地名译名对照表

日记中部分地点由作者根据当地人发音听写，与惯用名拼写不同，在下表中做出更正，以便查找。少数地点在地图上未被标识，根据作者记录音译出名称。较为人熟知的地点或无拼写差异的国家首都未收录在表中。按书中出现顺序排列。

墨西哥
瓜纳华托　Guanajuato　　　　　　　010
塔利斯曼　Talismán　　　　　　　　027

古巴
哈默尔小巷　Callejón de Hamel　　017

危地马拉
德空乌曼　Tecun Uman　　　　　　026
克萨尔特南戈　Quetzaltenango　　 026
圣马科斯城　San Marcos　　　　　 026
奇奇卡斯特南戈　Chichicastenango 028
苏尼尔　Zunil　　　　　　　　　　028
莫莫斯特南戈　Momostenango　　　 028
圣弗朗西斯科埃尔阿尔托
San Francisco El Alto　　　　　　028
帕纳哈切尔　Panajachel　　　　　 028
安提瓜古城　Antigua　　　　　　　028
危地马拉城　Guatemala City　　　 028

萨尔瓦多
圣萨尔瓦多　San Salvador　　　　 035
苏奇托托　Suchitoto　　　　　　　035

尼加瓜拉
格拉纳达　Granada　　　　　　　　036

哥斯达黎加
拉佛尔图纳　La Fortuna　　　　　 038
斯尔佩　Sierpe　　　　　　　　　 038
德雷克海湾　Drake Bay　　　　　　038

科尔科瓦杜国家公园
Parque Nacional Corcovado　　　　038

秘鲁
奥桑加特山　Ausangate　　　　　　043
库斯科　Cuzco　　　　　　　　　　043
保卡坦博　Paucartambo　　　　　　044
依沃乔特　Ivochote　　　　　　　 046
圣弗朗西斯科村　San Francisco　　046
皮萨克　Písac　　　　　　　　　　046
普卡尔帕　Pucallpa　　　　　　　 048
阿塔拉亚　Atalaya　　　　　　　　048
米亚利亚　Miaria　　　　　　　　 048
森萨　Sensa　　　　　　　　　　　048
诺瓦维达　Nueva Vida　　　　　　 048
基里格蒂　Kiogueti　　　　　　　 048
欧塞亚　Eousea　　　　　　　　　 048
科科里亚　Khokoria　　　　　　　 048
波尔戈迈基　Porgo Maiki　　　　　048

玻利维亚
拉巴斯　La Paz　　　　　　　　　 056
埃尔阿尔托　El Alto　　　　　　　056
圣克鲁斯　Santa Cruz de la Sierra 064
蒙特罗　Montero　　　　　　　　　064
冲绳城　Okinawa　　　　　　　　　064

巴西
科帕卡瓦纳　Copacabana　　　　　 080
贝伦　Belém　　　　　　　　　　　082
马卡帕　Macapá　　　　　　　　　 082

444

奥亚波基 Oiapoque 083
伦索伊斯国家公园
Lençóis Maranhenses National Park 270

法属圭亚那地区
卡宴 Cayenne 083

委内瑞拉
罗赖马山 Roraima 086
圣埃伦娜德瓦伊伦
Santa Elena de Uairén 086
帕莱提普 Parai Tepui 086

厄瓜多尔
萨基西利 Saquisilí 090
昆卡 Cuenca 090
拉塔昆加 Latacunga 090
奥塔瓦洛 Otavalo 092

哥伦比亚
伊皮亚莱斯 Ipiales 094

乌拉圭
科洛尼亚·德尔·萨克拉门托
Colonia del Sacramento 100

智利
百内国家公园
Parque Nacional Torres del Paine 103
纳塔雷斯 Natales 103
城堡村 Cerro Castillo 103
比尼亚德尔马 Viña del Mar 195

阿根廷
乌斯怀亚 Ushuaia 114

南极地区
艾秋群岛 Aitcho Islands 118

叙利亚
奈卜克 Nabk 126
德拉 Daraa 137

埃及
汗·哈利里 Khan el-Khalili 150
拉美西斯路 Ramses 154
奥拉比路 Oraby 154
陶菲克市场街 Souk Al Tawfik 154
比尔加什 Birqash 158
吉萨 Giza 159

苏丹
栋古拉 Dongola 163
哈吉·尤素福地区 Haj Yousif 169
塞塔市集 Souk Seta 169
卡萨拉 Kassala 175

埃塞俄比亚
贡德尔 Gonder 175

肯尼亚
莫亚莱 Moyale 198

卢旺达
雅玛塔 Nyamata 214
塔拉玛 Ntarama 214
穆拉比 Murambi 218

布隆迪
布琼布拉 Bujumbura 218

坦桑尼亚
桑给巴尔 Zanzibar 220
江比阿村 Jambiani 220
石头城 Stone Town 220
达累斯萨拉姆 Dar es Salaam 223
姆贝亚 Mbeya 223

445

赞比亚
卡皮里姆波希 Kapiri Mposhi　223

博茨瓦纳
奥卡万戈三角洲 Okavango Delta　225

马拉维
猴子湾 Monkey Bay　227
麦克莱尔角 Cape Maclear　227
曼戈切 Mangochi　227
布兰太尔 Blantyre　227
姆万扎 Mwanza　227

莫桑比克
太特 Tete　227
马希谢 Maxixe　229
伊尼扬巴内 Inhambane　229
托弗 Tofo　229
马普托 Maputo　229

斯威士兰
埃祖尔韦尼 Ezulwini　231

马达加斯加
阿纳考海滩 Anakao Beach　237
图利亚拉 Toliara　237
圣奥古斯坦 St Augustin　237
安托特拉 Antoetra　240
萨凯沃 Sakaivo　240

南非
布隆方丹 Bloemfontein　247
厄加勒斯角 Cape Agulhas　247

纳米比亚
奥普沃 Opuwo　250
塞斯瑞姆 Sesriem　254
斯瓦科普蒙德 Swakopmund　254
斯皮兹考比 Spitzkoppe　254

骷髅海滩 Skeleton Coast　254
特韦弗尔泉 Twyfelfontein　254

塞内加尔
格雷岛 Gorée　257

尼日尔
阿加德兹 Agadez　259
阿巴拉克 Abalak　261

布基纳法索
戈罗姆戈罗姆 Gorom-Gorom　266

马里
莫普提 Mopti　268
杰内 Djenne　268
塞瓦雷 Sevare　268
邦贾加拉 Bandiagara　268
杜洛村 Dourou　268

毛里塔尼亚
阿塔尔村 Atar　280
舒姆 Choum　280

摩洛哥
舍夫沙万 Chefchaouen　286
拉巴特 Rabat　286
丹吉尔 Tangier　286

葡萄牙
辛特拉 Sintra　300
阿泽尼亚什 Azenhas do Mar Village　300
罗卡海岬 Cabo da Roca　300
阿尔法玛街区（里斯本） Alfama　301

捷克
克鲁姆洛夫 Krumlov　322

克罗地亚	
萨格勒布 Zagreb	323
杜布罗夫尼克 Dubrovnik	329
斯洛文尼亚	
卢布尔雅那 Ljubljana	323
布莱德湖 Lake Bled	323
波斯尼亚和黑塞哥维那	
莫斯塔尔 Mostar	330
黑山	
布德瓦 Budva	335
乌尔齐尼 Ulcinj	335
阿尔巴尼亚	
斯库台 Shkodër	335
地拉那 Tirana	335
塞尔维亚（科索沃地区）	
普里什蒂纳 Pristina	335
格鲁吉亚	
库塔伊西 Kutaisi	338
亚美尼亚	
埃里温 Yerevan	339
印度	
瓦拉纳西 Varanasi	349
达萨斯瓦梅朵河坛 Dashashwamedh Ghat	356
阿西河坛 Assi Ghat	356
果阿邦 Goa	358
卡兰古特海滩 Calangute Beach	358
可可海滩 Coco Beach	358
安朱纳海滩 Anjuna Beach	358
阿兰波海滩 Arambol Beach	358
马纳利 Manali	360

戈多利亚区（瓦拉纳西）Godowlia	362
普杰 Bhuj	364
安杰尔 Anjar	365
尼泊尔	
纳加阔特 Nagarkot	372
伊朗	
马什哈德 Mashhad	374
康村 Kahan	374
塔吉克斯坦	
戈尔诺-巴达赫尚自治州 Gorno-Badakhshan	382
霍罗格 Khorog	383
穆尔加布 Murghab	388
阿富汗	
伊什卡希姆 Ishkashim	394
瓦罕走廊 Wakhan	394
吉尔吉斯斯坦	
萨雷塔什 Sary-Tash	397
奥什 Osh	397
老挝	
芒新 Muang Sing	428
越南	
巴罕 Ba Khan	429

447

"RYOJONETTAIYA 1021nichi·103kakokuwomegurutabinokioku" by Uruma Takezawa
Copyright © Uruma Takezawa 2016
All Rights Reserved.
Original Japanese edition published by Jitsugyo no Nihon Sha, Ltd.
This Simplified Chinese Language Edition is published by arrangement with Jitsugyo no Nihon Sha, Ltd. through East West Culture & Media Co., Ltd., Tokyo
Simplified Chinese edition copyright: 2020 New Star Press Co., Ltd.

著作版权合同登记号：01-2019-4423

图书在版编目（CIP）数据

旅情热带夜：1021天穿越世界之旅 /（日）竹泽宇流麻著；童桢清译 . — 北京：新星出版社，2020.11
ISBN 978-7-5133-4093-9
Ⅰ.①旅… Ⅱ.①竹… ②童… Ⅲ.①游记－作品集－日本－现代 Ⅳ.①I313.65
中国版本图书馆CIP数据核字（2020）第161300号

旅情热带夜：1021天穿越世界之旅

[日] 竹泽宇流麻 著　童桢清 译

策划编辑：东　洋
责任编辑：李夷白
责任校对：刘　义
责任印制：李珊珊
装帧设计：一千遍

出版发行：新星出版社
出 版 人：马汝军
社　　址：北京市西城区车公庄大街丙3号楼　　100044
网　　址：www.newstarpress.com
电　　话：010-88310888
传　　真：010-65270449
法律顾问：北京市岳成律师事务所

读者服务：010-88310811　service@newstarpress.com
邮购地址：北京市西城区车公庄大街丙3号楼　　100044

印　　刷：北京美图印务有限公司
开　　本：910mm × 1230mm　1/32
印　　张：14.375
字　　数：115千字
版　　次：2020年11月第一版　2020年11月第一次印刷
书　　号：ISBN 978-7-5133-4093-9
定　　价：148.00元

版权专有，侵权必究。如有质量问题，请与印刷厂联系调换。

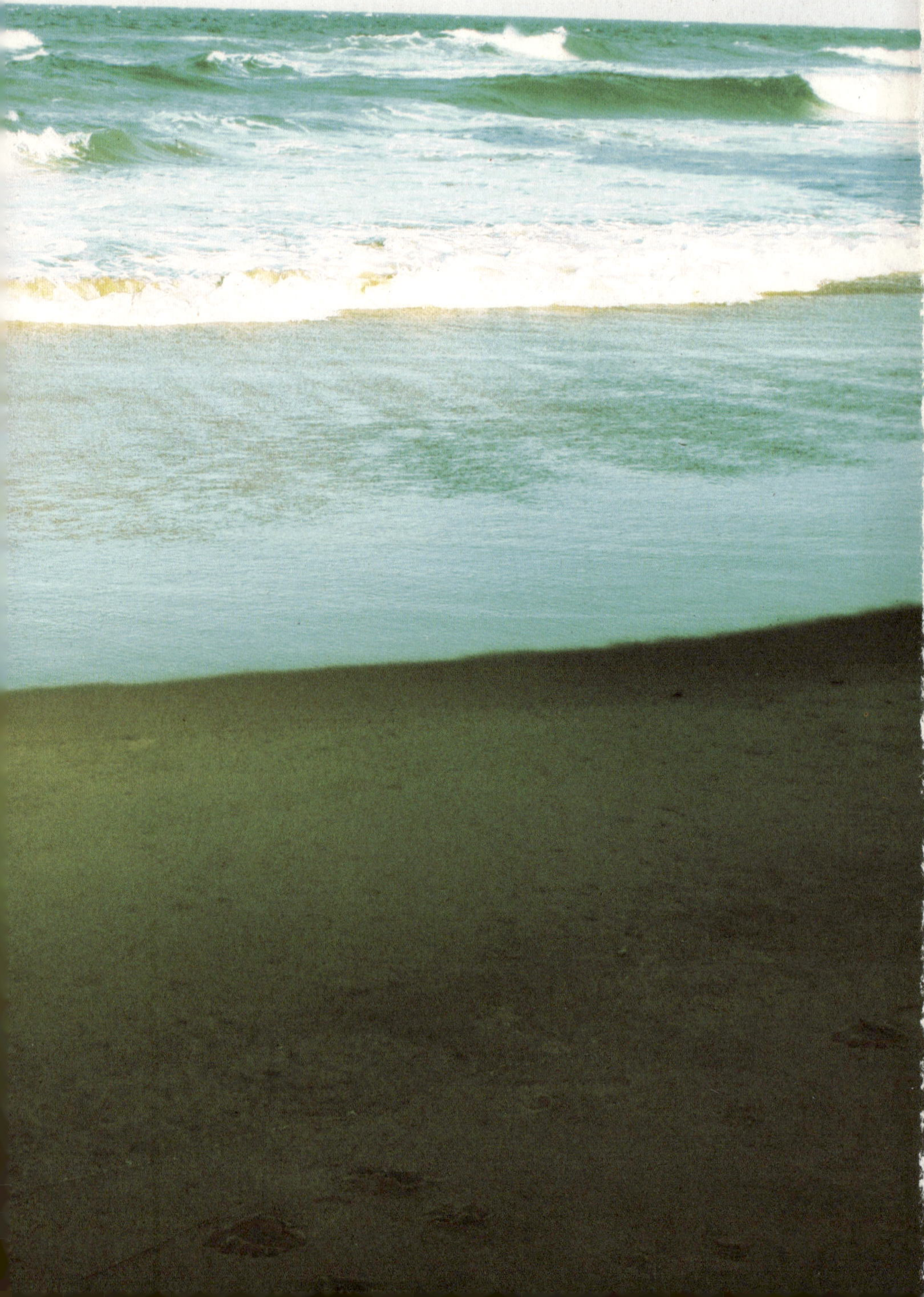